Jennifer Blake

Die Zisterne

Roman

Aus dem Amerikanischen von
Andrea Schwinn

MIRA®

MIRA® TASCHENBUCH
Band 25131
1. Auflage: Mai 2005

MIRA® TASCHENBÜCHER
erscheinen in der Cora Verlag GmbH & Co. KG,
Axel-Springer-Platz 1, 20350 Hamburg

Titel der nordamerikanischen Originalausgabe:
Garden Of Scandal

erschienen bei: MIRA Books, Toronto
Published by arrangement with
Harlequin Enterprises II B.V., Amsterdam

Konzeption/Reihengestaltung: fredeboldpartner.network, Köln
Umschlaggestaltung: pecher und soiron, Köln
Titelabbildung: by pecher und soiron, Köln
Autorenfoto: © by Harlequin Enterprise S.A., Schweiz
Satz: D.I.E. Grafikpartner, Köln
Druck und Bindearbeiten: Ebner & Spiegel, Ulm
Printed in Germany
ISBN 3-89941-170-6

www.mira-taschenbuch.de

1. KAPITEL

Wie der Blitz kam sie aus dem hell erleuchteten Haus gerannt. Mit durchdringender, klarer Sopranstimme rief sie irgendetwas dem riesigen schwarzen Schäferhund zu, der bedrohlich laut knurrte. Zu dem Zeitpunkt, als die morsche Fliegengittertür wieder hinter ihr zufiel, war sie schon fast die ganze Treppe an der Vorderveranda heruntergestürmt. Dem Mann kam sie beinahe wie ein Racheengel vor, als sie so in ihrem hauchdünnen, wehenden Nachthemd auf ihn zurannte. Ihr langes Haar wehte wie eine Fahne im Wind, es schimmerte silberblond im Mondlicht. Kaum schienen ihre Füße den Boden zu berühren; die makellos reinen Züge ihres Gesichts wirkten angespannt. Alec Stanton glaubte, niemals zuvor ein so faszinierendes Geschöpf gesehen zu haben.

„Sticks! Bei Fuß!“ rief sie, während sie sich geschmeidig unter den tief hängenden Zweigen der Magnolie hindurchduckte. Sie hielt den Blick fest auf den Hund gerichtet, der nun auf der niedrigen moosbewachsenen Mauer stand und wütend das Anwesen verteidigte. Das Tier knurrte wieder; das Grollen schien aus den tiefsten Tiefen seiner mächtigen Brust zu kommen. Sticks ließ Alec nicht aus den Augen und fletschte die Zähne, das Nackenfell gesträubt. Als die Frau näher kam, schob sich der Hund schützend vor sie. „Was ist denn, mein Junge? Warum regst du dich so auf?“ Ihre Stimme klang wachsam, aber nicht ängstlich.

Dann entdeckte sie Alec. Sie blieb so abrupt stehen, dass ihr langes Haar nach vorn wehte und sich wie ein Umhang aus Mondstrahlen um ihre bloßen Arme schmiegte. Sie ballte die Hände zu Fäusten, straffte sich und stand schließlich so erstarrt da wie eine bleiche Marmorstatue.

Für Alec hörte der Hund plötzlich auf zu existieren. Auch vergaß er völlig, weshalb er eigentlich hier war, in dieser wuchernden Wildnis, die ursprünglich einmal der Vorgarten der alten Villa

„Ivywild" gewesen war. Wie in Trance trat er einen Schritt aus der Dunkelheit heraus.

Mit einem Satz griff der Hund an; vierzig Kilo Muskeln, Sehnen und todbringende Wut. „Aus! Sticks, aus!" schrie die Frau, doch es war offensichtlich, dass das Tier nicht mehr gehorchen konnte oder wollte.

Alles, was Alec je gelernt hatte, kam ihm instinktiv und schlagartig wieder in Erinnerung. Er wich zurück, um den Aufprall des schweren Hundekörpers abzuschwächen; gleichzeitig umfasste er den massigen Schädel mit eisenhartem Griff. Sofort fand er die entscheidenden Punkte und drückte fest zu, während er in die Knie ging. Innerhalb weniger Sekunden war alles vorbei. Als Alec sich aufrichtete, lag das Tier benommen und flach atmend auf dem Weg.

Die Frau kniete sich mit einem Schreckenslaut hin und zog den Kopf des Hundes auf ihren Schoß.

„Keine Sorge, der wird wieder", beschwichtigte Alec sie sanft.

Sie antwortete nicht, aber er merkte, wie sie den Atem anhielt, als sich der Hund leise jaulend zu bewegen anfing. Abrupt hob sie den Kopf, ihre Augen schimmerten feucht. „Sie hätten ihn umbringen können!"

„Wenn ich das gewollt hätte, wäre er jetzt tatsächlich tot. Ich habe ihn nur für ein paar Minuten außer Gefecht gesetzt, damit wir ungestört ein paar Dinge besprechen können." Er hätte sie auch darauf hinweisen können, dass ihr kostbarer Sticks im Begriff gestanden hatte, ihm die Kehle zu zerfleischen, doch das hätte momentan wohl wenig gebracht.

Sie umschlang den Hund fester. „Sie befinden sich auf Privatbesitz. Wenn Sie nicht sofort verschwinden, rufe ich die Polizei. Habe ich mich deutlich genug ausgedrückt?"

Die ganze Sache lief so ganz anders als geplant. Er hatte ganz höflich anklopfen und ihr dann in aller Ruhe auf der Veranda den

Grund für seinen Besuch erklären wollen. Er hatte nicht damit gerechnet, dass es ihm den Atem verschlagen würde beim Anblick dieser in ein Nichts gehüllten Frauengestalt. In seinen kühnsten Träumen hatte er sich nicht ausgemalt, dass ihm so etwas je passieren könnte, nicht ihm, und schon gar nicht bei dieser Frau hier. Dass er ihren Hund ausgeschaltet hatte, war ein ganz miserabler Anfang gewesen. „Es tut mir Leid, falls ich ihm wehgetan haben sollte", entschuldigte er sich.

„Ja, das merkt man!" Sie warf ihm einen vernichtenden Blick zu.

„Er hätte mich eben nicht angreifen dürfen."

„Er hat doch nur ... Er wollte mich doch nur beschützen!"

Natürlich, das hätte unter Umständen ja auch angebracht gewesen sein können. Alec geriet etwas aus dem Gleichgewicht und versuchte, Boden zu gewinnen. „Sie sind Mrs. Bancroft, Laurel Bancroft, nicht wahr?"

„Na und?"

„Ich wollte eigentlich mit Ihnen sprechen." Das war wirklich sein ursprüngliches Anliegen gewesen, doch nun war irgendwie alles anders geworden. Wer wusste, wohin das führen mochte.

Sie blieb unnachgiebig. „Ich wüsste nicht, was wir zu besprechen hätten."

„Ihre Haushälterin, Maisie Warfield, ist eine enge Freundin meiner Großmutter. Sie meinte, Sie bräuchten unbedingt Hilfe für Ihren Garten, den Sie seit dem Tod Ihres Mannes ziemlich vernachlässigt hätten." Seine Großmutter hatte noch sehr viel mehr erzählt. Hätte er doch nur etwas besser zugehört! „Ich bin nicht ganz unerfahren, was Gartenarbeit betrifft", fügte er hinzu.

Sie betrachtete ihn eine ganze Weile überaus aufmerksam. „Sie sind Miss Callies Enkel?" stieß sie plötzlich verblüfft hervor.

Ihr Erstaunen verletzte ihn ein wenig, daher nickte er nur kurz.

„Aber Sie sind doch kein Gärtner!"

Er schüttelte den Kopf. „Nein, ich bin Ingenieur. Während des Studiums habe ich jedoch nebenbei als Gärtner gejobbt, um mir etwas dazuzuverdienen." Sie sollte nur nicht glauben, es machte ihm etwas aus, vorschnell eingestuft zu werden.

„Ich kann mir keinen Ingenieur leisten", wandte sie ein.

Er fühlte sich versucht ihr zu sagen, dass sie seine Dienste gern umsonst in Anspruch nehmen könnte – jede Art von Dienst und zu jeder Zeit. Zum Glück besaß er noch so viel Verstand, das nicht auszusprechen. „Ich biete Ihnen Gartenarbeit zum üblichen Tarif an."

„Warum?"

Dieses eine Wort hing für eine Weile zwischen ihnen in der Luft, während Sticks den Kopf hob und sich schüttelte. Der Hund sah Alec kurz an und wandte dann den Blick ab, fast als schämte er sich. Er jaulte erneut leise auf und begann, wie um Entschuldigung bittend, die Hand seiner Herrin zu lecken.

Alec beobachtete ihn stumm. „Es gibt eine ganze Reihe von Gründen, aber sagen wir einfach einmal – weil ich Geld brauche."

„Sie könnten doch jederzeit einen lukrativeren Job finden!"

„Ich brauche eine gewisse Flexibilität und möchte mich nicht durch eine Vollzeitbeschäftigung binden."

Sie streichelte den Kopf des Hundes und erhob sich dann. „Weil Sie nicht gern Anzüge tragen? Oder ist es wegen Ihres Bruders?"

Sie wusste alles über ihn und Gregory; das hätte er sich denken können. Das war einer der Vorteile von Kleinstädten. Und gleichzeitig der größte Nachteil. Er gestattete es sich, sie einmal flüchtig anzusehen, ehe er den Blick wieder abwandte, dennoch brannte sich ihr Bild, der Anblick ihrer schmalen Gestalt, in sein Bewusstsein ein. Er schluckte.

„Falls Sie mein Mitgefühl erwarten ..."

„Nein." Er brachte sie mit einer abrupten Handbewegung zum

Schweigen. „Mitgefühl brauchen wir nicht. Keiner von uns beiden."

Sie erstarrte. „Meine Situation hat nicht das Geringste mit Ihrer zu tun!"

Er neigte den Kopf zur Seite. „Ich meinte meinen Bruder und mich", korrigierte er sie sanft. „Obwohl ich Sie tatsächlich auch hätte mit einbeziehen können."

Sie erwiderte nichts darauf und sah ihn nur wortlos an. Der Mondschein erhellte ihr Gesicht, das so zart und durchscheinend wirkte, dass sich alle Gefühlsregungen darauf widerzuspiegeln schienen. Er sah ihre Augen, dunkelblau wie die Ägäis und gleichzeitig so klar und tiefgründig, als wüsste sie besser Bescheid über die Menschen, als ihr lieb war. Vor allem über die Männer und ihre niederen Instinkte.

Und seine waren im Moment absolut niedrig. Sie muss gerade eben erst geduscht haben, dachte er; er konnte noch den frischen Duft nach Seife wahrnehmen. Und dieser Duft wirkte erregender auf ihn als alles, was er bisher erlebt hatte. Sein Verlangen nach ihr steigerte sich beinahe ins Unerträgliche. Sie machte einen so zerbrechlichen Eindruck, und doch ging eine ungeheure innere Stärke von ihr aus, wie sie jetzt so vor ihm stand, eine unnahbare Fremde in der Dunkelheit. Sie war ein Wesen aus Fleisch und Blut; ein wenig scheu vielleicht, aber dennoch in höchstem Maß selbstbeherrscht, ja, beinahe hoheitsvoll. Sie war auch nicht vollkommen; feine Fältchen zeichneten sich um ihre Augenwinkel ab, und ihre Oberlippe war nicht so voll wie ihre Unterlippe. Trotzdem fand er sie so schön, dass er den Blick kaum von ihr wenden konnte. Nein, es würde niemals klappen. Bestimmt wollte sie nichts mit dem kalifornischen Hippie-Enkel von Callie Stanton zu tun haben. Auf sie wirkte er sicher wie ein großer Junge mit mehr Muskeln als Köpfchen. Es war ja auch wirklich geradezu lachhaft. Nur, dass er das Ganze nicht zum Lachen fand.

Laurel erschauerte ein wenig unter seinem eindringlichen Blick. Wie schwarz seine Augen waren, als bestünden sie nur aus Pupillen, als seien sie tiefe, schwarze, unergründliche Seen. Er war groß und breitschultrig, ein solider Fels in der Dunkelheit, die sie beide umgab. Instinktiv wusste sie, dass er in der Lage war, sie vor allem zu beschützen, was im Dunkel auf sie lauern mochte. Dennoch fühlte sie sich in seiner Gegenwart nicht sicher. Er war einfach zu groß, zu stark, zu – schnell. Wie rasch und wirkungsvoll er den armen Sticks ausgeschaltet hatte, war ein gefährlicher Trick gewesen. Darüber hinaus sah er auch zu exotisch aus mit seinem langen schwarzen Haar, das er mit einem Lederriemen zum Pferdeschwanz gebunden hatte; dazu die dichten, langen Wimpern, das kantige Gesicht und der wie ein Blitz geformte silberne Ohrstecker, den er im linken Ohrläppchen trug ... Er war ganz in Schwarz gekleidet, von den Stiefeln und den Jeans bis zu dem ärmellosen T-Shirt, das nicht nur seine muskulösen Arme und Schultern zur Geltung brachte, sondern auch eine kunstvolle Tätowierung über Brust und Oberarm – soweit sie erkennen konnte, handelte es sich dabei wohl um einen Drachen.

Sie wich seinem dunklen Blick aus, betrachtete flüchtig die Tätowierung und musste ihm dann doch wieder in die Augen sehen. Ihre Fingerspitzen begannen zu kribbeln, und sie kämpfte mit aller Macht gegen den Impuls an, diesen eintätowierten Drachen zu berühren, dessen – nein, Alecs – warme, glatte Haut zu streicheln und die Muskeln darunter zu spüren. Wenn sie es gewagt hätte, hätte sie das Ungeheuer vielleicht mit einer gespreizten Hand bedecken und sich vorstellen können, seinen Herzschlag – Alecs? – zu fühlen.

Sie hielt den Atem an und wich vor diesem Gedankengang zurück, als hätte sie sich verbrannt. War sie denn völlig von Sinnen? Mit ihren einundvierzig Jahren war sie doch mindestens zehn Jahre älter als er! Sie war zu lange allein gewesen, das stand zumindest fest. Sie hatte sich so sehr an ihre Einsamkeit und Isolation hier in „Ivywild" gewöhnt, dass sie, ohne nachzudenken, einfach nur im Nachthemd aus dem Haus geeilt war. Und noch schlimmer – plötzlich schwelgte sie in den wildesten Fantasien, nur weil sie allein mit einem attraktiven Mann war. Kein Zweifel, sie wurde langsam sonderlich.

Die warme Frühlingsnacht schien sie förmlich zu dem Mann vor ihr hinzudrängen. Überdeutlich nahm sie den betörenden Duft der Magnolienblüten wahr. Das Gezirpe der Grillen bildete dabei eine endlose, monotone Untermalung der Gefühle, die sie durchströmten. Sticks war wieder auf die Beine gekommen und schmiegte sich nun an ihre Knie. Diese Berührung war eine willkommene Ablenkung von dem seltsamen Bann, der sie gefangen zu halten schien.

„Hören Sie", sagte sie, und ihre Stimme klang rauer als beabsichtigt. „Eigentlich wollte ich einen älteren Mann einstellen, damit er die Bäume beschneidet, die Hecke schert und eventuell ein oder zwei Rosenbeete anlegt ..."

Er fiel ihr ins Wort. „Ich kann das alles in der halben Zeit schaffen."

„Dessen bin ich mir sicher; das Problem ist nur ..."

„Das Problem ist, dass Sie Angst vor mir haben. Ich entspreche nicht ganz den Vorstellungen des hinterwäldlerischen Hillsboro, Louisiana. Ich sehe nicht so aus, wie man hier aussehen sollte. Ich bin nicht der grobschlächtige, aber blitzsaubere Typ, der nichts anderes im Kopf hat als Angeln, Jagen und Biertrinken. Ich passe einfach nicht hierher." Sein Tonfall wurde versöhnlicher. „Sie allerdings auch nicht, Laurel Bancroft."

Sie presste die Lippen hart aufeinander. „Ich weiß nicht, wovon Sie sprechen", meinte sie schließlich.

„Wirklich nicht?" Sein Lächeln verlosch so rasch, wie es gekommen war, und doch hatte der kurze Augenblick seine Züge weicher wirken lassen und ihm das Aussehen und die verheerende Anziehungskraft eines dunklen Engels verliehen. Güte hatte in seinem Blick gelegen – und grenzenloses Verstehen. Das bestärkte sie einerseits in ihrer Unabhängigkeit, gleichzeitig zog es diese in Zweifel; es lobte ihren Mut und tadelte zur selben Zeit ihre Unnachgiebigkeit; es lotete den Grad ihrer Einsamkeit aus, bot Trost und versprach Linderung. Dann war es vorbei. Sie kämpfte gegen die Kälte an, die sie befiel. Vergebens. Sie atmete tief durch. „Das ist es nicht; beziehungsweise möchte ich nicht gern annehmen, dass ich so kleinlich bin. Es ist nur so, dass ich momentan keine weiteren Probleme brauchen kann."

„Sie benötigen Hilfe, und ich brauche Geld. Das macht uns zu einer Interessengemeinschaft." Er klang ganz sachlich; es war eher eine Erklärung als eine Bitte.

Sie streckte ärgerlich die Hand aus. „So einfach ist das nicht!"

„Nein, nicht ganz. Mein Bruder hat Krebs im Endstadium. Wussten Sie das? Ich habe unbezahlten Urlaub von meiner Firma in Los Angeles genommen, um mit ihm zusammen Grannie Callie besuchen zu können. Jetzt möchte er gern hier bleiben. Gute Hausmannskost und ein ruhiges Leben mögen helfen oder auch nicht, den Versuch wert ist es allemal. Trotzdem soll mich der Teufel holen, wenn ich hier auf Kosten meiner Großmutter lebe. Natürlich könnte ich einen dauerhafteren und vor allem lukrativeren Job bekommen, keine Frage. Aber dann wäre ich wohl den ganzen Tag außer Haus, und genau das kann ich nicht brauchen. Sie wohnen ganz in der Nähe, die Arbeit dürfte nicht zu einengend sein. Ich arbeite schnell und zügig, und ich bin nicht zu stolz, Anweisungen zu befolgen. Ich kann eine Rose von einer Steckrübe unterscheiden, ich verstehe etwas von Maurerarbeiten und kann klempnern, je nach Bedarf. Was verlangen Sie denn sonst noch?"

Ja, in der Tat, was wollte sie mehr? Nichts, außer endlos weiter dieser tiefen, wohlklingenden Stimme zu lauschen ... Was Grund genug zur Wachsamkeit war. „Es ist keine große Sache", wehrte sie ab. „Ich hätte irgendwann gern einen kleinen Brunnen in der Mitte der Rosenbeete, sobald alles in Ordnung gebracht worden ist. Doch dafür täte es mir Leid um Ihre Zeit, geschweige denn um Ihre Fähigkeiten."

Da war es wieder, dieses Lächeln, das sie gegen ihren Willen wärmte. „All das ist unter diesen Umständen nicht so wichtig. Mir täte es noch mehr Leid, wenn Sie mir eine Absage erteilen würden."

„Ich glaube nicht, dass ..."

„Ich sage Ihnen mal etwas." Er kam einen Schritt auf sie zu. „Den ersten Tag arbeite ich umsonst. Wenn Sie dann meinen, es bringt nichts – ist die Sache erledigt. Gefällt Ihnen aber, was ich getan habe, verhandeln wir noch einmal neu."

„Das geht doch nicht!" protestierte sie.

„Ein faires Angebot. Mehr nicht. Sagen wir, morgen früh um acht?"

Sie musste verrückt sein, denn allmählich kam ihr das Ganze tatsächlich beinahe vernünftig vor. Was spielte es für eine Rolle, ob sie nun ihn einstellte oder den alten Pender von nebenan oder gar den jungen Randy Nott, der auch für ihre Schwiegermutter Gelegenheitsarbeiten übernahm? Dieser Mann hier würde eine gute Hilfe sein, eine fähige und tüchtige noch dazu. Womöglich war er mehr als nur fähig, aber darüber wollte sie lieber nicht nachdenken. Nur ein paar Tage, allenfalls eine Woche, dann war er ohnehin wieder fort. Einem plötzlichen Entschluss folgend, sagte sie: „Lieber um sieben, damit Sie möglichst viel schaffen, ehe es zu heiß wird."

„Sie sind der Chef."

Irgendwie kam sie sich nicht so vor. Er nickte einmal kurz, dann verschwand er in der Dunkelheit. Kurz darauf hörte Laurel, wie ein Motorrad angelassen wurde, der Motor heulte auf, ein

Blitzstart, und wenig später umgab sie wieder die Stille des Abends. Obwohl es warm war, fröstelte sie. Fest schlang sie die Arme um sich. Sticks jaulte auf, als empfände er ihr Unbehagen. „Was sagst du dazu, alter Junge?“ flüsterte sie kaum hörbar. „Habe ich jetzt einen Fehler gemacht?“ Der Hund sah schwanzwedelnd in die Richtung, in der Alec Stanton verschwunden war. Laurel schloss die Augen und seufzte. „Das dachte ich mir.“

Ihr neuer Angestellter erschien pünktlich am nächsten Morgen. Kaum war Laurel in ihre alten Jeans und das verwaschene gelbe T-Shirt geschlüpft, da hörte sie sein Motorrad auch schon in der Zufahrt zum Haus.

Maisie Warfield, die Haushälterin, war noch nicht da. Ehe sie morgens kam, musste sie immer erst ihren „Alten“ – so pflegte sie ihren kurz vor der Pensionierung stehenden Mann zu nennen – zur Arbeit fahren. Laurel wollte nicht abwarten, bis Alec Stanton an der Haustür klingelte. Sie nahm ihre Schuhe und ging zum Seiteneingang des Hauses. Wenigstens brauchte sie sich keine Gedanken wegen Sticks zu machen. Der Hund war noch auf der verglasten hinteren Veranda eingeschlossen, wo er die Nacht verbracht hatte.

Die knallrote Harley-Davidson nahm sich vor dem alten viktorianischen Haus so auffallend aus wie ein poppiger Sticker auf einem alten Spitzenkleid. Alec Stanton selbst war nirgends zu sehen, weder in der Zufahrt noch im Vorgarten. Doch dann vernahm Laurel ein Geräusch und ging ihm nach. Er hatte bereits zu arbeiten angefangen und riss gerade die wild wuchernden grünen Kletterpflanzen von der Seitenwand des Hauses. Als er Laurel kommen hörte, drehte er sich um und nickte kurz zur Begrüßung.

„Das ganze Haus sollte dringend gestrichen werden, aber vorher müssten mindestens ein Dutzend Bretter von der Verkleidung wieder festgenagelt werden. Wenn Sie das nicht bald machen lassen, fallen noch mehr herunter."

„Ich weiß", erwiderte sie knapp.

„Ich könnte ..."

„Das kann ich selbst veranlassen", fiel sie ihm abwehrend ins Wort. „Sie habe ich wegen des Gartens eingestellt."

Er riss eine weitere lange Ranke herunter, die Wurzeln würde er später ausgraben. Dann zog er sich die Gartenhandschuhe aus und steckte sie sich in den Hosenbund. Mit kritischem Blick betrachtete er das Haus; die Veranden mit ihren Holzbalustraden und den kunstvoll geschnitzten Stützpfosten; den runden Turm auf dem Dach. „Was für eine herrliche alte Villa", meinte er. „Es wäre ein Jammer, sie verfallen zu lassen."

„Das habe ich auch nicht vor", teilte sie ihm gereizt mit. „So, und wenn Sie sich jetzt bitte wieder ..."

„Es gehörte der Familie Ihres Mannes, nicht wahr? Ich meine mich zu erinnern, so etwas von Grannie gehört zu haben. Wie sind Sie bloß daran gekommen?"

„Es wollte sonst niemand haben." Und das war tatsächlich die Wahrheit. Das Haus hatte so gut wie leer gestanden, als Laurel es zum ersten Mal gesehen hatte. Sadie Bancroft, ihre Schwiegermutter, war ausgezogen, nachdem ihr Mann sie in den sechziger Jahren verlassen hatte. Und Zelda, die Schwester ihres Mannes, hatte sich ebenfalls nicht dafür interessiert. Ihr hatte es gereicht, in dem großen, alten Kasten aufwachsen zu müssen, und ihr war unverständlich gewesen, warum Laurel inständig darum gebeten hatte, dort einziehen zu dürfen, nachdem sie und Howard geheiratet hatten. Selbst Howard hatte sich über den aufwendigen Unterhalt des Hauses beschwert und oft während ihrer fünfzehnjährigen Ehe davon gesprochen, sie sollten sich doch lieber ein kleineres, moderneres Haus zulegen. Aber dabei war es dann auch geblieben.

„Es ist ziemlich groß für eine Person."

„Ich habe es gern groß“, entfuhr es Laurel.

Alec schmunzelte nachdenklich, und sie errötete grundlos. „Womit soll ich anfangen?“

„Wie bitte?“ Sie zuckte zusammen.

„Sie wollten mir doch sagen, was ich zuerst tun soll.“

„Ach, ja. Ja, natürlich.“ Sie drehte sich hastig um und lief voraus in den Vorgarten. Sie hatte vorgehabt, ihm zu helfen und ihm in erster Linie zu sagen, was sie gern behalten wollte und was entfernt werden musste. Schon bald merkte sie, dass das unnötig war. Er kannte sich ausgezeichnet aus mit Pflanzen, seine Zeit als Gärtner hatte sich offenbar bezahlt gemacht. Auch war er sehr gewissenhaft. Er fing nicht zu arbeiten an, ehe er nicht alle Gartengeräte inspiziert und sie anschließend gereinigt, geölt oder geschliffen hatte.

„Sie könnten eine neue Heckenschere gebrauchen“, schlug er vor und strich mit dem Daumen über die breite Scherenklinge. „Das würde Ihnen die Arbeit wesentlich erleichtern.“

Er hatte Recht, das wusste sie selbst. „Ich werde Maisie bitten, mir eine mitzubringen, wenn sie das nächste Mal in die Stadt geht.“

„Es ist auch kein Benzin mehr für den Rasenmäher da.“

„Das kann sie dann gleich mitbesorgen.“

Eine Weile sah er sie aus dunklen, unergründlichen Augen an. „Wissen Sie, dass Ihr Auto einen Platten hat? Die anderen Reifen sind ebenfalls schon so brüchig, dass Sie wohl nicht mehr sehr weit damit kommen werden.“

„Ich gehe nicht oft aus“, erwiderte sie und wich seinem Blick aus.

„Wie ich von Granny hörte, gehen Sie niemals aus, schon seit Jahren nicht mehr. Sie lesen nur oder töpfern im Schuppen hinter der Garage. Warum?“

„Es gibt keinen besonderen Grund dafür. Ich bin einfach sehr gern allein. „Sie warf ihm einen kühlen Blick zu, ehe sie sich abwandte. „Ich bin im Haus, falls Sie etwas benötigen.“

Ihr Rückzug war reiner Selbstschutz. Sie musste keine Erklärung darüber abgeben. Es ging diesen Mann gar nichts an, ob sie nun zu Hause blieb, ausging, töpferte oder auf einem Besen zum Mond flog. Und erst recht konnte sie auf jemanden verzichten, der sie beobachtete, ihr ungebetene Ratschläge erteilte und sich in ihre Privatangelegenheiten einmischte. Sie würde ihn für seine heutige Arbeit bezahlen und ihn dann entlassen. Sie war vorher ohne Alec Stanton zurechtgekommen, sie würde es auch weiterhin schaffen.

Im Laufe des Tages wurde es jedoch immer unübersehbarer, was er alles leistete. Er entfernte Dutzende von wild nachwachsenden Kiefernablegern und Sassafraslorbeer, so dass der ungestrichene Gartenzaun plötzlich wieder in seiner ganzen Länge sichtbar wurde. Er befreite die alte Bauernrose in der Ecke aus einem Gewirr von Geißblattranken, und unter einem dichten Gestrüpp von Schlingpflanzen kam eine verwitterte Gartenbank aus Zypressenholz zum Vorschein. Die Zweige, Äste und Ranken warf er auf einen Haufen, den er schließlich anzündete. Schon bald stieg eine schmale Rauchsäule zum Himmel.

Laurel zwang sich, nicht zu ihm hinüberzusehen. Doch trotz aller guten Vorsätze fand sie seltsamerweise immer wieder irgendetwas in der Nähe des Fensters zu tun. Warum auch nicht. Es war schließlich ganz normal, wenn man ab und zu aus dem Fenster sah.

Irgendwann am Vormittag hatte er sich das Hemd ausgezogen. Sein breiter Rücken glänzte vor Schweiß, an seinen muskulösen Armen klebten vertrocknete Blätter. Schweißtropfen rannen ihm auch über die Brust und den straffen Bauch in den Hosenbund. Ihm war heiß, er schwitzte, er war schmutzig – und er war atemberaubend. Laurel nahm es ihm übel, dass er sie dazu brachte, das zu registrieren.

Das Letzte, was sie wollte, war, sich in Gedanken mit einem Mann zu befassen. Sie war wunderbar ohne Mann zurechtgekommen; seit dem Tod ihres Mannes hatte sie kaum mehr an Liebe oder Sex gedacht. Und so würde sie es auch beibehalten.

„Ich habe kaltes Huhn und etwas Obstsalat zum Mittagessen vorbereitet", verkündete Maisie jetzt. „Soll ich für Sie und Alec den Tisch draußen auf der Veranda decken?"

Laurel fuhr herum und errötete schuldbewusst. Die rundliche weißhaarige Maisie Warfield stand in der Tür und trocknete sich gerade die Hände an einem Küchenhandtuch ab. In ihren blauen Augen lag ein heimlich belustigter Ausdruck.

„Nein. Nein, lieber nicht. Sie können ihm ein Sandwich und etwas Kaltes zu trinken in den Garten bringen."

Maisies Lächeln erstarb, sie stemmte eine Hand auf die Hüfte. „Warum? Haben Sie etwas gegen Alec?"

„Selbstverständlich nicht. Ich möchte nur lieber allein sein." Laurel drehte sich wieder zum Fenster und ignorierte Maisies sichtliches Befremden.

„Er wird schon nicht beißen!"

Sie wandte sich abermals um und sah ihre Haushälterin an. „Ich weiß. Trotzdem habe ich nicht vor, mit ihm zu essen."

„Sie bleiben also lieber im Haus, statt ihm Gesellschaft zu leisten."

„So ist es."

Maisie zuckte mit den Schultern. „Sie wissen gar nicht, was Ihnen entgeht."

Laurel erwiderte nichts darauf. Sie hatte zu große Angst, ihre Haushälterin könnte Recht haben.

2. KAPITEL

Alec arbeitete wie ein Besessener. Die Sonne brannte auf ihn herab, der Schweiß floss ihm in Strömen den Oberkörper herunter. Er band sich ein Tuch um die Stirn und schuftete weiter. Das Hemd klebte ihm klatschnass am Körper und behinderte ihn in seinen Bewegungen, also zog er es aus. Auf seinen Armen brannten die Kratzer, die er sich bei der alten Bauernrose zugezogen hatte, doch er schenkte dem Schmerz keine Beachtung. Es tat gut, endlich mal wieder die Muskeln bewegen zu können. Ihm gefiel, wie die Sonne heiß auf seinen Rücken brannte, er liebte den Geruch von Holz, Erde, Gras und Laub. Es erfüllte ihn mit tiefer Befriedigung, die alten Sträucher und Pflanzen zurechtzuschneiden und zu sehen, wie aus dem Chaos allmählich wieder so etwas wie eine gewisse Ordnung entstand.

Er musste beweisen, dass er etwas von dieser Arbeit verstand, damit er den Job bekam, doch das war noch nicht alles. Vor allem wollte er Laurel Bancroft davon überzeugen, dass er wirklich besser war als die Einheimischen. So wie sie heute Morgen angezogen war, hatte er zunächst geglaubt, sie würde ihm vielleicht bei der Arbeit helfen. Darauf hatte er sich gefreut, doch dann war sie ins Haus gegangen und hatte die Tür hinter sich geschlossen. Seitdem hatte er sie nicht mehr gesehen. Nach allem, was man so hörte, zog sie sich gern zurück. Grannie Callie hatte ihm erzählt, dass sie seit dem Tod ihres Mannes das Haus kaum noch verlassen hatte. Die Leute fanden, sie sei ein wenig wunderlich geworden. Sie hielten sie zwar nicht direkt für verrückt, aber sie entsprach auch nicht dem gewohnten Bild einer jungen Hausfrau, die zum Einkaufen ging, sich Seifenopern im Fernsehen ansah oder im Club Tennis spielte.

Seine Arbeit erforderte nicht besonders viel Konzentration, und so schweiften seine Gedanken immer wieder ab. Laurel Bancroft kam ihm fast vor wie eine verzauberte Prinzessin. Sie war gefangen in ihrem alten Schloss und schlief, während das Leben draußen weiterging. Und er war der Ritter, der sich durch Dornen und Gestrüpp kämpfte, um sie zu befreien. Donnerwetter, die Sonne musste ihm doch ganz schön zugesetzt haben! Ein feiner Ritter war er. Einer ohne Rüstung. Mit einer Heckenschere bewaffnet statt mit einem Schwert. Und edel waren seine Motive ganz bestimmt nicht.

Er hörte die Fliegengittertür am Seiteneingang zuschlagen, kurz darauf kam Maisie ums Haus herum. „Essenszeit, Junge. Oben auf der Veranda stehen die Sandwiches. Möchtest du lieber Tee oder Wasser?“

Alec hielt inne, wischte sich den Schweiß von der Stirn und sah sie stirnrunzelnd an. „Junge?“

Sie schmunzelte gutmütig, wobei sich unzählige Lachfältchen um ihre Augen bildeten. „Gefällt dir das nicht? Ich hätte dich auch Dummkopf nennen können, weil du ohne Kopfbedeckung in dieser heißen Sonne arbeitest! Was denn nun – Wasser oder Tee?“

„Wasser, bitte.“ Er hätte sich gleich denken können, dass es ihm nicht gelingen würde, eine Frau einzuschüchtern, die behauptete, ihm als Baby die Windeln gewechselt zu haben. „Wo ist Mrs. Bancroft?“

Maisie wich seinem Blick aus. „Sie isst nicht zu Mittag. Wenn du dich frisch machen willst – gleich neben der Küche ist ein Badezimmer.“

Es hatte wirklich den Anschein, als ginge Laurel Bancroft ihm aus dem Weg. War das nun ein gutes Zeichen, weil es bedeutete, dass er sie aus der Fassung brachte? Oder war es ein schlechtes, weil es ihm zeigen sollte, dass sie ihn nicht ausstehen konnte? Er hatte keine Ahnung, war aber entschlossen, etwas zu unternehmen.

Wenigstens leistete Maisie ihm Gesellschaft. Sie holte ihren Salat und ihren Eistee und setzte sich zu ihm auf die schattige Veranda. Während Alec aß, zog er sie wegen ihrer Diät auf und sagte, es könne doch bestimmt nicht im Interesse ihres Mannes liegen, wenn sie alle ihre reizvollen Rundungen verlor. Schließlich kam er jedoch zu dem, was er in Wirklichkeit wissen wollte.

„Sag, was ist eigentlich mit der Dame des Hauses los? Führt sie tatsächlich so ein Einsiedlerdasein, oder ist sie einfach nur hochnäsig?" Er lehnte sich im Sessel zurück und versuchte, gleichgültig zu wirken.

Maisie warf ihm einen vorsichtigen Blick zu. „Sie macht sich nicht viel aus anderen Menschen."

„Und wie kommt das?"

„Du weißt sicher, dass ihr Mann gestorben ist."

Er nickte und rieb sich die Muskeln im rechten Oberarm, der zu schmerzen angefangen hatte.

„Aber weißt du auch, dass sie ihn umgebracht hat?"

Er fuhr entsetzt hoch. „Du bist ... Ich meine, das kann doch gar nicht sein!"

„Doch, leider." Maisie schüttelte bekümmert den Kopf. „Natürlich hat sie es nicht absichtlich getan. Er trat hinter ihr Auto, als sie gerade rückwärts aus der Garage fuhr. Es gab jedoch Leute, die fest davon überzeugt waren, es sei Vorsatz gewesen. Unter anderem auch ihre Schwiegermutter."

„Ernsthaft kann das doch niemand geglaubt haben! Ich meine, sieh sie dir nur mal an!"

„Es gibt Menschen, die glauben alles. Jedenfalls hatten Laurel und Howard wohl Probleme. Und dann war da noch diese hohe Lebensversicherung."

„Man hat ihr aber nichts nachweisen können, oder?"

„Es gab keine offiziellen Schritte, keine Ermittlungen. Sadie Bancroft, die Mutter ihres Mannes, behauptete, das hätte nur daran gelegen, dass Sheriff Tanning ein Exfreund von Laurel gewesen war. Vielleicht, vielleicht auch nicht, ich weiß es nicht. Jedenfalls verlief die Sache im Sand."

„Bis auf die Gerüchte."

„Nun ja, das gehört in solchen Fällen immer dazu."

Er neigte nachdenklich den Kopf zur Seite. „Also versteckt sie sich. Ich frage mich nur, warum? Wenn sie es wirklich nicht absichtlich getan hat?"

„Wenn du das wissen willst, musst du sie schon selbst fragen." Maisie wich seinem Blick aus, und Alec überlegte, weshalb.

„Glaubst du, sie würde es mir erzählen?"

„Möglich." Maisie stand auf und begann, die Teller zusammenzustellen. „Kommt darauf an, wie du an die Sache herangehst und warum du es wissen willst." Sie verschwand mit dem Geschirr und überließ ihn sich selbst.

Alec blieb noch eine Weile sitzen. Er trank das Wasser, in dem die Eiswürfel zu schmelzen anfingen, und blickte in den Garten auf das, was er bereits geschafft hatte und was er noch zu tun hatte. Nur schemenhaft konnte man die charakteristischen Konturen dessen erkennen, was früher einmal ein typischer Vorgarten gewesen war. Man hatte einen weißen Lattenzaun darum gezogen, um die damals noch frei grasenden Kühe davon fern zu halten; durch ein Tor gelangte man zur Straße, die am Anwesen vorbeiführte und dann scharf nach rechts zur separat gelegenen Garage abbog. Vom Tor erstreckte sich ein gerader, gepflasterter Weg bis zur Veranda, dort gabelte er sich und führte in sanftem Schwung um das Haus herum zum hinteren Teil des Grundstücks.

Die Pflanzen hatte man offensichtlich eher nach dem Zufallsprinzip gesetzt, bis auf die hohen, schon fast baumähnlichen Kamelien, die Rosen am Zaun und dem Tor sowie die Jasminsträucher in den Zaunecken. Überall hatte Alec Blumenzwiebeln gefunden, vorwiegend Narzissen und Iris. Früher einmal war die Erde zwischen den Pflanzen bestimmt völlig unkrautfrei und ordentlich geharkt gewesen. Vor vielen Jahren hatte wohl jemand Schilfgrasbüschel in die freien Flächen gepflanzt, noch immer waren hier und da ein paar davon zu sehen; der Rest war erstickt unter Schlingpflanzen und so vielen Kiefernsprösslingen, dass man fast einen kleinen Wald damit hätte aufforsten können.

Alec gab sich einen Ruck; er musste vorankommen. Er leerte sein Glas, nahm die verschwitzten Gartenhandschuhe und machte sich wieder an die Arbeit.

Maisie ging am frühen Nachmittag; sie winkte ihm noch einmal zu, ehe sie in ihr altes Auto stieg und davonfuhr. Alec grub die Wurzeln einer ganzen Reihe von wilden Rosen aus, die sich um einen Pfosten zu ranken versuchten, und ließ eine gewisse Zeit verstreichen. Er wollte nicht, dass es so aussah, als hätte er nur das Fortgehen der Haushälterin abgewartet, um das Haus stürmen zu können. Doch schließlich zog er sich sein Hemd wieder über, ging zur Haustür und klingelte.

Der harte, schrille Ton hallte durchs Haus, und sofort fing Laurels Schäferhund zu bellen an. Vormittags hatte Alec den Hund auf der hinteren Veranda eingeschlossen gesehen, durch die Scheibe hatten sie einander gemustert. Jetzt fragte Alec sich, ob Laurel Bancroft ihn vor dem Hund beschützen wollte oder das Tier vor ihm.

Laurel wäre am liebsten nicht an die Tür gegangen. Sie fühlte sich bedroht, ja, beinahe belagert in ihrem eigenen Haus. Wenn sie Maisie gegenüber doch nur nie etwas von dem Garten erwähnt hätte, dann wäre dieser Alec Stanton auch nie bei ihr erschienen. Sie hätte so weitermachen können wie in den vergangenen fünf Jahren, in angenehmer Einsamkeit und ohne größeren Kontakt zur Außenwelt, von Maisie, den Kindern und dem Mann, der ihr die Versandhauslieferungen zustellte, einmal abgesehen.

Kataloge waren zu ihrer Hauptverbindung mit dem Draußen

geworden. Ein Katalog über alte Rosensorten hatte sie auf die Idee gebracht, sich nach langer Zeit einmal wieder des Gartens anzunehmen. Das hatte sie nun davon.

Mit einer seltsamen Mischung aus Furcht und Gereiztheit riss sie nach dem dritten Läuten die Tür auf. Ihre Stimme klang angespannt und nicht gerade einladend. „Ja?"

„Es tut mir Leid, wenn ich Sie störe", sagte der dunkelhaarige Mann, der entspannt am Türpfosten lehnte. „Ich müsste Ihnen nur ein paar Fragen stellen."

Es tat ihm überhaupt nicht Leid, das sah sie ihm an. Was sie allerdings nicht verstand, war, weshalb er nicht gekommen war, ehe Maisie Feierabend gemacht hatte. Das Bedürfnis, ihm die Tür vor der Nase zuzuschlagen, war überwältigend; sie erschauerte. Das Einzige, was sie davon abhielt, war ihre Befürchtung, er könnte sie daran hindern, wenn sie es versuchte. „Und zwar?" gab sie gepresst zurück.

„Ob Sie mir wohl zeigen könnten, wo Sie den Springbrunnen hin haben möchten? Auch wäre es ganz hilfreich, wenn Sie mir erklärten, wie Sie die von Ihnen erwähnten Rosenbeete angelegt haben wollen. Abgesehen davon bin ich mir nicht ganz sicher, was ich erhalten und was ich beseitigen soll."

Mit zweifelnder Miene sah sie an ihm vorbei in den Garten. „So weit können Sie doch unmöglich schon sein! Ich dachte, Sie wären noch beim Jäten und Saubermachen."

Er verzog die sinnlichen Lippen zu einem Lächeln, das sie den Atem anhalten ließ. „Es schadet nie, von Anfang an einen gewissen Plan zu haben. Hätten Sie etwas dagegen, für eine Minute herauszukommen und mir ein paar Dinge zu erklären?"

Wie hätte sie eine so höfliche und vernünftige Bitte ausschlagen können? Nein, das ging nicht. Darüber hinaus war sie schon jetzt begeistert, wie klar sich nun der Weg abzeichnete, nur weil Alec die Einfassung von wucherndem Unkraut befreit hatte.

Ehe Laurel sich versah, war sie bereits die Stufen hinabgestiegen. Alec redete; er wies sie auf verblühte Narzissen längs des Weges hin, erkundigte sich, ob sie den rankenden gelben Jasmin in der Nähe des Seitentors behalten wollte, und stellte unzählige weitere Fragen.

Sie antwortete zwar, dennoch war sie sich beinahe schmerzlich der Tatsache bewusst, dass sie sich im Freien befand, schutzlos einem anderen Menschen ausgeliefert. Gleichzeitig wurde sie zunehmend aufgeregter. Schon konnte sie den Garten, wie sie ihn sich ausgemalt hatte, aus all dem Durcheinander entstehen sehen. An nur einem einzigen Tag hatte es dieser Mann geschafft, den Vorgarten so zu säubern, dass sie bereits erkennen konnte, wie er einmal ausgesehen haben musste und wie sie ihn wieder anlegen wollte.

Rosen. Ja, sie wollte Rosen. Nicht die steifen, unpersönlichen, allzu perfekten Hybriden, die in den meisten Gärten blühten, sondern die alten Arten längst vergangener Zeiten. Solche Rosen waren für sie Überlebenskünstler. Man hatte sie entdeckt auf alten Friedhöfen, im Schatten verlassener Häuser, wo sie ungezählte Jahre vernachlässigt weitergeblüht hatten. Sie waren zäh, widerstandsfähig und klammerten sich an das Leben. Dann, im Frühling, aber auch im glutheißen Sommer und Herbst entfalteten sie Blüten von unnachahmlicher, zarter Schönheit, die ihren süßen Duft so reich verströmten, als gäben sie ihre Seelen frei.

Laurel blieb in der Mitte des Vorgartens stehen. „Ich möchte, dass der Brunnen hier hinkommt. Der Weg soll an beiden Seiten um ihn herumführen und dann wieder zusammenlaufen. Eine niedrige Einfassung aus Buchsbaum wäre schön, so wie man das in französischen Gärten findet, dazu ein paar Stauden wie blaue Salvien, rosa Gartennelken und Margeriten. Ansonsten nur Rosen, Rosen und nochmals Rosen.“

Sie warf Alec einen ängstlichen Blick zu, weil sie befürchtete, zu Ausgefallenes verlangt zu haben. Er betrachtete sie eine ganze

Weile nachdenklich aus nachtschwarzen Augen, und schließlich begann er zu lächeln. „Das schaffe ich“, versicherte er.

„Glauben Sie, dass das gut aussieht?“

„Es wird perfekt.“

Er hörte sich aufrichtig an, aber sie traute ihm nicht ganz. „Das sagen Sie nur, weil Sie wissen, dass die Arbeit viele Wochen in Anspruch nehmen wird.“

Sein Lächeln erstarb. „Das würde ich niemals tun. Ehrlich gesagt, ich bin sehr erleichtert. Ich hatte befürchtet, Sie wollten pflegeleichte Beete mit Kriechwacholder, die Zwischenräume bedeckt mit ordentlichem Rindenmulch.“

Laurel verzog spontan das Gesicht. „Wie entsetzlich spießig.“

„Genau.“ Sein Blick ruhte warm auf ihr.

Einen flüchtigen Moment lang empfand sie eine so starke Bindung zu dem Mann neben ihr, dass es sie selbst erstaunte. Sie waren beide so grundverschieden, und doch schienen sie in diesem Augenblick die gleiche Wellenlänge zu haben. Vielleicht funktionierte das Ganze ja doch, natürlich nur, solange ihre Beziehung streng geschäftlich blieb. Laurel wünschte sich diesen Garten nicht nur, sie brauchte ihn. In letzter Zeit hatte sie sich oft bei dem Gedanken ertappt, dass sie ohne diesen Garten womöglich eines Tages ganz in ihrem Haus verschwinden und nie wieder zum Vorschein kommen würde.

„Ich möchte Ihnen noch etwas anderes zeigen“, unterbrach Alec ihre Gedanken. Er führte sie hinter das Haus, wo sich einmal die alte Außenküche befunden hatte, ehe sie vor dem Zweiten Weltkrieg ins Innere des Hauses verlegt worden war. Laurel verlangsamte ihre Schritte, als ihr klar wurde, welches Ziel er ansteuerte.

Mit dem Fuß schob er einige Ranken und Gräser zur Seite. Darunter befand sich ein niedriges, gemauertes Rund, das mit einer schweren Betonplatte abgedeckt war. Er bückte sich und hob die schwere Platte mit erstaunlicher Kraft an.

„Nicht!" rief Laurel erschrocken und wich zurück.

Er richtete sich auf und stemmte die Hände in die Hüften. „Sie wissen, was das ist?"

„Eine Zisterne, natürlich!" erwiderte sie aufgebracht. „Aber mein Mann hat nie ... Das heißt, er sagte immer, sie sei extrem gefährlich. Niemand wagt sich je in ihre Nähe."

Alec runzelte die Stirn. „Es ist nichts anderes als ein ausgemauertes Loch in der Erde. Es ist ja nicht einmal mehr Wasser darin."

„Howard hatte stets Angst, eins der Kinder oder sonst jemand könnte hineinfallen."

„Dann hätte er die Zisterne zuschütten lassen sollen. Aber jetzt könnte man einen Gartenteich daraus machen, wenn Sie wollen. Es ist nicht besonders schwer, das Mauerwerk so zu versiegeln, dass es wasserdicht wird."

„Der Teich wäre aber so tief", protestierte sie.

„Nicht tiefer als ein Swimmingpool", gab er achselzuckend zurück. „Was die Leute nicht davon abhält, sich einen bauen zu lassen. Außerdem gibt es hier keine Kleinkinder mehr, die hineinfallen könnten."

Sie schüttelte erschauernd den Kopf. „Lieber nicht."

„Wie Sie meinen. Es war nur so eine Idee."

Jetzt ist er enttäuscht, dachte sie. Die Begeisterung war aus seinem Gesicht gewichen, mit beinahe steifen Bewegungen schob er die Platte wieder über die Zisterne. „Haben Sie den Bach gesehen?" fragte sie ihn unvermittelt.

„Es gibt einen, der hier ganz in der Nähe unter der Straße durchfließt. Meinen Sie den?"

Sie nickte und führte ihn zu dem gewundenen Bach, der am Grundstück von „Ivywild" vorbeifloss. Hohe Buchen, Lorbeerbüsche und dichter Farn säumten sein Ufer. Laurel war schon fast dort, bis ihr überhaupt bewusst wurde, was sie da eigentlich tat. Sie hatte tatsächlich das eingezäunte Grundstück verlassen. Mit jedem

Schritt entfernte sie sich weiter von der Sicherheit, die es für sie verkörperte. Wie lange war es her, seit sie das mit solcher Unbefangenheit gewagt hatte? Sie bekam eine Gänsehaut. Sie fühlte sich nackt, als hätte sie bewusst ihr schützendes Schneckenhaus verlassen. Panik stieg in ihr auf, doch sie kämpfte dagegen an, indem sie sich zwang, gleichmäßig ruhig ein- und auszuatmen.

Ihr konnte doch gar nichts passieren. Der breitschultrige, große Mann an ihrer Seite strahlte so viel Sicherheit aus. Er war wie ein Zaun oder eine Mauer, die zwischen ihr und jedweder Gefahr stand. Bereits am vergangenen Abend hatte sie das gespürt, nun spürte sie es noch intensiver. Nicht, dass hier draußen irgendeine Gefahr auf sie gelauert hätte. Solche Gefahren gab es ausschließlich in ihrem Kopf, und davon musste sie sich unbedingt befreien. Das wusste sie, und sie war fest entschlossen, sich das so lange einzureden, bis sie es glaubte. Abgesehen davon würde sie ja nicht lange von zu Hause fort bleiben, sondern nur für die kurze Zeit, die sie brauchte, um Alec den Bach zu zeigen.

Als sie ihm voraus den mit Büschen und Sträuchern bewachsenen Abhang hinunterlief, war sie sich überdeutlich seiner warmen, beruhigenden Gegenwart bewusst. Er bewegte sich mit der natürlichen Anmut und Geschmeidigkeit eines Indianers. Fast glaubte sie, plötzlich einen leichten Kupferton seiner Haut wahrzunehmen.

Weiterhin herrschte eine gewisse Befangenheit zwischen ihnen beiden, aber sie war jetzt, während sie zusammen zum Bach liefen, von anderer Beschaffenheit als vorher. Wie lange schon war sie sich nicht mehr so stark der Nähe eines anderen Menschen bewusst gewesen? Das einzige männliche Wesen, für das sie sich in den letzten Jahren interessiert hatte, war ihr Sohn gewesen, der inzwischen zum Teenager herangewachsen war.

Alec zeigte sich sehr beeindruckt von dem Bach. Er stand bis zu den Knien im Farn am Ufer, und die Sonne, die durch das Laub der Bäume fiel, zeichnete goldene Muster auf seine gebräunte Haut. Mit einem atemberaubenden Lächeln drehte er sich nun zu Laurel um. „Hier sehe ich einige Möglichkeiten."

„Ich weiß", stimmte sie stockend zu. Auf einmal fürchtete sie diese Möglichkeiten mehr als alles andere in den letzten fünf Jahren.

Er neigte den Kopf und sah sie beinahe treuherzig an. „Heißt das, ich bekomme den Job?"

Was hatte er nicht alles in so kurzer Zeit vollbracht. Er konnte „Ivywild" von all dem wuchernden Gestrüpp befreien. Er konnte für sie den Rosengarten anlegen. Wenn sie sich nicht nach draußen gewagt und mit eigenen Augen gesehen hätte, wie viel versprechend all das war, was er tat, hätte sie ihm vielleicht eine andere Antwort gegeben. Doch jetzt hatte sie keine Wahl mehr. „Ja, das heißt es wohl."

Ein Leuchten ging über sein Gesicht. „Gut", meinte er sanft. „Nicht nur gut, sondern fantastisch!"

Laurel war sich dessen nicht so sicher.

Und noch weniger sicher war sie sich, als es Nacht wurde und Alec auf seiner Harley davongebraust war. Sie hatte sich so daran gewöhnt, allein zu sein, und doch empfand sie das Alleinsein heute bewusster denn je. Es war ein warmer Abend, dennoch fröstelte sie. Sie schlang die Arme um sich und fragte sich, wie es wohl sein musste, von einem Mann im Arm gehalten zu werden, sich an eine breite Brust schmiegen, sich geborgen fühlen zu können. Es war schon so lange her.

Howard war nie sonderlich gut gewesen, wenn es darum ging, zärtliche Zuneigung zu zeigen. Wenn sie versucht hatte, sich an ihn zu kuscheln, hatte sie für gewöhnlich stattdessen Sex bekommen. In der Hinsicht hatte ihre Ehe funktioniert, es war weder berauschend gewesen noch katastrophal. Geredet hatten sie auch miteinander – meist über praktische Dinge, über die sich Eheleute eben so unterhalten: über Reparaturarbeiten am Haus, die Fortschritte der Kinder in der Schule, was es zum Essen geben sollte.

Manchmal waren sie abends zum Essen ausgegangen oder hatten Freunde besucht. Anschließend waren sie in freundschaftlichem Schweigen nach Hause gefahren. Ab und zu hatte Howard ihre Hand gehalten. Aber nein, zärtliche Liebkosungen waren weniger seine Art gewesen; er hatte kein Interesse an dem von keinerlei Leidenschaft geprägten Bedürfnis gehabt, den anderen einfach nur im Arm zu halten und seine Nähe zu genießen. Vielleicht war es töricht, etwas zu vermissen, das man nie gehabt hatte.

Sie war einsam, daran lag es wohl. Die Nacht erstreckte sich leer, still und trostlos vor ihr. Es gab nichts Sehenswertes im Fernsehen, und die interessantesten Bücher im Bücherschrank hatte sie längst gelesen. Sie war nicht müde, nicht einmal schläfrig.

Laurel konnte nicht aufhören, an Alec Stanton zu denken. Die Art, wie er sie ansah, wie er langsam zu lächeln anfing, die tief liegenden Augen unter den dichten Brauen, die hohen Wangenknochen, die ihm das Aussehen eines Indianers verliehen, seine geschmeidigen Bewegungen, die Kraft, die sich hinter dieser trügerischen Sanftheit verbarg, das Glänzen seiner samtigen Haut, wenn er schwitzte, der eintätowierte Drache, der durch die Bewegungen seiner Muskeln zum Leben zu erwachen schien ...

Wie albern, wegen eines Angestellten in solche Schwärmereien zu verfallen, wegen eines so jungen Angestellten noch dazu. Und weitaus alberner war es, einer solchen Anziehungskraft nachzugeben. Wenn sie etwas objektiver hätte sein können, dann hätte sie wahrscheinlich gelacht über diesen Streich, den ihr ihre Fantasie da spielte; dann hätte sie sich womöglich aufgeregt über einen so unpassenden Partner. Sie war doch wirklich wie ein Kanarienvogel, den die schillernde Farbenpracht eines Goldfasans faszinierte.

Ihre Hormone waren daran schuld, das war alles. Das Ganze hatte doch gar keine Zukunft. Alec Stanton würde seine Arbeit zu

Ende bringen, fortgehen, und danach würde alles wieder so sein wie vorher. Nein, nicht alles. Sie würde einen neuen Rosengarten besitzen. Damit musste sie sich wohl zufrieden geben.

Vielleicht war es ein Fehler gewesen, ihr Haus zu verlassen. Es gab mehr als nur eine Form von Sicherheit, mehr als nur eine Art von Gefahr. Wenn sie jetzt im Haus blieb, bis Alec mit dem Garten fertig war, konnte sie wenigstens nicht verletzt werden. Wirklich nicht?

3. KAPITEL

Laurel Bancroft überwachte ihn vom Fenster her; er wusste es genau, denn er hatte sie dabei erwischt. Das gefiel ihm nicht. Er kam sich dabei fast vor wie ein Verbrecher, von dem sie sich unbedingt fern halten musste. Oder noch schlimmer wie einer, der nicht gut genug für sie war und mit dem sie nichts zu tun haben wollte. So ging das nun schon seit drei Tagen, und allmählich reichte es ihm gründlich.

Es war ihm gleich, ob sie nun Witwe war; es kümmerte ihn auch nicht, ob sie ihren Mann tatsächlich umgebracht hatte und sich jetzt deswegen versteckte. Es spielte nicht einmal eine Rolle, dass sie nie mit einer anderen Menschenseele außer Maisie zusammen war. Er wollte, dass sie aus diesem Haus herauskam. Er wollte, dass sie mit ihm redete.

Der Zorn, der in ihm brodelte, während er verbissen jätete und umgrub, war irgendwie seltsam. Seit Jahren schon machte es ihm nichts mehr aus, was die Leute von ihm hielten oder wie sie sich ihm gegenüber benahmen. Laurel Bancroft jedoch hatte alte Wunden bei ihm aufgerissen. Bei ihr fühlte er sich auf einmal wieder unsicher wie ein Teenager. Abgesehen davon weckte sie seinen Beschützerinstinkt, und das war noch etwas, das er ihr übel nahm. Er wusste auch nicht, was an ihr so Besonderes war. Es lag nicht allein daran, dass sie sehr hübsch war, denn in Kalifornien gab es hübsche Frauen wie Sand am Meer, und er hatte mit genügend von ihnen zu tun gehabt. Auch lag es nicht daran, dass er, wie sein Bruder manchmal behauptete, eine Schwäche für problembeladene Frauen hatte. Sicher, er half gern, wenn jemand in Schwierigkeiten steckte, aber das hatte nichts mit der Besitzerin von „Ivywild“ zu tun.

Da war sie wieder. Natürlich stand sie nicht unmittelbar am Fenster, und sie gab sich große Mühe, den Vorhang nicht zum

Schwingen zu bringen, doch Alec hatte gelernt, diese schattenhafte Bewegung dahinter wahrzunehmen.

Das gab ihm den Rest. Er ließ den Spaten fallen, zog sich die Handschuhe aus und steckte sie in die Hosentaschen. Er würde sich nicht länger bespitzeln lassen. Entweder sie kam aus dem Haus, oder er ging hinein.

Maisie öffnete ihm auf sein Klopfen hin. Als sie seinen grimmigen Gesichtsausdruck sah, zog sie die Augenbrauen hoch. „Was ist?“ fragte sie und wischte sich die nassen Hände an der Schürze ab.

„Ich möchte kurz mit Mrs. Bancroft sprechen.“

„Sie hat zu tun“, teilte ihm die Haushälterin mit, ohne sich von der Stelle zu rühren. „Brauchst du etwas?“

„Ein paar Antworten“, gab er zurück. „Könntest du sie bitte holen?“

Maisie betrachtete ihn prüfend, schließlich nickte sie. „Warte hier.“

Alec stemmte die Hände in die Hüften und sah ihr nach. Warte hier, hatte sie gesagt. Wie sich das für einen braven Jungen gehörte. Oder für einen Angestellten. Er presste die Lippen aufeinander. Nach einigen Sekunden vernahm er gedämpftes Murmeln, dann wieder Stille und schließlich das Schlurfen von Maisies Schuhen.

„Ich soll dich fragen, was du genau willst.“

„Ich will mit ihr reden“, wiederholte er gefährlich sanft.

„Nun, sie will aber nicht mit dir reden, also lass es lieber!“

„Und wenn ich das nicht tue? Wirst du mich daran hindern? Oder mich etwa bei Grannie anschwärzen?“ Er tat einen Schritt in den Flur.

„Du bringst sie noch so weit, dass sie dich entlässt!“ warnte Maisie, wich aber dennoch ein Stück zurück.

„Und wenn schon.“

„Ich dachte, du wolltest diesen Job unbedingt haben?“

„Wo ist sie?“ Er ging an ihr vorbei weiter ins Haus hinein, und Maisie folgte ihm.

„In ihrem Schlafzimmer“, antwortete sie etwas atemlos. „Dort kannst du nicht hinein!“

„Ich denke doch.“ Er steuerte auf die Tür zu, zu der Maisie eben beim Sprechen geblickt hatte.

„Gut, aber dann auf deine eigene Gefahr!“ In ihre warnende Stimme mischte sich ein Unterton widerwilliger Bewunderung.

Alec nickte, klopfte kurz und drückte die Klinke der Schlafzimmertür herunter. Laurel saß auf einer Chaiselongue. Sie hatte sich ein paar Kissen hinter den Rücken gesteckt, die Beine angezogen und hielt ein Buch in der Hand. Sie errötete und blickte ihm mit großen Augen entgegen. Das Zimmer passt zu ihr, dachte Alec. Die vorherrschenden Farben waren Beige, Blau und Rosa, dazu ein paar solide aussehende viktorianische Möbelstücke und zarte, sinnlich wirkende Stoffe. Dies hier war ein Zufluchtsort, und er war darin eingedrungen. Darüber hinaus hatte er sie unvorbereitet angetroffen, ehe sie sich noch gegen sein Erscheinen hatte wappnen können. Sie war barfuß, hatte weiße Shorts an und trug ganz sicher keinen BH unter dem überweiten T-Shirt. Das Haar fiel ihr über eine Schulter, und nicht der kleinste Hauch von Make-up störte die makellose Klarheit ihres Gesichts. Er glaubte, nie etwas Verführerischeres als sie gesehen zu haben.

In Bruchteilen von Sekunden hatte sie ihre Fassung wiedergewonnen. Sie legte das Buch zur Seite und erhob sich von der Chaiselongue. Ihre Stimme klang nervös. „Was ist? Haben Sie ein Problem?“

„Das könnte man so sagen, ja. Ich möchte wissen, warum Sie solche Angst vor mir haben.“ Er hatte sie nicht so direkt darauf ansprechen wollen, doch nun kam es auch nicht mehr darauf an.

„Das habe ich doch gar nicht!“ bestritt sie augenblicklich.

„Ach nein? Es sieht aber ganz so aus! Es sei denn, es gibt einen anderen Grund, weshalb Sie sich hier im Haus verstecken."

Ihr Blick ruhte eine Sekunde zu lange auf ihm, ehe sie antwortete. „Wer sagt, dass ich mich verstecke? Nur weil ich nicht das Bedürfnis habe, jeden einzelnen Handgriff von Ihnen zu überwachen ..."

„Sie lassen mich diesen Garten ganz allein anlegen, und das wissen Sie. Wenn ich damit fertig bin, wird es eher mein Garten sein als Ihrer."

Sie zuckte flüchtig mit den Schultern. „Dann mache ich ihn eben wieder zu meinem, sobald Sie fort sind."

„Das ist nicht nötig! Ich kann dafür sorgen, dass er genau so wird, wie Sie ihn sich vorstellen. Sie müssen nicht einen Finger dafür krumm machen, sondern brauchen mir nur zu sagen, was ich tun soll. Ich habe jetzt alles herausgerissen, was offensichtlich nicht bleiben sollte, doch nun ist es Zeit für Entscheidungen."

„Dann entscheiden Sie eben", meinte sie gepresst. „Sie kennen sich ohnehin viel besser mit solchen Dingen aus als ich."

„Ich weiß aber nicht, was Ihnen gefällt und was Sie wollen!" Er hatte das ganz ohne Hintergedanken sagen wollen, trotzdem wurde ihm auf einmal heiß.

„Tun Sie, was Sie für richtig halten."

Er starrte sie an und gab sich dann innerlich einen Ruck. Sie dachte dabei an Blumen und Sträucher, an nichts anderes. „Nehmen Sie an, ich reiße alles heraus und lasse gar nichts mehr stehen."

„Das können Sie nicht machen!"

„Oh, doch", grollte er. „Nichts leichter als das."

„Aber da sind Kamelien, die sind über achtzig Jahre alt, und dann der alte Olivenbaum ..." Sie verstummte, und ihre Augen wurden schmal. „Das wissen Sie doch selbst ganz genau!"

„Ja, ich weiß, was da ist. Ich weiß nur nicht, was Ihnen besonders am Herzen liegt."

„Das kann ich Ihnen sagen ...“

„Zeigen Sie es mir“, fiel er ihr kurzerhand ins Wort.

Um ihre Lippen trat ein harter Zug. „Ich glaube nicht, dass ...“

„Es sei denn, es liegt an mir“, unterbrach er sie erneut, diesmal mit ganz sanfter Stimme. „Wenn Sie keine Angst haben, dann ist es wohl so, dass Ihnen an meiner Gesellschaft nichts liegt.“

Überraschung spiegelte sich in ihren blauen Augen wider. „Aber nein, das ist es ganz und gar nicht!“

„Wo liegt dann das Problem?“

„Nirgends!“

„Das nehme ich Ihnen nicht ab.“

„Nun, zumindest hat es nichts mit Ihnen zu tun. Ich weiß gar nicht, warum Sie das alles so interessiert!“

„Nennen Sie mich albern, aber ich möchte einfach gern wissen, wo ich stehe.“

„Im Moment dort, wo Sie nicht hingehören, nämlich in meinem Schlafzimmer.“ Sie warf ihm einen gereizten Blick zu und wandte sich ab.

„Geben Sie mir eine befriedigende Antwort, und ich bin weg“, beharrte er.

Seufzend verschränkte sie die Arme vor der Brust. „An Ihnen liegt es nicht, okay? Wenn Sie es unbedingt wissen wollen – es liegt an mir. Ich bin nicht sehr geschickt im Umgang mit Menschen.“

„Ist das so?“ Er zog die Brauen hoch. „Sie müssen mit mir auch keinen Umgang pflegen, sondern einfach nur reden. Ich bin nicht kompliziert, ich beiße auch nicht, ich hasse es nur, wenn man mich ignoriert.“

„Ich ignoriere Sie doch gar nicht!“

„Vielleicht können Sie nur einfach nichts mit mir anfangen.“

„Nein, das ist es nicht! Ich weiß gar nicht mehr, was ich sagen soll.“

Er fing an zu lächeln, ganz langsam, aber sehr siegessicher, als er zur Tür ging, sie aufhielt und auf Laurel wartete. „Dann gibt es keine Ausrede mehr, denn reden kann ich für uns beide, und gegen Ihre Gesellschaft habe ich nichts."

Der Blick, mit dem sie ihn bedachte, war gleichzeitig wütend und resignierend. Er hatte gewonnen, und sie wusste es. Sie war nicht der Typ Frau, der grausam sein konnte, nur um sich selbst zu schützen, ganz gleich, wie sehr man sie auch provozierte. Damit hatte er gerechnet, ja, sich sogar darauf verlassen. Das sagte zwar nicht viel über seine Menschenkenntnis aus, aber noch weniger Menschenkenntnis besaßen offenbar all die, die dumm genug waren, ihr einen Mord zuzutrauen. Er beobachtete sie aufmerksam, wie sie in die Schuhe schlüpfte und dann an ihm vorbei in den Flur ging.

Ja, er hatte es geschafft. Er hatte Laurel aus ihrem Zimmer und sogar aus dem Haus gelockt. Und wie sollte es nun weitergehen? Eine gute Frage, und er stellte sie sich oft während der nächsten Woche. Er mochte so arrogant sein zu glauben, er wüsste, was für sie am besten war, doch davon wollte er sich nicht in seinen Bemühungen beirren lassen. Immerhin war es ihm gelungen, sie dazu zu bringen, jeden Morgen mit in den Garten zu kommen. Viel Geduld war dazu nötig gewesen, endlose törichte Fragen, die er sich mühelos auch selbst hätte beantworten können. Doch am sechsten Tag, erst gestern, hatte er sie lange genug im Garten aufgehalten, bis sie einen leichten Sonnenbrand auf der Nase und Schmutz unter den Nägeln ihrer langen, schlanken Finger gehabt hatte. Es war ihm wie eine Belohnung für seine Anstrengung vorgekommen, als sie dann heute Morgen mit Handschuhen und einem Strohhut nach draußen gekommen war.

Mit ihr zu arbeiten war sowohl ein Vergnügen als auch eine Tortur. Sie wollte jede Pflanze behalten, die noch halbwegs gesund war, wodurch in ihrem Garten unweigerlich wieder ein heilloses Durcheinander entstehen würde. Nun, ihn ging das nichts an. Er hatte nicht das Recht, sich darüber zu beklagen. Auch erwies sie sich als grenzenlos tierlieb. Ständig fiel sie ihm in den Arm, um einen Frosch, eine Eidechse, ja, sogar Schlangen vor seinem Spaten zu retten. An diesem Morgen verbrachte sie eine geschlagene Stunde damit, ein junges Kaninchen durch den Garten zu scheuchen, damit es den Weg durch den Zaun nach draußen fand.

Zur Entschädigung für seine hart auf die Probe gestellte Geduld war es ihm jetzt aber möglich, den zarten Rosenduft ihrer Haut wahrzunehmen. Er konnte ihre Anweisungen direkt entgegennehmen, wenngleich sie sie eher wie höfliche Bitten formulierte. Er durfte den Anblick genießen, wenn sie sich in ihren knappen Shorts bückte, um ein paar welke Gräser auszuzupfen. Er konnte mit ihr reden, wann immer es ihm beliebte. Und manchmal, wenn er es am wenigsten erwartete, wurde er von ihr für eine witzige Bemerkung mit einem ihrer seltenen Lächeln belohnt.

Sie war der Typ Frau, für die er zu einem anderen Zeitpunkt und an einem anderen Ort sein ganzes Leben auf den Kopf gestellt hätte. So jedoch hatte er nur vor, sie aus ihrem sich selbst auferlegten Exil zu locken und dafür zu sorgen, dass sie erst einmal wieder zu leben anfing. Er wusste nicht recht, weshalb er so fixiert auf dieses Vorhaben war. Vielleicht brauchte er nur etwas Ablenkung. Oder vielleicht hasste er einfach auch nur Verschwendung. Ja, und vielleicht war er ein Narr, wenn er sich einbildete, es würde ganz einfach gehen.

Mittags aßen sie zusammen auf der Veranda. Nur mit Mühe bekam er Maisies selbst gemachten Hamburger hinunter, obwohl er köstlich schmeckte. Jedes Mal, wenn er Laurel so natürlich und entspannt neben sich sitzen sah, schnürte sich ihm die Kehle zu. Sie wirkte müde und verschwitzt, ihr nasses T-Shirt schmiegte sich an genau den richtigen Stellen an ihren Körper. Aus ihrem langen Zopf hatten sich ein paar Haarsträhnen gelöst, und an ihren Wimpern hatte sich ein Krümel Erde verfangen. Alec fand sie wunderschön.

„Stillhalten", forderte er sie auf. Er berührte ihre Wange, schloss ihr behutsam mit dem Daumen das Auge und entfernte dann den Schmutz von ihren Wimpern.

Sie blinzelte prüfend und lächelte ihn schließlich an. „Danke."

Unglaublich, was so ein kleines Wort alles bewirken konnte. Auf einmal fühlte er sich riesig groß und bärenstark; er hätte Bäume ausreißen können. Die Welt aus den Angeln heben. Oder alle möglichen lüsternen Fantasien auf dem Tisch, der zwischen ihnen stand, ausleben ... Was ganz sicher seinen sofortigen Hinauswurf zur Folge haben würde.

Sie beobachtete ihn leicht fragend, und er befürchtete, rot geworden zu sein. Hastig griff er nach seinem Glas Wasser und trank durstig.

„Sie essen nicht sehr viel, nicht wahr?" stellte sie mit mildem Vorwurf fest. „Jedenfalls im Verhältnis zu der schweren Arbeit, die Sie leisten."

„Ich esse genug", lautete seine knappe Antwort. Mütterliche Anteilnahme war das Letzte, was er von ihr wollte.

Sie runzelte die Stirn. „Ich fragte mich nur, ob Absicht dahinter steckt, irgendeine kalifornische Gesundheitsdiät oder so."

„So könnte man es sogar fast nennen", räumte er friedlicher ein. „Der alte Mann, mit dem ich zusammenarbeitete, glaubte, dass zu viel Essen Ursache für alle möglichen Probleme sei. Fette Ratten sterben jung, pflegte er immer zu sagen. Er war Chinese, machte sich lustig über amerikanische Diätprogramme und bereitete sagenhaft gute Gerichte aus Reis und Gemüse zu. Er war sechsundachtzig und in Topform."

„Bei ihm haben Sie als Gärtner gejobbt?"

Alec nickte und freute sich, dass sie sich an etwas erinnerte, das er ihr an jenem ersten Abend erzählt hatte. „Mr. Wu war Gärtner.

Er brachte mir alles bei, was ich heute über Pflanzen weiß, und darüber hinaus noch viele andere Dinge."

Sie lächelte beinahe verschmitzt. „Die Weisheit der ehrwürdigen Ahnen?"

„Sie haben zu viele Charlie-Chan-Filme gesehen", erwiderte er ebenfalls schmunzelnd. „Mr. Wu verstand sehr viel von Zen und den Künsten der Selbstverteidigung, aber ich habe ihn niemals Konfuzius zitieren hören."

„Selbstverteidigung? Hat er Ihnen das auch beigebracht?"

Er zuckte mit den Schultern. „Nur als eine Art sportliches Training."

„Man könnte meinen, dass die Gartenarbeit Ihnen mehr als genug Möglichkeit gibt, sich körperlich zu betätigen."

„So sah ich das auch", gab er leise lachend zu. Laurel streckte sich, um ihre verspannten Nackenmuskeln zu lockern, und Alecs Blick streifte ihre sich unter dem T-Shirt abzeichnenden Brüste. „Mr. Wu verstand es, die Ansichten eines Menschen gründlich zu verändern."

„Ich vermute, Sie vermissen Kalifornien. Ich meine, hier ist alles doch wohl ziemlich anders."

„Ich habe es vermisst." Er sah ihr in die Augen und schüttelte dann langsam den Kopf. „Jetzt nicht mehr."

Sie wich seinem Blick aus. Mit der Fingerspitze tupfte sie ein Sesamkorn auf, das von ihrem Hamburger gefallen war. „Trotzdem werden Sie sicher dorthin zurückkehren, nicht wahr?"

Würde er? Ursprünglich war das tatsächlich seine feste Absicht gewesen. Er schluckte, als er sah, wie sie sich das Sesamkorn mit der Zungenspitze vom Finger leckte. „Noch nicht so bald."

„Weil es Ihrem Bruder noch nicht entsprechend geht? Oder möchte er gar nicht mehr fort von hier?"

Sie umging das heikle Thema seiner eigenen Wünsche, und das schien darauf hinzuweisen, dass sie ihn doch besser verstand, als er angenommen hatte. Aber vielleicht war das auch nur Wunschdenken seinerseits. „Gregory ist glücklich hier, den Umständen entsprechend", meinte er nach einer Weile. „Ich glaube nicht, dass er von hier noch einmal ... fortgehen wird."

„Das ist doch gut! Wenn es ihm hier so sehr gefällt ..."

Er sah sie ernst an. „Ja, schon, aber das meinte ich damit nicht."

„Oh." Sie hob erschrocken den Kopf. „Wollen Sie damit andeuten ..."

Er nickte und blickte zur Seite, um einen Eichelhäher zu beobachten, der sich auf dem Gartenzaun niedergelassen hatte. „Er wird es nicht schaffen", bestätigte er leise.

In der plötzlich eintretenden Stille klang das heisere Krätschen des Eichelhähers besonders laut. „Weiß er es?" erkundigte sie sich schließlich sanft.

Er nickte erneut, weil er seiner Stimme nicht recht traute.

„Wie alt ist er?"

„Er wird im Oktober fünfunddreißig, er ist vier Jahre älter als ich." Bewusst brachte er somit sein eigenes Alter zur Sprache. Ihr kurzes Zögern schien ihm ein Hinweis, dass sie das tatsächlich hatte wissen wollen.

„Ist er ... Ich meine, findet er sich einigermaßen damit ab?"

„Nein", erwiderte Alec bestimmt. „Das kann man nicht gerade sagen." Und das war noch untertrieben. Gregory hatte die Nachricht sehr schlecht aufgenommen, doch wer wollte es ihm verübeln?

„Er hat großes Glück, dass Sie bei ihm sind."

Alec hatte mit jeder anderen Bemerkung von ihr gerechnet, aber nicht damit. Er lachte verblüfft auf. „Ich glaube nicht, dass er dem zustimmen würde!"

„Ihre Großmutter hat Maisie erzählt, dass Sie jede Nacht bei ihm sind."

„Jemand muss nach ihm sehen, ihm seine Medikamente geben.

Grannie pflegt ihn tagsüber, doch irgendwann braucht sie auch ihre Ruhe." Es überraschte ihn, dass Laurel mit Maisie über ihn gesprochen hatte, und er fragte sich, weshalb.

Sie errötete leicht unter seinem prüfenden Blick. „Ich habe gesehen, wie Sie sich am ersten Tag mittags kurz hingelegt und geschlafen haben. Maisie meinte, Sie hätten es sicher dringend nötig, und erklärte mir den Grund. Seitdem haben Sie das nicht mehr getan, und ich wollte Ihnen nur sagen, dass ich nichts dagegen habe, wenn Sie ... wenn Sie das Bedürfnis haben."

Sein momentanes Bedürfnis hatte wenig mit Schlafen zu tun, wenn auch einiges mit dem Liegen. Oder auch nicht. „Ich weiß Ihr Verständnis zu schätzen", bedankte er sich vorsichtig. „Aber meist schlafe ich abends eine halbe Stunde, wenn Grannie das Abendessen macht. Das reicht schon."

„Wie Sie meinen."

„Heißt das, ich brauche Ihrer Meinung nach einen Mittagsschlaf, weil ich nicht fit genug bin?" Alec machte einen matten Versuch, das Thema zu wechseln und die Stimmung etwas aufzulockern.

Sie ließ den Blick über seine breite Brust schweifen und verzog den Mund zu einem ironischen Schmunzeln. „Wohl kaum."

Er musste an sich halten, um nicht zu strahlen. Zwar hatte er es wirklich nicht auf ein Kompliment abgesehen, aber es tat ihm gut. Er schob seinen Teller von sich und lehnte sich im Sessel zurück. Zufällig fiel sein Blick auf ein Stück abblätternder Farbe am Verandageländer, und das war ihm ein höchst willkommener Anlass, seine Gedanken endlich in eine andere Richtung zu bringen. „Wann ist dieses Haus das letzte Mal gestrichen worden?"

Sie hob die Hände. „Vor etwa sechs, sieben Jahren. Ich weiß, es hat es nötig, aber ..."

„Ich sagte schon einmal, es wäre eine Schande, es zu sehr verkommen zu lassen. Es ist so ein herrliches altes Haus."

„Sicher", stimmte sie kläglich zu. „Aber der Aufwand ..."

„Ich sagte Ihnen auch, dass ich das übernehmen könnte."

„Dann wären Sie ja ewig hier beschäftigt."

Genau, dachte er. Stattdessen meinte er: „Nicht ganz. Es ist erstaunlich, wie schnell man mit ein paar Eimern Farbe und einem Luftkompressor vorwärts kommt."

„Aufsprühen, meinen Sie?"

Er zog eine Augenbraue hoch. „Die Methode ist nicht neu."

„Nein, aber Howard hat immer die anstrengendere Methode gewählt, mit Pinsel und Quast."

„Ihr Mann, nicht wahr?"

Sie nickte nur und sah angestrengt auf ihren Teller. Den Hamburger schob sie beiseite, als hätte sie plötzlich keinen Hunger mehr, und Alec fand, dass sie ziemlich blass wirkte. Ihm fiel wieder ein, was Maisie ihm erzählt hatte, und er konnte nachvollziehen, was in ihr vorgehen musste. „Es ist nicht Ihre Schuld, dass er starb", stieß er rau hervor. „Nehmen Sie sich das doch nicht so zu Herzen."

„Sie haben von alldem keine Ahnung!" Ihre Augen funkelten.

„Ich weiß nur, was man mir gesagt hat. Aber selbst ich bin klug genug zu wissen, dass eine Frau, die keiner Eidechse etwas zu Leide tun kann, niemals einen Menschen umbringen würde." So, jetzt war es heraus, das Thema. Er wartete nur darauf, dass sie ihn auffordern würde, sich zum Teufel zu scheren.

Sie blickte zur Seite und schluckte krampfhaft. „Das eine muss das andere nicht zwangsläufig ausschließen."

„Wollen Sie damit sagen, Sie hätten ihn absichtlich überfahren?"

„Ich hätte es tun können." Ihre Wangen glühten, und zwischen ihren Brauen bildete sich eine steile Falte.

„Sicher. Sonst noch etwas?" Er ertappte sich dabei, dass er auf ihre Empörung wartete, darauf, dass sie ihre Unschuld beteuerte. Warum tat sie es nicht?

„Vielleicht habe ich ihn hinter dem Wagen gesehen, ehe ich rückwärts aus der Garage fuhr. Vielleicht hätte ich rechtzeitig auf die Bremse treten können. Ich habe es aber nicht getan."

Sie meinte es tatsächlich absolut ernst. So unglaublich es schien, doch sie glaubte wirklich, sie hätte ihren Mann womöglich absichtlich umgebracht. „Richtig, weil Sie vielleicht dachten, dass niemand so dumm sein könnte, hinter einem anfahrenden Auto vorbeizulaufen. Liebe Güte, jeder würde so denken!"

„Eben nicht jeder."

„Vergessen Sie solche Leute! Bekommen Sie Ihr Leben wieder in den Griff!"

„Das ist leicht gesagt, aber ich kann nicht ..." Sie verstummte und rieb sich mit beiden Händen über das Gesicht, als wollte sie die grausige Erinnerung einfach von sich abstreifen. „Nun, egal. Ich weiß gar nicht, wie wir überhaupt darauf gekommen sind. Ich ... Wir sprachen über das Anstreichen. Wenn Sie diese Zumutung wirklich auf sich nehmen wollen, können Sie alles, was Sie dazu brauchen, auf meine Rechnung in der Stadt kaufen."

„Das ginge natürlich. Wir könnten aber jetzt gleich auch gemeinsam in die Stadt fahren, und Sie suchen sich die Farben selbst aus." Er forderte sie absichtlich heraus und wartete mit mehr als nur beiläufigem Interesse auf ihre Antwort.

„Oh, das ist gar nicht nötig. Ich will es einfach weiß streichen lassen."

„Mit grünen Fensterläden, vermute ich." Sein Ton klang sarkastisch, Alec war sichtlich enttäuscht.

„Warum denn nicht? Das sind hier die traditionellen Farben, so war es schon immer."

„Aber es ist langweilig."

„Sie würden das Haus wahrscheinlich lieber farbenfroh herausputzen wie ein Callgirl aus San Francisco!"

Ihr Ärger gefiel ihm irgendwie besser, jetzt hörte sie sich so richtig temperamentvoll und lebendig an. Außerdem hatte sie Recht, was seinen Geschmack betraf. „Die Viktorianer liebten Farbenfrohes", verteidigte er sich.

„Hier in dieser Gegend nicht. Simple weiße Farbe war alles, was sich die Menschen hier nach dem Bürgerkrieg leisten konnten, wissen Sie. Und später waren alle der Meinung – was gut genug für ihre Großeltern war, musste auch heute noch gut genug sein. Für mich ist es das auf jeden Fall."

„Nun, dann wollen wir um Gottes willen nicht gegen die Traditionen verstoßen. Bevorzugen Sie gebrochenes Weiß oder Reinweiß?"

„Gebrochenes Weiß."

„Das hätte ich mir denken können."

Sie schwieg eine Weile und starrte ihn nur an. Dann stand sie auf. „Schön. Nachdem das also geklärt ist, sollten wir uns jetzt wohl wieder an die Arbeit machen."

Es geschah ihm ganz recht.

Der Nachmittag verging wie im Flug, zumindest kam es ihr so vor. Zuerst strahlte die Sonne noch hoch am Himmel, und als Laurel dann das nächste Mal wieder nach oben blickte, stand sie bereits so tief, dass die Bäume lange bläuliche Schatten warfen.

Laurel hatte gerade beschlossen, ein allzu wirr wucherndes Geißblatt einfach radikal zu kappen, als sie ein schwaches Geräusch unmittelbar hinter sich vernahm. Mit der offenen Astschere in der Hand fuhr sie herum.

Alec wich zur Seite und holte mit der Hand aus. Im nächsten Moment fiel die Astschere zu Boden, und Laurel hielt sich erschrocken das schmerzende Handgelenk. Er stieß einen unterdrückten Fluch aus und kam zu ihr, um ihr den Handschuh auszuziehen. Vorsichtig drehte er die Hand, prüfte die Beweglichkeit der einzelnen Finger und sah Laurel dabei aufmerksam ins Gesicht. Sie schien jedoch keine Schmerzen zu haben, und er atmete auf. „Ich wollte Ihnen nicht wehtun. Es war ein reiner Reflex."

„Ich weiß", erwiderte sie und erschauerte innerlich, als sie seine warme, kräftige Hand auf ihrer spürte. „Sie haben mir auch nicht wehgetan. Ich hatte mich nur erschreckt."

Er warf ihr einen abschätzenden Blick zu. „Nun ja, ich auch. Ich wusste nicht, dass Sie bewaffnet und gefährlich waren."

Dazu hätte sie nun etwas sagen können, sie beschloss jedoch, nicht darauf einzugehen. „Wollten Sie etwas von mir?"

Alec verstärkte den Griff um ihr Handgelenk einen Moment lang, doch dann ließ er sie abrupt los. „So ist es. Ich wollte Sie fragen, ob Sie mir zeigen, wo sich die Quelle des Bachs befindet. Ich möchte gern wissen, wie viel Wasser ihm von Norden her zufließt."

„Ich nehme an, Sie haben einen Grund dafür?" Sie merkte, dass sie sich unbewusst immer noch das schmerzende Handgelenk gerieben hatte, und zwang sich, damit aufzuhören.

„Ich dachte daran, Wasser aus dem Bach für Ihren Brunnen abzuleiten."

„Aber warum?" Laurel runzelte die Stirn. „Es gibt doch diese Maschinen, die das Wasser zirkulieren lassen."

„Trotzdem muss man immer wieder neues Wasser zuführen." Er schmunzelte. „Außerdem sind solche Spielereien mit Wasser meine Leidenschaft. Schließlich bin ich Ingenieur, ich gebe mich nie mit den einfachsten Lösungen zufrieden!"

„Ich kann mir nicht vorstellen, dass Sie sich durch diesen Dschungel am Bach kämpfen wollen. Es ist ein einziges, undurchdringliches Dickicht, und es wimmelt dort von Schlangen."

„Sie meinen wohl eher, Sie haben keine Lust dazu", behauptete er. „Macht nichts. Sie lotsen mich die richtigen Straßen entlang, und ich kann mir schon vom Motorrad aus ein einigermaßen gutes Bild von der Sache machen."

„Wenn das heißt, dass ich Ihnen mit dem Wagen vorausfahren soll ..."

Er fiel ihr kopfschüttelnd ins Wort. „Nein, ich dachte mir, dass Sie mich auf dem Motorrad begleiten."

„Ich denke nicht daran!" Sie schwankte zwischen Verblüffung, Zweifel und Zorn und konnte sich nicht entscheiden, welches dieser drei Gefühle am stärksten war.

„Warum nicht? Haben Sie Angst, ich fahre Sie in den Graben?"

„Nein, aber ..."

„Da gibt es kein Aber. Entweder Sie vertrauen mir, oder Sie vertrauen mir nicht. Wo steckt das Problem?"

„Sie verstehen nicht", wich sie unsicher aus.

Er gab nicht nach. „Dann erklären Sie es mir."

„Ich mag keine Motorräder." Sie blickte geflissentlich an ihm vorbei.

„Sie müssen sie auch nicht mögen, sondern einfach nur mit mir mitfahren."

Laurel presste die Lippen hart aufeinander. „Das ist doch lächerlich. Ich brauche Ihnen gar keine Gründe zu nennen. Ich fahre nicht mit, und damit Schluss."

„Sie sind ein Feigling", provozierte er sie sanft.

Jetzt sah sie ihn doch an. „Sie haben kein Recht, so etwas zu behaupten!" fuhr sie ihn an. „Sie wissen nicht, wie es für mich ist, wenn ich von hier fortsoll! Sie haben keine Ahnung!"

„Weshalb sind Sie sich da so sicher? Sie sind nicht die Einzige, die Probleme hat! Zumindest weiß ich eins, nämlich, dass Sie eine Art Phobie haben, „Ivywild" zu verlassen. Wenn Sie sich davon nicht befreien, werden Sie sich eines Tages vollständig in Ihrem Haus verbarrikadieren und nie wieder nach draußen gehen."

Sie biss sich auf die Unterlippe. „Wäre das denn so schlimm?" fragte sie kaum hörbar.

„Es wäre geradezu ein Verbrechen", antwortete er, ohne zu zögern. „In Ihnen steckt noch so viel Leben. Wollen Sie das einfach vergeuden? Wollen Sie sich etwa von Ihrer Angst vorschreiben lassen, was Sie können und was nicht?“

Der Gedanke war neu für sie. Sie war sich nicht sicher, ob sie noch Leben – oder Mut – in sich hatte. „Hören Sie ...“, fing sie an.

„Nein, jetzt hören Sie mir zu.“ Er stemmte die Hände auf die Hüften. „Es ist nur eine kurze Fahrt auf dem Motorrad. Sie brauchen nichts weiter tun, als sich festzuhalten. Ich werde nicht schnell fahren, ich werde nicht im Graben landen, und Sie bestimmen, wo es langgeht. Was wollen Sie mehr?“

„Vielleicht hier bleiben?“ schlug sie vor.

„Kommt nicht infrage“, lehnte er grimmig lächelnd ab. „Nicht, wenn Sie Wert auf diesen Brunnen legen.“

Sie starrte ihn an. Bildete sie sich nur ein, dass das eine ganz subtile Form von Erpressung war? Oder würde er den Brunnen wirklich nicht anlegen, wenn sie sich jetzt weigerte, ihm zu helfen? Durchaus möglich, dass er so hartnäckig und so entschlossen sein konnte, seinen Willen durchzusetzen. Auf die Probe stellen wollte sie ihn lieber nicht, und das machte sie gleichzeitig gereizt und deprimiert. „Also gut“, gab sie seufzend nach. „Wann wollen Sie fahren?“

„Jetzt gleich?“ lautete sein Vorschlag.

Offenbar fürchtete er, sie würde einen Rückzieher machen, wenn er ihr zu viel Zeit ließ. Und wahrscheinlich hatte er damit sogar Recht, nur hätte sie das niemals zugegeben. „Dann will ich nur eben Maisie Bescheid sagen.“

„Das habe ich schon erledigt“, verkündete er und hatte tatsächlich auch noch die Nerven zu schmunzeln. Dann drehte er sich um und ging zur Zufahrt, wo sein Motorrad stand.

Laurel sah ihm nach; sie sah seine selbstbewussten, ausgreifenden Schritte, die natürlichen Bewegungen seiner Arme. Er machte den Eindruck, als fühlte er sich ausgesprochen wohl in seiner

Haut. Er erwartete, dass Laurel ihm folgte, war sich dessen sogar absolut sicher. Er war wirklich der eingebildetste Macho, den sie je gesehen hatte, und der Teufel sollte sie holen, wenn sie jetzt hinter ihm her trottete wie ein folgsames Hündchen.

Er drehte sich mit einem warmen, beinahe liebkosenden Lächeln zu ihr um und streckte die Hand aus. „Kommen Sie?"

Und sie ging zu ihm. Sie wusste zwar selbst nicht, warum, aber sie ging. Das war immer noch besser, als Feigling genannt zu werden.

Alec gab Laurel gar nicht die Gelegenheit, sich zu drücken, sondern führte sie geradewegs zum Motorrad. Er schwang sich in den Sattel, hielt die Maschine gerade und half ihr, hinter ihm aufzusteigen. Als sie saß, legte er sich ihre Arme um die Taille, doch kaum ließ er ihre Hände los, zog sie sie wieder zurück. Er versuchte, sich nichts von seiner Enttäuschung anmerken zu lassen.

„Das Ding ist größer, als ich dachte", bekannte sie etwas atemlos.

„Haben Sie noch nie so etwas gemacht?" fragte er und freute sich insgeheim über die Doppeldeutigkeit seiner Bemerkung.

„Nein, noch nie."

„Nun, es gibt für alles ein erstes Mal. Sind Sie bereit?"

„Reden Sie nicht lang, tun Sie es."

Er warf ihr einen flüchtigen Blick über die Schulter zu. Ahnte sie etwa, was in seinem Kopf vorging? Aber nein, ihr Gesicht wirkte äußerst angespannt, und sie war weit davon entfernt zu lachen. Er ließ den Motor an und legte den Gang ein.

Laurel hielt sich am Sitz fest, aber das reichte nicht aus, als Alec zügig anfuhr. Mit einem kleinen Aufschrei schlang sie die Arme um ihn und verschränkte die Hände fest vor seinem Bauch. Alec spürte ihre Brüste an seinem Rücken, sie fühlten sich herrlich warm und weich an. Die Wange schmiegte sie zwischen seine

Schulterblätter. Wunderbar, dachte er vor sich hin lächelnd. Einfach vollkommen.

Er rutschte ein Stück im Sattel nach hinten und drosselte die Geschwindigkeit. Seiner Mitfahrerin würde das ohne Zweifel lieber sein, außerdem dauerte die Fahrt auf diese Weise ein wenig länger. Nach einer Weile wandte er den Kopf zur Seite und rief: „Fahre ich Ihnen zu schnell?"

„Nein, nein, es ist gut so", rief sie zurück, obwohl sie sich nicht allzu überzeugend anhörte.

Dabei verhielt er sich wirklich mustergültig. Ohne Protest bog er von der asphaltierten Straße in einen Feldweg ein, den sie ihm zeigte. Er riskierte nichts, sondern hielt die Maschine ganz gerade. Nur ein einziges Mal hielt er an, um einen Blick auf den Bach zu werfen, der sich in Richtung „Ivywild" schlängelte. Es handelte sich um ein Gewässer von ansehnlicher Breite, das gewiss von mehreren Quellen gespeist wurde. Dadurch blieb das Wasser stets frisch und klar. Auch mehrere Trockenläufe mündeten in den Bach, aber Alec vermutete, dass diese im Frühjahr und Winter ziemlich viel Wasser führen würden. Ein, zwei Teiche waren durch Dämme aufgestaut worden, sie hatten jedoch kaum Einfluss auf die Fließgeschwindigkeit des Wassers. Doch, dieser Bach war für Alecs Zwecke durchaus geeignet, das sah er schon jetzt. Es würde wohl keine Probleme geben, daraus Wasser für den Brunnen abzuzweigen, weder mit den Anwohnern noch mit den Umweltschützern. Und es war ja durchaus nicht so, dass in Louisiana Wasserknappheit geherrscht hätte, im Gegenteil.

„Ich habe genug gesehen", erklärte er schließlich, als sie an einer kleinen Unterführung hielten. „Was machen wir jetzt?"

„Wir fahren nach Hause", lautete ihre entschiedene Antwort.

Er nickte. „Gut. Aber zuerst möchte ich noch sehen, wohin dieser Weg hier führt."

Er glaubte, irgendeinen Protest von ihr zu hören, da er jedoch bereits den Motor angelassen hatte, verstand er nicht mehr, was sie sagte.

Der Weg entpuppte sich als schwer befahrbar und sandig, er wand sich durch Wald und Gebüsch. Auf fast jeder Anhöhe standen ein paar hohe, alte Bäume, so, als hätte es dort einst Häuser gegeben. Vor der Jahrhundertwende war das alles hier Farmland gewesen, mit Weiden und Feldern, so weit das Auge reichte. Zumindest erzählte Grannie immer davon. Sie erinnerte sich noch an viele Familiennamen und wusste genau, wer aufgegeben hatte und in die Stadt gezogen war, um in der Sägemühle zu arbeiten, wer nach Texas ausgewandert und wer im Zweiten Weltkrieg gefallen war. Es war eigenartig – so viele Menschen hatten hier gelebt, gearbeitet, Kinder bekommen und waren schließlich gestorben, ohne irgendetwas anderes zurückzulassen als diese Bäume, die ihnen einst Schutz gewährt hatten.

„Kehren Sie um!" rief Laurel ihm jetzt ins Ohr. „Wir müssen zurück!"

Er nickte erneut, tat aber nichts dergleichen. Er fuhr weiter auf der schlechten Straße, durch Sonne und Schatten, und fühlte sich frei, glücklich und voller Lebensfreude. Er hätte ewig so weiterfahren können. Alec konnte sich nicht erinnern, wann ihm das letzte Mal etwas so viel Spaß gemacht hatte wie diese Fahrt jetzt mit Laurel hinter sich, die sich an ihn klammerte und deren langes Haar im Wind wehte.

„Halt!" schrie sie und schüttelte ihn so heftig, dass das Motorrad fast ins Schlingern geriet. „Dieser Weg führt zum Highway, wir sind schon viel zu nahe an der Stadt!"

Sie hatte Recht. Gleich nach der nächsten Kurve war die Auffahrt auf den Highway, man konnte bereits deutlich das rote Stoppschild sehen. Alec konnte jetzt entweder eine Vollbremsung hinlegen, oder er bremste langsam ab, was bedeutete, dass er direkt an der Einmündung zur Schnellstraße zum Stehen kommen würde, wo die Autos in hohem Tempo vorbeirasten. Mit Laurel auf dem Soziussitz kam nur die zweite Möglichkeit infrage.

Sie zitterte am ganzen Leib. Er spürte es ganz deutlich, als er neben dem Stoppschild anhielt. Diese Panik musste sich schon in ihr aufgebaut haben, als sie das Haus verlassen hatten. Sie war nichts, was Laurel mit ihrem Willen hätte steuern können, nichts, was man mit Vernunft erklären konnte. Alec verfluchte sich innerlich, weil er die Lage so falsch eingeschätzt hatte.

„Was ist Ihnen lieber?“ fragte er sie ganz ruhig. „Sollen wir den schnelleren Weg über die Hauptstraße zurückfahren, oder so, wie wir hergekommen sind, also langsamer?“

„So, wie wir gekommen sind“, bat sie mit unsicherer Stimme. „Bitte. Jetzt gleich.“

„Gern.“ Er wendete und fuhr zurück.

Als sie vor dem Haus ankamen, ging es ihr wieder einigermaßen. Zumindest hatte sie aufgehört zu zittern. Trotzdem stieg sie wortlos vom Motorrad, rannte quer durch den Garten, die Stufen zur Veranda empor. Dann fiel die Tür hinter ihr ins Schloss.

Alec hieb leise fluchend mit der Faust auf den Lenker. Was war er nur für ein Idiot. Warum hatte er bloß nicht besser aufgepasst? Warum hatte er unbedingt weiterfahren müssen, als sie ihn gebeten hatte umzukehren? Alles war bis dahin so gut gelaufen.

Er hatte es einfach nicht erkannt. Auch als er ihr vorwarf, sie litte unter einer Phobie, hatte er nicht geglaubt, dass diese Phobie so tief gehen könnte. Es war ja auch gar nicht so schwer gewesen, sie zum Mitkommen zu überreden; er hatte gedacht, alles andere würde ebenso einfach sein.

Nun jedoch wurde ihm zum ersten Mal bewusst, dass der Garten eingezäunt war, ein kleiner, abgeschlossener Bereich, der beinahe wie eine Verlängerung des Hauses wirkte. Mehr Bewegungsfreiheit konnte sie anscheinend nicht ertragen. Unter diesem Aspekt war die Tatsache, dass sie ihn überhaupt auf dem Motorrad begleitet hatte, fast wie ein Wunder. Sie hatte ihm mehr vertraut, als er geahnt hatte, hatte sich darauf verlassen, dass er sie vorsichtig und rücksichtsvoll behandeln und auf sie aufpassen würde.

Und er hatte sie enttäuscht. Nach dem heutigen Tag konnte er sich glücklich schätzen, wenn er sie überhaupt noch einmal aus dem Haus zu locken vermochte. Verdammt, und er hatte großes Glück, wenn sie ihn nicht gar entließ. Es war unerträglich. Er hatte sich schon beinahe am Ziel geglaubt, jetzt konnte er wieder ganz von vorn anfangen. Aber er würde es tun. Sein Herz und sein Verstand ließen ihm gar keine andere Wahl.

4. KAPITEL

Laurel starrte aus dem Fenster. Ihre Schwiegermutter kam den Weg zum Haus hinauf. Sie war ziemlich beleibt, hatte eine etwas unglücklich proportionierte birnenförmige Figur, und ihr Haar nahm allmählich eine Farbe an, die man am treffendsten mit Mausgrau hätte beschreiben können. Ihr Kleid aus Kunstfaser hatte die Ausmaße eines Zelts, die Schuhe waren viel zu eng für die dicken Füße, und an ihrem Arm baumelte ihre unvermeidliche Handtasche aus Krokoimitat. Mit durchbohrenden Blicken musterte die Frau den Garten. Ihre blassen, konturlosen Lippen bildeten nur mehr einen Strich in dem von Altersflecken übersäten, faltigen Gesicht.

Laurels Herz klopfte zum Zerspringen. Warum, wusste sie selbst nicht genau, so unerwartet kam dieser Besuch schließlich nicht. Es überraschte sie nur, dass ihre Schwiegermutter abgewartet hatte, bis Maisie und Alec aus dem Haus waren – es sah Sadie Bancroft nicht ähnlich, ihren kostbaren Atem zu vergeuden, wenn sie keine Zuhörerschaft hatte.

In dem Moment kam Sticks hinter dem Haus hervorgeschossen, bellend und knurrend, als sei die Besucherin seine Todfeindin. Was nicht ganz abwegig war, denn er hasste Mrs. Bancroft, seit er ein Welpe gewesen war. Damals hatte sie einmal nach ihm getreten, weil er Anstalten gemacht hatte, ihre neuen Schuhe zu zerbeißen. Natürlich würde er die ältere Frau niemals ernstlich angreifen, aber diese begriff das einfach nicht. Sie rannte stets schreiend weg, so wie jetzt auch, was den Hund logischerweise erst recht rasend machte.

Laurel öffnete die Haustür, rief Sticks zurück und wartete ab, bis ihre Schwiegermutter die Stufen hochgeeilt und im Haus verschwunden war. Sie hielt Sticks davon ab, ebenfalls ins Haus zu laufen, kraulte ihn aber hinter den Ohren, um ihm zu zeigen, dass sie nicht böse auf ihn war.

„Was für ein bösartiges Tier“, schimpfte Sadie Bancroft aus der Sicherheit des Flures. „Ich verstehe nicht, warum du ihn immer noch nicht in einem Zwinger hältst!“

Laurel ignorierte diese Bemerkung. Sie schloss die Tür und gab sich so liebenswürdig, wie es ihr möglich war. „Wie geht es dir, Mutter? Du bist schon lange nicht mehr hier gewesen.“

„Zu lange, wie es den Anschein hat. Was, um alles in der Welt, hast du mit dem Garten gemacht?“

„Ich habe nur etwas Ordnung geschaffen. Du musst zugeben, es war allmählich nötig geworden.“

„Das ist kein Grund, hier alles niederzumachen!“ entgegnete die ältere Frau. „Und erzähl mir bloß nicht, du hättest das alles allein geschafft. Ich weiß nämlich sehr gut, dass das nicht der Fall ist!“

Also wusste sie von Alec – das hatte Laurel sich schon gedacht. Gleichzeitig konnte sich ihre Schwiegermutter den Seitenhieb nicht verkneifen, dass sie sie selbst zu faul für solche Arbeiten hielt. Diese Spitze jedoch war schon so oft benutzt worden, dass sie Laurel nicht länger verletzte. Sadie hatte ihr auch stets übel genommen, dass sie Maisie behalten hatte, nachdem die beiden Kinder längst dem Windelalter entwachsen waren. Sie selbst hatte keine Haushaltshilfe und sah folglich nicht ein, weshalb Laurel eine brauchte. Natürlich vergaß sie dabei geflissentlich, dass sie aus „Ivywild“ fortgezogen war, nachdem ihr Mann sie sitzen gelassen hatte; sie hatte sich nicht mehr um die riesigen Räume, die schwer zu pflegenden alten Parkettböden und die antiken Staubfängermöbel kümmern müssen. Bis zu Laurels und Howards Hochzeit hatte das Haus jahrelang leer gestanden.

Sadie Bancroft war begeistert gewesen, dass Laurel tatsächlich die Verantwortung für das alte Gemäuer übernehmen wollte, wenngleich sie ihr eigenes Besitzdenken niemals aufgegeben hatte. Das hatte sich darin geäußert, dass sie immer wieder aufgekreuzt war und eher taktlos auf irgendwelche Versäumnisse oder Missstände hingewiesen hatte. Dadurch war sie schon zu Howards Lebzeiten kein besonders gern gesehener Gast gewesen.

„Dir würde ich doch im Traum nichts von alldem erzählen", murmelte Laurel vor sich hin.

Ihre Schwiegermutter fuhr empört herum. „Was war das?"

„Ich fragte, ob du vielleicht etwas trinken möchtest. Kaffee, Saft, Eistee?"

„So spät am Tag trinke ich niemals Kaffee oder Tee, das weißt du doch. Mineralwasser hast du wohl nicht?"

„Ich glaube nicht", erwiderte Laurel trocken.

„Dann also gar nichts." Sadie marschierte ins Wohnzimmer, setzte sich in einen Sessel und überkreuzte die dicken Fesseln. Sie stellte sich die Handtasche auf den Schoß und verschränkte die Hände darüber, als hätte sie Angst, jemand könnte ihr die Tasche entreißen. „Ich kann nicht lange bleiben", verkündete sie, als hätte Laurel sie zum Gegenteil überreden wollen. „Ich bin nur gekommen, weil ich es für meine Pflicht halte, mit dir über diesen jungen Mann zu reden, der für dich die ganzen Gartenarbeiten erledigt."

„Du meinst Alec Stanton?"

„Wen denn sonst? Sonst lungern hier ja wohl hoffentlich keine anderen jungen Männer herum, oder?"

„Nein", gab Laurel schlicht zurück. Sie hatte mit einer weiteren ihrer sonst üblichen Auseinandersetzungen gerechnet, doch nun ließ sie sich auf das Sofa fallen und wartete ab, was Howards Mutter wohl zu diesem speziellen Thema zu sagen hatte.

„Er muss weg."

Wie nett. „Ich nehme an, du hast einen Grund dafür?"

„Mehrere", bestätigte die ältere Frau grimmig. „Zum einen schadet es deinem Ruf, wenn er sich hier so völlig ungeniert bewegt."

„Ich glaube nicht, dass man von ‚ungeniert bewegen' reden kann, wenn er schlichtweg hier schwer arbeitet."

„Er kommt und geht, wann er will, und fährt wie ein Rocker auf diesem fürchterlichen Motorrad durch die Gegend. Und das ist das Nächste: Er ist nicht so wie wir."

„Und wie ist er?" Laurel verschränkte die Arme vor der Brust und lehnte sich auf dem Sofa zurück.

„Fragst du das allen Ernstes? Das schreit doch zum Himmel! Sieh dir doch nur die langen Haare und die Ohrringe an!"

„Es ist ein einziger Ohrring. Viele Männer tragen heutzutage so etwas."

Ihre Schwiegermutter überging dies bewusst. „Und noch schlimmer – diese grässliche Tätowierung, die er so offen zur Schau stellt!"

„Ja, nicht wahr, und aus Kalifornien ist er auch noch!" ergänzte Laurel in süßlich falschem Tonfall.

„Genau! Bestimmt hat er die verrücktesten, perversesten Ansichten. Über Politik, Religion ..."

„Sex?" schlug Laurel hilfreich vor. Sie wusste, ihre Schwiegermutter hatte immer schon Schwierigkeiten gehabt, dieses Wort überhaupt nur auszusprechen.

Mrs. Bancroft hielt hörbar den Atem an. „Wie kommst du bitte darauf? Was spielt sich hier eigentlich zwischen euch ab? Das kann ja nichts Gutes sein – du als Witwe und er ein ... ach, ich will gar nicht wissen, was!"

Es war lange her, seit Laurel zum letzten Mal so wütend geworden war. „Ein gut aussehender junger Mann?" ergänzte sie beißend.

Sadie betrachtete sie voller Abscheu. „Er hat sich also doch an dich herangemacht, ich wusste es!"

„Sei nicht albern", konterte Laurel scharf. „Ich will nur den Vorgarten wieder auf Vordermann bringen und dort Rosen anpflanzen. Alec hilft mir bei den schweren Arbeiten. Gut, er wird auch das Haus streichen, aber ..."

„Da! Siehst du?" rief ihre Schwiegermutter triumphierend. „Er macht sich bereits unentbehrlich! Er wird immer mehr Dinge finden, die er dir abnehmen kann, bis du ihn schließlich nicht mehr loswirst! Der Mann ist ein Gigolo, Laurel!"

„Ach was, das ist doch Unsinn."

„Siehst du das denn nicht? Bist du wirklich so naiv, dass du nicht merkst, wie er sich benimmt und mit dir redet?"

„Offensichtlich nicht. Wie kommt es, dass du so gut Bescheid weißt, wenn du ihn noch nie kennen gelernt hast?"

Sadie Bancrofts Atem ging schwer, mit dicken weißlichen Fingern knetete sie ihre Handtasche. „Ich merke schon, er hat dich verhext. Das ist ja schrecklich. Der wird sich in dein Bett mogeln, wenn er es nicht schon längst getan hat. Und dann wird er Geld verlangen, immer mehr, bis du keinen Penny mehr hast."

„Jetzt ist es aber genug!" brauste Laurel auf.

„Es wird so kommen! Er ist wirklich ein Gigolo, siehst du das denn nicht? Er hat es auf ältere Frauen abgesehen! Du magst ja jünger sein als seine sonstigen Opfer, aber du vergräbst dich hier draußen, du hast keine Freunde, und somit bist du für ihn eine leichte Beute! Erst wird er dich anlächeln und dir alle möglichen Komplimente machen, doch dann wird er dich aufs Kreuz legen, wenn du nicht aufpasst!"

Laurel war verblüfft, dass ihre Schwiegermutter einen solchen Ausdruck benutzte, andererseits erstaunte sie es nicht sonderlich, dass sie ihn kannte. So war sie nun einmal. Nach außen hin war sie der Moralapostel schlechthin, aber tief im Innern hatte sie eine Schwäche für das Abartige, für die intimsten Geheimnisse anderer Leute, und sie genoss es eindeutig, von den besten Menschen stets das Schlimmste anzunehmen.

„An dem, was du sagst, ist nicht ein Funken Wahres", entgegnete Laurel mit gereizter, angespannter Stimme. „Du willst nur sichergehen, dass ich hier in ‚Ivywild' nichts verändere, mich selbst eingeschlossen. Dir wäre es am liebsten, wenn ich nie mehr einen anderen Mann auch nur ansehen würde."

„Laurel!"

„Es stimmt doch! Ich soll mich hier lebendig begraben, weil Howard tot ist!"

„Oh Gott!" Mrs. Bancroft presste sich die Hand ans Herz. „Wie kannst du so mit mir sprechen?"

„Weil es wahr ist! Glaubst du, ich weiß nicht, wie du dich fühlst? Du denkst, ich merke es nicht, aber du möchtest mich hier eingeschlossen wissen. Das soll meine Strafe dafür sein, dass ich schuld an Howards Tod bin! Das war mir schon immer klar!"

„Du bist hysterisch, sagst Dinge, die du gar nicht so meinst ..."

War das wirklich der Fall? Wenn ja – es gab ihr jedenfalls ein großartiges Gefühl. „Ich sage dir nur, was ich dir schon längst hätte sagen sollen. Du glaubst, ich hätte Howard absichtlich getötet, und genau das hast du jahrelang auch den Leuten erzählt. Deiner Meinung nach hätte man mich damals ins Gefängnis stecken müssen. Nun, ‚Ivywild' ist für dich wie ein Ersatzgefängnis, und für dich ist die Hauptsache, dass ich hier bleibe, zurückgezogen wie eine Gefangene."

Sadie richtete sich langsam auf, ihre Augen wurden schmal. „Also gut, wenn du es denn selbst zur Sprache bringst ... Ich weiß, dass du meinen Howard umgebracht hast. Von Anfang an warst du nicht die richtige Frau für ihn. Du hieltest dich immer für etwas Besseres als ihn, für klüger, intelligenter, und du hast ihn fast dazu gebracht, es selbst zu glauben. Du warst stets müßig, verträumt, künstlerisch angehaucht, du hast gelesen oder draußen im Schuppen mit deinem Töpferton herumgespielt. Darüber hinaus warst du nie eine richtige Mutter für seine Kinder. Ich wage nicht daran zu denken, was Marcia und Evan sagen werden, wenn sie hören, was du nun wieder im Schilde führst."

„Dennoch wirst du dafür sorgen, dass sie es hören." Ein ungeheurer Schmerz durchzuckte sie bei dem Gedanken an all die hässlichen Dinge, die ihre Kinder von ihrer Schwiegermutter zu hören bekommen würden.

„Sie haben ein Recht darauf", entgegnete Sadie gepresst. „Doch du bist nie klüger als Howard gewesen. Und ganz sicher bist du jetzt nicht sonderlich klug, wenn du diesen Alec nicht durchschaust."

„Du weißt doch gar nicht, wovon du redest. Schließlich kennst du Alec gar nicht."

„Jeder Narr kann zwei und zwei zusammenzählen. Du brauchst ja nur einmal zu hören, wie sein Bruder überall über ihn redet."

Alecs Bruder ... Laurel hatte panische Angst vor dem, was nun kommen würde, aber sie ließ sich nichts davon anmerken. „Und zwar?"

„Gregory Stanton hat Zelda selbst erzählt, dass dein Alec in San Francisco mit einer älteren Frau zusammengelebt hat. Er hat wohl angefangen, als Gärtner für sie zu arbeiten, doch dann wurde schnell mehr daraus. Dieses törichte Weib hat ihn sogar geheiratet. Und als sie starb, hat sie ihm ihr ganzes Vermögen vermacht."

„Nein!" Laurels Stimme war kaum mehr als ein Flüstern. Howards Schwester Zelda hatte stets die Nase vorn, wenn es um das Erfahren von Neuigkeiten ging.

„Oh, doch! Frag ihn doch selbst, wenn du es nicht glaubst!" Sadie Bancroft sah Laurel triumphierend an, und diese wandte sich ab. Sie wusste den Gerüchten nichts entgegenzusetzen. Wie auch? Schließlich stammten sie von Alecs todkrankem Bruder ...

Als ihre Schwiegermutter gegangen war, begann Laurel, im Haus hin und her zu gehen. Sie war zu aufgewühlt, um sich in

Ruhe irgendwo hinsetzen zu können. Sie wollte nicht glauben, was sie über Alec gehört hatte, und doch ergab alles plötzlich auf schreckliche Weise einen Sinn. Warum sonst war er wohl auf einmal aus dem Nichts aufgetaucht, um ihr zu helfen? Welchen anderen Grund sollte er wohl haben, sich so hart zu schinden? Die Menschen taten nie etwas umsonst, das war auch schon Howards Wahlspruch gewesen. Und nur allzu oft hatte er sich leider bewahrheitet.

Sie dachte an Alecs Anteilnahme an ihr, an die Anerkennung in seinem Blick. Alles nur vorgetäuscht. Warum sollte er etwas für eine Frau ihres Alters empfinden? Es sei denn, er wollte etwas von ihr ... Laurel verschränkte die Arme vor der Brust und wanderte weiter auf und ab. Fast hatte sie ihm geglaubt, fast hatte sie es zugelassen, dass er ihren Schutzwall durchbrach. Sie kam sich wie ein naiver, sentimentaler Dummkopf vor. Also gut, das war es dann wohl. Sie würde ihn für das bisher Geleistete bezahlen und ihn dann entlassen. Andererseits schien das irgendwie nicht auszureichen. Er sollte büßen für dieses schmerzvolle Gefühl in ihrem Innern, betrogen worden zu sein; dafür, dass er Emotionen in ihr geweckt hatte, die sie nie wieder hatte empfinden wollen. Nicht, dass sie verliebt in ihn gewesen wäre, dazu kannte sie ihn schließlich zu wenig. Aber er war ihr sehr nahe gekommen. Für ihn hatte sie sich erstmals wieder einen kleinen Schritt aus ihrer schützenden Isolation herausgewagt. Und sie war nur allzu bereit gewesen, einen noch größeren Schritt zu riskieren. Sie war so zornig. Sie konnte förmlich spüren, wie dieser Zorn sie durchströmte und ihr Blut zum Sieden brachte. Wie lange hatte sie schon nicht mehr so gefühlsmäßig auf etwas reagiert? Sie hatte beinahe vergessen, wie sich das anfühlte. Auf eine merkwürdige Art fühlte es sich sogar gut an, als sei sie endlich wieder wirklich lebendig.

So voller Leben ... Das hatte Alec auch von ihr behauptet. Aber er war ein Gigolo. Er ließ sich von älteren Frauen aushalten. Ein

Gigolo. War das tatsächlich möglich? Doch, es musste so sein. Es gab keine andere Erklärung.

Sie löste ihr Haarband und fuhr sich mit beiden Händen durch die lange, dichte Mähne. Nein, sie würde Alec nicht entlassen. Damit wäre er viel zu glimpflich davongekommen. Und ihren verletzten Gefühlen war damit ebenfalls in keiner Weise geholfen. Es war viel besser, wenn sie ihn künftig wie einen Hund schuften und alle Arbeiten erledigen ließ, die in „Ivywild" nötig waren, und ihm dann außer seinem schwer verdienten Lohn nichts weiter zu geben. Sollte er doch seinen Charme spielen lassen – das würde ihm nichts bringen. Sollte er ruhig seine Zeit vergeuden und denken, sie sei eine weitere ältere Frau, die sehnlichst darauf wartete, in seine Arme zu fallen. Wenn er sich dann am Ziel glaubte, würde sie ihn höflich lächelnd zum Teufel schicken.

In seine Arme fallen ... Großer Gott, was für ein Gedanke! War es wirklich das, was er von ihr wollte? Vielleicht sollte sie ihn ein wenig provozieren, gerade so viel, dass er ... Nein. Hatte sie völlig den Verstand verloren? Und doch, auf die Art würde er sich einbilden, er hätte es wieder einmal geschafft, nicht wahr? Wenn sie ihn dann fortschickte, fühlte er sich vielleicht genauso wütend und benutzt wie sie jetzt. War sie dazu im Stande? Hatte sie den Mut dazu? Wahrscheinlich nicht, aber immerhin, der Gedanke hatte etwas Faszinierendes.

Als sie so im Wohnzimmer hin und her ging, fiel ihr Blick zufällig auf ihr Spiegelbild in der Fensterscheibe. Draußen war es dunkel geworden, ohne dass sie es bemerkt hatte. Dadurch wirkte die Scheibe nun wie ein Spiegel, und in diesem erkannte sie, wie blass und verstört sie aussah. Doch gut, dass ihre Schwiegermutter gekommen war, nachdem Alec fortgegangen war. Wenn er sie jetzt so gesehen hätte, hätte er sie wahrscheinlich für verrückt gehalten. Vielleicht hätte er damit ja auch Recht gehabt. Sie trat ans Fenster und lehnte die heiße Stirn an das kühle Glas.

Nicht schon wieder diesen Schmerz, dieses Schuldgefühl und, ja, diese Verzweiflung. Über all das war sie längst hinweggekommen und hatte sich beinahe wohl gefühlt mit ihrer innerlichen Erstarrtheit. Sicher, vor Howards Tod hatte sie auch nicht gerade in großen Gefühlen geschwelgt. Ihre Hochzeit damals gleich nach der High School war eher eine Flucht gewesen; sie hatte von zu Hause fortkommen wollen, wo ihre Mutter trank und sie und ihren Vater andauernd anschrie. Die Ironie des Schicksals hatte darin gelegen, dass ihre Eltern sieben Wochen nach der Hochzeit bei einem Autounfall ums Leben gekommen waren.

Howard. Beim Gedanken an ihn wurde ihr das Herz schwer. Er hatte sie mit stiller, beinahe hündischer Ergebenheit geliebt, und sie war ihm dafür dankbar gewesen. Aus Zuneigung und Mitgefühl war sie bei ihm geblieben. Manchmal hatte sie sich schon gefragt, wie wohl die große, alles andere in den Hintergrund stellende Leidenschaft sein mochte, von der man so oft in Büchern las, aber dann hatte sie gedacht, dass sie ohnehin zu so etwas gar nicht fähig wäre.

Sie schloss die Augen und erinnerte sich an den letzten Streit mit ihrem Mann. Eigentlich war es nur eine Kleinigkeit gewesen, wenngleich die Sache ihr damals ziemlich wichtig erschienen war. Howard hatte seinem Sohn ein Auto kaufen wollen, weil er selbst auch mit fünfzehn eins von seinem Vater bekommen hatte. Er fand es nicht schlecht, wenn Evan schon einmal auf einsamen Straßen etwas übte, ehe er seinen Führerschein machte. Laurel hatte jedoch gewusst, dass sich Evan damit nicht zufrieden gegeben hätte. Er war unreif und hoffnungslos verzogen durch seine Großeltern, die ihm stets alles schenkten, was er haben wollte. Noch ehe der Wagen eine Woche alt gewesen wäre, hätte Evan sich damit auf den Highway gewagt. Und dabei hätte er sich selbst oder andere umbringen können.

Stattdessen war dann Howard gestorben. Laurel war schuld an

seinem Tod gewesen und hatte sich daraufhin völlig zurückgezogen, geplagt von schweren Schuldgefühlen. Der Grund dafür, das wusste sie, war nicht etwa gewesen, weil er ihr zu viel bedeutet hätte, sondern eher, weil sie nicht genug für ihn empfunden hatte.

Sie war so schrecklich müde. Tränen liefen ihr über die Wangen, aber sie versuchte nicht, sie zurückzuhalten.

Was, zum Teufel, ging hier vor? Alec stellte sich diese Frage zum ungezählten Mal, während er den Deckel auf einen Farbeimer knallte. Er hatte damit gerechnet, dass er wieder ganz von vorn bei Laurel anfangen müsste, dass alle möglichen Tricks notwendig sein würden, um sie wieder aus ihrem Haus zu locken. Doch das war gar nicht nötig gewesen. Sie hatte ihn mit strahlendem Lächeln begrüßt, als er gekommen war, hatte ihm eine lange Reihe von Anweisungen erteilt und war dann im Schuppen hinter dem Haus verschwunden.

Ab und zu tauchte sie kurz auf, machte ihn auf irgendwelche Fehler aufmerksam und verschwand dann wieder. Sie aß nicht mit ihm auf der Veranda zu Mittag, erschien aber, um sich zu erkundigen, wie er vorankomme mit der Arbeit – so als brächte er nichts zu Stande, wenn sie ihn nicht überwachte. Sie gab sich höflich, aber bestimmt – ganz Hausherrin eben –, und von ausgesprochener Freundlichkeit konnte nicht mehr die Rede sein. Sie erteilte Anweisungen und erwartete, dass er sie befolgte. Dabei würdigte sie ihn keines Blickes.

Alec hatte noch nie im Leben so hart gearbeitet, doch er schien ihr nichts recht machen zu können, ganz gleich, wie sehr er sich auch bemühte. Er war es leid, entsetzlich leid. Wenigstens war das Haus jetzt fast fertig gestrichen. Nur noch eine Wand, dann konnte er die Malwerkzeuge reinigen und die Abdeckungen von den Fenstern entfernen. Und danach würde er sich einmal mit Mrs. Bancroft unterhalten.

Er fand sie im Schuppen. Der Schuppen war ein Anbau an der Garage und wohl zur gleichen Zeit wie diese gebaut worden, dem identischen Holz nach zu urteilen. Das musste Anfang der dreißiger Jahre gewesen sein, als sich die damals hier lebenden Bancrofts ihr erstes Auto geleistet hatten. Es war eine ziemlich große Garage mit kleinen unterteilten Fenstern ringsum und einem einfachen Bretterboden. An der einen Wand des Schuppens stand eine Hobelbank, auf der alle möglichen Tischlerwerkzeuge lagen. Die mussten wohl ihrem Mann gehört haben. Die andere Wand nahmen vom Boden bis zur Decke Regale ein, auf denen Kartons mit Vorräten gelagert waren. In einer Ecke stand ein großer schwarzer Brennofen, und in der Mitte des Raums befand sich die Töpferscheibe, über die Laurel jetzt gebeugt stand, mit den Händen die Tonmasse knetend.

Als Alec in der Tür erschien, hob Sticks, der neben ihr lag, den massigen Kopf und fing leise an zu knurren. Alec blieb stehen. Seit Tagen sah er den Hund heute zum ersten Mal wieder. Laurel bedachte ihn nur mit einem flüchtigen Blick. Normalerweise hielt sie den Hund zurück, wenn er kam. Sticks hatte gelernt, seine Anwesenheit zu dulden, aber auch nur, weil Laurel ihm täglich, wenn Alec erschienen war, gesagt hatte, dass alles in Ordnung sei. An diesem Tag jedoch machte sie den Mund nicht auf.

Sticks erhob sich. Durch das gesträubte Fell wirkte er noch größer als ohnehin schon. Sein Knurren wurde jetzt bedrohlich, als er langsam auf Alec zulief.

Alec rührte sich nicht von der Stelle. Er hatte keine Angst vor dem Hund, aber er wollte ihm in Laurels Gegenwart nicht noch einmal wehtun. Andererseits hatte er wiederum keine Lust, sich anfallen zu lassen, nur um Laurels empfindsames Gemüt zu schonen. Sticks fletschte die Zähne, bewegte sich jedoch in geduckterer Haltung vorwärts. Einen guten Meter vor Alec blieb er stehen, duckte sich noch weiter, sein Knurren wurde schwächer. Reglos blieb Alec stehen. Der Hund senkte den Kopf, jaulte auf und legte sich zu Boden.

Alec ging in die Hocke und streckte die Hand aus, damit das Tier sie beschnuppern konnte. „Braver Hund“, murmelte er und streichelte ihn. „Braver Hund.“

Der Tonklumpen, den Laurel inzwischen geformt hatte, klatschte hörbar auf die Töpferscheibe. Mit beiden Händen und kräftiger als nötig knetete sie die dicke, nachgiebige Masse durch. „Wollten Sie etwas von mir?“ erkundigte sie sich mit eisiger Stimme.

Darauf fielen ihm eine ganze Reihe von Antworten ein, aber er bezweifelte, ob er sie in halbwegs höflichem Tonfall hervorbringen könnte. Er beschloss, vorerst auf neutralem Terrain zu bleiben.

„Ich wusste gar nicht, dass Ihre Töpferwerkstatt so professionell eingerichtet ist.“

„Es gibt eine ganze Menge Dinge, die Sie von mir nicht wissen.“

„Ich bin dabei zu lernen.“ Was leider nur allzu wahr war. „Was soll das werden?“

„Ein Gefäß.“

Nun war er genauso schlau wie vorher. Eine ganze Weile studierte er die ausdrucksvollen, klaren Züge ihres Gesichts. Was sich darin widerspiegelte, war eindeutig Verachtung. Er atmete tief durch, richtete sich auf und stemmte eine Hand gegen den Türrahmen. „Also gut. Was habe ich falsch gemacht?“

Sie sah ihn gelassen an. „Ich wüsste nicht, was! Fällt Ihnen vielleicht etwas ein?“

„Es tut mir Leid, dass ich mit dem Motorrad nicht kehrtgemacht habe, als Sie mich darum baten. Ich hatte damals einfach nicht begriffen. Jetzt jedoch verstehe ich die Situation, in Ordnung?“

Ihr Lächeln war kühl und unverbindlich. „Aber ja. Vergessen Sie's doch bitte.“

Wohl kaum. „Es war nicht meine Absicht, Sie zu beunruhigen oder zu etwas zu überreden, was Sie nicht wollten."

„Sie haben mich zu gar nichts überredet, Alec. Ich weiß schon sehr gut selbst, was ich will."

Er hätte sich freuen sollen, dass sie ihn mit seinem Namen anredete. Stattdessen fühlte er sich zurechtgewiesen wie ein Untergebener. Was ich ja auch bin, dachte er grimmig. „Wenn alles in Ordnung ist, warum arbeiten Sie dann nicht mehr mit mir zusammen?"

„Da gab es eine Reihe anderer Dinge, die ich lieber tun wollte."

Er hatte nicht das Recht, sich zu beschweren, und genau das ärgerte ihn am meisten. Er wünschte sich dieses Recht. Aber bitte, wenn es ihr so lieber war, er konnte auch anders. „Mit dem Anstreichen bin ich fertig. Wenn Sie keine anderen Aufgaben für mich haben, würde ich gern mit dem Brunnen anfangen."

„Ich finde, die große Kiefer am Zaun wirft zu viel Schatten für die Rosen. Sie könnten sie fällen. Vorausgesetzt, Sie wissen, wie man das macht, und lassen sie nicht auf das Haus stürzen."

Sie rechnete fest mit seiner Weigerung, doch er tat ihr den Gefallen nicht. „Kein Problem. Ich werde zuerst die dicksten Äste absägen und dann die Spitze kappen müssen. Dazu brauche ich allerdings eine Kletterausrüstung."

„Der Gurt und die Spikes meines Mannes müssen hier irgendwo herumliegen."

„Hat er im Wald gearbeitet?"

„Nein, er war Leitungsmann beim Elektrizitätswerk." Mit raschen, eckigen Bewegungen fing sie an, den Ton zu formen.

Er hatte nicht anders gekonnt, er hatte die Frage stellen müssen. Resigniert wechselte er etwas das Thema. „Wenn er die Ausrüstung hatte, warum hat er den Baum dann nicht gefällt?"

„Er gefiel ihm." Sie warf ihm einen kurzen Blick zu. „Wegen einer Säge müssten Sie sich an Maisie wenden. Ich glaube, ihr Mann hat eine, um sein Kaminholz klein zu machen."

Wenn er sich recht erinnerte, war Maisies Mann Mechaniker und besaß alles mögliche Werkzeug. „Ich werde mich danach erkundigen. In der Zwischenzeit könnte ich schon einmal besorgen, was ich für den Brunnen benötige. In der Eisenwarenhandlung habe ich bereits eine ganze Menge auf die Rechnung setzen lassen, aber ich brauche noch Plastikrohr, Klemmen, Ventile und so weiter. Es gibt ein Gerät, mit dem man Furchen für Leitungen ziehen kann, so eins müsste ich ausleihen. Oder jemanden beauftragen, der die Arbeit macht."

Sie drückte den Ton wieder flach. „Soll das eine Frage sein, ob ich genug Geld habe?"

Ihr Tonfall trieb ihn zur Weißglut. „Nein, ich frage nur, ob ich Ihre Genehmigung habe, es auszugeben!" gab er gereizt zurück.

„Solange ich die Quittungen zu sehen bekomme, ja. Ansonsten brauchen Sie sich um meine Finanzen nicht den Kopf zu zerbrechen."

„Was soll das denn heißen?" brauste er auf und zog zornig die Brauen zusammen.

Unbeirrt hielt sie seinem Blick stand. „Ach, habe ich da etwa einen wunden Punkt berührt?"

Sie wusste es. Er hatte zwar keine Ahnung, woher, aber er hätte darauf gewettet, dass sie es wusste. Oh, nein. Er hatte gedacht, all das läge endlich weit hinter ihm, stattdessen haftete es an ihm wie ein Stück Papier unter der Schuhsohle. Nun, er hatte es schon einmal durchgestanden, er würde es wieder schaffen. „Nur der Ordnung halber – es ist nicht Ihr Geld, woran ich interessiert bin", teilte er ihr knapp mit und ging davon.

Erst am nächsten Morgen fand Alec die Gelegenheit, mit Maisie zu sprechen. Laurel war gerade im Haus verschwunden, nachdem sie ihm aufgetragen hatte, die farbbespritzten Blätter der Büsche rund ums Haus zu entfernen. Als ob er nicht selbst gesehen hätte, dass das nötig war. Auch hatte sie kein Wort über das frisch gestrichene Haus verloren. Ein Kompliment hatte er zwar nicht erwartet, darüber hinaus ärgerte es ihn aber, dass er immer noch ihre Anerkennung suchte, und eine kurze Bemerkung hätte sie wenigstens machen können. Er war kurz davor, ihr mitzuteilen, dass sie sich zum Fällen des Baums einen anderen suchen konnte.

„Was ist bloß mit ihr los?“ fragte er die weißhaarige Haushälterin frustriert, als diese ihm ein Glas Wasser brachte. „Warum redet sie nicht mit mir?“

Ein seltsamer Ausdruck trat in Maisies kluge Augen. „So ist sie manchmal; meist, wenn ihre Schwiegermutter sie aufgesucht hat, oder Zelda, ihre Schwägerin.“

„Gehen sie ihr auf die Nerven?“

„Das kann man wohl sagen. Vor allem meckern sie ständig an ihr herum. Ich habe noch nie so nörglerische, negativ eingestellte Menschen gesehen. Die finden für nichts und niemanden ein gutes Wort.“

Alec schwenkte das Glas in seiner Hand. „Meinst du, sie haben mit ihr gesprochen? Über mich?“

„Es würde mich nicht wundern. Nicht, dass sie mit ihrem Tratsch auf viel Gehör stoßen würden. Zelda Bancroft ist noch das geringere Übel, sie ist ein Produkt ihrer Erziehung. Sie stiftet nur eben gern Unfrieden. Aber die Schwiegermutter ... für die ist Laurel nun wirklich ein rotes Tuch.“

„Wegen der Art, wie Howard ums Leben gekommen ist?“

Maisie nickte. „Sie tat damals alles, um Laurel hinter Gitter zu bekommen, rief bei allen möglichen Leuten an und nutzte ihre ganzen Beziehungen aus. Gebracht hat es ihr allerdings nichts, in erster Linie wegen des Sheriffs. Tanning hat schon immer eine Schwäche für Laurel gehabt. Er meinte, selbst der größte Dummkopf könnte sehen, dass Laurel nicht einmal im Stande wäre, einer Fliege etwas zu Leide zu tun.“

„Trotzdem glaubt sie, dass sie es vielleicht doch absichtlich getan hat. Wusstest du das?"

Maisie nickte erneut. „Ja, aber mich erstaunt, dass sie dir das erzählt hat. Ihre Kinder hat sie nicht erwähnt, oder?"

„So gut wie gar nicht."

„Das ist noch etwas, worüber sie nie spricht. Wahrscheinlich tut es ihr zu weh. Die Kinder glauben ebenfalls, dass sie es getan hat. Die besagte Schwiegermama hat es ihnen eingeredet." Maisie schwieg nachdenklich. „Nun ja, und dann hat Laurel sich damals ja wirklich eigenartig benommen. Sie hat nie gesagt, dass sie es nicht absichtlich getan hat, weißt du. Sie konnte auch nie genau beschreiben, wie es eigentlich passiert ist."

„Furchtbar."

„Du sagst es." Die ältere Frau seufzte schwer. „Komisch. Sie brachte es nie über sich, ihn zu verlassen, solange er noch am Leben war. Doch jetzt, da er tot ist, gelingt es ihr anscheinend noch weniger."

„Du meinst, das hatte sie vor? Sie wollte ihn verlassen?" Ihm war klar, dass seine Frage viel zu eifrig klang, aber er konnte nicht anders.

„Viele Frauen an ihrer Stelle wären gegangen. Howard war sehr launisch und stimmungsabhängig, alles andere als ein fröhlicher Mensch. Irgendwie wirkte er immer gequält. Nein, was jedoch entscheidend ist – er selbst hatte panische Angst, sie könnte ihn verlassen. Deshalb ist er ihr an jenem Tag auch nachgerannt."

„Das hat sie dir erzählt?"

„Nein, Junge, das brauchte sie gar nicht. Ich war doch dabei."

Er starrte sie an. „Du hast gesehen, wie es passierte?"

„Ich sah, wie er ihr nachlief, sah seinen Gesichtsausdruck. Den Rest habe ich dann nur noch gehört." Sie schüttelte den Kopf. „Sie hatten gestritten wegen ihres Sohns Evan, und dann kamen sie irgendwann, wie das oft zwischen Eheleuten ist, vom Hundertsten zum Tausendsten. Als Howard schließlich hinter dem Wagen stand, heulte er wie ein Verrückter und rief, er täte alles, was sie wollte, wenn sie nur bei ihm bliebe. Es war erbärmlich, wirklich."

Alec überlegte stumm, wie er sich fühlen würde, wenn Laurel ihn verließe. Gut, dazu hätte er sich erst einmal ausmalen müssen, wie es wäre, sie zu bekommen. Beides fiel ihm gleichermaßen schwer.

Schließlich holte er tief Atem. „Laurel möchte, dass die große Kiefer drüben am Zaun gefällt wird. Sie meinte, du könntest vielleicht eine Säge von Zuhause mitbringen."

5. KAPITEL

Es war Grannie Callies Idee, dass Alec Gregory doch einmal mit nach „Ivywild“ nehmen sollte. Sie fand, Gregory müsse aus dem Haus herauskommen und an etwas anderes denken als nur an sich selbst, die Symptome und das Fortschreiten seiner Krankheit. Alec vermutete, seine Großmutter wollte wohl auch gern einmal selbst nach draußen, wagte es aber nicht, Gregory allein zu lassen.

Es war schon mehr als großzügig von ihr gewesen, dass er und sein Bruder bei ihr wohnen durften, so lange sie wollten, aber auch sie hatte ein eigenes Leben und ihren festgelegten Tagesablauf, der völlig durcheinander geraten war, seitdem sie bei ihr waren. Auch ihren Freundeskreis vernachlässigte sie zusehends. Alec tat zwar alles, um ihr die Situation leichter zu machen, dennoch konnten sie nicht von ihr erwarten, dass sie ihre gesamte Zeit dem Kranken opferte.

Nicht, dass Gregory bettlägerig gewesen wäre. Er war auf und kam auch ganz gut zurecht, war jedoch sehr, sehr schwach. Er konnte sich selbst an- und ausziehen und nahm eigenständig die Schmerzmittel, die der Arzt ihm verschrieben hatte. Man musste nur dafür sorgen, dass er nicht zu viele von ihnen schluckte, dass er regelmäßig aß und oft an die frische Luft, in die Sonne kam. Was ein weiterer guter Grund gewesen war, ihn zu Laurel mitzunehmen.

Gregory schien es zu genießen, einmal eine andere Umgebung um sich zu haben. Langsam ging er durch Laurels Garten, blieb ab und zu stehen, um eine Blume oder einen Strauch zu betrachten. Er versuchte sogar, ein wenig mitzuhelfen, indem er anfing, etwas Unkraut zu jäten.

Alec beobachtete seinen Bruder eine Weile, um sicherzugehen, dass es ihm gut ging, dann wandte er sich wieder der Furche zu, die er für die Wasserleitung mit der Schaufel aushob. Der Garten war zu dicht bepflanzt, als dass er die Maschine hätte benutzen können, die er für diesen Zweck gemietet hatte. Auf der anderen Seite des Zauns würde sie dann zum Einsatz kommen, bis dahin musste er sorgfältig mit dem Spaten arbeiten und aufpassen, dass er dabei keine Pflanzen zerstörte, die Laurel unbedingt behalten wollte.

Plötzlich hörte er die Verandatür zuschlagen, dann schrie Laurel seinen Namen. Er fuhr herum und stellte fest, dass Gregory schwankte und dabei war, ohnmächtig zu werden. Er ließ die Schaufel fallen und war mit einem Satz bei seinem Bruder, um ein Haar hätte er ihn nicht mehr auffangen können.

„Bringen Sie ihn hierher!" rief Laurel. „Auf die Veranda, in den Schatten!"

Alec war mehr als dankbar für das Angebot. Er hätte wissen müssen, dass Gregory auch nicht die kleinste Anstrengung zuzumuten war, er hätte ihn besser im Auge behalten sollen. Das Problem war nur, dass Gregory es nicht mochte, bemuttert zu werden, und er hasste es, wenn man ihm vorschrieb, was er zu tun und zu lassen hatte. Er war sehr stolz und empfindlich, und einerseits war das auch sehr gut. Andererseits aber wurde es dadurch schwer zu entscheiden, wann man ihn ruhig gewähren lassen konnte oder wann man ihm zu seinem eigenen Besten etwas strikt verbieten musste.

Gregorys Schwächeanfall verging sehr rasch wieder. Schon beschimpfte er Alec, dass dieser sich weigerte, ihn allein zu der Hollywoodschaukel am Ende der Veranda gehen zu lassen. Laurel begriff sofort, dass es ihm peinlich war, wenn sie mit ansah, dass Alec ihn trug, und so zog sie sich taktvoll ins Haus zurück. Als Gregory in der Schaukel saß, kam sie mit einem Glas Wasser wieder nach draußen.

Alec verspürte beinahe einen Stich der Eifersucht. Ihm hatte sie noch nie etwas zu trinken gebracht, und sie hatte ihn auch noch nie so besorgt angesehen. Allerdings war er auch noch nie vor ihren

Augen ohnmächtig geworden. Er beobachtete Gregory, als er trank, und ihm fiel auf, wie blass und schmal sein Bruder aussah. „Ich hätte wissen müssen, dass das alles zu anstrengend für dich sein würde. Ruhe dich einen Moment aus, dann fahre ich dich nach Hause“, beschloss er kurzerhand.

„Mach dir keine Sorgen um mich, kleiner Bruder“, wehrte Gregory gereizt ab. „Hier geht es mir glänzend. Mach du dich nur wieder an deine Arbeit.“

„In erster Linie bin ich für dich verantwortlich“, widersprach Alec geduldig, aber bestimmt. „Es dauert nur ein paar Minuten, dich nach Hause zu bringen.“

„Ich sagte doch, mir geht es gut. Ich werde hier ganz entspannt sitzen und dir zusehen, wie du dich abrackerst. Vielleicht leistet die reizende Dame hier mir ja ein wenig Gesellschaft dabei?“

Genau das befürchtete Alec, und deshalb war er ja so fest entschlossen, Gregory nach Hause zu bringen. Ohne Laurel anzusehen, behauptete er: „Mrs. Bancroft hat sehr viel zu tun. Komm jetzt.“

„So beschäftigt bin ich nun auch wieder nicht“, wandte sie mit klarer Stimme ein. „Ich würde mich gern ein wenig zu Ihnen setzen.“

„Das brauchen Sie nicht“, beharrte Alec fast schroff, während er der Versuchung nachgab und den Blick nun doch über die makellosen Züge ihres Gesichts wandern ließ, über ihr seidig glänzendes Haar, das weiße knappe Rippenshirt und den langen, weich fallenden Wickelrock aus dünner Baumwolle.

Sie lächelte flüchtig, ohne ihn jedoch dabei anzusehen. „Ich weiß.“

Gregory sah von einem zum anderen, als spürte er erst jetzt die unterschwellige Spannung, die zwischen ihnen herrschte. „Siehst du?“ wandte er sich zufrieden an Alec und machte eine entlassende Handbewegung. „Geh nur. Wir kommen auch ohne dich zurecht.“

Alles in Alec verkrampfte sich, als hätte man ihm einen Schlag in die Magengrube versetzt, aber er konnte nichts weiter tun. Stumm drehte er sich um und ging wieder in den Garten hinaus.

Laurel sah ihm nach und merkte ihm an, dass er ziemlich aufgebracht war. Zum einen machte er sich Sorgen um seinen Bruder, und das war nur zu verständlich. Andererseits war er aber auch böse auf sie, weil sie ihm in den Rücken gefallen war, und das wiederum störte sie gar nicht. Es geschah ihm nur recht. Laurel wollte sich mit Gregory unterhalten.

Sie griff nach der Armlehne eines Schaukelstuhls und zog ihn zur Hollywoodschaukel. „Diese schwüle Hitze der letzten Tage kann einem schon ganz schön zusetzen, wenn man sie nicht gewöhnt ist", stellte sie leichthin fest und setzte sich. „Es ist mir ein Rätsel, wie Alec es den ganzen Tag da draußen in der Sonne aushält."

Gregory blickte grübelnd zu seinem Bruder. „Er ist stark wie ein Ochse, er hält alles aus."

„Meistens trägt er noch nicht einmal ein Hemd."

Jetzt wandte er sich ihr zu. „Er ist nicht so sonnenempfindlich wie Sie und ich. In seinen Adern fließt indianisches Blut."

Als es offensichtlich wurde, dass er das nicht weiter erläutern würde, fragte sie nach. „Heißt das, Ihr Vater war Indianer?"

„Meiner nicht, nur Alecs." Er lächelte dünn, als hätte er irgendeine andere Reaktion von ihr erwartet. „Das heißt, ich glaube, er war ein Halbblut, doch das weiß keiner so genau. Er blieb nicht lange genug, um mehr über ihn in Erfahrung bringen zu können."

„Ich verstehe." Das Einzige, was Laurel verstand, war, dass Gregory sie bewusst zu schockieren versuchte, aber das würde ihm nicht gelingen. Den Gefallen wollte sie ihm nicht tun. Äußerlich ungerührt, sah sie von ihm zu Alec. Sie hatte geglaubt, die

Krankheit sei schuld daran, dass Gregory blasser und schmaler war als er, doch offenbar hatte sie sich zumindest in der Hinsicht getäuscht.

Gregory studierte sie mit belustigter Miene. „Nein, Alec und ich sehen uns wirklich nicht sehr ähnlich, nicht wahr? Mein Vater war der typische weiße Amerikaner britischer Abstammung, ein Handelsvertreter von der Westküste, der unsere liebe Mutter aus dem Ganzen hier herausholte.“ Er machte eine ausholende Geste, mit der er nicht nur Hillsboro, sondern ganz Louisiana zu umfassen schien. „Unsere jüngere Schwester Mita hingegen hat einen asiatischen Vater. Mom war eine typische Frau der sechziger und siebziger Jahre, fest entschlossen zu zeigen, dass sie keine Vorurteile kannte. Abgesehen davon liebte sie ihre bunt zusammengewürfelte Kinderschar, wie sie uns zu nennen pflegte. Sie war eine Anhängerin des Große-Mutter-Kults, für sie war es unwichtig, ob die Väter nun blieben oder nicht.“

„Sie muss eine ungewöhnliche Frau sein.“

Gregory verzog die Mundwinkel. „Das war sie in der Tat. Sie starb bei der Geburt eines weiteren Kindes. Irgendetwas ging schief, sowohl sie als auch das Baby starben. Vermutlich war sie inzwischen etwas zu alt für so etwas geworden, immerhin war ich damals schon achtzehn.“

„Das ... das tut mir Leid“, meinte Laurel stockend und wusste nicht, ob sie nun den Verlust der Mutter meinte oder ihre eigene Neugier, durch die sie jetzt in eine so private Angelegenheit vorgedrungen war.

„Nicht so schlimm“, versicherte er und blickte zur Seite. „Es ist ja schon sehr lange her.“

Laurel fand, dass es sehr wohl schlimm war, bestimmt hatten Alec und er immer darunter gelitten, aber sie hütete sich, das zu sagen. „Sie waren noch sehr jung für eine so große Verantwortung, die Sie auf einmal übernehmen mussten“, stellte sie fest.

„Ich? Verantwortung?“ Er lachte eigentümlich. „Da sind Sie an der falschen Adresse!“

„Ja, aber ich dachte, es hätte sonst keinen anderen Mann gegeben, der sich um die Familie hätte kümmern können?“

„Es gab auch keinen – bis auf Alec.“

Laurel lehnte sich stirnrunzelnd zurück. „Alec kann da doch nicht älter als dreizehn, vierzehn gewesen sein!“

„Richtig. Unser Kleiner war jedoch immer schon sehr groß und sehr zäh für sein Alter.“

„Ich verstehe nicht ganz, worauf Sie hinauswollen.“

„Sicher nicht“, erwiderte er nicht gerade höflich und sah sich viel sagend um. „Ich kann mir vorstellen, dass Sie stets ehrenwert und anständig waren. Ich wette, dass Sie noch keinen Tag in Ihrem Leben wirklich gehungert haben. Sie haben immer genau gewusst, wer Sie waren, woher Sie kamen und wohin Sie gehörten. Keine Zweifel, keine wilden Vermutungen. Sie haben bestimmt nie versucht, sich durch Alkohol oder Drogen selbst zu finden ...“

Er verstummte, doch nun begriff sie endlich. Gregory war mit achtzehn drogenabhängig gewesen, und deshalb hatte Alec es übernommen, sich um ihn, seine kleine Schwester und sich selbst zu kümmern. „Hätte Ihnen nicht irgendeine staatliche Hilfsorganisation unter die Arme greifen können?“

„Oh, ja. Man hätte Alec und Mita auf der Stelle in unterschiedliche Heime gesteckt. Nein, das kam gar nicht in Frage. Alec hat sie an der Nase herumgeführt, als sie bei uns auftauchten. Er mag ein Bastard sein, aber er ist verdammt clever. Natürlich hatte er damals auch schon die alte Chadwick.“

Laurel bekam eine Gänsehaut. In ihrem Mitgefühl für Alec, das heißt, für sie alle, hatte sie fast vergessen, warum sie eigentlich mit Gregory hatte sprechen wollen. „Die alte Chadwick? Wer war das denn?“ erkundigte sie sich zögernd.

„Unsere Vermieterin, nachdem Alec mit uns aus der Slumwohnung gezogen war, in der wir gehaust hatten.“ Gregory verzog das Gesicht. „Ihr gehörte dieses riesige Anwesen – mit Swimmingpool, Tennisplätzen, Golfanlage, einem Gästehaus, einem Gärtnerhaus, kurz, mit allem Drum und Dran, einschließlich des Chauffeurs und sogar eines chinesischen Gärtners.“

„Mr. Wu“, sagte sie still.

„Hat Alec ihn erwähnt? Nun, das sieht ihm ähnlich. Der alte Knabe war sein großes Vorbild. Er lebte ein paar Häuser von uns entfernt, als wir noch am Rand von Chinatown wohnten. Es war ihm lieber so, er wollte nicht bei seiner Arbeitgeberin Quartier beziehen. Ich glaube, er bewunderte Alec, weil er so aufgeweckt und praktisch veranlagt war. Manchmal fuhr Alec per Anhalter nach der Schule zu der alten Dame hinaus, um mitzuhelfen, und Mr. Wu zahlte ihm dafür einen kleinen Betrag.“

Laurel beobachtete, wie Alec mit angespannter Haltung arbeitete. Es war, als wüsste er genau, dass sie von ihm sprachen, auch wenn er die Worte nicht verstehen konnte. Sein langes Haar schimmerte fast blauschwarz in der Sonne, wie das Gefieder eines Raben. Indianerblut. Natürlich.

Sie merkte plötzlich, dass Gregory ihr offenkundiges Interesse an seinem Bruder mit einem amüsierten Lächeln quittierte, und sie nahm sich rasch zusammen. „Mr. Wu ist nicht zufällig mit Mita verwandt, oder?“ erkundigte sie sich, als hätte sie sich die ganze Zeit über nur auf diesen Gedankengang konzentriert.

„Ob er ihr Vater war, meinen Sie? Liebe Güte, nein! Er war schon uralt, er hatte schneeweißes Haar und einen Bart bis hier.“ Er verzog sein Gesicht zu einem Grinsen und hielt sich die Hand vor den Bauch. „Allerdings hatte er eine Schwäche für sie, und bisweilen hatte ich seinen ältesten Sohn in Verdacht. Kurz und gut, nachdem unsere Mutter gestorben war, fragte Alec Mrs. Chadwick, ob wir nicht im Gärtnerhaus wohnen könnten, weil Mr. Wu ja nicht daran interessiert war.“

„Sie sind also umgezogen, um sich dem Jugendamt zu entziehen“, folgerte sie.

Er nickte. „Alec meinte, niemand würde auf die Idee kommen, uns dort aufzusuchen. Er behielt Recht. Natürlich machte er der alten Dame weis, unsere Mutter läge nur vorübergehend im Krankenhaus. Drei Monate lang nahm sie ihm das ab. Und die Zeit reichte aus.“

„Wofür?“ Sie gab sich nicht einmal mehr Mühe, ihre Neugier zu verbergen.

„Um sie um den Finger zu wickeln. Unser Alec hat schon so eine ganz besondere Art, ist Ihnen das noch nicht aufgefallen?“ Er betrachtete sie mit einem leichten Lächeln.

„Sie sagten doch, er wäre erst dreizehn gewesen?“ Sie vermied es, ihn anzusehen.

„Richtig.“

„Aber diese Frau ...“

„Uns kam sie damals alt vor“, meinte er verschmitzt. „Obwohl sie sicher nicht älter war als ... sagen wir, als Sie heute.“

Alt genug, um Alecs Mutter sein zu können, fast dreißig Jahre älter als er ... Laurel dachte fieberhaft nach. Das konnte doch unmöglich die Frau gewesen sein, die er geheiratet hatte, oder?

„Wahrscheinlich kennen Sie die Geschichte bereits“, vermutete er. „Obwohl das Alec gar nicht ähnlich sieht. Normalerweise ist es ihm zu peinlich, darüber zu sprechen.“

Sie warf ihm einen direkten Blick zu. „Ihnen ist es nicht zu peinlich?“

Er schüttelte den Kopf. „Nein, aber ich habe auch weder Manieren noch Schamgefühl. Mrs. Chadwick hatte nie viel Zeit für mich, nicht einmal wenn ich da war, was nicht sehr häufig vorkam. Mita hingegen war für sie wie eine Puppe, sie putzte sie heraus und gab mit ihr an. Ihr absoluter Liebling war jedoch Alec.“

„Sie hören sich so an, als sei daran etwas nicht in Ordnung.“

Sie hatte Schwierigkeiten, ihren Gedanken in die richtigen Worte zu fassen.

„Ja, nicht wahr? Und in gewisser Hinsicht war es das auch nicht. Er ist nicht vollkommen, genauso wenig wie ich. Er macht Fehler. Und genau wie ich bezahlt er dafür. Mit Zins und Zinseszins."

Sie hörte die Verbitterung aus seinen Worten heraus, aber Alecs Geschichte interessierte sie zu brennend, als dass sie Gregorys Gefühlen mehr Aufmerksamkeit hätte schenken können. „Und was für einen Fehler hat er gemacht?"

„Er willigte ein, als unsere Vermieterin ihn einige Jahre später bat, sie zu heiraten."

Also stimmte es. Und es war noch viel schlimmer, als sie befürchtet hatte. Ein Frau, die alt genug gewesen war, seine Mutter sein zu können. Sie hatte es nicht wirklich geglaubt; das wurde ihr jetzt klar, als die Wahrheit plötzlich so unbarmherzig zu Tage gekommen war. Sie hatte gehofft, im Gespräch mit Gregory würde sich herausstellen, dass ihre Schwiegermutter gelogen oder zumindest eine harmlose Begebenheit maßlos aufgebauscht hatte. Irrtum. Alles ein ganz großer Irrtum. „Ich denke, wir alle machen Fehler", räumte sie ruhig ein.

„Ja, manche aber doch mehr als andere." Gregory seufzte.

Laurel wollte absolut gerecht sein. „Alec scheint aber keinen großen Nutzen aus dieser seltsamen Ehe gezogen zu haben", wagte sie sich vorsichtig vor.

„Kommt darauf an, wie man das sieht. Mrs. Chadwicks Geld hat er es zu verdanken, dass er Ingenieur werden konnte. Mita war im Stande, Medizin zu studieren, sie macht gerade ihren Facharzt in Pädiatrie. Und ich selbst, ich musste mich jahrelang weder um Unterkunft noch um meine Ernährung kümmern."

„Sie haben also von seinem Geld gelebt." Sie bereute ihre Bemerkung sofort.

„Ja.“ Er wandte den Blick ab. „Das habe ich.“

Das erklärte eine ganze Menge, auch wenn sie das alles eigentlich gar nichts anging. „Dennoch bleibe ich dabei – so groß war die Entschädigung nicht dafür, dass er schließlich seine Freiheit geopfert hatte.“

Er zuckte mit den Schultern. „Es gab ein paar Probleme mit den Erben, nachdem Mrs. Chadwick gestorben war, obwohl Alec sich noch immer um uns alle kümmerte. Und jetzt ...“ Gregory verstummte.

Und jetzt kümmerte Alec sich weiter um ihn, weil Gregory im Sterben lag. „Sie nehmen es ihm übel“, sagte sie und verstand auf einmal. „Ihnen wäre es lieber gewesen, wenn er das Geld für sich allein ausgegeben hätte. Ihnen wäre es lieber, wenn er nicht hier bei Ihnen wäre.“

„Niemand hat von ihm verlangt, so verdammt edelmütig zu sein“, entfuhr es ihm bissig. „Er braucht sich nicht um mich zu kümmern. Ich brauche ihn nicht.“

Oh, doch. Laurel sah deutlich, wie sehr Gregory auf ihn angewiesen war, und seine Verbitterung stand in direktem Verhältnis dazu. Ob Alec das wusste? Bestimmt, denn Gregory gab sich ja gar nicht erst die Mühe, sich zu verstellen. Und trotzdem blieb Alec bei ihm. Er lieh seinem Bruder seine Kraft, weil er mehr als genug davon hatte. Er half ihm zu leben, weil er selbst so voller Leben war.

Sie wollte keine Sympathie und keine Bewunderung für Alec hegen. Dadurch würde es ihr viel schwerer fallen, das zu tun, was sie tun musste. Sie würde es jedoch tun. Sie war keine beeinflussbare ältere Frau, die auf straffe Muskeln und oft erprobten Charme hereinfiel. Sie konnte schon deutlich sehen, wie es geschehen würde. Von ihm abhängig zu werden, bei ihm Kraft und Trost zu suchen und auf sein unwiderstehliches Lächeln zu warten, war nur allzu leicht. Eben weil er so lebendig war und weil sie sich nach seiner Wärme sehnte, um die Kälte in ihrem Innern zu lindern. Auf eine Weise, die sie sich selbst nicht recht erklären konnte, wollte sie teilhaben an der leidenschaftlichen Lebensfreude, die ihrer Meinung nach in ihm brannte.

Unmöglich. Sie hatte keine Ahnung, wie lange sie es noch schaffen würde, sich weiter von ihm fern zu halten und ihn doch gleichzeitig ständig in ihrer Nähe zu wissen. Nur so wenige Tage hatten sie gemeinsam im Garten gearbeitet, und schon fehlten ihr die Gespräche mit ihm und der neue Schwung, den sie allein durch seine Gegenwart bezog. Es bereitete ihr kein Vergnügen, auf Distanz zu ihm zu gehen, ihm Anweisungen zu geben und ihn schuften zu sehen, bis er völlig schweißgebadet war. Im Gegenteil, sie fühlte sich eher rachsüchtig und beschämt.

Gregory unterbrach matt die Stille, die zwischen ihnen eingetreten war. „Vielleicht ist es doch an der Zeit für mich, nach Hause zurückzukehren. Ich bin so ... müde. Sie sollten es Alec wohl sagen."

„Meinen Sie das Zuhause bei Ihrer Großmutter oder Kalifornien?" Laurel hatte im Grunde keine Lust, Alec schon so kurze Zeit, nachdem sie ihn weggeschickt hatte, wieder zu sich zu zitieren.

Gregorys Blick wirkte leer. „Die drei, vier Besuche bei Grannie Callie waren die schönsten Zeiten meiner ganzen Kindheit. Mom pflegte immer dann nach Louisiana heimzukehren, wenn es ihr schlecht ging, für gewöhnlich, wenn sie wieder ein Baby bekommen hatte. Einmal ließ sie uns alle einen ganzen Sommer lang allein bei Grannie Callie. Zu schade, dass sie uns irgendwann wieder abgeholt hat."

„Das meinen Sie nicht im Ernst!"

„Warum nicht?" Er verzog spöttisch die Mundwinkel. „Ich wäre ein richtiger Südstaatler geworden, hätte einen kleinen Lieferwagen gehabt und Bier getrunken, anstatt mein Dasein als heruntergekommener Junkie zu fristen. Und Alec hätte ..." Er brach ab und atmete tief durch. „Würden Sie ihn bitte rufen, wenn es Ihnen nichts ausmacht?"

Er wollte, dass sie ihm diesen kleinen Gefallen tat. Warum? Damit es nicht so aussah, als gäbe er klein bei? Damit es den Anschein erweckte, es sei ihre Idee, ihn lieber nach Hause zu bringen? Oder glaubte er, dass Alec Angst davor hatte, ihr Rede und Antwort stehen zu müssen, solange er dabei war? War es nur ein weiterer Seitenhieb gegen seinen Bruder?

Laurel stand auf und trat ans Geländer. „Alec?" rief sie.

Sofort hob er den Kopf, und seine Augen funkelten. Fragend zog er die Brauen hoch.

„Ich glaube, Ihr Bruder wäre Ihnen dankbar, wenn Sie ihn jetzt nach Hause fahren könnten."

Er hielt ihrem Blick lange stand, ehe er langsam nickte. Es hätte genauso gut eine Geste der Zustimmung sein können, aber in dem Moment war es eher, als hätte zwischen ihnen ein äußerst intensiver Gedankenaustausch stattgefunden. Wir verstehen uns wirklich ungewöhnlich gut, schoss es ihr durch den Kopf. Viel zu gut. Sie hörte, wie Gregory hinter ihr leise fluchte, doch das war ihr gleichgültig.

Einige Zeit später – Alec war längst wieder zurückgekommen – vernahm sie plötzlich leises Donnergrollen. Sie blickte von dem Katalog auf, in dem sie gerade geblättert hatte. Da, es donnerte erneut, diesmal klang es lauter und deutlich näher. Durch die Spitzengardinen am Fenster sah sie die ersten Blitze zucken. Sie schaffte es nur, bis fünf zu zählen, als der nächste Donner folgte. Das Gewitter war also schon ziemlich nahe.

Ob Alec immer noch im Vorgarten arbeitete? Vielleicht sollte er sich auf der Veranda unterstellen. Oder in die Garage gehen, falls er sich gerade hinter dem Haus befand. Vielleicht war sie gezwungen, ihn ins Haus zu bitten, wenn der Wind zu stürmisch wurde. Denn dann bot das Verandadach auch keinen Schutz mehr vor dem Regen. Die Garage war natürlich ein sehr sicherer Zufluchtsort, vorausgesetzt, er war so vernünftig, sich dort hinzubegeben.

Andererseits war er in Kalifornien aufgewachsen und wusste womöglich gar nicht, wie heftig ein frühsommerliches Gewitter in Louisiana werden konnte. Vielleicht hatte er keine Ahnung, wie schnell solche Gewitter hier aufzogen. Unschlüssig drehte sie den Kugelschreiber zwischen ihren Fingern hin und her, während sie überlegte, was sie tun sollte. Liebe Güte, immerhin war er ein erwachsener Mann, nicht wahr, einer, der sehr wohl im Stande war, selbst auf sich aufzupassen! Er hatte es sicher nicht nötig, von ihr bemuttert zu werden. Oder? War es nicht genau das, was jüngere Männer angeblich suchten, wenn sie sich einer älteren Partnerin zuwandten? Er konnte durchaus so ein Paradefall sein – schließlich hatte er seine Mutter sehr früh verloren und sich seitdem stets nur um andere kümmern müssen. Für ihn selbst hatte niemand gesorgt. Ja. Und vielleicht fühlte auch sie sich zu ihm hingezogen, weil er einen Ersatz für den Sohn und die Tochter darstellte, die Mrs. Bancroft ihr weggenommen hatte. Irgend so eine psychologisch wertvolle Begründung würde es wohl geben.

Jetzt konnte sie die ersten schweren Tropfen auf die dicken Blätter der Magnolie vor dem Fenster klatschen hören. Plötzlich entschlossen, schob sie ihren Stuhl zurück und ging zur Haustür. Alec war nicht im Vorgarten. Sie verharrte einen Moment, lauschte dem Trommeln des Regens auf das Dach und sog tief den Duft der nassen Erde ein. Der Wind blies ihr die Haarsträhnen ins Gesicht und blähte ihren Rock auf. Aus der Ferne vernahm sie mit einem Mal das Rauschen eines stärkeren Wolkenbruchs, der wohl vom Wald her zu ihr herüberzog. Sie blickte in die Richtung, aus der das Rauschen kam, und sah den dichten, schweren Regenvorhang, der immer näher zu kommen schien. Sie rannte die Stufen hinunter und duckte sich unter den vom Dach schießenden Wassermassen hindurch. Dann lief sie nach rechts um das Haus herum, um einen Blick in die Garage zu werfen. Sie war leer; dort befand sich Alec also auch nicht. Sie eilte auf demselben Weg zurück, den sie gekommen war, und folgte dem Weg um die andere Seite des Hauses. Der Regen wurde heftiger, sie fing an zu rennen.

Schließlich sah sie ihn. Und blieb wie angewurzelt stehen.

Er saß auf dem Betondeckel der Zisterne; die Beine verschränkt und die Hände mit der Handfläche nach oben auf die Knie gelegt. Der Lotussitz, wie ihr auf einmal wieder einfiel. Alec hatte die Augen geschlossen, sein dem Regen zugewandtes Gesicht wirkte vollkommen entspannt. Sein Haar war bereits tropfnass, in Strömen rann ihm das Regenwasser über die nackte Brust. Es verlieh seinem Körper einen glitzernden Schimmer und überströmte ihn auf völlig natürliche Weise, so als sei er ein Teil eben dieser Natur. Es war inzwischen frisch geworden, vor allem wegen des Windes, aber Alec schien die Kühle nicht zu spüren. Seine bronzebraune Haut wirkte glatt und samtig, keine Gänsehaut störte ihre Ebenmäßigkeit. Frieden. Zufriedenheit. Überschäumende Freude, am Leben zu sein. All das schien von ihm auszugehen, wie in Wellen, die Laurel erreichten und sie wie magisch zu ihm hinzogen. Sie wagte sich einen Schritt vorwärts. Dann noch einen.

Unvermittelt öffnete er die Augen. Und die Emotionen, die er ausstrahlte, verhundertfachten sich noch. Sie wirkten fast Furcht einflößend, als er Laurels Blick zu bannen schien. Das Furchteinflößendste jedoch war ihre Reaktion darauf, dieses tief verwurzelte Verlangen, zu ihm zu gehen, dieses Bad im Regen mit ihm zu teilen, seine Wärme, seinen Frieden, seine Freude am Leben. Fast vergaß sie zu atmen. Doch dann siegte abrupt ihre Vernunft. Sie wandte sich so abrupt ab, dass aus ihrem langen nassen Rock die

Tropfen stoben. Wie gehetzt flüchtete sie sich zurück in die Sicherheit ihres Hauses.

6. KAPITEL

Laurel begutachtete die Schale, die sie eben aus dem Brennofen geholt hatte. Sie war sehr groß, aber ziemlich flach, fast wie ein Vogelbad. Zuerst hatte sie sie von außen weiß vorglasiert und für das Innere dann eine durchscheinende blaugrüne Glasur gewählt, die sie in wellenförmigen Linien aufgetragen hatte. Sie war sehr zufrieden mit ihrem Werk. Es war mit eins der schönsten Stücke, die sie angefertigt hatte, seit sie sich in den Jahren nach Howards Tod zunehmend intensiver mit der Töpferei beschäftigt hatte.

Ihm hatte ihr „Getue mit den Tontöpfen", wie er sich auszudrücken pflegte, nie behagt. Er schien eifersüchtig auf die Zeit gewesen zu sein, die sie damit verbrachte, obwohl sie ohnehin schon nur dann in den Schuppen ging, wenn er bei der Arbeit war. Außerdem behauptete er immer, der Ton würde ihre Hände austrocknen, sie rau machen; darüber hinaus sei sie dadurch gezwungen, ihre Fingernägel unnötig kurz zu halten. Am meisten aber irritierte ihn ihre künstlerische Veranlagung. Die Frauen in und um Hillsboro gaben sich in ihrer Freizeit nun mal nicht mit solchen Dingen ab. Gartenarbeit war noch vertretbar, solange es sich dabei um Praktisches handelte wie zum Beispiel das Ziehen von Gemüse. Er hätte es auch gerade noch akzeptiert, wenn sie gestickt, gehäkelt, ja, sogar gemalt hätte. Aber was, bitte schön, brachten ihr diese Töpfe?

Sie konnte ihm nie eine befriedigende Antwort darauf geben. Es gefiel ihr einfach, Gegenstände aus dem weichen, sich beinahe sinnlich anfühlenden Ton zu formen; sie liebte es, wenn sie unter ihren Händen konkrete Gestalt annahmen, und sie war immer ganz aufgeregt, wenn sie den Ofen aufmachen und sehen konnte, wie sich die Muster und Farben durch das Brennen verändert hatten. Beim Töpfern fühlte sie sich ausgeglichen und kreativ.

Auch war der Schuppen ihr Refugium, obwohl sie ihr Bedürfnis nach Zurückgezogenheit Howard ebenfalls nie richtig hatte erklären können. Howard tat das Ganze als Marotte ab, dabei war er selbst einer der in sich gekehrtesten Menschen, die sie je gesehen hatte. Während ihrer Ehe hatte er das Haus fast nur verlassen, um zur Arbeit zu gehen; er hatte sich nichts aus irgendwelchen Freizeitaktivitäten gemacht und auch kein Verlangen nach Kontakten zu anderen Menschen gehabt. Manchmal hatte Laurel gedacht, dass „Ivywild“ für ihn ein Zufluchtsort wäre. So wie es das jetzt für sie war.

In dieser Woche hielt sie sich im Schuppen hauptsächlich deswegen auf, weil sie Alec aus dem Weg gehen wollte. Vom Schuppenfenster aus konnte sie ihn bisweilen sehen, wie er weiter an der Furche grub oder Rohre verlegte. Und seine Fortschritte konnte sie mitverfolgen, wenn sie vom Schuppen zum Haus ging. Auf die Art konnte sie teilhaben an dem, was er tat, und doch im Verborgenen bleiben. Wenigstens töpferte sie nach mehreren Tagen Unterbrechung nun endlich wieder. Lächelnd strich sie über die noch warme Schale und freute sich über die seidig glatte Glasur. Eigentlich hatte sie die Schale bepflanzen wollen, aber nun fand sie es schade, die hinreißende Farbe unter Blumenerde verschwinden zu lassen. Sie stellte sie zum Auskühlen zur Seite. Ihr würde schon noch eine Verwendungsmöglichkeit dafür einfallen.

Sie wandte sich wieder ihrem Arbeitstisch zu, und ihr Blick fiel auf das große Tonoval, das sie zu einem früheren Zeitpunkt vorgefertigt hatte. Daneben lag eine aus einem Kunstkatalog herausgerissene Seite, auf der eine Schmuckplatte aus Stein abgebildet war. Diese zeigte eine Nachbildung der *Bocca della Verità*, des „Mundes der Wahrheit“. Wie das Original an der römischen Kirche Santa Maria stellte auch diese Nachbildung das schimärenhafte Gesicht eines Mannes mit weit offenem Mund dar, in dem die Zunge zu erkennen war. Haare und Bart der Figur bestanden aus stilisierten Blättern. Der Legende nach wurde vom italienischen Original jedem die Hand abgebissen, der eine Lüge aussprach, wenn er die Zunge in dem Mund berührte. Irgendwie erinnerte Laurel das Gesicht aber auch an den so genannten Grünen Mann, der in Europa die eher irdischen Aspekte von *Beltane* symbolisieren sollte, also der Sommersonnenwende oder Mittsommernacht, in der in grauer Vorzeit die Fruchtbarkeit der Natur gefeiert wurde.

Das Gesicht und die Idee dahinter hatten Laurel von Anfang an fasziniert. Mindestens ebenso faszinierend war für sie die Vorstellung, dieses Gesicht aus Ton nachzuformen. Ohne sich dessen bewusst zu sein, fing sie an, den Ton zu bearbeiten. Dabei richtete sie sich nicht strikt nach der Vorlage aus dem Katalog, sie benutzte sie vielmehr nur als Hilfestellung bei den Proportionen. Es bereitete ihr unendliches Vergnügen zu sehen, wie unter dem kräftigen Druck ihrer Daumen die ersten Konturen entstanden. Sie tauchte ihre Hände in Wasser und begann, die Nase und die Brauen hervorzuheben. Zwischendurch griff sie immer wieder nach einem Spatel und modellierte zarte, filigrane Blätter.

Die Zeit hörte für sie auf zu existieren, während sie die Gesichtszüge des Mannes immer feiner ausarbeitete, hier etwas hinzufügte, dort etwas wegnahm, Kontraste schuf. Sie vergaß Sticks, der zu ihren Füßen lag, sie achtete nicht auf das Knurren ihres Magens, und sie spürte auch nicht, dass es mit der höher steigenden Sonne immer wärmer im Schuppen wurde. Sie war so glücklich wie schon seit vielen Jahren nicht mehr.

Am frühen Nachmittag brachte Maisie ihr einen Imbiss und schimpfte dabei, weil Laurel das Mittagessen schlichtweg vergessen hatte. Sie dankte ihr abwesend, aß ein Stück Käse und biss dann in einen Apfel, während sie ihr Werk kritisch begutachtete. Kurz darauf legte sie den Apfel zur Seite, um eine kleine Korrektur vorzunehmen. Als sie danach das nächste Mal wieder von ihrer Arbeit aufsah, war Maisie längst fort, und auf dem Apfel tummelten sich Ameisen.

Wiederum eine ganze Zeit später hörte sie, wie jemand an die Tür kam. Sticks hob kurz den Kopf, wedelte mit dem Schwanz und streckte sich dann wieder aus. Alec. Es konnte niemand anderes sein. Sie warf ihm einen Blick über die Schulter zu, als er eintrat. Ein Lächeln trat auf seine Züge, als er erkannte, womit sie beschäftigt war. Dieses frohe Lächeln erinnerte sie lebhaft an jenen Augenblick während des Gewitters neulich, und bei dieser Erinnerung wurde ihr etwas unbehaglich zu Mute.

Sie wandte sich wieder ihrer Reliefskulptur zu – und erstarrte. Das Gesicht, das sie so mühsam aus dem weichen, geschmeidigen Ton geformt hatte, sah Alec verblüffend ähnlich. Da waren seine breite, hohe Stirn, die dichten Brauen, die hohen Wangenknochen; es war sein langes Haar, in das sich hier kunstvolle Ranken und Blätter verwoben. Die innere Zufriedenheit und die Lebensfreude, die sie damals, während des Gewitters an ihm bemerkt hatte, waren ebenfalls in diesem Männergesicht eingefangen. Gleichzeitig trug es aber auch Züge von Alec, wie sie sie an dem allerersten Abend an ihm registriert hatte – ein Eindruck latenter Gefährlichkeit, gepaart mit dem warmen, sinnlichen Lächeln eines Satyrs.

Laurel legte den Spatel hin, wusch sich rasch die Hände in der auf dem Tisch stehenden Wasserschüssel und griff nach einem Handtuch. Betont beiläufig trocknete sie sich die Hände ab und ließ dann das Tuch wie zufällig auf die Skulptur fallen. Erst dann drehte sie sich zu Alec um. „Nun, fertig für heute?“ fragte sie leichthin. „Ich habe gar nicht gemerkt, dass es schon so spät ist.“

Er neigte den Kopf zur Seite. „Ich würde Ihnen gern etwas zeigen. Das heißt, wenn Sie Zeit haben.“

„Aber ja, natürlich!“ Die Erleichterung darüber, dass er ihr eine Möglichkeit bot, ihn wieder aus dem Schuppen herauszubekommen, verlieh ihrer Stimme einen herzlicheren Unterton als in den letzten Tagen davor.

Anstatt allerdings nach draußen zu gehen, kam er weiter in den Raum hinein. „Was ist denn das?"

Sie erschrak, erkannte dann jedoch, dass er die Schale meinte, die sie am Vormittag gebrannt hatte. Sie versperrte ihm den Blick auf den Arbeitstisch und reichte ihm die Schale.

„Das haben wirklich Sie gemacht?" Er drehte das Stück hin und her und warf Laurel dann einen überraschten, bewundernden Blick zu.

„Höchstpersönlich", bestätigte sie steif.

„Fantastisch", murmelte er kopfschüttelnd.

Sie konnte ihre Freude über sein Lob kaum verbergen. „Es war eigentlich nur ein Experiment mit den Farben."

„Ich muss dabei an den Meeresgrund denken", sagte er. „An Sonnenreflexe, die sich durch das Wasser auf dem sandigen, gewellten Boden abzeichnen."

Ja, genau so sah es aus, wenngleich es sie am meisten erstaunte, dass er das, ohne auch nur eine Sekunde nachzudenken, sofort erkannt hatte. Sie sagte aber bewusst nichts dazu. „Reiner Zufall. Mir gefiel das Muster nur recht gut."

„Auf die Art und Weise entstehen oft die besten Stücke." Vorsichtig stellte er die Schale zurück.

„Sie verstehen etwas vom Töpfern?" Sie merkte selbst, dass sich ihre Überraschung wahrscheinlich nicht besonders schmeichelhaft für ihn anhören musste.

Er zuckte mit den Schultern. „Nun ja, ich habe mich mal darin versucht. Meistens aber an größeren Stücken wie Amphoren, Bassins und Säulen."

„Mr. Wu hat Ihnen das beigebracht, nehme ich an."

„Richtig." Er schmunzelte. „Der alte Mann liebte Gartenlauben, kleine Teiche und Ähnliches. Er behauptete, solche Dinge seien das Gerüst eines Gartens. Die Sachen, die er in den großen Gartencentern fand, gefielen ihm meist nicht, oder aber sie waren unerschwinglich teuer. Ein, zwei Stücke hat er aus Asien und Europa kommen lassen, alles andere machte er selbst."

„Ein erstaunlicher Mann."

„Ja." Seine Miene wurde plötzlich eigenartig verschlossen. Nach einer Weile hellte sie sich wieder auf. „Ich habe da eine Idee, was Ihre Schale betrifft."

„Und zwar?"

„Das würde ich Ihnen lieber zeigen, wenn ich fertig bin. Wenn es Ihnen dann nicht gefällt, brauchen Sie es nur zu sagen."

Sie betrachtete ihn voller Zweifel. „Sie bohren aber kein Loch hinein?"

„Das würde mir im Traum nicht einfallen."

Seine Entschiedenheit beruhigte sie etwas. Bis jetzt hatte er stets einen ausgezeichneten Geschmack bewiesen, und überdies war sie neugierig geworden, was er wohl vorhatte. „Gut. Was wollten Sie mir denn nun zeigen?" fügte sie knapp hinzu.

Sein Gesichtsausdruck veränderte sich bei ihrem Tonfall. „Sehr wohl, Ma'am", ahmte er den breiten Südstaatenakzent nach. „Hier entlang, Ma'am."

Sie ging ihm voraus und merkte, dass ihr seine Spöttelei nicht das Geringste ausmachte. In gewisser Hinsicht war sie sogar dankbar dafür, obwohl sie ahnte, dass es nur ein kleiner Schritt sein konnte vom Spötteln zur Vertrautheit. Und das konnte schon wieder ein Schritt zu viel sein.

Sie hörte es, ehe sie es sehen konnte – das Etwas, das er ihr zeigen wollte. Sie warf ihm einen fragenden Blick zu, und er nickte bestätigend. Prompt ging sie schneller, ja, sie rannte beinahe um das Haus herum zum Vorgarten. Und da war er. Ihr Springbrunnen. Anmutig erhob sich die in der Nachmittagssonne glitzernde Fontäne in den Himmel. In den sprühenden Tropfen brach sich regenbogengleich das Sonnenlicht, höher und höher sprudelte der Wasserstrahl, bis er schließlich brach und in das rechteckige Bassin zurückflutete, das Alec gebaut hatte. Das Plätschern des Wassers war wie Musik, ein vielfältiges und doch harmonisches Geräusch in völligem Einklang mit der Natur. Rein und klar, endlos fließend, gefangen und doch frei – in diesem Brunnen lebte die Seele des Baches weiter, aus dem er gespeist wurde. Er war genau das, was Laurel sich gewünscht – und doch so viel mehr als sie erwartet hatte. Ein ungeheures Glücksgefühl durchströmte sie, und sie konnte nicht anders – sie strahlte über das ganze Gesicht.

Alec, der neben ihr stand, beobachtete das Leuchten, das sich auf ihren Zügen ausbreitete. Die harte Arbeit der letzten Tage war mit einem Mal vergessen, als hätte sie es nie gegeben. Das war seine Belohnung. Selbst wenn sie kein einziges Wort des Dankes fand, würde er sich doch immer an diesen Augenblick erinnern und wissen, dass es sich gelohnt hatte.

Dann drehte sie sich zu ihm um, und ihr Lächeln war so hell und klar, das sein Herz fast schmerzvoll zu klopfen anfing. Keine bewusste Absicht trieb ihn, kein Hintergedanke. Nur aus einem spontanen Impuls heraus tat er einen Schritt auf sie zu und breitete die Arme aus.

Und sie kam zu ihm. Nie würde er vergessen, wie sie sich in seine Arme schmiegte. Er hielt den Atem an, als er ihren weichen, zarten Körper an seinem spürte, so nah, als wären sie eins. Er schloss die Augen, um das Gefühl des Einsseins mit ihr noch intensiver auszukosten, und dann sog er langsam den Atem ein und schwelgte in ihrem Duft nach Rosenblüten und Jasmin, bis er sich fast schwindelig fühlte. Unruhig. Begierig auf mehr.

Und er hatte gedacht, ihr Lächeln wäre genug Belohnung für ihn ... Geduld. Er durfte nichts überstürzen. Er musste sie loslassen, am besten gleich. Wenn, ja, wenn er nur im Stande gewesen wäre, sich zu bewegen! Er musste etwas sagen, ganz gleich, was, nur um die knisternde Spannung zwischen ihnen aufzuheben, die sich unweigerlich aufbauen würde, sobald ihr klar wurde, was er getan und wie sie selbst darauf reagiert hatte. Aber er sehnte sich so nach ihr. Er wollte, dass sie immer lächelte. Bereitwillig. Vertrauensvoll. In seiner Umarmung. War das denn zu viel verlangt?

Sie stieß einen kleinen Protestlaut aus, und der Bann zerbrach. Behutsam schob Alec sie von sich. „So, gibt es noch irgendwelche Vorhaben dieser Art, die ich für Sie ausführen soll?" erkundigte er sich schmunzelnd.

Ihre Augen wurden ganz dunkel. Der weiche Stoff ihrer Bluse vibrierte leicht, weil ihr Herz so stürmisch klopfte. Sie sah aus, als wäre sie kurz davor, in Tränen auszubrechen. Vielleicht war sie aber auch wütend, er wusste es nicht so genau. Er wollte es eigentlich nicht wissen, denn er wäre mit beidem nur sehr schlecht fertig geworden.

Sie holte hörbar Atem, und als sie sprach, klang ihre Stimme heiser. „Nein, dieser eine Brunnen ist mehr als genug. Er ist wunderschön. Genau so habe ich ihn vor mir gesehen, obwohl es mir ein Rätsel ist, wie Sie das wissen konnten."

Er dachte an all die Dinge, die sie von ihm wusste. Gregory hatte ihm gequält gestanden, dass er ihr alles erzählt hatte. Alec konnte ihr keine Erklärungen dazu abgeben, weil sie ihn nicht darauf ansprach. Fing er von sich aus davon an, setzte er voraus, dass sie sich für ihn interessierte. Oder es hatte den Anschein, als hätte er ein Anrecht darauf, von ihr zu verlangen, dass sie ihm glaubte.

Doch obwohl scheinbar alles gegen ihn sprach, war sie großzügig gewesen und hatte ihm verziehen. Darüber hinaus war sie so ehrlich, ihm ihr eigenes impulsives Handeln nicht zum Vorwurf zu machen. Oder sich zu beschweren, dass er ihre Geste der Dankbarkeit unfair ausgenützt hätte. Ihm wurde klar, was er im Grunde schon von Anfang an gewusst hatte – Laurel Bancroft hatte Klasse und Format. Und sie war noch so viel mehr. Sie war schön, stark, selbstgenügsam. Sie war etwas ganz Besonderes. Und sie war nicht für ihn bestimmt. Würde es niemals sein.

Mühsam akzeptierte er die Bitterkeit dieser Erkenntnis. Er nickte steif und sagte ganz ruhig, was er wirklich empfand, auch wenn es sich noch so banal anhören mochte: „Ich bin froh, dass er Ihnen gefällt."

„Mehr als das. Ich bin sehr glücklich darüber", erwiderte sie sanft.

Alec wandte sich zum Gehen. Er musste es tun, ehe er etwas entsetzlich Dummes sagte oder tat. Seine Brust schmerzte, seine Glieder fühlten sich an wie Blei. „Bis morgen früh dann also."

„Bis Montag", verbesserte sie beiläufig, sie schien in Gedanken ganz woanders. „Heute ist Freitag."

„Ach, richtig. Bis Montag." Er eilte zu seinem Motorrad, schwang sich auf den Sattel und fuhr davon, als sei der Teufel hinter ihm her.

Am nächsten Morgen schob Laurel ihre Skulptur in den Brennofen. Abends schaltete sie ihn aus und ließ ihr Werk über Nacht auskühlen. Eigentlich hatte sie vorgehabt, es zu vernichten und wieder in einen formlosen Tonklumpen zurückzuverwandeln, aber sie brachte es nicht über sich. Vielleicht war es albern und abergläubisch, doch sie hätte sonst das Gefühl gehabt, Alec selbst zu zerstören.

Die Skulptur überstand das Brennen erstaunlich gut, wenn man bedachte, wie lange Laurel schon keine Tonskulpturen mehr gemacht hatte und wie wenig erfahren sie darin war. Nirgendwo waren Risse zu sehen, nicht die kleinste Ecke war herausgebrochen. Sie sah nur ein paar Stellen, die sie noch sorgfältiger hätte modellieren können, doch sie gab sich auch so zufrieden.

Die meisten Töpfer würden das Ergebnis wohl als gute Arbeit bezeichnen, dachte sie und strich mit dem Finger über das kantige

Kinn des Gesichts. Sie hatte auch das leichte Grübchen eingefangen, das auf Alecs einer Wange erschien, wenn er lachte, sowie die feinen Fältchen um seine Augenwinkel. Und seine sinnlich geschwungenen Lippen waren nicht nur gut getroffen, sie wirkten sogar fast lebendig, so als müssten sie sich warm unter ihren Lippen anfühlen und reagieren, wenn sie ihn ...

Sie zog ruckartig die Hand fort. Nach einer Weile zwang sie sich, den großen, flachen Karton zu holen, den sie einmal aufgehoben hatte. Sie legte die Skulptur hinein und hob den Karton auf die höchste Ablage der Regalwand. Sie schob ihn so weit es ging nach hinten, damit ihn möglichst niemand sehen konnte. Danach verließ sie den Schuppen und schloss die Tür ab.

Die Erinnerungen an den Freitag zu verdrängen war nicht ganz so einfach. Wenn sie die Augen zumachte, konnte sie noch immer Alecs Arme um sich spüren, den verwirrenden Augenblick, als er sie an seinen festen, warmen Körper gezogen hatte. Ihr war gewesen, als hätte ein Blitz sie getroffen, weiß glühend, alles verbrennend. Auf so etwas war sie nicht gefasst gewesen, schon gar nicht auf ihr eigenes, aufloderndes Verlangen, das sie dabei durchzuckt hatte. Wie gelähmt hatte sie Empfindungen bei sich registriert, die offenbar schon so lange unterdrückt worden waren, dass sie ihre Existenz ganz vergessen hatte.

Wenn sie denn je existiert hatten. Laurel war sich dessen nicht so sicher. Selbst in den ersten Tagen ihrer Ehe, als die Liebe noch so neu und ungewohnt für sie gewesen war, hatte sie nie eine solche Leidenschaft verspürt und auch niemals eine solche Unsicherheit, was ihre eigenen Reaktionen und Bedürfnisse betraf. Wenn eine Umarmung schon so etwas in ihr auslöste, wie würde dann erst ein Kuss sein? Und wenn dieser Kuss sie womöglich noch viel mehr aufwühlte, wie sollte sie dann mit der alles auslöschenden Glut fertig werden, wenn ... Nein. Sie verbot sich, daran zu denken. Sie würde vergessen, dass sie Alec Stanton jemals berührt hatte. Und sie würde inständig darum beten, dass er dasselbe tat ...

Am späten Nachmittag kamen Marcia und Evan zu ihr zu Besuch. Sticks stürmte ihnen freudig bellend und schwanzwedelnd entgegen. Als Marcia zehn und Evan acht gewesen waren, hatten sie ihn als Welpen zu Weihnachten geschenkt bekommen, und so hatte er sie durch ihre Kindheit hindurch begleitet. Laurel jedoch war diejenige gewesen, die ihn gefüttert, gebürstet und ausgeführt hatte, und so war er schließlich ihr Hund geworden.

Sie freute sich genau wie Sticks, die Kinder zu sehen, wenn nicht noch mehr. Sie kam ihnen auf den Stufen entgegen und umarmte sie herzlich. Beide sahen Howard ähnlicher als ihr, sie hatten sein aschblondes Haar und seine braunen Augen geerbt. Evan war auch so kräftig gebaut wie Howard, während Marcia figürlich nach ihrer Mutter kam. Laurel fand sie zu schmal, zu zerbrechlich und zu blass, aber dasselbe galt ja auch für sie selbst.

Marcia machte keinen besonders glücklichen Eindruck. Laurel hätte sie gern gefragt, was mit ihr los war, wusste aber, wie sinnlos das sein würde. Als sie die beiden in die Küche führte, wo man sich am besten und ungezwungensten unterhalten konnte, fiel ihr auf, dass die Begrüßung seitens ihrer Kinder dieses Mal noch etwas steifer ausgefallen war als sonst. Sie tat es als normal ab. Schließlich hatten sie sich mindestens drei Wochen nicht gesehen. Außerdem waren sie so beschäftigt – Evan im College, und Marcia, die in einer Anwaltskanzlei arbeitete und nebenbei noch Mann und Haushalt zu versorgen hatte. Laurel rief ab und zu bei ihnen an, wenn sie glaubte, sie mal daheim antreffen zu können, was aber nicht oft der Fall war. Es war auch nichts Ungewöhnliches, dass das Verhältnis zwischen ihnen eher distanziert war; seit Howards Tod waren sie nicht mehr frei und ungezwungen miteinander umgegangen.

Ausreden. Sie fand immer irgendwelche Ausreden. Sie wusste es, wollte es sich aber nicht eingestehen.

Marcias erste Bemerkung, nachdem sie sich an den Tisch gesetzt hatten, schuf augenblicklich Klarheit. „Ich sehe schon, Grannie hatte Recht", meinte sie vorwurfsvoll. „Du hast hier alles auf den Kopf gestellt."

„Ich habe nur etwas Ordnung geschaffen, das war schon seit langem nötig." Die schmerzhafte Erkenntnis, dass Marcia und Evan nur gekommen waren, weil ihre Großmutter mit ihnen gesprochen hatte, deprimierte Laurel zutiefst.

„War es denn nötig, einen Springbrunnen anlegen zu lassen?"

Laurel sah beide lange Zeit ruhig an. Evan konnte ihrem Blick nicht standhalten, aber Marcia erwiderte ihn mit entschlossener Miene.

„Nein. Den Brunnen hatte ich mir einfach nur gewünscht."

„Warum um alles in der Welt ..."

„Nenn es eine Laune von mir", fiel Laurel ihr ins Wort. Der nörgelnde Tonfall ihrer Tochter ging ihr allmählich auf die Nerven.

„Es ist vor allem eine teure Laune", stellte Marcia missbilligend fest. „Woher nimmst du eigentlich all das Geld? Das Haus ist auch frisch gestrichen!"

Laurel neigte den Kopf zur Seite. „Was stört dich denn mehr, Liebes – die Unkosten oder der Mann, den ich für diese Arbeiten bezahle?"

„Grannie meinte, man könne mit dir nicht vernünftig darüber sprechen, und ich habe es ihr erst nicht geglaubt!" Hektische rote Flecken breiteten sich auf Gesicht und Hals ihrer Tochter aus, sie wirkte beinahe krank.

„Sag mir bitte, in welcher Hinsicht ich denn vernünftig sein soll! Ich fasse es nicht, dass du dich beklagst, nur weil ich den Vorgarten in Ordnung gebracht habe! Er hätte überhaupt gar nicht erst so verwildern dürfen. Ebenso wenig verstehe ich deinen Protest, weil ich das Haus habe streichen lassen. Hätte ich es etwa verrotten lassen sollen?"

Evan räusperte sich und warf seiner Schwester einen mahnenden Blick zu. „Niemand hat etwas dagegen, wenn du hier ein wenig Ordnung schaffst, Mutter." Er hörte sich genauso an wie Howard, wenn der sie hatte beschwichtigen wollen, und dieser leicht herablassende Tonfall reizte Laurel bis zur Weißglut. Daher beschloss sie auch, ihnen bei dieser absurden Diskussion nicht auch nur einen Schritt entgegenzukommen.

„Wo liegt dann das Problem?"

Evan beugte sich nach vorn, wich allerdings geflissentlich ihrem Blick aus. „Nun, Grannie ist über das alles ein bisschen verärgert. Du weißt ja, sie mag es nicht, wenn sich hier etwas verändert. Außerdem sagt sie, wenn du dir all diese Renovierungsarbeiten leisten kannst, müsstest du auch meine College-Gebühren bezahlen können."

„Aber natürlich", pflichtete Laurel prompt bei. „Du weißt, ich hätte das nur allzu gern getan, wenn sie nicht darauf bestanden hätte, selbst dafür aufzukommen."

„Schon, doch es geht nicht nur um die reinen Studiengebühren. Dazu kommen ja auch noch die Unterbringung, die Unkosten für das Auto und das Taschengeld. Sie wollte mir ein neues Auto kaufen, ehe das hier passierte, aber jetzt ..." Er zuckte mit den Schultern.

Howards Mutter schob Evan vor; mit dem Druckmittel, dass sie ihn schließlich großzügig unterstützte, und dem Versprechen, sie würde ihm ein Auto kaufen, hatte sie ihn schließlich überredet, ebenfalls einmal ein ernstes Wort mit seiner Mutter zu reden. Was Laurel am meisten anwiderte, war die Tatsache, dass Evan sich diesem Druck gebeugt hatte.

Nein, so durfte sie das auch nicht sehen. Evan war zwischen ihnen hin und her gerissen, genau wie Marcia auch. Das war schon seit dem Tod ihres Vaters so. Am Tag der Beerdigung hatte Schwiegermutter Bancroft die beiden mit zu sich nach Hause genommen. Sie hatte behauptet, es sei nur zu Laurels Besten, sie brauche einfach Zeit, sich mit allem abzufinden, und dabei würde sie der Lärm, den zwei Teenager zwangsläufig machten, nur stören. Laurel war zu verwirrt und bestürzt gewesen, um widersprechen zu können. Gerade eben erst hatte sie die Beisetzung überstanden. Dabei hatte sie die Kinder bei sich haben wollen, sie sehnte sich danach, von ihnen getröstet zu werden und ihnen selbst auch Trost zu spenden, mit ihnen gemeinsam gegen den Schmerz und das Entsetzen anzukämpfen, welches sie alle erfüllte. Doch da waren sie bereits fort gewesen, und es hatte Wochen gedauert, bis sie sie wieder gesehen hatte. Und da hatten sie sie zum ersten Mal vorwurfsvoll angesehen. Nie wieder hatten sie sich anschließend wie die Kinder verhalten, die sie zur Welt gebracht und geliebt hatte.

„Ich hatte noch etwas Geld von meinen Eltern übrig", erklärte sie. „Ich habe in den letzten Jahren nur sehr wenig für mich ausgegeben. Die Versicherungssumme, die ... ich nach dem Tod eures Vaters erhielt, liegt immer noch unangetastet auf der Bank. Ich kann für die Unkosten aufkommen, die deine Großmutter nicht mehr bestreiten will, Evan. Ich wäre wahrscheinlich auch in der Lage, dir dieses Auto zu kaufen. Aber sag mir bitte eins. Glaubst du wirklich, dass deine Großmutter dich für das bestrafen wird, was ihrer Meinung nach ich allein falsch gemacht habe?"

„Ich weiß nicht", murmelte er.

„Ich auch nicht. Und diesen Gedanken möchte ich lieber gar nicht erst in mir aufkommen lassen."

Marcia schaltete sich ein. „Da ist noch etwas, worüber wir unbedingt mit dir reden müssen, Mutter. Es ist wirklich eine Schande, dass du diesen Stanton-Jungen hier noch herumlungern lässt."

Ihre Tochter hörte sich so zickig an, dass es fast komisch wirkte, doch Laurel hatte keine Lust zu lachen. „Dieser Stanton-Junge, wie du ihn nennst, ist immerhin einige Jahre älter als du."

„Schön, dafür ist er einige Jahre jünger als du!"

„Was du nicht sagst. Außerdem lungert er hier nicht herum. Er arbeitet für mich, und zwar ziemlich schwer. Das würde selbst dir auffallen, wenn du einmal deinen Kopf aus dem Sand ziehen und dich umsehen würdest."

„Oh ja, ich verstehe schon, dass er hier sehr gelegen kommt – in mehr als einer Hinsicht, nehme ich an!"

„Marcia!"

„Was denn, Mutter? Begreifst du denn nicht, wie das aussieht? Hast du eine Ahnung, was die Leute reden? Mir ist das entsetzlich peinlich, und Jimmy ist absolut entsetzt. Jede Nacht betet er zu Gott, dass du diese schändliche Beziehung endlich aufgibst. Mittwoch ist er sogar in der Kirche aufgestanden und hat die Gemeinde gebeten, mit ihm zusammen für dein Wohl zu beten ..."

„Er hat ... was?" fuhr Laurel entrüstet auf.

Marcia schluckte. „Nun ja, was hast du denn erwartet? Dachtest du, wir würden das Ganze einfach ignorieren? Dass du tun und lassen könntest, was du wolltest, ohne dass dir jemand auch nur ein Wort sagt?"

„Ich dachte vor allem, dass wenigstens meine eigenen Kinder zu mir stehen würden!" konterte sie hart. „Vielleicht hättet ihr mich vorher fragen sollen, ob ich mit dem Mann schlafe, ehe ihr darum betet, ich möge damit wieder aufhören!"

„Das war Jimmy, nicht ich", verteidigte sich Marcia sofort. „Du weißt doch, wie er ist."

Das wusste sie in der Tat. Der Mann ihrer Tochter war der älteste Sohn einer Familie, die zu einer der konservativeren Religionsgemeinschaften gehörte. Er bezeichnete sich selbst als einen tief religiösen Menschen. Von der Mutter seiner Frau hielt er nicht viel, weil sie nicht mehr in die Kirche ging. Laurel wiederum hielt ihn für einen regelrechten Fanatiker. Nun, um ihre Meinung hatte sie schließlich niemand gebeten, als Marcia ihn vor zwei Jahren geheiratet hatte. „Jimmy kann wohl kaum etwas über meine Situation gewusst haben, wenn du ihm nichts davon erzählt hast", gab Laurel zurück. „Er hat keinen Anlass zu der Annahme, Alec könnte hier noch eine andere Rolle spielen als die meines Angestellten. Und er wäre auch nie auf diese Idee gekommen, wenn du – oder jemand anderes – ihn nicht darauf gebracht hättest."

Marcia lachte verbittert auf. „Also spielt er noch eine andere Rolle!"

„Das habe ich nicht gesagt."

„Aber es ist doch so, oder? Warum gibst du es nicht einfach zu?"

Laurel starrte ihre Tochter an. Es widerte sie zutiefst an, dass dieses Thema zur Sprache gekommen war, andererseits sah sie nicht, wie sie es hätte vermeiden können. Mit vollkommen ruhiger Stimme sagte sie: „Wenn du das wirklich fragen musst, verdienst du gar keine Antwort."

„Sehr bequem, nicht wahr? Vor allem, wenn du dich scheust, uns diesbezüglich eine Lüge aufzutischen. Schließlich lügst du nie, nicht wahr, Mutter? Nie und nimmer!"

„Marcia, nicht", warnte Evan, aber er wagte es nicht, seiner Mutter in die Augen zu sehen.

Marcia spielte darauf an, dass Laurel an dem Nachmittag, als Howard gestorben war, gelogen hatte. Laurel wusste, dass sie glaubten, sie hätte sie angelogen. So deutlich hatten sie sich jedoch noch nie dazu geäußert. Halt suchend verschränkte sie die Arme vor der Brust und hob das Kinn. Sie sah von Marcia zu Evan. „Unterstellt mir, was ihr wollt, mir ist es gleichgültig. Bedenkt aber bitte eins. Ich bin Witwe und niemandem Rechenschaft schuldig. Was ich tue, geht euch nicht das Geringste an."

Marcia öffnete den Mund, um darauf zu antworten, doch Evan

hielt sie mit einer raschen Geste davon ab. Er sah Laurel aus seinen braunen Augen ernst an. „Gestehe uns ein wenig Sorge um dich zu, ja, Mom? Du bedeutest uns wirklich sehr viel. Deswegen kannst du von uns nicht erwarten, dass wir tatenlos zuschauen, wenn deine Sicherheit auf dem Spiel steht."

„Meine Sicherheit", echote Laurel verständnislos.

„Wir wissen, was das für ein Mensch ist und worauf er es abgesehen hat. Ich habe Nachforschungen über ihn anstellen lassen, und er ist wohl wirklich nicht der Mann, mit dem du dich sonst abgeben würdest, erst recht nicht wie jetzt bis zur letzten Konsequenz."

Sie verabscheute seine Wortwahl so sehr, dass sich das auf ihren Tonfall auswirkte. „Und wie sieht diese letzte Konsequenz aus?"

„Ich wollte nicht, dass es sich schmutzig anhört, Mom, aber sehen wir den Tatsachen doch mal ins Auge. Er hat es auf einsame ältere Frauen wie dich abgesehen!"

Sie wusste nicht, ob sie lachen oder wütend werden sollte. „Also wirklich, Evan! Noch stehe ich beileibe nicht mit einem Fuß im Grab, und ich denke, ich bin klug genug, um zu erkennen, wenn mich jemand ausnutzen will. Ich gebe dir mein Ehrenwort, dass Alec Stanton noch nie versucht hat, weder durch Worte noch durch Taten, mir Geld abzuluchsen. Und er hat niemals etwas gesagt oder getan, das mich zu dem Schluss zu bringen vermochte, er könnte das durchaus noch im Schilde führen." Sie erkannte, dass das absolut wahr war. Und je mehr sie darüber nachdachte, umso erstaunlicher kam es ihr vor.

„Nein, sicher nicht. Dazu ist er viel zu gerissen."

„Und was soll das nun bitte heißen?"

„Damit wird er warten bis nach eurer Hochzeit", erklärte Evan schonungslos.

Laurel warf resigniert die Hände empor. „Jetzt verheiratet ihr mich sogar schon mit ihm! Na, wenigstens sollte das Jimmy glücklich machen. Dann kann er aufhören, Gott damit zu belästigen, dass ich in Sünde lebe!"

Evan ließ sich nicht beirren. Mit grimmiger Beharrlichkeit fuhr er fort: „Oder dieser Stanton wartet damit, bis du tot bist."

Aus Laurels Gereiztheit wurde blinder Zorn. „Das reicht", fauchte sie. „Ich habe die Nase bis oben hin voll von solchen Verleumdungen eines Menschen, der euch nie etwas getan hat und den ihr noch nicht einmal kennt!"

„Mom, hör mir doch bitte zu!" bat Evan.

„Ich habe alles gehört, was ich hören wollte, vielen Dank. Was fällt euch ein zu glauben, dass ihr hier einfach aufkreuzen und euch in meine Angelegenheiten einmischen ..."

„Einmischen?" Marcia lachte. „Nun, du kannst beruhigt sein, das wird nie wieder passieren. Komm, Evan."

„Halt den Mund, Marcia", wies Evan sie zurecht, ohne sie anzusehen. „Mom, Alec Stantons erste Frau, eine ältere Dame wie du, ist in Kalifornien gestorben."

„Das weiß ich, und nur zu deiner Information – sie war weitaus älter als ich, beinahe ..."

„Weißt du dann auch, dass man ihn für den Mord an ihr verhaftet hat?"

Laurel spürte, wie ihr alles Blut aus dem Gesicht wich. Ihr war plötzlich eiskalt, sie erschauerte. „Nein", flüsterte sie.

„Das dachte ich mir", meinte Evan befriedigt.

„Nein", wiederholte Laurel, aber nicht als Antwort auf seine Bemerkung. Es war ein reines Abstreiten, nichts anderes. Sie wollte nicht, dass Alec ein Mörder war. Sie hätte es nicht ertragen, wenn es wirklich so gewesen wäre.

7. KAPITEL

Alec schaffte es dann doch nicht, Montagmorgen zur Arbeit zu kommen. Sonntagabend verschlechterte sich Gregorys Zustand plötzlich, so dass er in die Notaufnahme des Krankenhauses eingeliefert werden musste, wo er zur Beobachtung dabehalten wurde. Als Grannie Callie am frühen Morgen nach Hause fuhr, um sich etwas auszuruhen, bat Alec sie, bei Laurel anzurufen und ihn zu entschuldigen. Den Rest des Tages verbrachte er bei Gregory, mit dem alle möglichen Tests gemacht wurden.

Die allgemeine Diagnose seiner Krankheit stand fest, doch auch der Grund für seinen jetzigen Zusammenbruch war keine Überraschung. Unzureichende Ernährung in Verbindung mit zu vielen Medikamenten, hieß es. Die Ärzte verschrieben ihm andere Schmerzmittel und entließen ihn wieder.

Als Alec am Dienstag vor „Ivywild“ vorfuhr, war dort alles ruhig. Zu ruhig beinahe. Auf den ersten Blick konnte er nichts Ungewöhnliches feststellen. Maisies Wagen stand in der Garage, und der Duft nach gebratenen Zwiebeln und Knoblauch, der in der Luft hing, verriet, dass sie etwas Interessantes für das Mittagessen vorbereitete. Durch das Schuppenfenster konnte Alec einen Blick auf Laurel erhaschen, die wieder beim Töpfern war. Der Springbrunnen plätscherte friedlich.

Trotzdem. Irgendeine Begrüßung wäre schon nett gewesen. Ein „Hallo, wie geht's?“ vielleicht. Oder „Wie geht es Ihrem Bruder? Alles in Ordnung?“ Ja, so etwas in der Art. Wenigstens Sticks hätte herauskommen und bellen können.

Genau, das war es. Sticks fehlte. Der große Schäferhund war nicht auf der Veranda erschienen, um seiner Besitzerin lautstark zu verkünden, dass ein Fahrzeug vorgefahren war. Er war auch nicht auf Alec zugestürmt, um sich seine Streicheleinheiten abzuholen, wie er das in letzter Zeit zu tun pflegte. Wahrscheinlich war er bei

Laurel. Oder sie hatte ihn aus irgendeinem Grund wieder eingesperrt. Natürlich konnte es aber auch sein, dass er einfach auf Kaninchenjagd war oder eine Freundin besuchte.

Alec wurde von seinen Gedanken an Sticks abgelenkt, weil er sah, dass Laurel angefangen hatte, eine neue, kräftig pinkfarbene Kletterrose an der kleinen Laube neben dem Seiteneingang hochzubinden. Er hob das grüne Plastikband auf, das sie dazu benutzt hatte, und griff nach einem langen Zweig, um die Arbeit für sie zu vollenden. Die Rose war feucht von Tau, das Band jedoch war völlig trocken. Offenbar hatte es noch nicht sehr lange dort im Gras gelegen. Alec runzelte die Stirn. War Laurel unterbrochen worden bei der Arbeit? Weil Maisie gekommen war oder das Telefon geklingelt hatte? Oder hatte sie ihn einfach kommen hören und war in den Schuppen geflüchtet, weil sie ihm nicht in die Augen sehen konnte, nach dem, was Freitag geschehen war?

Nein, das war nicht anzunehmen. Bestimmt dachte sie gar nicht mehr an diese kurze Umarmung. Nur weil er das ganze Wochenende an nichts anderes mehr hatte denken können, bedeutete das noch lange nicht, dass sie sich ebenfalls etwas aus ihm machte. Schon gar nicht würde sie die Schwierigkeit auf sich nehmen, ihm hier bewusst aus dem Weg zu gehen.

Er band die Rose fest und schlenderte anschließend zu der hohen Kiefer hinüber, die Laurel gefällt haben wollte. Nachdenklich betrachtete er die dicken Äste. Das Kletterzeug hatte er noch gar nicht überprüft, und Maisie hatte auch noch nicht daran gedacht, die Säge mitzubringen. Die Rosen, die Laurel für die neuen Beete bestellt hatte, waren ebenfalls noch nicht angekommen. Der Baum konnte also warten.

Er lief zur Garage und ging um Laurels altes Auto herum, ehe er die Motorhaube öffnete. Es war nicht so schlimm, wie er befürchtet hatte. Eine gründliche Motorwäsche, Schmiermittel, ein neuer Keilriemen und Zündkerzen konnten wahre Wunder bewirken. Wenig später hantierte er bereits mit brüchigen Kabeln, Schläuchen und verdreckten Filtern herum. Was Laurel wohl sagen würde, wenn sie sah, womit er seine Zeit verbrachte! Zunächst würde er den Wagen wieder auf Vordermann bringen und danach Laurel überreden, ihn zu benutzen. Auch wenn sie niemals ihm gehören würde, konnte er es nicht ertragen, dass sie sich so sehr von allem isolierte. Sicher, das Haus war herrlich, und sie liebte es, aber zum Leben gehörten noch mehr als nur ein paar alte Mauern. Der Garten reichte ebenfalls nicht aus, das würde er ihr schon klarmachen. Mochte es kosten, was es wolle, er würde sie aus „Ivywild“ herauslocken.

Er montierte gerade den platten Reifen ab, als er das Geräusch vernahm. Er hielt inne, um zu lauschen. Da war es wieder, ein leises Winseln. Er ließ den Schraubenschlüssel fallen, richtete sich auf und ging aus der Garage. Suchend ließ er den Blick über den Garten schweifen, während er erneut angestrengt lauschte. Stille. Und doch war er sich ganz sicher, dass er Laurels Hund gehört hatte.

„Sticks?“ rief er und pfiff durchdringend.

Der Hund winselte wieder, und der Laut kam aus der Richtung des hohen Grases, wo der Bach hinter dem Haus entlangfloss. Alec rannte los.

Sticks versuchte, auf ihn zuzukriechen, doch seine Läufe scharrten nur wirkungslos im Staub. Als er Alec sah, wedelte er matt mit dem Schwanz. Seine dunklen, unergründlichen Augen spiegelten große Schmerzen wider, und er war nicht in der Lage, den Kopf zu heben. Ein eigenartiger Gestank umgab ihn, der, zusammen mit dem Schaum vor seinem Maul, eine leider nur allzu deutliche Sprache sprach.

„Was ist denn, mein Hund?“ Alec kniete sich neben ihn. „Wer hat dir das angetan?“

Der Hund winselte wieder und leckte sich hechelnd die Schnauze, er schien großen Durst zu haben. Alec streckte die

Arme nach ihm aus, weil er ihn hochheben und auf dem schnellsten Weg mit ihm zum Tierarzt fahren wollte. Doch als er den schweren Kopf anhob, merkte er, wie die großen, dunklen Augen sich bereits vom Rand her einzutrüben begannen.

„Oh, Sticks“, flüsterte Alec erschüttert. Behutsam streichelte er ihn. „Was wird Laurel nur sagen? Wie wird sie es aufnehmen? Und wie, um alles in der Welt, soll sie ohne dich zurechtkommen?“

In dem Moment hörte er ihren Aufschrei hinter sich. Alec fuhr herum und sah, wie sie vom Schuppen her auf ihn zurannte. Sein erster Impuls war, sie aufzuhalten, damit sie das nicht mit ansehen musste, doch es war schon zu spät.

Sie war blass, und die Augen wirkten übergroß in dem schmalen Gesicht. Fest hielt sie den Blick auf die im Gras ausgestreckte Gestalt gerichtet, während sie sich näherte. Dann war sie da und ließ sich neben Sticks auf den Boden fallen. Alec machte ihr Platz. Genau wie er streckte sie die Arme nach dem Hund aus, ihre Hände zitterten. Sie sah die brechenden Augen, die ersten Fliegen auf seinem Fell. Sie stöhnte gequält auf. Sticks leckte ihre Hand, seine Flanken hoben und senkten sich unter einem letzten, mühsamen Atemzug. Dann war alles vorbei.

Laurel drehte sich zu Alec um, und ihre Augen funkelten vor Wut und Schmerz. „Was haben Sie mit ihm gemacht?“ rief sie. „Warum, um Gottes willen, haben Sie ihn getötet?“

Alec blieb einige Sekunden wie versteinert in der Hocke sitzen. Dann stand er auf. Laurel stockte der Atem, als er so groß vor ihr stand, mit grimmiger Miene und nur mühsam bezähmtem Zorn.

„Ihr Hund ist vergiftet worden“, teilte er ihr vernichtend ruhig mit. „Und zwar schon vor Stunden, als ich noch gar nicht da war.“ Damit wandte er sich ab und ging davon.

Vergiftet. Plötzlich verunsichert, betrachtete sie den leblosen

Hund. Ja. Natürlich. Die Symptome waren eindeutig: der Schaum vor dem Maul, die hoch gezogenen Lefzen, der schreckliche Gestank. Sie war auf dem Land aufgewachsen und erkannte solche Anzeichen, wenn sie nicht gerade blind vor Argwohn und Misstrauen war.

„Alec!"

Er blieb nicht stehen und ging weiter, als hätte er sie gar nicht gehört.

„Alec, warten Sie! Ich hörte, wie Sie nach ihm riefen, und als ich aus dem Fenster sah, beugten Sie sich gerade über ihn. Ich dachte ..."

Ihre gestammelte Erklärung beeindruckte ihn nicht. Er lief weiter.

Warum sollte er ihr auch zuhören? Innerhalb von Sekunden hatte sie ihn schuldig gesprochen, ohne Beweise, ohne überhaupt daran zu denken, dass alles vielleicht auch ganz anders sein könnte, als es den Anschein hatte. Sie hatte ihn vorschnell verurteilt, weil sie einmal mit angesehen hatte, wie blitzschnell er damals Sticks kampfunfähig gemacht hatte. Sicher, das war es nicht allein. Da waren auch noch all die schrecklichen Dinge, die man ihr über ihn gesagt hatte. *Gigolo. Hat es auf ältere Frauen abgesehen. Wurde wegen Mordes verhaftet.* Sie bekam das einfach nicht aus ihrem Kopf heraus. Wenn er in der Lage war, eine Frau umzubringen, warum dann nicht auch einen Hund?

Ja, aber was war, wenn sie sich geirrt hatten, Schwiegermutter Bancroft, Evan, ja, sogar Gregory Stanton? Dieser Gedanke hatte sie ebenfalls gequält. Sie selbst war schon einmal allein durch den Tratsch ihrer Verwandten und Mitbürger für schuldig befunden worden. Konnte es bei Alec nicht ähnlich sein? Wenn das so war, wenn er tatsächlich unschuldig war, dann waren ihre Worte von eben noch unverzeihlicher. Schließlich wusste sie, wie es war, wenn man zu Unrecht beschuldigt wurde. Sie kannte den Schmerz und den sinnlosen Zorn darüber. Sie wusste, wie erniedrigend es war, wenn einem nicht geglaubt wurde, wusste nur allzu gut, dass Rückzug in so einem Fall die einzige Art war, sich dagegen zur Wehr zu setzen.

Sie sprang auf und rannte hinter Alec her. Als sie ihn einholte, hielt sie ihn am Arm fest. „Alec, es tut mir Leid!" beteuerte sie und sah ihm in die Augen. „Ich meinte es nicht so. Bitte, ich ..." In dem Moment war es um ihre Fassung geschehen. Sie fing an zu weinen, um Alec, um sich selbst und nicht zuletzt um Sticks, der ihr so unendlich viel bedeutet hatte.

Alecs Miene wurde weich. „Nicht", flüsterte er mitleidig. Er streckte die Hand aus und wischte ihr eine Träne fort.

„Ich kann nicht anders", erwiderte sie und rieb sich die Augen. „Es ist alles so ... schrecklich."

„Ja." Er atmete ein paar Mal tief durch. Schließlich gab er sich einen Ruck. „Gehen Sie ins Haus. Ich hole eine Schaufel."

Sie brauchte nicht zu fragen, was er vorhatte. „Ich möchte nicht, dass Sie das allein machen. Sticks gehörte mir, ich war immer für ihn verantwortlich. Vielleicht könnte ich eine Decke holen. Ich wünschte ... ich wusste, dass er nicht gleich wiederkommen würde, als ich ihn gestern mitten in der Nacht nach draußen ließ. Er hat das schon öfter gemacht."

„Sie haben ihn nach draußen gelassen? Warum?"

„Ich glaube, er hatte irgendetwas gehört. Er fing auf einmal zu bellen an und kratzte an der Haustür."

„Sie hätten das nicht ..." Er unterdrückte krampfhaft das, was er eigentlich hatte sagen wollen.

„Ich weiß!" rief sie verzweifelt und fuhr sich mit der Hand durchs Haar. „Ich hätte ihn bei mir im Haus lassen sollen, aber wie konnte ich ahnen, dass so etwas passieren würde?"

„Ich meinte etwas anderes. Sie hätten gar nicht erst die Tür aufmachen dürfen. Was wäre geschehen, wenn wirklich jemand draußen gewesen wäre und nur darauf gewartet hätte, bis Sticks weg war?"

Sie starrte ihn an. „Daran habe ich noch gar nicht gedacht!"

„Dann tun Sie es jetzt", gab er grob zurück.

„Aber Sticks ist doch tot."

„Genau. Gerade deswegen", meinte er grimmig. Er blickte zur Seite. „So, wollen Sie eine Decke holen, oder soll ich das tun?"

Sie wickelten den großen Hund in eine alte Wolldecke und begruben ihn im Schatten einer hohen alten Eiche in der Nähe des Bachs. Es war ein friedliches Fleckchen; eine kleine, mit Geißblatt bewachsene Lichtung, über die ein sanfter Wind strich. Obwohl Laurel nicht sonderlich religiös war, betete sie stumm. Alec markierte das Grab mit einem großen, flachen Stein, den er hochkant in die Erde drückte. Anschließend gingen sie in der warmen Frühlingssonne zum Haus zurück.

Alec hatte die ganze Zeit über nicht viel gesprochen, aber auf freundliche, stille Art hatte er ihr die schlimmsten Tätigkeiten bei diesem Begräbnis abgenommen. Während sie jetzt neben ihm ging, spürte sie das Mitgefühl und den Trost, der von ihm ausging, und sie fühlte sich unendlich geborgen. Sie konnte nicht umhin, sich zu fragen, wie es wohl gewesen wäre, wenn sie Alec damals nach Howards Tod um sich gehabt hätte. Hätte sie sich dann auf sein Verständnis und seine Kraft stützen können, nachdem alle anderen sich von ihr abgewandt hatten? Sie musste sich selbst eingestehen, dass das ein seltsamer Gedanke war in Bezug auf jemanden, der unter Umständen ein Mörder sein konnte.

Aber nein, das war er ganz sicher nicht. Wenn man ihn wegen des Mordes an seiner Frau verurteilt hätte, dann wäre er jetzt ja wohl noch im Gefängnis, nicht wahr? Es sei denn, er war zu einer jener ungewöhnlich milden Strafen verurteilt worden, für die das liberale Kalifornien berühmt war. In einem solchen Fall musste es unbedingt mildernde Umstände gegeben haben, das war die logischste Schlussfolgerung.

Ja, sie versuchte, logisch zu denken. Darauf verstand sie sich gut, vielleicht sogar zu gut. Und selbst wenn alles stimmte, was die Leute behaupteten, dann war sie dennoch sicher vor ihm, solange sie nicht seinem Charme erlag. Auch sollte sie von ihrem absurden Plan ablassen, ihn erst zu verführen und ihn dann unverrichteter Dinge fortzuschicken. Zum einen war das viel zu gefährlich für ihren eigenen Seelenfrieden, und darüber hinaus war es auch völlig ungerechtfertigt. Alec hatte ihr keinerlei Anlass zu der Vermutung gegeben, er hätte Hintergedanken, was sie betraf. Es war lächerlich, ausgerechnet Sadie Bancroft eine solche Unterstellung zu glauben; wie oft hatte ihre Schwiegermutter sich schon in anderer Hinsicht geirrt. Alec verdiente eine Chance. Das war das Einzige, was sie tun konnte, um ihm ihre Dankbarkeit für seine Hilfe zu zeigen. Und sie würde aufhören zu denken, dass er die ganze Situation bewusst so eingefädelt hatte, weil er genau das bei ihr hatte erreichen wollen.

Als sie am Gartentor ankamen, blieb sie stehen und sah ihn an. Er erwiderte ihren Blick, seine Miene war undefinierbar. Sie fragte sich, was er wohl dachte, was er sah, wenn er sie so eindringlich betrachtete. „Werden Sie bleiben?“ erkundigte sie sich geradeheraus.

„Warum sollte ich fortgehen?“

Ihr Herzschlag beschleunigte sich vor lauter Angst. Sie musste verrückt sein. Denn das, was sie ihm sagen wollte, hatte sie in ihrem zurückgezogenen, eingegrenzten Leben noch nie zuvor gesagt. Trotzdem, sie fühlte sich nicht verrückt, eher hartnäckig und trotzig. Sie konnte sich so gut in ihn hineinversetzen. Noch nie hatte sie so viel Mitgefühl mit einem anderen Menschen gehabt, einem Menschen, den die Leute unbedingt zum Außenseiter der Gesellschaft machen wollten. So wie sie es bei ihr auch getan hatten.

„Wegen der Dinge, die ich vorhin gesagt habe", antwortete sie schließlich.

Er sah an ihr vorbei und runzelte die Stirn, als gäbe es da etwas, woran er lieber nicht rühren wollte. „Sie hatten ja allen Grund dazu."

„Ich hätte fragen müssen, was geschehen war, hätte Ihnen erst einmal zuhören sollen."

„Werden Sie das beim nächsten Mal tun?" wollte er mit gepresster Stimme wissen.

„Ja, ganz sicher." Es war ein Lüge, obwohl sie sonst niemals log. Doch es gab Situationen, in denen es zu gefährlich war, die Wahrheit auszusprechen.

„Dann werde ich bleiben, solange Sie mich brauchen", versprach er sanft.

Das war genau das, was sie wollte. Manche Dinge waren ein kleines Risiko durchaus wert.

Laurel ließ Alec am Tor zurück und ging zum Haus. Offenbar war er gerade mit irgendeiner Arbeit beschäftigt gewesen; wahrscheinlich reparierte er den Rasenmäher, dem Öl an seinen Händen nach zu urteilen.

Maisie war in der Küche. Laurel hörte das Radio und das Geplätscher von Wasser in der Spüle. Da sie sich ruhelos und missmutig fühlte, ging Laurel zu ihr. Maisie drehte sich zu ihr um und sah sie prüfend an. „Habt ihr es hinter euch gebracht?"

Laurel nickte stumm.

„Und wie fühlen Sie sich?"

Laurel zuckte seufzend mit den Schultern. „Als hätte ich eben einen Angehörigen verloren."

„In gewisser Hinsicht haben Sie das ja auch. Sticks war alles, was Sie in den letzten Jahren hatten."

Sie antwortete nicht, sondern holte sich eine Tasse aus dem Schrank, schenkte sich Kaffee ein und ging damit zum Tisch.

„Sie hätten Alec fragen sollen, ob er auch Kaffee trinken möchte."

„Der trinkt das Zeug nicht, ist Ihnen das noch nie aufgefallen?" Laurel verzog das Gesicht. „Ich wünschte, ich könnte ebenfalls mit dieser Angewohnheit Schluss machen."

Maisie trocknete sich die Hände ab und sah nach dem Gulasch, das in dem schwarzen gusseisernen Topf auf dem Herd köchelte. „Ich schätze mal, Sie können froh sein, wenn das Ihr einziges Laster ist."

„Setzen Sie sich doch zu mir und leisten mir Gesellschaft", schlug Laurel vor.

„Keine schlechte Idee", brummte Maisie.

Laurel beobachtete sie eingehend, während sie sich ebenfalls eine Tasse Kaffee holte. Ihre Anspannung wuchs, als Maisie sich ihr gegenüber an den Tisch setzte und in ihrer Tasse zu rühren begann. Schließlich fasste sich Laurel ein Herz. „Da ist doch irgendetwas, nicht wahr? Etwas, das ich wissen sollte."

„Sie haben schon so viel um die Ohren." Maisie schüttelte den Kopf. „Ich möchte Sie nicht noch mehr belasten."

„Geht es um Alec?" wollte Laurel wissen.

„Auch. Zumindest gibt es Gerede über ihn, über Sie, aber auch über Gregory. Es wird so viel geklatscht, dass man wirklich nur schwer sagen kann, um wen es eigentlich geht."

Laurel drückte die Fingerspitzen an die Schläfen und massierte sie leicht gegen den beginnenden Kopfschmerz. „Sagen Sie es mir ruhig."

„Ist Ihnen schon aufgefallen, dass wir hier draußen in letzter Zeit ziemlich viel Verkehr haben?"

„So? Ach, Sie meinen die zwei, drei Wagen, die vor dem Haus gewendet haben."

„Es waren mehr als nur zwei, drei – diejenigen, die abbremsen und gaffen, gar nicht mitgerechnet. Ja, Gaffer sind das, die sehen wollen, ob Alecs Motorrad vor dem Haus steht; obwohl ich keine Ahnung habe, welche Schlüsse sie daraus ziehen wollen." Maisie schüttelte den Kopf und wich Laurels Blick aus. „Außerdem hat wohl Ihr idiotischer Schwiegersohn öffentlich zu Gott gebetet, er möge dem sündhaften Treiben hier ein Ende bereiten ..."

„Ich weiß", fiel Laurel ihr ins Wort.

„Das ist gut, sehr gut. Dann können Sie sich ja vorstellen, dass das das Aufregendste war, was in der Kirche passiert ist, seit der Chorleiter mit der Frau des Dekans im Beichtstuhl erwischt worden ist."

Laurel konnte nicht anders, sie musste über Maisies bissigen Kommentar schmunzeln, und wahrscheinlich hatte die Haushälterin genau das beabsichtigt. „Nun ja, auch da wird wieder Gras darüber wachsen."

„Das bezweifle ich." Als Laurel sie fragend ansah, fuhr sie fort: „Jemand sorgt dafür, dass es nicht so kommt. Gestern Abend sprachen mich im Lebensmittelladen zwei Leute an, die wissen wollten, ob ich diese Briefkopie schon gesehen hätte, die sich angeblich in Umlauf befindet."

Laurel schwieg eine ganze Weile. „Was für ein Brief soll das sein?" erkundigte sie sich schließlich.

„Ein anonymer wohl, obwohl ich nicht weiß, was der Sheriff dazu sagen würde. Es werden darin Namen und angebliche Fakten genannt. Und das ist noch nicht alles."

„Was soll das heißen?" Laurels Kopfschmerzen wurden schlimmer.

„In dem Brief wird behauptet, Gregory hätte AIDS und sei zum Sterben hierher gekommen."

Laurel stieß einen leisen Fluch aus. Wie hässlich, wie gemein das war. Wie konnte jemand nur so etwas tun? Die Leute mussten verrückt sein, eine andere Erklärung gab es nicht. „Es besteht wohl kaum die Aussicht, dass Alec davon nichts erfährt, nicht wahr?"

„Nicht anzunehmen. Außerdem sollte er vielleicht wissen, was da auf ihn zukommt, meinen Sie nicht?"

„Doch, ja. Es ist nur so ..." Sie fand nicht die rechten Worte, um ihre Niedergeschlagenheit und ihren Abscheu zum Ausdruck bringen zu können.

„Peinlich?" half Maisie ihr auf die Sprünge. „Ja, das ist es, anders kann man es nicht nennen."

„Ich meinte eher – das Gerede ist schlimm genug, doch darüber zu schreiben und Gregory da mit hineinzuziehen ist bodenlos. Gregory ist so schwer krank. Wie wird ihm zu Mute sein, wenn er das hört? Und dann ist auch noch Sticks vergiftet worden." Laurel fuhr sich mit den Händen durch das Haar. „Was soll das alles, Maisie? Ich begreife es nicht!"

Die ältere Frau schüttelte den Kopf. „Ich auch nicht." Sie schwieg. „Wer könnte Ihrer Meinung nach einen solchen Brief geschrieben haben?"

Laurel war klar, dass das eine rein rhetorische Frage war. Sie tauschte einen Blick mit Maisie und war sich sicher, dass sie beide an dieselbe Person dachten. „Sie glaubt auf jeden Fall, dass sich zwischen mir und Alec etwas abspielt."

Maisie nickte. „Ja, und sie hat es auch übel genommen, dass Sie sich gegen sie aufgelehnt haben."

„Ich muss zugeben, sie hat schon immer gern Unruhe gestiftet, vor allem per Brief. Von Howard weiß ich, dass sie Unmengen von Leserbriefen geschrieben hat und zahllose Unterschriftenlisten gegen ihrer Meinung nach zwielichtige Politiker oder Missstände gestartet hat."

„Ja, ja, niemand ist frommer als ein bekehrter Sünder", murmelte Maisie mit viel sagendem Schmunzeln.

„Wie bitte?"

Die Haushälterin hob das Kinn. „Als was würden Sie sie denn sonst bezeichnen?“

„Reden wir hier von Schwiegermutter Bancroft?“ fragte Laurel plötzlich zweifelnd.

„Ob Sie das tun, weiß ich nicht, aber ich ganz bestimmt!“

„Aber sie hatte doch stets nur Verachtung übrig für die, die vom Pfad der Tugend abgekommen waren, und sie tat immer so, als handelte es sich dabei um die niedrigsten aller Geschöpfe!“

„Tarnung“, schnaubte Maisie. „Ich könnte Ihnen ein paar Dinge von ihr erzählen, bei denen Ihnen die Haare zu Berge stehen würden.“

Für gewöhnlich mochte Laurel keinen Klatsch. Da sie selbst sehr zurückgezogen lebte, mischte sie sich auch nicht gern in die Privatangelegenheiten anderer Leute ein. Sie interessierte sich ganz einfach nicht dafür, sie hatte schon immer lieber gelesen, Musik gehört oder nachgedacht. Jetzt jedoch war das etwas anderes. Jetzt war sie selbst betroffen, ob sie wollte oder nicht. „Und zwar?“ fragte sie daher ruhig.

„Nun ja ...“ Maisie strich sich glättend über ihre Schürze. „Vielleicht trauen Sie mir das gar nicht zu, aber früher, in den fünfziger Jahren, war ich ein ziemlich lebenslustiges Ding. Der Krieg war noch nicht lange vorbei, und wir jungen Mädchen flogen auf alles, was Uniform trug. Wir waren eine ganze Clique und fuhren immer nach Leesville, wo wir mit den Soldaten von Fort Polk zum Tanzen gingen. Und wie wir getanzt haben! Das war noch richtiges Tanzen, nicht so ein Herumgehopse wie heutzutage!“

Laurel musste lächeln. „Gehörte Schwiegermutter Bancroft auch zu der Clique?“

„Nein, um Gottes willen, die doch nicht! Sie war verheiratet und hatte zwei kleine Kinder. Sie und ihr Mann stritten dauernd, sie waren wie Hund und Katze. Man sagte, er wäre Alkoholiker, und sie war ziemlich jähzornig. Auch hatte er eine Schwäche für Frauen, und sie war tödlich eifersüchtig. Ich weiß noch, wie einmal die Polizei kommen musste. Sie hatten wieder mal wegen seines Trinkens gestritten, und er war mittendrin plötzlich einfach hintenüber aufs Bett gefallen und eingeschlafen. Also hat sie das Fett heiß gemacht, in dem sie mittags die Pommes frites gebraten hatte, und es ihm ins Ohr gegossen."

„Autsch!" machte Laurel und verzog das Gesicht.

„Ja, sie war schon ein Biest", bestätigte Maisie kopfschüttelnd. „Doch ich dachte jetzt eigentlich eher an die andere Art, wie sie es ihm heimzuzahlen pflegte. Er war Schichtarbeiter, und ab und zu musste er folglich auch nachts arbeiten. Dann trieb sie sich in den Kneipen von Leesville mit den Soldaten herum. Ich weiß nicht, ob sie es umsonst tat oder sich so noch ein kleines Extrataschengeld dazuverdiente – fest stand, dass sie nicht zu Hause bei den beiden Kleinen, Howard und Zelda, war."

Laurel stützte die Ellenbogen auf den Tisch und starrte Maisie ungläubig an. „Das fasse ich nicht. Ich fasse es einfach nicht."

„Tja, es ist leider häufig so, dass der Schein trügt. Jedenfalls verließ ihr Mann sie wenig später, er verschwand eines Nachts und wurde nie wieder gesehen. Jemand meinte, er hätte noch einmal geschrieben, zu Howards Geburtstag, doch dann hörte man nichts mehr von ihm. Nach einer Weile wurde Sadie ruhiger; sie zog aus dem Haus hier aus, kaufte sich eine Wohnung in der Stadt und wurde bieder und fromm."

Laurel schüttelte immer noch den Kopf, doch auf einmal begann sie, die Stirn zu runzeln.

„Was ist?" wollte Maisie wissen.

Laurel trank einen Schluck von ihrem Kaffee, der inzwischen nur noch lauwarm war. „Ich überlegte gerade. Eine Frau, die ihrem Mann heißes Fett ins Ohr schüttet, ist bestimmt noch zu ganz anderen Dingen fähig."

„Der Gedanke ging mir ebenfalls schon durch den Kopf."

Laurel zögerte. „Auch dazu, Sticks umzubringen?"

„Sie mochte den Hund nie, nicht wahr?"

Das stimmte, aber andererseits hatte Sadie stets panische Angst vor ihm gehabt. Laurel konnte sich nicht recht vorstellen, dass ihre Schwiegermutter einfach auf ihn zugegangen war und ihm einen vergifteten Leckerbissen hingehalten hatte. Allerdings konnte sie das Futter auch in den Garten geworfen haben, während er gerade im Haus gewesen war ... Sie erschauerte und schüttelte sich leicht, um dieses Bild aus ihrem Kopf zu verbannen. „Was soll ich denn nun tun?" fragte sie mit angespannter Stimme.

„Sie könnten zuerst einmal versuchen, an einen dieser Briefe heranzukommen."

„Ich glaube kaum, dass mir jemand den so ohne weiteres in die Hand drücken wird!"

„Nein", stimmte Maisie zu. „Aber vielleicht zeigt man ihn mir eher. Dann könnte ich eventuell eine Kopie davon machen."

„Und weiter? Wenn sich wirklich herausstellt, dass Schwiegermutter Bancroft dahinter steckt, was kann ich tun? Sie anzeigen wegen Verleumdung?"

„Ich wette, sie würde das Ganze sehr schnell sein lassen, wenn sie Anlass zu der Vermutung hätte, alle wüssten, dass sie die Urheberin ist."

Laurel rieb sich die Schläfen, vor lauter Kopfschmerzen war ihr beinahe übel. „Also rede ich mal mit ihr, oder? Eine Möglichkeit wäre es immerhin."

„Besser als nichts." Damit hatte sie wohl unbestritten Recht. Maisie leerte ihre Tasse, stand auf und stellte sie in die Spüle. „Übrigens, ich habe Alec noch gar nicht gesagt, dass ich heute endlich die Kettensäge dabeihabe. Ob Sie ihm wohl ausrichten könnten, er solle sie aus dem Kofferraum meines Wagens holen, ehe ich fahre?"

„Ja, natürlich."

„Und nehmen Sie endlich etwas gegen die Kopfschmerzen", fügte Maisie grimmig hinzu.

„Mache ich." Laurel wusste nur zu gut, dass sich hinter Maisies schroffer Art viel Mitgefühl verbarg. Trotzdem dauerte es noch eine ganze Weile, bis sie sich aufraffen konnte aufzustehen.

8. KAPITEL

Laurel konnte gar nicht hinsehen.

Alec hing fast im Wipfel der hohen Kiefer, fast zwanzig Meter über dem Boden. Gesichert war er nur durch die Spikes unter seinen Schuhen und den breiten Gürtel, der um seine Taille und den Stamm des Baums befestigt war. Er schien wirklich großes Vertrauen in die Ausrüstung zu haben, denn jetzt setzte er die Kettensäge an den dicken Ast direkt neben ihm. Laurel sah, wie sich seine Muskeln unter dem Hemd anspannten. Er bot einen kraftvollen, herrlichen Anblick – aber das Ganze sah auch sehr gefährlich aus.

Am Morgen war Laurel durch das ohrenbetäubende Kreischen der Säge aus dem Schlaf gerissen worden. Als sie nach draußen eilte, fiel gerade der erste Ast krachend zu Boden, und Alec wandte sich dem nächsten zu. Er hatte ihr am Abend vorher erklärt, dass er erst die Äste abschneiden, dann die Spitze kappen und schließlich den Stamm Stück für Stück absägen würde, damit der Baum nicht auf das Hausdach oder die Garage stürzte. Laurel hatte gewusst, dass er dazu bis zum Wipfel würde klettern müssen. Sie hatte sich nur nicht vorgestellt, was das in der Praxis bedeutete beziehungsweise wie hoch der Baum im Grunde war. Am liebsten hätte sie ihm zugerufen, er möge aufhören und herunterkommen. Doch das Kreischen der Säge war zu laut, und selbst wenn Alec sie gehört hätte, hätte er ihrer Bitte wohl kaum entsprochen.

Rindenstücke und gelbe Sägespäne stoben unter der Maschine auf, der würzige Duft von Kiefernharz hing in der Luft. Der angesägte Ast knackte, und das Sägegeräusch veränderte sich. Als Alec die Säge zurückzog, krachte der Ast zu Boden und schlug dort so heftig auf, dass Laurel die Erschütterung bis zur untersten Verandastufe spüren konnte, wo sie gerade stand. Falls Alec abstürzte, würde sich das ähnlich anhören und anfühlen. Und falls er mit der Säge abrutschte ... Nein, sie ertrug das alles nicht. Sie drehte sich um und kehrte ins Haus zurück. Doch auch dort hielt sie es nur fünf Minuten aus, es machte sie zu nervös, nicht zu wissen, was draußen vor sich ging. Sie schlüpfte in eine schwarze Jeans und ein schwarzweiß geringeltes T-Shirt.

Es war sehr früh am Morgen, Maisie würde erst in etwa einer Stunde kommen. Laurel nahm sich einen Pfirsich aus der Obstschale in der Küche und schlenderte zum Schuppen hinüber. Am Vorabend hatte sie mit einer neuen Version des Grünen Mannes begonnen, nachdem Alec und Maisie gegangen waren. Sie hatte eine Ablenkung gebraucht, sonst wäre sie nur ruhelos im Haus auf und ab gegangen. Bis tief in die Nacht hatte sie daran gearbeitet, damit sie richtig müde wurde und nicht dauernd aufwachte und an Sticks denken musste. Auch hatte sie nicht auf jedes Knarren und Knacken im Haus lauschen wollen. Es schien, als hätte ihr der große Hund das Gefühl vermittelt, im Haus sicher aufgehoben zu sein, und nun war er nicht mehr da.

Die neue Skulptur ähnelte der *Bocca della Verità* wesentlich mehr. Allerdings hatte Laurel den wilden Gesichtsausdruck des Originals nicht übernommen, sondern dem Mann eine Ausstrahlung gütigen Wohlwollens verliehen. Dieses Gesicht erweckte eher den Eindruck, als würde es ohnehin nur die Wahrheit erfahren, anstatt mit drastischen Strafen zu drohen, falls man es belog. Es war so gut wie fertig, viel war daran nicht mehr zu arbeiten. Alles war jedoch besser, als auf die langen Pausen zwischen dem Kreischen der Säge und dem dumpfen Aufprall eines Astes zu lauschen. Sie beschloss, den Ofen anzumachen, damit sie die Skulptur brennen konnte.

Als sie sich vom Ofen abwandte, fiel ihr auf, dass die große Schale nicht mehr auf ihrem Platz stand. Alec musste irgendetwas mit ihr gemacht haben, er hatte sich ja bereits sehr geheimnisvoll diesbezüglich geäußert. Aber wo hatte er sie hingestellt? Laurel verließ den Schuppen und machte sich auf die Suche.

Dann fand sie sie, und sie hätte sie beinahe nicht erkannt, denn aus ihr war ein kleines Wasserbassin geworden. Nein, eigentlich war das die falsche Bezeichnung dafür, sie sah im wahrsten Sinne des Wortes vielmehr aus wie ein Wasserspiegel. Alec hatte die Schale auf einen alten, moosbewachsenen Baumstumpf gestellt, um den Farn wucherte. Daneben hatte er eine gebogene Eisenstange in die Erde gesteckt, an der sich eine große, blühende Glyzinie hochrankte und über das Wasser neigte. Die Schale selbst war bis zum Rand mit Wasser gefüllt; aus einem bestimmten Blickwinkel heraus konnte man sehen, wie sich die gewundenen, knorrigen Zweige der Glyzinie darin widerspiegelten, während es nur das klare Himmelblau wiedergab, wenn man von einer anderen Seite darauf sah. Da die Schale vollkommen gerade und stabil auf dem Stumpf stand, blieb die Wasseroberfläche absolut still, eben wie ein Spiegel. Nur ein leichter Windhauch hätte sie kräuseln können, im Moment jedoch strahlte sie Ruhe und grenzenlosen Frieden aus. Nicht einmal die laute Kettensäge und der Geruch nach frisch geschlagenem Holz konnten diesen Eindruck stören.

Es war so simpel – eine Schale, einfach nur mit Wasser gefüllt. Und doch wurde allein durch die Platzierung und den tieferen Sinn dahinter aus ihr beinahe ein Kunstobjekt. Laurel drehte sich um und suchte im Wipfel der Kiefer, der über dem Hausdach gerade noch zu sehen war, nach Alec.

Er war jetzt dabei, die Spitze zu kappen. Mit einem Fuß fand er Halt am Stumpf eines Astes, den er kurz zuvor abgesägt hatte. Er lehnte sich weit in seinem Gurt zurück, um genug Spielraum für die Säge zu haben, die er nun zum waagerechten Schnitt an der vorher markierten Stelle ansetzte. Die Muskeln zeichneten sich unter dem Hemd ab, und die sich in das Holz fressende Säge ließ seine Arme vibrieren. Holzspäne flogen hoch, bedeckten sein Haar, die Brust, Arme und Beine, der Rest wirbelte wie duftendes Konfetti in die Tiefe.

Laurel vernahm ein scharfes, nachgebendes Geräusch. Der Wipfel begann zu schwanken. Stöhnend neigte er sich zur Seite. Alec zog die Säge weg, sie verstummte. Mit seinem ganzen Gewicht lehnte er sich seitlich nach hinten in den Gurt, um der herabstürzenden Baumspitze so weit wie möglich auszuweichen.

Dann brach sie ab. Sie überschlug sich einmal, prallte gegen den von großen Ästen schon weitgehend befreiten Stamm und polterte hinunter. Der Baum geriet ins Schwanken und warf Alec hin und her wie einen Rodeoreiter.

Plötzlich sprang der Gurt auf, wie eine zuckende braune Schlange wirkte er vor dem blauen Himmel. Die Säge, die daran befestigt war, wirbelte einen Augenblick mit, dann riss ihr Gewicht den Gurt mit nach unten.

Laurel hielt so angestrengt den Atem an, dass ihr die Kehle wehtat. Mit brennenden Augen sah sie, wie Alec versuchte, sich zu halten, indem er mit einer Hand nach einem Aststumpf griff, ausholte und den Stamm mit beiden Armen umklammern wollte, während er die Spikes seiner Schuhe in das Holz trieb. Die Spikes rissen jedoch nur Rinde ab, fanden aber keinen festen Halt. Alec rutschte noch ein Stück den rauen Stamm hinab, aber sein Griff lockerte sich. Dann stürzte er nach unten, mit den Beinen zuerst, und verschwand hinter dem Hausdach.

Laurel stieß einen Schrei aus und rannte um das Haus herum. Helles Entsetzen breitete sich in ihr aus, ihre Kehle war wie zugeschnürt. In der Seite spürte sie einen stechenden Schmerz, doch sie achtete gar nicht darauf und rannte weiter. Verzweifelt kämpfte sie gegen die schrecklichen Bilder von Alec an, die in ihr auftauchten, wie er bleich und mit zerschmetterten Gliedern über dem Gartenzaun hing.

Dann sah sie ihn. Er lag auf einem Hügel aus dunkelgrünen Kiefernzweigen. Er war völlig zerkratzt und voller Schürfwunden; Kiefernnadeln, Sägespäne und Rindenstücke bedeckten ihn. Die

Augen waren geschlossen, die ausgestreckten Arme wirkten schlaff und leblos.

Mit einem Schluchzen sank Laurel neben ihm in die Knie. Was sollte sie nun zuerst tun? Die Rettungsleitstelle anrufen? Oder gleich das Hospital, damit man einen Krankenwagen schickte? Oder sollte sie selbst versuchen, ihn zu bergen und ... Nein, auf gar keinen Fall. Sie durfte ihn nicht bewegen. Also ein Krankenwagen, und das so schnell wie möglich. Während sie noch fieberhaft nachdachte, strich sie ihm beinahe automatisch Rindenstücke von den Augenlidern, der Nase und den Wangen. Ihr Blick fiel auf seine Arme und Beine, anscheinend hatte er sich nichts gebrochen. Die Kiefernzweige hatten den Aufprall zwar offensichtlich gemildert, aber genau unter seinem Rücken lag ein Ast, und womöglich hatte Alec sich daran die Wirbelsäule verletzt, wenn nicht gar gebrochen, falls er unglücklich aufgekommen war. Mit zitternden Fingern öffnete sie ihm hastig das blutbefleckte Hemd und legte prüfend die Hand auf seine Brust. Gott sei Dank. Sein Herz schlug. Und sein Brustkasten bebte, allerdings sehr verdächtig, als ob Alec nur mit Mühe ein Lachen unterdrückte.

Er sprach leise und etwas unsicher, dennoch mit eindeutig belustigter Stimme. „Falls Sie an eine Mund-zu-Mund-Beatmung denken – ich glaube, ich könnte das verkraften."

Laurel schloss für einen Augenblick die Augen, Tränen brannten unter ihren Lidern. Doch dann öffnete sie sie wieder und hieb ihm mit der Faust auf die Brust. „Zur Hölle mit Ihnen, weil Sie mich so erschreckt haben!"

„Moment mal, ich war selbst auch ganz schön erschrocken!" Er hielt sie am Handgelenk fest. „Sachte mit all den Kratzern und Abschürfungen, ja? Kann ich etwas dafür, wenn ich es aufregend fand, aufzuwachen und einen Engel über mir zu sehen?"

Sie hielt inne und blickte ihn mit großen Augen prüfend an. „Sind Sie sicher, dass Sie sonst nicht weiter verletzt sind?"

Er tat argwöhnisch. „Werden Sie mich wieder schlagen, wenn ich es nicht bin?“

„Vielleicht.“

„Also dann habe ich mir ein Knie verrenkt, die Schulter ausgekugelt, und an meinem Hinterkopf wächst eine gigantische Beule. Ich brauche einen starken Drink und ein paar Streicheleinheiten, allerdings nicht notwendigerweise in dieser Reihenfolge. Wenn Sie mit beidem nicht aufwarten können, wie wär's dann wenigstens mit ein wenig Erster Hilfe?“

„Das wäre möglich, wenn Sie sie wirklich brauchen“, gab sie zurück, und ihre Miene wirkte angespannt und verschlossen.

„Ja, ich denke doch.“ Er verzog das Gesicht, als er sich auf einen Ellenbogen aufstützen wollte. „Sie könnten schon mal damit anfangen, indem Sie mir aufhelfen.“

Er würde sich noch eine Zeit lang wie gerädert fühlen, das zumindest stand für ihn zweifelsfrei fest. Jeder einzelne Knochen im Leib tat ihm beim Aufstehen weh, und die Abschürfungen an den Händen brannten wie Feuer. Alec konnte sich nicht erinnern, sich schon jemals so zerschlagen gefühlt zu haben, höchstens damals, nach seiner ersten Straßenprügelei. Er war übel zugerichtet worden von drei Typen, die fast doppelt so groß, vier Jahre älter und zehnmal bösartiger als er gewesen waren. Doch dieser Sturz stand dem nicht viel nach. Es war verdammt knapp gewesen. Ganz flüchtig hatte er noch Ausschau halten können nach einem halbwegs geeigneten Ort für den Aufprall. Doch als er dann unten aufgeschlagen war, hatte er tatsächlich für kurze Zeit das Bewusstsein verloren. Nun, wer weiß, wozu das gut war, dachte er nun, als Laurel sich neben ihn stellte und ihm einen Arm um die Taille legte.

„Wie ist das passiert?“ fragte sie, während er die Belastbarkeit seines Knies prüfte.

„Der Gurt ist gerissen", stieß er gepresst hervor. Die Schulter schien soweit in Ordnung zu sein, aber mit dem Knie würde er noch eine Weile Probleme haben.

Laurel warf ihm einen scharfen Blick von der Seite her zu. „Ich dachte, Sie hätten ihn vorher kontrolliert?"

„Habe ich auch. Vor ein oder zwei Tagen." An diesem Morgen hatte er es allerdings nicht getan. Warum auch, wenn vorher alles in Ordnung gewesen war?

Sie schwieg eine Zeit lang, während sie ganz langsam Schritt für Schritt zur Treppe vor der Veranda gingen. „Ich hätte Sie erst gar nicht bitten dürfen, diesen verdammten Baum zu fällen", brach es plötzlich gereizt aus ihr hervor.

„Das ist nicht Ihre Schuld." Er freute sich über ihre Anteilnahme, obwohl ihn das Bewältigen der Stufen ziemlich viel Kraft kostete und außer Atem brachte. „Ich hätte besser aufpassen müssen."

„Das stimmt", erwiderte sie bissig.

Er konnte nicht anders, er musste schmunzeln. Sie hörte sich beinhart an, doch das war alles nur Show. Jetzt hatte er sie durchschaut. Ihre Hand lag wie selbstverständlich auf seiner nackten Haut unter dem Hemd, bei jedem seiner humpelnden Schritte spürte er, wie ihre warme Brust seine Rippen streifte. Darüber hinaus hatte er die Panik aus ihrer Stimme herausgehört, als sie neben ihm kniete, er hatte ihre feuchten Augen registriert. Ja, sie war sehr sensibel. Genau der Typ Frau, der ihm am meisten zusagte. Und dann noch der Aspekt, dass er nun endlich in ihr Haus eingeladen werden würde, auch wenn er sich erst fast hatte umbringen müssen, bis es so weit kam!

Sie führte ihn ins Bad, klappte den Deckel der Toilette herunter und forderte ihn dann auf, sich darauf zu setzen. Es war ein relativ großes Badezimmer, so wie das früher wohl üblich war: quadratischer Grundriss, hohe Milchglasfenster, eine Badewanne mit Löwenfüßen, ein Sockelwaschbecken. Es gab sogar noch einen Schaukelstuhl mit einem Zeitungsständer und einer Blumensäule daneben, auf der ein Farn stand. Alec sah sich aufmerksam um, dann setzte er sich still hin und beobachtete Laurel, die heißes Wasser ins Waschbecken laufen ließ und dem kleinen Schrank an der Wand einige Dinge entnahm. Sie befeuchtete einen Waschlappen, rieb Seife darauf und wandte sich dann wieder Alec zu.

„Es ist schon eine Weile her, seit mich jemand wie ein kleines Kind gewaschen hat", bemerkte er und genoss ihren befangenen Gesichtsausdruck.

„Und es wird noch eine Weile länger dauern, wenn Sie jetzt nicht stillhalten", teilte sie ihm kühl mit.

„Sehr wohl, Ma'am."

„Lassen Sie das."

„Was denn, Ma'am?"

„Tun Sie nicht so unterwürfig, wenn Sie sehr wohl wissen, dass Sie alles andere als das sind."

„Wie Sie wünschen, Ma'am", tat er betont unschuldsvoll.

Ihre Kiefermuskeln zuckten, aber sie ging nicht auf diese Provokation ein. Bestand etwa die Möglichkeit, dass auch sie ihn durchschaut hatte?

Zunächst reinigte sie die zerschundenen Hände, dann hob sie mit zwei Fingern sein Kinn an und begann, sein Gesicht mit dem warmen Lappen abzutupfen, wobei sie behutsam die offenen Stellen umging. Lautlos atmete er aus und kam zu dem Schluss, dass er sich daran durchaus würde gewöhnen können. Allerdings stand sie viel zu weit von ihm entfernt. Bestimmt würden ihre Arme sehr schnell ermüden. Er spreizte die Beine und legte die Hände um ihre Taille, um sie näher heranzuziehen. Sie schien dieser Geste keine weitere Beachtung zu schenken, und so ließ er die Hände noch ein wenig dort liegen. Wie weich und nachgiebig sie sich unter dem dünnen T-Shirt anfühlte. Sie duftete nach Jasmin, frischer

Luft und ganz leicht auch nach Ton. Er gab sich einen Ruck und nahm die Hände fort; so ging das nicht weiter.

„Sie machen das sehr gut", stellte er ein wenig heiser fest. „Ist das nun eher Erste Hilfe, oder sind das die Streicheleinheiten?"

„Weder noch. Könnten Sie bitte still sein, während ich Ihr Gesicht reinige?"

„Sehr wohl, Ma'am."

„Ich habe Ihnen doch gesagt, Sie sollen mich nicht so nennen!"

„Warum? Kommen Sie sich dann so vor, als seien sie meine Mutter oder so etwas Ähnliches?"

„Wohl kaum", konterte sie schneidend.

„Zum Glück. Außerdem können Sie kaum älter sein als ich."

„Ach, nein?" brauste sie auf. „Ich bin mindestens zehn Jahre älter!"

„Wirklich? Nun, es kommt nicht auf die Jahre an sich an, sondern auf die daraus gewonnene Erfahrung. Und in der Hinsicht bin ich nun wiederum sehr viel älter als Sie." Er merkte selbst, wie zufrieden er klang, dass er die Gelegenheit gefunden hatte, dieses spezielle Thema anzuschneiden. „Außerdem sehen Sie fast noch aus wie ein junges Mädchen. Als ob die Zeit Sie einfach vergessen hätte in all den Jahren, in denen Sie sich hier eingeschlossen haben. Und damit dürften wir wohl quitt sein, was das betrifft."

Ein erstaunter Ausdruck trat in ihre blauen Augen. „Was für eine seltsame Betrachtungsweise!"

„Meine ganz eigene", entgegnete er und hielt ihren Blick fest. „Eine, über die ich schon lange nachgedacht habe."

Sie antwortete nicht und fuhr mit ihrer Tätigkeit fort, obwohl ihr eine tiefe Röte in die Wangen stieg. Fast sah es so aus, als hätte sie zu stark Rouge aufgetragen. Dabei trug sie nicht die geringste Spur eines Make-ups. Ihre Haut war so frisch, klar und zart, dass die bläulichen Adern an ihren Schläfen durchschimmerten. Ihr Duft stieg ihm zu Kopf wie ein Glas edlen alten Whiskeys. Nein, er brauchte gar keinen Drink ... Er merkte, wie er selbst allmählich nach Jasmin zu duften begann, weil sie ihre Seife bei der Reinigung seines Gesichts verwendete. Er liebte diesen Duft. Überhaupt behagt mir das alles viel zu sehr, dachte er, als sie ihm das Hemd abstreifte und anfing, Sägespäne, Schmutz und Blut von seiner Brust zu waschen. Wenn er sich nicht zusammennahm, brauchte sie nur einmal nach unten zu blicken, und sie würde verstehen, wie gut ihm ihre Behandlung gefiel.

An seinem rechten Schlüsselbein hielt sie inne, und er spürte, wie sie die Umrisse seiner Tätowierung mit dem Finger nachzeichnete. Gespannt beobachtete er ihren faszinierten Gesichtsausdruck.

„Ihrem Drachen ist beinahe der Schwanz abgebrochen", stellte sie leise fest.

„Der wächst wieder nach." Hoffentlich. Er erinnerte sich, dass er sich mit der Schulter ziemlich hart an den Stamm gepresst hatte, bevor er abgestürzt war.

„Verbirgt sich dahinter etwas Besonderes? Ich meine, warum ist es ausgerechnet ein Drache?"

„Dafür gibt es mehrere Gründe, aber in erster Linie ist er ein Glücksbringer", erklärte er. „Der Drache ist das orientalische Symbol für Erneuerung, für die ewig wiederkehrende Möglichkeit, von neuem zu leben und glücklich zu werden. Wie ein Mensch, der als Baby zur Welt kommt und als Greis stirbt, kann auch er in diesen immer wiederkehrenden Zyklus hineingeboren werden und verkörpert so die Hoffnung auf Ewigkeit."

„Und was noch?"

„Nun, dann gibt es noch die Theorien fernöstlicher Kampfkunst, die besagen, dass der Drache mit Geduld und Intellekt kämpft, im Gegensatz zum Tiger beispielsweise, der Mut und Kraft einsetzt. Und dann hat man in früherer Zeit Drachen für Wächter gehalten. Sie hüteten heilige Ort und besondere Schätze und verteidigten diese so heftig, dass sie oft selbst ihr eigenes Leben dafür aufs Spiel setzten."

„Hat es wehgetan? Ich meine, sich tätowieren zu lassen?" Ihre Frage klang sachlich und neugierig zugleich.

Er zuckte leicht mit den Schultern. „Ein wenig."

„Aber warum haben Sie es dann machen lassen?"

„Weil manche Dinge eine bedeutendere Rolle spielen als der Schmerz."

Sie verstand ihn besser, als ihr lieb war. Sie befeuchtete den Waschlappen neu und beugte sich dann über Alec, um die Schürfwunden auf seinem Bauch näher zu untersuchen. Er legte ihr die Hände um die Taille und schob sie ein Stück von sich.

„Warten Sie, ich stehe lieber auf, das ist einfacher für Sie."

Sie trat und zurück und zeigte auf das Waschbecken. „Dann wäre es auch gut, wenn Sie etwas näher hierher kommen würden."

Er gehorchte ihr nur zu gern. Überhaupt hätte er alles getan, nur um die Prozedur noch weiter hinauszuzögern. Er lehnte sich gegen das Waschbecken und zog sie wieder zwischen seine Beine. „Besser so?"

„Ich denke schon." Sie hielt den Blick gesenkt, damit er ihre Augen nicht sehen konnte, aber ihre Wangen waren noch immer leicht gerötet. Sie fuhr fort, seine Brust abzuwaschen.

Die sanften, streichenden Bewegungen mit dem warmen Waschlappen versetzten ihn zunehmend in Erregung; sein Herz schlug zum Zerspringen, und er fühlte sich fast so benommen wie unmittelbar nach dem Aufwachen aus seiner Bewusstlosigkeit. Ein Schauer überlief ihn, weil er sich so sehr anstrengte, seine körperlichen Reaktionen zu unterdrücken, und prompt warf Laurel ihm einen flüchtigen Blick zu. Dann senkte sie den Blick wieder und biss sich auf die Unterlippe. Sein Verlangen danach, sie zu küssen wurde allmählich fast unerträglich. Mit dem Waschlappen streifte sie eine seiner Brustwarzen, die sich daraufhin sofort verhärtete.

Als Laurel ihn erneut ansah, schüttelte er den Kopf und lächelte spröde. „Tut mir Leid, ich kann nichts dafür, Ma'am."

Sie legte den Lappen zur Seite und griff nach der Flasche mit reinem Alkohol und einem Wattetupfer. Sie tränkte ihn reichlich mit der Flüssigkeit und drückte ihn Alec auf einen Kratzer auf der Brust.

„Au!" stieß er hervor. Er war so beschäftigt damit gewesen, ihre Lippen zu betrachten, dass er gar nicht darauf geachtet hatte, was sie zu tun gedachte.

„Geschieht Ihnen recht", gab sie unwirsch zurück und bearbeitete seine Wunden unbarmherzig weiter.

„Finden Sie? Soll das etwa eine Abkühlung sein?"

„Es ist wohl eher der Versuch, Sie davor zu bewahren, dass Sie an einer Infektion sterben!" konterte sie ungehalten.

„Vielen Dank, aber ich glaube ... Au!" rief er, weil sie eine besonders wunde Stelle erwischt hatte.

„Stellen Sie sich nicht an wie ein Baby!" ermahnte sie ihn und sah ihn dabei herausfordernd an.

„Ach so." Er umfasste ihre Oberarme. „Ich soll mich also eher wie ein großer Junge benehmen? Oder vielleicht gar wie ein Mann?"

Erschrecken flackerte in ihrem Blick auf, wahrscheinlich, weil sie seinen Augenausdruck registriert hatte. „Nein, ich ...", begann sie.

Aber es war schon zu spät. Er zog sie an sich, vergrub die Hände in ihrem langen Haar und beugte sich über ihren Mund. Ihre Lippen fühlten sich wunderbar unter seinen an. Ja, sie waren genau so, wie er sie sich vorgestellt hatte, warm und weich. Und er war ein Narr. Doch auch Narren verdienten es, ab und zu mal etwas Glück zu haben.

Laurel wollte zornig werden, kühl und unnahbar bleiben. Sie

wusste allerdings nur zu gut, dass sie ihn provoziert hatte, und das möglicherweise sogar bewusst. Also schämte sie sich etwas, aber gleichzeitig genoss sie auch das Gefühl der Wärme, das sie durchströmte, als sie ihm die Hände auf die samtig glatte Haut seiner Brust legte. Alec wirkte so groß und kräftig in ihrem Badezimmer, so überwältigend männlich inmitten dieses so typisch weiblichen Sammelsuriums aus pinkfarbenen Handtüchern, Parfumflacons und Badezubehör. Wie hätte sie sich dieser Magie entziehen können, vor allem wenn seine Umarmung so entschlossen und doch so zärtlich war? Und ihr eigenes Verlangen so groß ...

Sein Kuss war heiß und leidenschaftlich, in seiner Glut verbrannten alle Zweifel, wurde lang verdrängtes Begehren geweckt. Sie stöhnte leise auf, schmiegte sich dichter an ihn und gab dem sanften Drängen seiner Zunge nach. Sie strich ihm durch das Haar, löste das Lederband, das es zusammenhielt, und vergrub die Finger in den tiefschwarzen, seidigen Strähnen. Sehnsuchtsvoll presste sie sich mit den Hüften an ihn, um seine Erregung besser spüren zu können.

Er erkundete das Innere ihres Mundes und schürte Laurels Verlangen mit so behutsamen und doch kräftigen Bewegungen seiner Zunge, bis ihr Herzschlag raste und sich alles um sie zu drehen begann. Sie atmeten dieselbe Luft, ihre Körper schienen miteinander zu verschmelzen. Er war ihre Ergänzung, teilte ihr Verlangen, war die verloren geglaubte andere Hälfte ihres Ichs.

Und sie war eine törichte, zu lange Zeit vernachlässigte Witwe, die Alec Stantons Charme nicht nur kampflos erlegen war, sondern auch obendrein die Gefahr nicht rechtzeitig erkannt hatte, um sich gegen sie wappnen zu können. Mit einem erstickten Laut der Verärgerung stieß sie ihn von sich. Sie sah ihn aus großen Augen an und suchte in seinem Blick nach dem Ausdruck des Triumphs, dass er sie nun doch dort hinbekommen hatte, wo er sie hatte haben wollen. Doch da war kein Triumph, sondern allenfalls

Nachsicht und ein leichtes Bedauern spiegelten sich auf seinen Zügen wider.

Zu ihrem Leidwesen erholte er sich schneller als sie. „Oh, Laurel", sagte er lächelnd und schüttelte den Kopf. „Ich habe ja schon einiges über Küsse gehört, aber das hier übertraf schlechthin alles. Wenn mich das nicht wieder auf die Beine bringt, weiß ich es auch nicht!"

9. KAPITEL

„Nun, wie kommst du bei deiner schönen Witwe voran?"

Gregory saß am anderen Ende des Tisches auf Grannie Callies Veranda. Im abendlichen Dämmerlicht vermochte Alec sein Gesicht kaum zu erkennen. Wenn jemand anderes ihm diese Frage gestellt hätte, hätte er mit Sicherheit gar nicht erst darauf geantwortet. Auch so fasste er sich so kurz wie möglich. „Gar nicht."

„Wo liegt das Problem, Bruderherz? Verlierst du deinen Biss?"

Alec hatte nicht das Bedürfnis, daran erinnert zu werden, was im Badezimmer in „Ivywild" vorgefallen war. Er hatte Ruhe und Frieden hier in der Dämmerung gesucht, hatte den Duft von den in der Küche brutzelnden Koteletts genossen und dem klagenden Laut des Ziegenmelkers drüben im Wald gelauscht. Der Vogel hatte sich genauso melancholisch angehört, wie er sich fühlte. „Kann sein", erwiderte er schließlich düster.

„Nimm's nicht so schwer. Sie hätte schon außerordentlich mutig sein müssen, sich mit dir einzulassen, nachdem sie von all deinen Sünden erfahren hat."

„Und dass sie sie erfuhr, dafür hast du ja gesorgt, nicht wahr?" konterte Alec sanft.

„Es geschah nur zu deinem Besten."

„Ja, sicher."

„Hör mal, Frauen lieben Außenseiter, hat dir das noch nie jemand gesagt?" Der Spott in seiner Stimme war nicht zu überhören.

Alec warf ihm einen verärgerten Blick zu. „Ja, aber der Gedanke, dass es ein Typ nur darauf abgesehen hat, sie auszunehmen, kommt Frauen weniger romantisch vor."

Gregory lachte unfroh. „Dann musst du dich eben noch mehr anstrengen. Dadurch wird die Sache auch weitaus reizvoller."

„Vorausgesetzt, dass man das möchte", gab Alec mit nur mühsam unterdrücktem Zorn zurück.

„Junge, Junge, bist du aber empfindlich! Was ist passiert? Hat sie sich gegen dein allzu lebhaftes männliches Interesse gewehrt? Hast du deswegen all die Kratzer?“

„Das ist nicht komisch.“ Alec sah wütend an ihm vorbei.

Sein Bruder seufzte. „Nein, wahrscheinlich nicht. Vergiss es, bitte.“

Alec lehnte sich in seinem alten Gartensessel zurück. Als er die Hände fest um die Armlehnen schloss, konnte er die vielen Farbschichten darauf spüren. Einige Schichten hatte er selbst während verschiedener Sommeraufenthalte aufgetragen. Wenn man diese Schichten zählte, bekam man eine ziemlich gute Vorstellung vom Alter der Sessel. Denn um sie vor dem Rost in diesem feuchten Klima zu schützen, musste man sie jedes Jahr neu streichen.

„Also, was ist passiert?“ ertönte Gregorys Stimme nach einer Weile wieder aus der inzwischen hereingebrochenen Dunkelheit.

Alec erzählte es ihm, weil er wusste, dass sein Bruder Ablenkung von seinem eigenen Problem suchte und dass er den Klang einer menschlichen Stimme brauchte, um sich bewusst zu sein, dass er nicht allein war. Das war mit ein Grund, weshalb sie hier bei Grannie Callie waren. Gregory konnte die Stille in seiner Wohnung in Kalifornien nicht mehr ertragen.

„Liebe Güte, Alec!“ meinte er, als sein Bruder zu Ende erzählt hatte. „Du musst dich doch nicht gleich umbringen, nur um dieser Frau zu imponieren!“

Hinter dieser rauen Bemerkung verbarg sich Mitgefühl; zumindest glaubte Alec das. Bei Gregory war das immer schwer zu sagen. Im Grunde gab es eine Menge Dinge, die Alec bei ihm nicht durchschaute. Sie standen sich schon seit Jahren nicht mehr besonders nahe. Gregory hatte allein gelebt, seit Alec und Mita in die Chadwick-Villa eingezogen waren. Bis er krank geworden war.

„Es wäre gar nicht einmal sonderlich gefährlich gewesen, wenn alles mit rechten Dingen zugegangen wäre", meinte Alec.

„Ist es das nicht?"

„Nicht direkt." Alecs Stimme klang völlig ausdruckslos. „Der Haltegurt war angeschnitten."

Gregory hielt den Atem an. „Die Witwe?" fragte er schließlich bissig.

„Rede keinen Unsinn." Alec zeigte seinen Ärger deutlich.

„Dann glaubst du, dass dich jemand aus dem Weg haben will?"

„Sieht ganz so aus."

„Schön, warum gehst du dann nicht einfach? Sag der Dame, sie soll sich einen anderen suchen."

„Möglicherweise tut sie das ja ohnehin."

Gregory lachte auf. „Du bist gut. Wen würde sie schon finden?"

„Ich weiß nicht. Dich vielleicht?"

„Das wäre schön." Gregory schwieg eine ganze Weile. „Ach, komm, sie würde mich niemals auch nur ansehen, und das weißt du."

In seinem Ärger war Alec unversöhnlich. „Kann sein, kann nicht sein. Aber genau das hat dich dazu bewogen, ihr die schmutzigen Details meiner Vergangenheit aufzutischen, nicht wahr? Um nichts anderes geht es. Du wünschst dir, sie oder irgendeine Frau könnte dich so sehen, wie du früher einmal warst."

„Großer Gott, Alec." Der Schmerz, der in seiner Stimme mitschwang, war echt. Allzu echt.

Alec atmete ein paar Mal tief durch und rieb sich die Wange. „Okay, vergiss du das jetzt bitte auch, ja?"

„Nein, nein, du hast ja Recht", wandte Gregory beinahe abrupt ein. „Mir geht es wirklich manchmal so. Ich fange an zu denken, dass, wenn ich nicht einen Lichtstrahl erhaschen kann, bald die ganze Welt um mich dunkel wird. Ich bin neidisch, weil du noch so gesund und stark bist, weil du stets mit allem fertig wirst. Ja, und so habe ich der Witwe erzählt, was mit dir los ist. Hast du deswegen irgendwelche Probleme?"

„Oh, nein." Alec stand auf und ging zur Tür. „Jedenfalls keine, mit denen ich nicht umgehen könnte."

Gregory sah ihm nach. „Genau das dachte ich mir", murmelte er vor sich hin.

Grannie Callie rührte gerade den Teig für Maisfladen in einer großen blauen Schüssel und drehte sich um, als Alec in die Küche kam. Sie war klein und rundlich; das von silbernen Strähnen durchzogene braune Haar trug sie kurz geschnitten, so dass es ihr Gesicht wie feine Federn umgab. Sie beobachtete Alec lange mit ihren klugen dunklen Augen, ehe sie sich erneut ihrer Tätigkeit zuwandte. Über die Schulter hinweg fragte sie: „Habt ihr beide euch wieder gestritten?"

„Ja", bestätigte Alec müde und resigniert. „Ich begreife nicht, was manchmal in ihn fährt."

„Er kämpft mit aller Kraft. Er holt zum Schlag gegen alle und jeden aus, und meint im Grunde damit sein Problem. Dadurch fällt es ihm etwas leichter, damit fertig zu werden."

Sie hatte Recht, und Alec wusste es, aber dadurch wurden die Dinge für ihn nicht unbedingt einfacher. Er wechselte das Thema. „Kann ich dir helfen?"

„Nein, danke, ich habe alles im Griff, zumindest, was das Abendessen betrifft", fügte sie hinzu. Sie legte die Teigfladen in das siedende Öl der tiefen Metallform und schob sie dann wieder in den Ofen. „Warum setzt du dich nicht zu mir und erzählst mir etwas? Ich habe mit angehört, wie du draußen eben von deinem Unfall berichtet hast."

„Das hätte ich mir denken können", murmelte er belustigt. Statt sich zu setzen, ging er jedoch an den Schrank, holte Teller, Besteck und Gläser heraus und fing an, den Abendbrottisch zu decken. „So, hast du eine Ahnung, wer mich aus dem Weg haben will oder warum?“

Sie trat an die Spüle, um die Teigschüssel auszuwaschen. „Nein, eigentlich nicht. Ich habe allerdings heute Abend mit Maisie gesprochen.“

„Ja? Und was meinte sie?“

„Sie bat mich, Augen und Ohren offen zu halten, was den neuesten Klatsch in der Stadt betrifft.“

Ihr Tonfall machte ihn hellhörig. „Und zwar?“

Sie berichtete ihm von dem anonymen Brief und dem Aufruhr, den Laurels Schwiegersohn in der Kirche ausgelöst hatte. Alec fluchte, aber sie unterbrach ihn und sprach weiter. „Davon hat Maisie nichts gesagt, doch ich habe selbst gehört, wie ein paar Frauen im Friseursalon die ganzen alten Geschichten vom Tod von Laurels Mann Howard wieder aufwärmten. Sie deuteten an, dass sich dahinter eventuell mehr verbergen könnte, als es den Anschein hätte.“

Er legte betont sorgfältig die Bestecke auf den Tisch, damit er ihr nicht in die Augen sehen musste. „Glaubst du, ich sollte mich zurückziehen und die Lady in Ruhe lassen?“

Sie schnalzte nachdenklich mit der Zunge. „Ich weiß es nicht. Das hört sich für mich fast so an, als sei da etwas im Busch!“

Er schmunzelte. „Wie meinst du das?“

„Das weißt du ganz genau, du Schlaukopf“, schimpfte sie liebevoll. „Auf jeden Fall ist es schwer zu sagen, ob du nun das Problem bist oder ob noch etwas ganz anderes dahinter steckt. Ich sehe jedoch nicht, dass du aufgibst, ehe du das herausgefunden hast.“

„Nein, das ist nicht meine Art“, bestätigte er kopfschüttelnd. „Ich schätze mal, das habe ich von dir.“ Auch seine Großmutter war kein Drückeberger. Sie hatte ihre Kinder und Enkel niemals im Stich gelassen und für sie getan, was sie konnte.

Jetzt trat sie hinter ihn, schlang die Arme um ihn und drückte ihn kurz. „Du bist ein guter Mensch, Alec. Ich bin immer auf dich stolz gewesen."

„Danke, Grannie." Er lehnte sich leicht gegen sie, dankbar für ihre Zuneigung und ihr Verständnis, und legte seine Hände über ihre.

„Ich frage mich nur ..." Sie verstummte.

Wieder versetzte ihn irgendetwas an ihrer Stimme in Alarmbereitschaft. „Was fragst du dich?"

„Weißt du tatsächlich genau, was du tust? Ich meine, was hält dich nun wirklich in ‚Ivywild'? Der Job, das Geld? Oder die Frau? Oder ist es, wie man so sagt, eine Wiederholung der Vergangenheit?"

Er bewegte sich nicht. „Denkst du, ich müsste etwas beweisen?"

„Ich denke nur, dass du es dringend nötig hast, einmal etwas zu einem guten Ende zu bringen."

„Kann sein." Er starrte blicklos vor sich hin. „Vielleicht ist es von allem etwas."

„Was es auch ist – bitte sei vorsichtig, ja? Ich möchte nicht, dass dir etwas zustößt."

„Ja, ich werde mich vorsehen", versprach er.

„Hoffentlich." Sie räusperte sich, dann trat sie einen Schritt zurück und fasste in sein langes Haar. „So, und wie wär's jetzt mit einem Haarschnitt nach dem Essen?"

Es war nicht das erste Mal, dass sie davon anfing, und es war auch bestimmt nicht das letzte Mal. Über die Schulter hinweg sah er sie freundlich an. „Kommt nicht infrage!"

„Sag nichts, lass mich raten. Weil es den Mädchen gefällt", neckte sie ihn.

„Manchen ganz sicher." Er erinnerte sich daran, mit welchem sinnlichen Vergnügen Laurel die Finger durch die langen Strähnen gezogen hatte.

„Nun komm schon, du wärst ein so verdammt hübscher Kerl, wenn deine Haare zehn Zentimeter kürzer wären!“ beharrte sie.

Er schmunzelte. „Und was bin ich jetzt?“

„Ein eingebildeter Pinsel?“ schlug sie vor.

„Und trotzdem liebst du mich, stimmt's?“

Sie seufzte. „Das tun wir alle.“

„Nun, alle ganz sicher nicht.“ Er lachte kurz auf.

„Mach dir keine Sorgen.“ Sie strich ihm beruhigend über den Rücken, ehe sie sich dem Herd zuwandte, um nach den Maisfladen zu sehen. „Es ist nur eine Frage der Zeit.“

Er blickte ihr verdutzt nach und fragte sich, ob er wirklich so leicht zu durchschauen war. Oder ob es möglich war, dass sie einfach nur dem Klatsch Glauben schenkte, er und Laurel hätten tatsächlich etwas miteinander. Wenn sie schon anfing, so etwas zu denken, dann war gar nicht abzusehen, was das übrige Hillsboro sich für einen Reim darauf machte.

Als er am nächsten Morgen vor „Ivywild“ vorfuhr, vernahm er schon von weitem ein lautes Hämmern hinter dem Haus. Er stieg vom Motorrad ab und folgte dem Geräusch.

Laurel war gerade dabei, mit mehr Wucht als nötig einen Nagel in einen Pfosten zu schlagen. Doch das war weniger der Grund, weshalb Alec wie angewurzelt stehen blieb. Es war vielmehr die Art, wie sie aussah. Sie trug türkisfarbene Radlershorts, und unter dem dazu passenden T-Shirt hatte sie offenbar keinen BH an. Ihr Haar hatte sie zu einem schweren Zopf geflochten, der ihr bis tief in den Rücken hing. Sie schwitzte vor Anstrengung, so dass ihr das T-Shirt auf der Haut klebte und man jede Bewegung ihrer runden, straffen Brüste deutlich erkennen konnte. Sie sah aus wie sechzehn und, wie Alec fand, zum Anbeißen.

Er trat hinter sie. „Komm, lass mich das machen“, sagte er und griff nach dem Hammer.

Mit einem leisen Aufschrei fuhr sie herum, dann atmete sie sichtlich erleichtert auf. Trotzdem funkelten ihre Augen empört. „Was fällt dir ein, dich so an mich heranzuschleichen!"

„Vielleicht, weil ich dir helfen wollte?" erwiderte er knapp, aber er lächelte dabei, und sein Blick ruhte voller Wärme auf ihr. Durch dieses Lächeln und das unwillkürliche Du erwachte in beiden die Erinnerung an den Kuss vom vergangenen Tag. Sie sahen sich stumm an, dann wandte er den Blick ab, und sie tat es ihm nach. Wahrscheinlich war sie zu demselben Schluss gekommen wie er, nämlich, dass sie dieses Thema vorerst lieber vermeiden sollten. Dass die Erinnerung daran eventuell nachließ, wenn sie nicht allzu viel Aufhebens darum machten.

„Ich hatte dich frühestens in einer Stunde erwartet!" stellte sie schließlich mit leichtem Vorwurf in der Stimme fest. „Warum bist du schon da?"

Natürlich, weil er sie hatte abpassen wollen. Er hatte sich vorgestellt, dass sie bei Tagesanbruch aufstehen würde, um im Garten zu arbeiten, und dass sie sich dann ins Haus zurückziehen würde, sobald der Zeitpunkt für seine Ankunft näher rückte. Das allerdings wollte er nicht zugeben, und so wich er aus: „Ich habe gestern ja nur einen halben Tag gearbeitet."

Sie runzelte die Stirn und musterte ihn prüfend. „Bist du dir sicher, ob du überhaupt heute arbeiten solltest?"

„Ganz sicher. Bei mir verheilt alles immer ganz schnell."

„Du musst das aber nicht tun. Der Job kann warten, bis du wieder ganz in Ordnung bist."

„Das bin ich längst, wirklich." Ihr eindringlicher Blick bereitete ihm Unbehagen, und so sah er zu dem Karton neben ihr auf der Erde. Darin lag anscheinend ein Tonrelief. „Was ist das?"

Sie erklärte es ihm, wenn auch etwas befangen, ja, fast argwöhnisch, als erwartete sie eine spöttische Bemerkung von ihm.

„‚Der Mund der Wahrheit'. Toll." Er ging in die Hocke, um

das Stück besser betrachten zu können. „Ich habe solche Köpfe schon einmal gesehen, aber eher als Bacchus oder als Symbol für die vier Jahreszeiten. Der hier ist wunderschön. Er passt zu dir, er ist weicher, nicht so barbarisch." Er fürchtete, bereits zu viel gesagt zu haben, und zeigte auf den Pfosten. „Willst du ihn dort hinhängen?"

Als sie nickte, stand er auf und schlug den Nagel mit wenigen kräftigen Schlägen tief in das Holz.

„Angeber."

Er schmunzelte, weil er nur zu gut wusste, dass sie Recht hatte. Er hob das schwere Relief auf und hängte es an den Nagel. Ihren Anweisungen folgend rückte er es in die richtige Position, dann trat er zurück und stellte sich neben sie, um es zu bewundern. Obwohl es noch zu neu und sauber war, sah es aus, als hätte es schon immer dort hingehört. Das brachte ihn auf eine Idee. „Weißt du, was du brauchst?" meinte er nachdenklich.

„Nein, aber du wirst es mir sicher gleich sagen."

Er überhörte das geflissentlich. „Säulen."

„Säulen?" wiederholte sie verständnislos.

„Ja, frei stehende Säulen. Griechische, römische, vielleicht sogar ein Totempfahl?" Sie schien allmählich zu begreifen, worauf er hinauswollte, und so fuhr er fort. „Sie wären optimal geeignet für Hängepflanzen, zum Beispiel. Oder ich könnte aus einer einen Tröpfelbrunnen machen, so dass die Säule nach kurzer Zeit schon völlig mit Moos bewachsen ist. Und wenn man über zwei Säulen einen Sturz baut, wird daraus ein Tor, der Eingang zu einem kleinen Ziergarten deiner Wahl."

„Einem mediterran angehauchten Garten, vielleicht?"

„Genau." Er freute sich, dass sie ihm so leicht folgen konnte.

„Und wo bekommen wir diese Säulen her?"

Dieses „wir" freute ihn womöglich noch mehr. „Wir machen sie aus einem gipsähnlichen Material, die größeren Säulen verstärken wir innen mit Stahl. Das Material selbst wird in eine Form gegossen, bis es hart ist. Wenn man dann die Formen abschlägt, werden die Säulen mit der Zeit immer härter, bis sie tatsächlich fast wie Stein werden. Es dürfte nicht allzu viel kosten, wenn wir beide das selbst machen.“

„Weißt du, wo man dieses Material und das Werkzeug dazu bekommt?“ wollte sie wissen.

Er nickte und verbarg nur mit Mühe ein Lächeln. „Kein Problem. Überlass das ruhig mir.“

Laurel kehrte nicht ins Haus zurück. Sie zog sich ein Paar Arbeitshandschuhe an und half Alec, die abgesägten Zweige und Äste der Kiefer zu stapeln und sie anschließend mit anderen Gartenabfällen zu verbrennen. Er war sich nicht sicher, ob sie ihm half, weil sie wusste, wie weh ihm noch alles tat, oder weil sie ein schlechtes Gewissen hatte. Es war ihm auch gleichgültig. Hauptsache, sie war bei ihm, selbst wenn ihm das einige Qualen bereitete. Ihr beim Arbeiten zuzusehen machte ihn fast schwindelig. Jedes Mal, wenn sie sich bückte, rutschten ihre Shorts ein Stück nach oben, so dass seine Selbstbeherrschung auf eine harte Probe gestellt wurde. Er spielte mit dem Gedanken, den noch stehenden Stamm der Kiefer weiter zu kürzen, einmal, um endlich mit dieser Arbeit fertig zu werden, zum anderen, um sich von Laurel abzulenken. Er befürchtete allerdings, dass sein Knie diese Anstrengung noch nicht mitmachen würde, und so gab er diesen Einfall wieder auf und zwang sich stattdessen, einfach nicht mehr so oft zu seiner Helferin hinüberzublicken.

Das Problem löste sich ohnehin, als Maisie vorfuhr. Laurel ging mit ihr hinein, um mit ihr zu besprechen, was es zum Mittagessen geben sollte, danach kam sie nicht wieder nach draußen. Alec ärgerte sich, er hatte wirklich geglaubt, sie machten allmählich Fortschritte. Doch jetzt sah es ganz so aus, als hätte Laurel nur darauf gewartet, den Rückzug antreten zu können.

Er warf die letzten Kiefernäste ins Feuer. Da er von der Garage aus das Feuer im Auge behalten konnte, beschloss er, weiter an Laurels Auto zu arbeiten. Das hatte er schon seit einer Woche nicht mehr getan, er hatte es gar nicht eilig, damit fertig zu werden. Nun, morgen würde er neue Reifen kaufen, so weit reichte sein Geld gerade noch.

Nach dem Mittagessen entdeckte er den Fußabdruck in der weichen Erde unter Laurels Schlafzimmerfenster, dort wo er einen wild wuchernden Baumsprössling mit der Wurzel ausgegraben hatte. Ohne das Sohlenmuster zu verwischen, stellte er seinen Arbeitsstiefel darauf, um sicherzugehen, dass es kein Fußabdruck von ihm selbst war. Nein. Der Abdruck war etwas kürzer, außerdem hatte Alec keine Schuhe mit einem solchen Profil. Andererseits war er viel zu groß, um von Laurel stammen zu können, und Maisie trug stets Slipper mit ganz glatten Sohlen.

Jemand bespitzelte Laurel. Sollte er das nun für sich behalten oder ihr Bescheid sagen? Alec hasste es, ihr Angst einzujagen, aber ihm blieb keine andere Wahl.

Auf sein Klopfen hin öffnete sie ihm und zog fragend die Brauen hoch. „Hättest du eine Minute Zeit, dir etwas anzusehen?"

„Was führst du denn nun schon wieder im Schilde?" fragte sie und stützte eine Hand auf die Hüfte.

Während sie sprach, hatte er sich bereits zum Gehen gewandt, doch jetzt fuhr er wieder herum. „Gar nichts", teilte er ihr knapp mit. „Ich möchte nur, dass du mitkommst und dir etwas ansiehst, ja?"

„Du kommst schon allein damit klar. Ich habe zu tun." Sie wollte die Tür schließen, aber er stemmte die Hand dagegen. Vielleicht hatte sie Grund, misstrauisch zu sein, vielleicht auch nicht. Er jedenfalls war nicht zu Spielchen aufgelegt. Seine Stimme klang hart und unnachgiebig. „Das ist kein Scherz und auch kein Trick, um dich nach draußen zu locken. Da ist etwas, das ich dir unbedingt zeigen muss. Du kannst freiwillig mitkommen, oder ich trage dich. Entscheide selbst.“

Laurel hatte manchmal das Gefühl, als steckten in Alec zwei ganz unterschiedliche Persönlichkeiten. Mal wirkte er wie ein großer, verschmitzter Junge, dann wieder gab er sich hart und bestimmend. Beides brachte sie gleichermaßen aus der Fassung. „Ich gehe nirgendwo hin, solange du mir nicht sagst, was so wichtig ist, dass du darüber jegliche Höflichkeit ... Halt!“

Ihr stockte der Atem, weil er sie so mühelos hochhob, als wöge sie nicht mehr als ein Arm voller Kiefernzweige. Entschlossen trug er sie die Verandastufen hinunter und seitlich um das Haus herum. Sie spürte, dass er noch ganz leicht wegen seines verletzten Knies humpelte, aber es schien ihm wirklich schon wesentlich besser zu gehen. Halt suchend hatte sie einen Arm um seinen Nacken geschlungen. Ihr Herz raste, und sie kämpfte verzweifelt gegen das heiße Gefühl an, das in ihr aufstieg; ein Gefühl, das eigentlich Panik hätte sein sollen, aber ganz definitiv nichts damit zu tun hatte.

Sie hatte einen Fehler begangen, soviel stand fest. Doch sie würde die Sache jetzt nicht noch schlimmer machen, indem sie es auf einen Streit mit ihm ankommen ließ. Würde. Das war es, was nun gefordert war. Würde, Haltung und ein klarer Hinweis darauf, wer hier das Sagen hatte. „Du bist entlassen“, stellte sie betont liebenswürdig fest.

Er zuckte zusammen; sie wusste nicht, ob das an ihren Worten lag oder an ihrem warmen Atem, der sein Ohr gestreift haben musste. Trotzdem kam seine Antwort ohne jedes Zögern. „Das ist unnötig. Ich kündige ohnehin.“

„Sehr schön.“

„Ja, sehr schön. Wenn du das nächste Mal jemanden einstellst, solltest du allerdings versuchen, dich nicht vor ihm zu verstecken.“

Sie erstarrte. „Ich habe mich doch nicht vor dir versteckt!“

„Ach nein? Warum vergräbst du dich denn sonst in deinem Haus?“

„Ich kann doch wohl selbst bestimmen, ob ich jemanden sehen möchte oder nicht, ohne dass es gleich ein Mich-Verstecken ist!“

„Tatsächlich? Ich glaube eher, du hast Angst.“

„Sei doch nicht albern!“

„Du hast Angst, dass die Leute dich anstarren. Du hast panische Angst davor, was sie sagen könnten – ungeachtet dessen, dass sie ohnehin nur klatschen, weil ihr eigenes, erbärmliches Leben viel zu langweilig ist, um darüber zu reden.“

„Du hast doch nicht die geringste Ahnung!“

„Wirklich nicht?“ Er sah sie grimmig an. „Aber wenn es das nicht ist, dann kannst du eigentlich nur Angst vor mir haben.“

„Das ist nun in der Tat das Dümmste von allem. Außer Maisie bist du der Einzige, der mir nicht das Gefühl gibt, dass ...“

„Was?“ beharrte er, als sie zögerte. „Dass du nicht das Recht hast zu leben, weil dein Mann gestorben ist? Dass du dich lieber einschließen solltest wie eine Verbrecherin, weil du gar nicht verdienst, frei herumzulaufen?“

„So fühle ich mich gar nicht“, stieß sie gequält hervor.

„Ich denke schon. Aber wer löst dieses Gefühl in dir aus, wenn Maisie und ich nicht diejenigen sind? Deine Schwiegermutter? So viel Einfluss dürfte sie auf dich überhaupt nicht haben. Deine Kinder? Warum sollte dir das wichtig sein? Sie kümmern sich doch ohnehin kaum um dich.“

Sie fing an zu zittern, als habe er ihr mit jedem Wort einen Schlag versetzt. Dennoch hob sie trotzig das Kinn. „Ich bin gern allein, und ich liebe mein Haus. Alles, was ich will oder brauche, befindet sich hier. Warum also sollte ich daran etwas ändern?“

„Das Haus bedeutet für dich Sicherheit.“

„Ganz genau!“ rief sie triumphierend.

„Nun, dann fühle dich nur nicht zu sicher", sagte er, als er hinter dem Haus vor ihrem Schlafzimmerfenster stehen blieb und sie zu Boden ließ. „Es gibt keinen Ort, in den man nicht eindringen könnte."

Einen Moment lang verstand sie nicht, was er damit meinte, doch dann zeigte er abrupt auf den Abdruck unter ihrem Fenster. Laurel hielt den Atem an und starrte darauf, die Angst griff nach ihr wie mit eiskalten Fingern. „Ein ... Voyeur?" stammelte sie.

„Möglich. Aber vielleicht auch nur jemand, den es brennend interessiert, was du tust, wenn du dich da drinnen einschließt", fügte er sanft hinzu. „Hast du früher schon einmal so etwas auf dem Grundstück entdeckt?"

Sie schüttelte den Kopf. „Nein. Sticks war ja da."

„Jetzt ist er nicht mehr da." Seine Worte klangen bedeutungsvoll.

„Du glaubst doch nicht, dass jemand ihn aus dem Weg geschafft hat, nur damit ..."

„Es wäre nicht das erste Mal, dass so etwas vorkommt."

„Aber wer?" rief sie verzweifelt? „Wer würde so etwas tun?"

„Viele", gab er unbarmherzig zurück. „Du bist eine schöne Frau, die hier ganz allein und sehr abgeschieden lebt. Es ist fast erstaunlich, dass so etwas nicht schon früher passiert ist."

Sie ballte die Hände zu Fäusten und wandte sich ab. „Warum passiert das alles jetzt? Sticks, all der üble Klatsch und nun auch noch jemand, der mir nachspioniert? Was habe ich denn bloß getan?"

Er packte sie am Arm und drehte sie zu sich herum. „Du hast gar nichts getan!" widersprach er rau. „Schlag dir endlich aus dem Kopf, dass all das deine Schuld ist!"

„Wessen Schuld ist es denn dann?" rief sie und versuchte vergeblich, sich aus seinem Griff zu befreien.

„Vielleicht meine, vielleicht ist auch niemand schuld, wer weiß. Auf jeden Fall ist es nicht deine!"

„Woher willst du das wissen? Du hast doch keine Ahnung, wie ich bin, was ich getan habe oder auch nicht getan habe. Du kannst dir ja nicht einmal vorstellen, wozu ich fähig bin!"

Er lächelte leicht und schüttelte den Kopf. „Oh, doch, ich kenne dich. Ich würde mein gesamtes Hab und Gut darauf verwetten, dass du niemals absichtlich jemandem wehtun könntest. In einer Hinsicht hast du jedoch Recht – noch kenne ich dich nicht so gut, mir vorstellen zu können, zu was du alles fähig bist. So viel verspreche ich dir allerdings. Eines Tages werde ich dazu in der Lage sein."

Seine Worte taten ihr so unendlich gut. Sie wollte sie so gern glauben, so verzweifelt gern. Doch sie wagte es nicht. Zu viel sprach gegen sie beide, selbst wenn sie ihm vertrauen konnte, dass er meinte, was er eben angedeutet hatte. Diese Erkenntnis machte sie unsicher und gereizt. „An deiner Stelle wäre ich vorsichtig!"

Sein Lächeln wurde beinahe grimmig. Er ließ sie los und stemmte die Hände in die Seiten. „Was hast du denn noch vor?" spottete er. „Entlassen hast du mich doch schon!"

„Ich könnte die Polizei verständigen!" Sie wusste selbst nicht, wie sie darauf kam, sie wollte nur verhindern, dass er ihren seelischen Schutzschild durchbrach.

„Tu das", pflichtete er bei, ein Schatten schien über seinen Blick zu fallen. „Das wäre nichts Neues."

So hatte sie das nicht gemeint. Oder doch? Und was sagte er da eigentlich? Dass die Gerüchte stimmten, dass er für die Polizei kein Unbekannter war, weil er wegen des Mordes an seiner viel älteren Frau verhaftet worden war?

„Andererseits, wenn du das tust, kann es sehr wohl sein, dass du es wieder mit deinem guten Freund Sheriff Tanning zu tun hast", fuhr er fort. „Bist du sicher, dass du das möchtest?"

Sie starrte ihn aus schreckgeweiteten Augen an. Sie wollte weder etwas mit Dan Tanning noch mit sonst jemandem zu tun haben, aber woher wusste Alec von ihm? „Geh doch“, flüsterte sie. „Geh doch einfach und lass mich allein.“

„Das würde ich sogar tun, wenn ich wüsste, dass dir das hilft“, erwiderte er ernst. „Doch das ist nicht der Fall, jedenfalls nicht im Moment. Also musst du dich anscheinend mit mir abfinden.“

„Das glaubst auch nur du“, fuhr sie ihn an. „Du kannst schließlich nicht für mich arbeiten, wenn ich dich nicht bezahle.“

Er lachte leise auf. „Oh, Laurel. Hier geht es nicht um den Job. Aber das weißt du selbst auch, nicht wahr?“

„Nein, ich weiß es nicht“, konterte sie heftig. Etwas Besseres fiel ihr nicht ein, um sich selbst zu schützen.

„Oh, doch.“ Er sah sie eindringlich an. „Und du weißt sehr gut, dass du dich davor nicht verstecken kannst. Nicht mehr.“

10. KAPITEL

Laurel pflanzte gerade Rosen, als Alec am nächsten Morgen erschien. Sie waren gestern Nachmittag angekommen, zwölf Stück in Plastiktöpfen, und Laurel hatte sie gründlich gegossen und zurechtgestutzt, damit sie kräftiger wurden. Nun setzte sie sie in die Erde, ehe es zu heiß wurde.

Sie richtete sich auf und verfolgte, wie Alec von seinem Motorrad stieg und auf sie zukam. Seine zahlreichen Kratzer und Schürfwunden verheilten gut, er humpelte auch nicht mehr. Alles in allem sah er so gut und zuversichtlich aus, dass eine panikartige Verzweiflung in ihr aufstieg. Sie spielte mit dem Gedanken, ihn daran zu erinnern, dass sie ihn entlassen hatte; ihm zu sagen, er solle fortgehen und niemals wiederkommen. Das war zwar nicht das, was sie wollte, aber sicher das Beste. Doch was nutzte es, wenn sie das sagte? Schon gestern hatte er gar nicht darauf geachtet.

Als er nach ihrem Spaten griff, gab sie ihn Alec nicht. Er sah sie stumm und eindringlich an, bis ihr Herz wieder zu rasen anfing und sie den Spaten abrupt losließ. Ein triumphierender Ausdruck trat in Alecs dunkle Augen, aber wenigstens machte er keine Bemerkung.

Gemeinsam pflanzten sie die Rosen, häuften Erde darum und begossen sie. Dabei redeten sie kaum miteinander, ihre Bewegungen waren perfekt aufeinander abgestimmt, an den kleinsten Gesten erkannten sie, was der andere wollte, und es war, als arbeiteten sie schon seit vielen Jahren so zusammen. Obwohl die Sonne inzwischen heiß auf sie herabbrannte und ihnen der Schweiß von der Stirn rann, erfüllte sie diese Tätigkeit mit einer eigenartigen Zufriedenheit. Später tranken sie Kaffee auf der Veranda; besser gesagt, sie trank Kaffee, er Kräutertee. Sie blickten hinaus in den Garten und schwiegen, es war ihnen lieber so. Einmal gähnte er herzhaft und hielt sich dabei den Handrücken vor den Mund. Es wirkte ansteckend auf sie, sie musste ebenfalls gähnen.

Alec lachte leise auf, wurde aber sofort wieder ernst. „Hattest du letzte Nacht zu viel Angst, um richtig schlafen zu können?"

„Etwas nervös war ich schon", gab sie zu. Er zögerte, als wollte er ihr einen Vorschlag machen, sah aber dann stumm zur Seite. „Und du? Warum hast du nicht genug geschlafen?" fragte Laurel nach einer Weile.

„Mir ging zu vieles im Kopf herum."

Sie wollte sich schon erkundigen, was das gewesen war, doch sein verschlossener Gesichtsausdruck hielt sie davon ab. Wenn sie zusammen arbeiteten, verstanden sie sich gut. Dann war ihr Verhältnis nett und unpersönlich, wenigstens oberflächlich betrachtet. Trotzdem hing da noch etwas Unausgesprochenes zwischen ihnen in der Luft, beide wussten es, und beide ignorierten es. Schwierig wurde es nur, wenn sie nichts zu tun und Gelegenheit hatten, einander in die Augen zu sehen ... Sie standen auf und machten sich wieder an die Arbeit.

So wie dieser Morgen verliefen dann auch die folgenden Tage. Das Einzige, was sich dabei änderte, waren die Arbeiten, die sie erledigten, und die Orte, an denen sie ihre kleinen, improvisierten Mahlzeiten einnahmen. Es war erstaunlich, was sie alles schafften – sie beschnitten die Sträucher, entfernten verblühte einjährige Pflanzen, düngten, jäteten und verbrannten Gartenabfälle. Alec zersägte den Stamm der Kiefer in jeweils einen Meter lange Einzelstücke, die er dann bis zum Waldrand rollte, wo er daraus die Einfassung für eine Kompostgrube bildete.

Am nächsten Tag kam er mit Grannie Callies altem Lieferwagen, den er voll beladen hatte mit Gips- und Zementsäcken. Er und Laurel verbrachten anschließend drei Tage damit, ein italienisch anmutendes Portal und mehrere unterschiedlich hohe Säulen anzufertigen.

Gegen Ende der Woche nahm der Garten eindeutig seine geplante Gestalt an. Die ganze Anlage war so sorgfältig entworfen und ausgeführt worden, dass sie tatsächlich die Bezeichnung Garten verdiente. Die Rosenbeete um den Springbrunnen waren eingefasst von rosafarbenen Steinnelken, blauen Salvien und weißen Margeriten, den Weg säumte eine niedrige Buchsbaumhecke. Den Gegenpol dazu boten die hohen alten Kamelienbüsche und andere Sträucher in den Ecken am Zaun. Die tief hängenden Zweige der Magnolie waren zurückgeschnitten worden, so dass ihr makelloser Wuchs wieder besser zur Geltung kam; und die Bauernrosen an den Verandapfosten bildeten einen hübschen, harmonischen Blickfang.

An der rechten Hausseite war ein besonderer Bereich entstanden. Auf dem Deckel der alten Zisterne stand eine Auswahl von Laurels handgetöpferten Gefäßen, die mit Hängegeranien bepflanzt waren. Gegenüber, am Zaun, befand sich nun eine Pergola mit einer dazu passenden Sitzbank darunter. In das Gebüsch daneben war ein weiterer Brunnen gesetzt worden; das Wasser kam oben aus einer Säule und plätscherte hinunter in einen kleinen künstlichen Seerosenteich. Das neue italienische Portal bildete den Zugang zu einem römischen Garten in der rechten hinteren Ecke. Hier wuchsen Oregano, Basilikum und Thymian rechts und links von einem schmalen Steinplattenweg, der in ein kleines Rondell mündete. Um dieses Rondell erhoben sich seitlich ein paar Säulen, auf denen Töpfe mit Efeu und Yuccapalmen standen, während den Hintergrund eine frei stehende Mauer bildete, an der nun Laurels *Bocca della Verità* hing.

Die freie Wand der Garage auf der anderen Seite des Hauses zierte ein großer Bacchus, den Laurel modelliert hatte. Alec hatte daraus eine Art Wasserspeier gemacht, dessen Wasser in ein Auffangbecken voller Wasserpflanzen rieselte. Rechts und links von der Figur hatten sie Wein gepflanzt, der sie irgendwann einrahmen sollte.

In der Nähe der hinteren Veranda hatte Laurels Wasserspiegel Gesellschaft von noch weiteren, mit Wasser gefüllten Schalen bekommen. Sie waren das Kernstück dessen, was Alec einen Zen-Garten nannte. Genau in die Mitte einer tieferen Schale fielen aus einem zierlichen antiken Wasserhahn Tropfen in exakt berechnetem Zeitabstand. Diese Tropfen bildeten Ringe auf der Wasseroberfläche, die sich langsam zum Rand der Schale hin ausbreiteten und dann wieder zur Mitte zurückliefen, fast im Rhythmus eines langsam und stetig schlagenden Herzens.

Tag für Tag erwachte der Garten mehr zum Leben. Vögel, Frösche und Libellen tummelten sich am Wasser; im Gras huschten Kröten und verschiedene Eidechsenarten umher. Überall flatterten bunte Schmetterlinge, und die Bienen stürzten sich emsig auf die vielen Blüten. Laurel verfolgte das alles mit zufriedenem Lächeln; sie spürte, wie ihre Seele sich zunehmend entspannte in diesem einzigartigen kleinen Paradies, das sie und Alec mit viel Schweiß, Mühe und ... ja, mit Liebe geschaffen hatten.

Der Frieden war jedoch nicht von langer Dauer. Alec selbst beendete ihn.

Sie hatten gerade ein verspätetes Mittagessen in Form eines Picknicks auf dem Rondell des römischen Gartens zu sich genommen. Laurel saß mit angezogenen Knien auf der ausgebreiteten Decke und sah zu, wie Alec seine Getränkedose leerte. Fasziniert verfolgte sie die schluckenden Bewegungen seiner glatten braunen Kehle. Sie war so gebannt von diesem Anblick, dass sie nur am Rande registrierte, wie Alec die Dose absetzte und in seiner Hand zerdrückte.

„Würde es dir etwas ausmachen, den Wagen für mich aus der Garage zu fahren?“

Ihr erster Impuls war, strikt abzulehnen, aber sie kämpfte dagegen an. „Wozu?“ fragte sie stattdessen.

Unverhohlene Anerkennung spiegelte sich in seinem Blick wider. „Ich habe den Bereich jenseits des Zauns jetzt so weit in Ordnung gebracht, dass ich das Gras dort mähen kann. Hinten in der Garage steht ein Mähfahrzeug, doch du müsstest erst den Wagen rausfahren, sonst komme ich nicht an den Mäher heran."

Das war eine durchaus vernünftige Bitte. Einer der Gründe jedoch, weshalb „Ivywild" im Laufe der Zeit so verwildert war, bestand darin, dass sie es nicht gewagt hatte, sich ins Auto zu setzen. Folglich hatte sie auch den Mäher nicht benutzen können. „Ich bezweifle, ob das Ding überhaupt anspringt", wandte sie betont beiläufig ein.

„Der Wagen oder der Mäher?"

„Beides", gab sie kurz angebunden zurück, sie hatte seinen wissenden Blick durchaus verstanden.

„Der Mäher braucht nicht anzuspringen, den kann ich auch so nach draußen schieben und dann nachsehen, ob er funktioniert. Der Wagen wird anspringen, denn den habe ich bereits repariert. Ich habe ihn schon im Stand getestet, aber ohne deine Einwilligung wollte ich ihn nicht bewegen." Er wartete gelassen auf ihre Reaktion.

„Dazu hattest du kein Recht!"

Er zuckte nur mit den Schultern. „Auch das war etwas, das irgendwann erledigt werden musste."

„Ich hatte dich aber nicht darum gebeten!"

„Verboten hast du es mir jedenfalls auch nicht. Ach, komm, Laurel, da ist doch nichts weiter dabei. Fahr einfach den Wagen ein Stück zurück."

„Du weißt genau ..." Sie verstummte.

„Ja, ich weiß", bestätigte er. „Ich weiß aber auch, dass man Angst nicht besiegt, indem man ihr nachgibt. Du hast schon so große Fortschritte gemacht, hast das Haus verlassen und bist jedes Mal länger draußen geblieben, um mit mir zusammen zu arbeiten. Jetzt ist es Zeit für den nächsten Schritt."

„Bitte, verschon mich mit deinen Zen-Weisheiten", forderte sie ihn schneidend auf. „Ich bin kein kleines Kind, das du zu etwas überreden kannst, was deiner Meinung nach das Beste ist. Ich will den Wagen nicht fahren. Ich weiß nicht, wie ich mich noch klarer ausdrücken könnte."

„Das Einzige, was du klar zum Ausdruck bringst, ist, dass du panische Angst hast."

Laurel zog die Arme fester um ihre Knie. „Na und? Jeder Mensch hat vor irgendetwas Angst. Sogar du."

Er sah sie interessiert an. „Und zwar wovor?"

„Zu versagen", erwiderte sie prompt. „Leute im Stich zu lassen, vor allem, die, die auf dich angewiesen sind oder die dir etwas bedeuten. Deshalb arbeitest du auch so hart, denn du glaubst, dass das Problem dadurch gelöst wird. Was du nicht einsiehst, ist, dass eben nicht jedes Problem gelöst werden kann."

„Verschon du mich mit deinen existenzialistischen Weisheiten", wandelte er ihre eigenen Worte von vorhin ab. „Ich versuche es wenigstens."

Da sie dazu nichts zu sagen wusste, bemühte sie sich, zumindest seinem Blick standzuhalten. Sie suchte nach einem etwas sichereren Terrain. „Außerdem ist es ohnehin müßig, darüber zu reden, denn in den Reifen meines Wagens ist keine Luft mehr. Sie sind zu brüchig."

„Jetzt nicht mehr."

Ihre Augen wurden schmal. „Du hast neue Reifen aufgezogen?"

„Und wenn?"

„Du glaubst doch nicht, dass ich Reifen bezahle, die ich gar nicht gewollt habe!"

„Das brauchst du auch nicht. Sie sind von mir."

„Du kannst es dir gar nicht leisten ..." Sie verstummte, gewarnt durch seinen plötzlich sehr angespannten Gesichtsausdruck. Sie atmete einmal tief durch. „Du kannst sie ruhig wieder dort hinbringen, wo du sie hergeholt hast."

„Nein", gab er sehr ruhig, aber entschieden zurück.

„Dann hole ich jetzt die Schlüssel, und du fährst den Wagen selbst aus der Garage. Ich steige jedenfalls nicht hinein."

Er betrachtete sie eine ganze Weile. „Es scheint dir neulich Spaß gemacht zu haben, als ich dich einfach in den Garten getragen habe."

„Es mag dir gelingen, mich ins Auto zu setzen", forderte sie ihn mit erhobenem Kinn heraus. „Aber du kannst mich nicht zwingen, auch zu fahren."

„Wollen wir wetten?" Er lächelte nicht.

„Ja, sicher", entgegnete sie verbittert. „Drohungen wirken wohl immer. Was ist das bloß für eine Einstellung?"

„Meine."

Sie zitterte und wusste nicht, ob es daher kam, dass sie sich vor dem fürchtete, was er von ihr verlangte, oder dass es sie wütend machte, weil er versuchen wollte, sie dazu zu zwingen. Sie verschränkte die Finger so fest, dass die Knöchel weiß hervortraten. „Ich kann nicht."

„Doch, du kannst."

„Ich kann es nicht! Ich schwöre es dir!"

„Dann beweise es mir", forderte er. „Beweise mir, was für ein Schuft ich bin, indem du mir zeigst, wie schwer es dir fällt."

„Ich will aber nicht, dass du das mit ansiehst!" Tränen brannten in ihren Augen, nur mit Mühe hielt sie sie zurück.

„Warum nicht? Was ist schon dabei? Es ist dir schließlich gleichgültig, was ich denke."

„Es ist mir ganz und gar nicht gleichgültig", murmelte sie gequält.

„Dann tu es für mich", beharrte er sanfter. „Weil ich dich darum bitte."

Großer Gott, wie sollte sie das schaffen? Aber wenn sie es nicht versuchte, dann würde er sie hochheben und zum Auto tragen. Das wollte sie auf keinen Fall. Nicht schon wieder. Andererseits würde er nicht lockerlassen, bis sie sich selbst zum Narren gemacht hatte. Nun, dann sollte sie zusehen, dass sie es hinter sich brachte. Je eher, desto besser.

Sie stand auf und ging über die hintere Veranda ins Haus. Die Autoschlüssel hingen an dem alten Messinghaken neben der Tür, genau dort, wo sie seit fünf langen Jahren immer gehangen hatten. Sie griff nach ihnen, das Metall fühlte sich eiskalt an, trotz der Hitze an diesem Tag.

Maisie streckte besorgt den Kopf durch die Küchentür. „Was ist los? Warum habt ihr beiden euch draußen so angebrüllt?"

„Ach, es war nichts weiter", wiegelte Laurel ab. Sie wollte weder darüber reden noch darüber nachdenken. Wenn sie es schaffte, an gar nichts zu denken, würde sie es vielleicht schaffen. Ja, sie durfte an nichts denken, an absolut gar nichts, dann konnte es unter Umständen klappen. Sie drehte sich um und riss die Hintertür auf.

Sie würde es ihm zeigen. Ja, das würde sie. Die Männer waren doch alle gleich. Genau so hatte sie auch damals das Haus verlassen, als Howard gestorben war. Sie hatte wütend die Hintertür zugeknallt und war zur Garage hinübergelaufen. Sie war zu verletzt und zornig gewesen, um einen klaren Gedanken fassen zu können, um darauf zu achten, wo sie eigentlich hinging und was sie vorhatte. Howard hatte ihr vorgeworfen, sie arbeite zu viel im Garten. Sie würde das Haus und die Kinder vernachlässigen, während sie von ohnehin viel zu teuren Rosenstöcken träumte. Doch wenn sie sich einen Wagen für Evan leisten konnten, dann würde sie sich wohl auch ein paar Rosen kaufen dürfen, und genau das wollte sie an diesem Tag auch tun, ob Howard das nun passte oder nicht!

In der Garage roch es wie immer nach einer Mischung aus

Dünger, Altöl und Staub. Autotür aufschließen, sich hinter das Steuer setzen. Zündschlüssel ins Schloss. Motor anlassen. Sicherheitsgurt umlegen. Alles ganz automatisch. Nur nicht nachdenken. Ein Blick in den Rückspiegel. Niemand war hinter ihr. Langsam anfahren, dabei sicherheitshalber noch einmal über die rechte Schulter blicken. Bei dieser Gelegenheit hatte sie Howard an jenem Tag gesehen, Howard, der ihr nachgerannt war, der geschrien hatte, als ...

Alec! Alec stand hinter dem Wagen. Laurel presste den Fuß mit aller Kraft auf die Bremse. Zu spät. Etwas schlug mit einem Übelkeit erregenden, dumpfen Geräusch gegen die hintere Stoßstange. Laurel wurde ruckartig im Gurt nach vorn geschleudert. Einen Moment lang saß sie wie erstarrt da. Doch dann schlang sie die Arme um das Lenkrad, legte die Stirn darauf und begann hemmungslos zu weinen.

Die Fahrertür wurde aufgerissen. Alec fasste über sie hinweg nach dem Schlüssel und stellte den Motor ab. Anschließend zog er Laurel aus dem Wagen, nahm sie in seine Arme und wiegte sie sanft hin und her. „Es ist ja alles gut. Ich bin völlig okay. Du hast mich nicht angefahren. Hinter dem Wagen lag nur ein Stück von dem Kiefernstamm, das war alles."

Sie hörte ihn zwar, aber die Bedeutung seiner Worte sickerten nicht in ihr Bewusstsein. Hin und her gerüttelt zwischen der Erinnerung an das vergangene Grauen und diesem neuen Schock klammerte sie sich nur noch fester an ihn.

Alec legte ihr die Hand auf den Kopf und drückte ihn sanft an seine Halsbeuge. „Es ist wirklich alles in Ordnung. Du hast genau in der Sekunde gebremst, als du mich gesehen hast, schneller ging es gar nicht. Verstehst du, Laurel? Du hast wirklich versucht anzuhalten. Du hast eine Vollbremsung gemacht und trotzdem noch den Baumstamm erwischt, so, wie du damals deinen Mann erwischt hast. Du hättest das auch da nicht verhindern können, auf gar keinen Fall, siehst du das nicht ein? Fahr den Wagen ganz nach draußen, und ich zeige dir die Bremsspuren. Hörst du, Laurel? Du hast versucht, anzuhalten, aber es ging nicht mehr. Es war ein Unfall! Es ist nie etwas anderes gewesen!"

Alec litt beinahe körperlich mit ihr mit. Er konnte sich so gut in Laurels Schmerz, ihr Entsetzen und ihren Kummer hineinversetzen, als wären es seine eigenen Empfindungen. Er spürte, wie sein Hemd nass wurde unter dem nicht versiegen wollenden Tränenstrom. Er hätte niemals gedacht, dass es so sein würde. Er hatte mit ihrem Zorn gerechnet, aber gleichzeitig auch mit ihrer grenzenlosen Erleichterung, dass ihre Unschuld nun tatsächlich bewiesen war. Auch eine kurze Nervenkrise hatte er mit einkalkuliert, jedoch nicht in dieser Art jetzt. Und am wenigsten hatte er erwartet, dass es ihn selbst so sehr mitnehmen würde. Er hätte es besser wissen müssen.

Er hatte Laurel von ihren Ängsten befreien wollen, anstatt ihr noch mehr Kummer zu bereiten. Sie zitterte so stark in seinen Armen, dass ihm das Herz wehtat und sich ihm die Kehle zuschnürte. Er konnte nichts anderes tun, als sie weiterhin tröstend zu wiegen und auf die Strafe für sein Tun zu warten. Trotzdem – es war wunderbar, sie so im Arm zu halten, es war wunderbar, dass sie es zuließ. Er hätte ewig so stehen bleiben, ihr über das Haar streichen, ihr liebevolle Worte zuflüstern und ihren warmen, weichen Körper an seinem spüren können. Auf eine seltsame Art genoss er sogar ihre momentane Abhängigkeit von ihm, die Tatsache, dass sie ihn akzeptierte. Er genoss es im Grunde viel zu sehr, und das würde ihr schon sehr bald auffallen, wenn er nichts dagegen unternahm.

„Nicht mehr weinen, Laurel", flüsterte er mit nicht ganz sicherer Stimme. „Bitte, nicht. Du hattest Recht mit dem, was du über mich sagtest. Ich habe Angst davor, nicht für die Menschen da zu sein, die mir etwas bedeuten, habe Angst, das Falsche zu tun, Dinge eher zu blockieren, statt sie besser zu machen. Ich habe eben etwas Schlimmes angerichtet, doch ich hatte es nur gut gemeint. Vielleicht wird es ja doch noch etwas, wenn du jetzt einfach wieder ins Auto steigst und es noch einmal versuchst ..."

Sie erstarrte, vermutlich vor Schreck, aber auch vor Zorn. Sie hob den Kopf von seiner Schulter. „Du willst, dass ich mich noch einmal in dieses Auto setze?" fragte sie ihn ungläubig.

„Es ist kein Ungeheuer, sondern nichts weiter als ein Fahrzeug aus Blech und Plastik. Es tut nur genau das, was du von ihm verlangst."

„Ich hätte dich beinahe überfahren!" Ihre Miene veränderte sich. „Ich dachte ... Sagtest du, ich hätte einen Baumstamm angefahren?"

Er nickte und machte ein betont beklommenes Gesicht, um ihren Zorn zu schüren.

„Du hast mich in dem Glauben gelassen ... Du hast den Stamm absichtlich hinter den Wagen gerollt, damit ich dagegen fahre, nicht wahr? Du Scheusal!" Sie packte ihn beim Hemd und schüttelte ihn.

„Nun, ich wollte dir etwas beweisen", erklärte er vernünftig. „Und dazu eignete sich der Stamm sicher besser als ich selbst."

„Das ist Ansichtssache!" Um ihren Mund lag ein trotziger Zug. „Nun, mir ist das gleichgültig. Du bist der arroganteste, skrupelloseste und unmöglichste Mann, der mir je begegnet ist. Ich möchte wetten, dass du gar nicht vorhattest, den Rasenmäher zu reparieren!"

„Stimmt nicht. Ich würde mich sogar jetzt liebend gern gleich an die Arbeit machen. Wenn du also so freundlich wärst, dich mit deinem entzückenden Hintern wieder ins Auto zu setzen, wäre ich dir überaus dankbar!" Das war in der Tat die reinste Provokation, arrogant, skrupellos und unmöglich – alles zusammen. Doch es war ihm gleich, wie sie ihn dafür beschimpfte. Hauptsache war, dass sie nicht mehr weinte.

„Ach, wärst du das?“ Ihre blauen Augen sprühten Funken. „Warum stellst du dich nicht wieder hinter den Wagen, damit wir sehen, wie schnell du diesmal weg...“ Sie hielt inne und schlug sich mit der Hand auf den Mund.

Er lächelte sie spröde an. „Ich treibe dich tatsächlich zur Weißglut, nicht wahr?“

„Ich habe das nicht so gemeint“, stammelte sie und wurde blass. „Oh, Alec.“

„Ich weiß, dass du es nicht so gemeint hast, mach dir keine Sorgen. Außerdem habe ich ein dickes Fell und einen harten Schädel. Du könntest mir niemals Schaden zufügen.“ Er nahm sie beim Arm und führte sie zu der offen stehenden Wagentür. „Aber dieses Mal werde ich den Stamm wegnehmen und mich neben dich ins Auto setzen. Du wirst mühelos rückwärts aus der Garage fahren, und anschließend zeige ich dir die Bremsspuren.“

Sie leistete bei jedem einzelnen Schritt Widerstand. Ihre Hände zitterten so, dass er schon befürchtete, er müsse den Gang für sie einlegen. Auch wurden noch mehrere gehässige Bemerkungen von ihr fällig, aber schließlich biss sie doch die Zähne zusammen und fuhr an. Als der Wagen endlich vor der Garage stand, machte Alec sie auf die beiden unterschiedlichen Bremsspuren aufmerksam – die eine war noch ganz frisch und pechschwarz, die andere längst ausgeblichen und teilweise von einer Staubschicht bedeckt. Er sah, wie alle Anspannung von ihr abfiel, als sie begriff und den Beweis als solchen akzeptierte, und er wunderte sich, weshalb ihr das noch niemand zuvor gezeigt hatte.

Und doch war es in Wirklichkeit nicht schwer zu erraten. Niemand hatte ihr je zugehört, keiner hatte sich dafür interessiert, wie sie sich nach dem Tod ihres Mannes gefühlt hatte, welche Schuldgefühle sie seitdem geplagt hatten. Und weil sie eben nichts von ihr wussten und sich somit auch nicht vorstellen konnten, wie es gewesen sein musste, hatten sie ihr auch nie Antworten auf ihre

Zweifel bieten können. Er, Alec, wusste es, weil er selbst schon einmal in einer solchen Situation gewesen war.

Eins musste man ihr lassen, sie war schon eine bemerkenswerte Frau. Als alles vorbei war, drehte sie sich zu ihm um. Erleichterung malte sich auf ihren Zügen ab, und sie lächelte ihn an. „Ich danke dir, Alec", sagte sie ruhig und klar.

Ich danke dir. Nach allem, was er ihr angetan hatte. Er fühlte sich, als hätte sie ihm einen Orden verliehen. Und ihm beim Anstecken das Herz durchbohrt.

Im Laufe des Nachmittags wurde es zunehmend drückend und schwül. Alec beschäftigte sich mit dem Rasenmäher. Er wechselte die Zündkerzen, reinigte den Vergaser, entfernte Ablagerungen aus dem Benzintank und schärfte die Messer. Nur anzulassen wagte er ihn nicht, da er wusste, dass Laurel schlief. Sie hatte ihm erst noch eine Weile zugeschaut, dann war sie zur Frontveranda gegangen und hatte sich auf die Hollywoodschaukel gelegt. Seitdem hatte sie sich nicht mehr bewegt, so dass er fest davon überzeugt war, dass sie eingeschlafen war. Er lächelte bei diesem Gedanken, denn das bedeutete, dass sie sich sicher fühlte, solange er in der Nähe war. Auch nahm er es als Hinweis darauf, dass sie einen Großteil ihrer Schuldgefühle und Qualen abgelegt hatte und deshalb innerlich ruhiger und entspannter geworden war. Er hoffte es jedenfalls.

Eine halbe Stunde bevor er gehen musste, war sie wieder auf. Ein böiger Wind war inzwischen aufgekommen, der Regen anzukündigen zu schien. Alec sah zu, dass er nach Hause kam. Er schaffte es sogar, selbst noch ein wenig zu schlafen, ehe Grannie Callie ihn zum Abendessen rief.

Gegen Mitternacht war Alec wieder in „Ivywild", auf der Bank unter der Pergola. Das war mittlerweile sein Stammplatz geworden. Vorsichtshalber hatte er einen Regenmantel mitgebracht. Der

Regen vom späten Nachmittag hatte zwar aufgehört, aber in der letzten Stunde waren von Nordwesten erneut schwarze Wolken aufgezogen. Ab und zu wetterleuchtete es auch schon.

Die Harley hatte er ein gutes Stück weiter unten am Wald abgestellt. Laurel brauchte nicht zu wissen, was er hier tat, was er schon seit dem Tag tat, an dem er den Fußabdruck gefunden hatte. Jeder Mensch hatte so seine Schwächen, und seine war es, dass er es nicht gern hatte, wenn eine Frau ihn auf seine eher sonderbaren Charaktereigenschaften ansprach. Es war ihm klar, dass es etwas melodramatisch war, hier den Leibwächter zu spielen, aber immerhin war er derjenige, der dadurch nicht zum Schlafen kam. Wenn ihn das nicht störte, brauchte es auch niemand anderen zu stören.

Laurel hätte natürlich etwas dagegen. Sie würde sich Sorgen machen und ihn so lange auffordern, endlich nach Hause zu gehen, bis er sich gezwungen sähe, sie auf irgendeine Weise zum Schweigen zu bringen. Die meisten Einfälle, wie er das bewerkstelligen könnte, trugen nicht gerade dazu bei, seine Wache angenehmer zu gestalten, vor allem, weil er Laurel selbst in diese Strategien mit einbezog. Auf jeden Fall bewirkten sie jedoch, dass die Zeit schneller und nicht so eintönig verging.

Auch, dass er ihren Schatten bisweilen hinter den zugezogenen Gardinen sehen konnte, erwies sich in der Hinsicht als hilfreich. Das und die seltenen Male, die sie auf die Veranda hinaustrat, um in der kühlen Nachtluft ein wenig auf und ab zu gehen. Es regte seine Fantasie in der Tat an, wenn er sie so mit wehendem Haar im Mondschein auf der Veranda beobachten konnte.

Heute schien der Mond nicht, wegen der Wolken, doch schon in wenigen Tagen würde Vollmond sein. Beltane. Mittsommernacht. Ob Laurel sich dessen wohl bewusst war? Ob sie all die lüsternen Legenden kannte, die mit jener Nacht in Verbindung gebracht wurden? Beltane, so hatte Mr. Wu einmal gesagt, sei die Nacht, in der die vorchristlichen Anbeter der Erdgöttin sich Blumen und Bänder ins Haar geflochten und nackt um Korngarben getanzt hätten, um das Fest des Lebens, der Liebe und der Fruchtbarkeit zu feiern. Anschließend hätten sie sich im Mondschein geliebt, um das Band zwischen der Großen Mutter und ihren Kindern zu besiegeln. Alec hielt das für einen wundervollen Brauch.

Der Grüne Mann hingegen, der Laurel so oft zu ihren Skulpturen inspirierte, war das Symbol für die Lust, die sich hinter den mondhellen Mittsommernächten verbarg, zumindest hatten das die Christenpriester geglaubt. Im Grunde war dieser gesamte Gedankenkreis eigentlich eine Metapher für die Sinnlichkeit, die der ganzen Natur innewohnte, und für die ganz normale Reaktion Liebender auf den Vollmond in einer warmen Nacht.

Falls Laurel nicht ahnte, was ihre Skulpturen im Grunde symbolisierten, so würde er sich hüten, sie darüber aufzuklären. Wusste sie es jedoch, dann bekam das Ganze plötzlich einen völlig anderen Beigeschmack ...

Alec drehte sich unbehaglich auf der harten Bank um. Er sollte lieber schleunigst an etwas anderes denken. Nicht, dass dieser Zustand ungewollter Erregung in letzter Zeit bei ihm etwas Neues gewesen wäre. Er hatte noch nie erlebt, dass nichts, nicht einmal härteste körperliche Arbeit, ihn daran gehindert hatte, beim bloßen Gedanken an eine Frau in Erregung zu geraten. Nun, nicht an irgendeine Frau. An Mrs. Bancroft. Laurel. Er stöhnte leise auf. Allein ihr Name genügte, ihn in diesen Zustand zu versetzen.

In ihrem Wohnzimmer brannte noch Licht. Es war Mitternacht, und sie schlief immer noch nicht. Vielleicht, weil sie nachmittags geschlafen hatte. Vielleicht konnte sie aber auch nicht schlafen, weil sie zu sehr darüber nachgrübelte, was hier eigentlich vorging. Oder weil sie an den Nachmittag zurückdachte, als er sie im Arm gehalten hatte.

Nein. Er musste wirklich an etwas anderes denken. Zum Beispiel, dass er Gregory wegen dieser nächtlichen Wachen vernachlässigte. Er hatte ein schlechtes Gewissen, weil er Grannie das alles aufhalste, doch sie verstand ihn. Immerhin ging es seinem Bruder besser, seit er die neuen Medikamente nahm. Er schlief länger und wirkte weniger gereizt. Er schien sogar etwas kräftiger geworden zu sein.

Abgesehen davon waren diese Nachtwachen ja kein Job auf Dauer. Es konnte nicht mehr lange dauern, dann wussten sie, was in „Ivywild“ vorging.

Sturm kam auf. Der Wind fuhr durch die Kronen der Bäume im Wald hinter dem Zaun, grüne Blätter wirbelten durch die Luft. Leises Donnergrollen ertönte. Blitze zuckten hoch am Himmel, ihr blauweißes Licht entzog der Natur für Sekunden jegliche Farbe, ehe sie wieder in Dunkel gehüllt wurde.

Alec hörte den Wagen unmittelbar bevor der nächste Blitz ihn auch sichtbar machte. Das Auto kam ganz langsam die Straße entlang gefahren. Mit einer einzigen geschmeidigen Bewegung glitt er von der Bank, dann sprang er über den Zaun und verschwand im schützenden Dickicht des Waldrands, gerade noch rechtzeitig, ehe das Auto um die Kurve bog und sich auf einer Höhe mit der Zufahrt zum Haus befand. Jetzt bewegte es sich nur noch in langsamstem Schritttempo vorwärts. Es war ein Lincoln neuerer Bauart, das Motorengeräusch war so leise, dass man es bei Wind und Donner kaum hören konnte. Es war ein heller Wagen, doch die genaue Farbe war in der Dunkelheit unmöglich auszumachen. Eins stand jedenfalls fest. Wer immer auch am Steuer sitzen mochte, er führte nichts Gutes im Schilde. Er fuhr nämlich ohne Scheinwerfer.

Alec fluchte unterdrückt und versuchte, sich nahe genug an das Auto heranzuschleichen, um das Nummernschild erkennen zu können. Und das musste verdammt nahe sein, denn da die Scheinwerfer nicht eingeschaltet waren, funktionierte auch die Nummernschildbeleuchtung nicht.

Er schaffte es nicht. Entweder hatte der Fahrer gesehen, was er hatte sehen wollen, oder aber die Lichter im Haus schreckten ihn ab. Jedenfalls gab er Gas und verschwand in der Nacht.

Alec fluchte erneut, während er dem Wagen nachsah. Was, zum Teufel, ging hier vor? Hinter der Sache musste noch mehr stecken, als man ihm erzählt hatte, doch er konnte sich keinen Reim darauf machen. Die ersten Regentropfen fielen, als er sich noch einmal dem Haus zuwandte. Sie waren zwar kalt, waren aber vorerst noch so spärlich, dass Alec keine Eile hatte. Er vergrub die Hände in den Hosentaschen und ging grübelnd am Zaun entlang. In Höhe der Pergola schwang er sich wieder darüber, mitten hinein in ein Beet, das er zum Glück noch nicht bepflanzt hatte. Donner grollte, und fast unmittelbar darauf zuckte ein greller Blitz über den Nachthimmel. Alec schrak zusammen, Schwefelgeruch hing in der Luft. Im letzten Moment, ehe es wieder völlig dunkel wurde, sah er die Gestalt auf der Veranda. Sie trat ein paar Schritte nach vorn und lehnte sich über das Geländer. Laurels Stimme klang klar und sehr sachlich bis zu ihm herüber. „Du solltest lieber ins Haus kommen. Es ist zwar überaus verlockend zu wissen, dass du klatschnass da draußen wirst, aber es ist niemandem damit gedient, wenn du dich deswegen erkältest."

„Nun, das Risiko gehe ich ein, ich bleibe lieber hier", lehnte er ab.

Sie verschränkte die Arme vor der Brust. „Und wenn ich dich wieder auf die Gehaltsliste setze?"

„Was dann?" gab er unbeeindruckt zurück.

„Es sieht so aus, als brauchte ich eine Art Nachtwächter. Und du könntest schlafen bei der Arbeit."

Ganz sicher meinte sie nicht das, was ihm bei ihren Worten spontan durch den Kopf ging, trotzdem klang seine Stimme etwas heiser. „Wie stellst du dir das vor?"

„Ich kann nicht schlafen, wenn ich dich bei diesem Unwetter

draußen weiß. Im Haus gibt es sechs Schlafzimmer. Eins davon wird dir doch gewiss genehm sein, oder?“

„Zweifelsohne, aber was werden die Nachbarn sagen?“ Er wehrte sich verzweifelt, ahnte allerdings, dass er verlieren würde.

„Wer soll denn davon erfahren?“

„Grannie und Gregory, zum Beispiel.“

„Was glauben sie wohl, wo du heute Nacht schläfst?“ wandte sie gereizt ein. „Nun komm schon, du wirst ja ganz nass.“

Es stimmte. Und er hatte es noch nicht einmal bemerkt. Wenn diese Tatsache ihn nicht davor warnte, dass es ein absoluter Fehler sein würde, Laurels Vorschlag auch nur vage in Betracht zu ziehen, was dann? Er zögerte immer noch. Flüchtig kam ihm der Gedanke, dass er bei weitem nicht so anständig war, wie er eigentlich sein wollte. Dann gab er auf.

11. KAPITEL

„Warum das alles?" Die Frage schien eigentlich nur allzu berechtigt, trotzdem hatte Laurel das Gefühl, als wagte sie sich damit auf gefährliches Terrain vor. Alec war in dieser Nacht wieder irgendwie anders, eine seltsame, sehr selbstsichere Ausstrahlung ging von ihm aus. Und diese wiederum bewirkte, dass auch Laurel verändert war. Es war ihr gleich, ob ihre Frage nun riskant war oder nicht. Sie hatte ihn in das mittlere Schlafzimmer geführt und ihm ein Handtuch gegeben, damit er sich abtrocknen konnte. Sie war schon im Gehen begriffen gewesen, doch dann hatte sie sich an der Tür noch einmal umgedreht. Jetzt ließ sie die Frage im Raum stehen und wusste nur zu gut, dass Alec sie verstanden hatte. Er zögerte einen Augenblick und betrachtete sie nachdenklich.

„Weil ich keine Schnüffler mag", antwortete er schließlich. „Weil ich es hasse, wenn jemand den Umstand ausnutzen will, dass du ganz allein hier draußen wohnst."

„Du bist aber nicht für mich verantwortlich."

„Wirklich nicht?" Er lächelte.

Charme ... Wie Gregory gesagt hatte, war Charme für ihn etwas so Natürliches, Selbstverständliches. Dieses Leuchten in seinen Augen, wenn er lächelt, ist es, was mich so anzieht, erkannte sie auf einmal. Es war einerseits ein ruhiges, wärmendes Leuchten, aber auch eins, das ansteckte und sie aufforderte, ebenfalls zu lächeln und sich mit Alec zusammen zu freuen. Wie sehr sie sich genau danach sehnte ... Entschlossen kämpfte sie gegen ihre momentane Schwäche an. „Ich möchte aber nicht, dass es so ist. Ich muss allein zurechtkommen können."

Sein Lächeln vertiefte sich noch. „Ich kann nichts dafür. Du gehörst nun mal zu den Frauen, die in einem Mann ganz natürliche Beschützerinstinkte wecken."

Sowohl die Worte selbst als auch seine tiefe, warme Stimme

ließen sie erschauern. „Ich habe eine Waffe“, teilte sie ihm mit erhobenem Kinn mit. „Und ich weiß auch, wie man damit umgeht.“

„Schön für dich. Aber hast du schon einmal auf etwas Gefährlicheres geschossen als auf eine Blechdose?“

„Nein. Du etwa?“

„Ich habe da noch ein paar andere Methoden der Selbstverteidigung“, erklärte er gelassen und begann, sich abzutrocknen. Scheinbar übergangslos fuhr er fort. „Wer von den Leuten, die du kennst, fährt einen Lincoln?“

Diese Frage war leicht zu beantworten. „Schwiegermutter Bancroft. Howards Schwester Zelda. Die Hälfte aller Ärzte und Anwälte in der Stadt. Deine Großmutter. Es ist eine sehr beliebte Automarke, und außerdem ist der einzige Autohändler hier im Umkreis ein Vertragshändler für Lincoln.“

Stirnrunzelnd trocknete er sich das Haar, dann warf er das Handtuch über eine Sessellehne und begann, sich das Hemd aufzuknöpfen.

Laurel fand, dass es höchste Zeit zum Gehen war. „Hast du alles, was du brauchst? Dann würde ich jetzt gern zu Bett gehen.“

Er musterte sie einmal von Kopf bis Fuß. „Natürlich“, erwiderte er knapp. „Gute Nacht.“

In ihrem Schlafzimmer schaltete sie das Licht aus und legte sich ins Bett. Sie zog sich die Decke bis ans Kinn und hörte dem Regen zu. Er fiel immer noch unverändert heftig. Inzwischen blitzte es fast ununterbrochen; Laurel wusste, Tornados kündeten sich häufig so an. Hoffentlich kam es nicht dazu, sie hatte Angst um ihren Garten. Im Haus jedoch fühlte sie sich vor dem Unwetter in Sicherheit. Das war schon immer so gewesen. Über hundert Jahre lang hatte „Ivywild“ allen Stürmen getrotzt, daran würde sich auch jetzt nichts ändern. Auch vor allen anderen Gefahren fühlte sie sich sicher, wenigstens im Moment. Ihr war klar, dass das falsch war, nach all dem, was die Leute über Alec munkelten. Trotzdem hatte sie keine Angst.

Sie dachte daran zurück, wie sie ihn vorhin im Garten gesehen hatte, im gleißenden Licht des Blitzes. Er hatte fast unirdisch gewirkt, wie ein Wesen aus der Mythologie oder aus einem Traum. Da hatte sie sich wie noch nie zuvor danach gesehnt, zu ihm zu gehen und ihn zu berühren. Stattdessen hatte sie ihn ins Haus gebeten.

Sie musste verrückt sein. Einen Mörder einladen, einen, der es auf ältere Frauen abgesehen hatte? Ja, natürlich. Und sie fühlte sich sicher dabei? So aberwitzig es klingen mochte – ja, auch das.

Er schlief nicht. Sie vernahm das vertraute Knarren der Bodenbretter, als er durch den Flur lief, im Wohnzimmer von Fenster zu Fenster ging und schließlich wieder an ihrer Tür vorbeikam, um in den anderen Schlafzimmern nach dem Rechten zu sehen. Sie glaubte zu hören, dass er auf die hintere Veranda hinaustrat, wo er eine Weile blieb, ehe er ins Haus zurückkehrte. Was würde geschehen, wenn sie aufstand und ihm hinaus ins Dunkle folgte? Wenn sie die Arme um ihn legte und sich an ihn schmiegte? Würde er dann ihre Umarmung erwidern, sie ins Bett tragen und sie lieben, während draußen der Regen rauschte und sich die Blitze in seinen dunklen Augen widerspiegelten? Natürlich hätte sie so etwas niemals gewagt, nicht einmal im Traum wäre ihr Derartiges eingefallen. Dennoch machte sie allein der Gedanke daran unruhig, und sie schlug die Bettdecke zurück, weil ihr plötzlich heiß geworden war. Es war schon lange her, seit sie das letzte Mal von solchen Empfindungen gequält worden war. Und dass sie sie gerade jetzt heimsuchten, brachte sie einigermaßen aus der Fassung. Möglich, dass jeder attraktive Mann im Stande gewesen wäre, diese Gefühle in ihr zu wecken, aber sie bezweifelte es. Sie bezweifelte es sogar ganz entschieden.

Sie fühlte sich so lebendig, so beschwingt, weil sie Alec in ihrem Haus wusste. Vielleicht nur wegen des Anstrichs von Heimlichkeit; weil sie Freude daran hatte, etwas heimlich zu tun, das alle Welt für höchst skandalös halten würde. Oder aber, weil sie das Prickeln der Gefahr genoss, nach all den öden, ereignislosen Jahren. Ehe Alec bei ihr erschienen war, hatte sie ihr monotones, aber sicheres Dasein eigentlich genossen. Jetzt war auf einmal alles anders. Man konnte Alec vieles nachsagen, dass er langweilig war jedoch auf gar keinen Fall.

Er kam wieder den Flur entlang. Seine Schritte selbst konnte sie zwar nicht hören, aber das Knarren der Dielen verriet ihn. Vor ihrer Tür blieb er lauschend stehen. Laurel lag ganz reglos da, nur ihr Herz klopfte zum Zerspringen. Was sollte sie tun, wenn er hereinkam und sich neben sie legte? Wenn er sie an sich zog, sie berührte, sie mit seinem Körper wärmte? Sie wusste es nicht, war nicht in der Lage, auch nur einen klaren Gedanken zu fassen.

Er ging weiter. Laurel atmete tief aus. Der Regen trommelte unvermindert auf das Dach, es sollte noch lange dauern, bis er nachließ. Und noch länger, bis Laurel endlich einschlief.

Am nächsten Morgen war Alec fort, sein Bett unbenutzt. Hätte nicht die noch vom Regen feuchte Rose in der Vase auf dem Küchentisch gestanden, wäre Laurel fast versucht gewesen zu glauben, sie hätte seine nächtliche Anwesenheit nur geträumt. Und als er zur üblichen Zeit zur Arbeit erschien, lächelte er zwar, wünschte ihr allerdings keinen guten Morgen.

Irgendwie verging auch dieser Tag. Alec nutzte die Kühle des frühen Morgens, um jenseits des Zauns das Gras zu mähen. Mittags aßen sie zusammen auf der Veranda, doch sie erwähnten weder die vergangene Nacht noch die kommende. Als er am Nachmittag ging, lag der Duft von in der Sonne trocknendem Heu in der Luft.

Laurel nahm schon frühzeitig ihr Bad und versuchte dann, ein

Buch zu lesen. Er würde kommen, das wusste sie ganz genau. Trotzdem zuckte sie erschrocken zusammen, als es an der Hintertür klopfte. Sie öffnete, und im Lichtschein, der aus dem Haus fiel, konnte sie erkennen, dass er einen zusammengerollten Schlafsack bei sich hatte.

„Hallo!“ begrüßte sie ihn ein wenig atemlos. Er musste eben erst geduscht haben, sein frischer Duft nach Seife und einem würzigen After Shave wehte ihr entgegen.

Er lächelte ernst. „Ich dachte mir, es wäre nicht schlecht, wenn ich hier draußen auf der Veranda schlafe, falls du nichts dagegen hast.“

„Warum sollte ich?“ gab sie leichthin zurück, obwohl es sie innerlich doch ein wenig verletzte. Es war, als lehnte er ihre Gastfreundschaft ab oder als hielte er sich im Grunde für nichts anderes als einen Wachhund, so wie Sticks, der auch immer auf der Veranda geschlafen hatte. „Wenngleich ich nicht recht einsehe, wozu das gut sein sollte“, fügte sie hinzu.

Er senkte die Lider. „Es erscheint mir das Klügste zu sein. Von hier aus habe ich alles besser im Blick. Und du kannst so tun, als sei ich gar nicht da.“

Ja, sicher. Natürlich. Nichts einfacher als das. „Wie es dir lieber ist“, entgegnete sie steif.

„Mir wäre es lieber, wenn ...“, begann er mit gepresster Stimme, verstummte dann aber sofort wieder. „Ich meine, ich kann von hier aus hören, wenn jemand kommt, und ich kann ab und zu eine Kontrollrunde um das Haus drehen, ohne dich zu stören.“

„Falls jemand kommen sollte, bist du aber auf die Art auch viel angreifbarer“, gab sie zu bedenken.

Alec war fassungslos. Ihm wäre nie in den Sinn gekommen, dass sie sich Sorgen um ihn machen könnte. Wann hatte sich das letzte Mal jemand darum gekümmert, was aus ihm wurde, von Grannie Callie natürlich abgesehen? Er fühlte sich gleichzeitig fast beschämt und andererseits plötzlich unbesiegbar stark. „Mach dir keine Sorgen", beruhigte er sie sanft. „Mir wird schon nichts passieren."

„Ich habe mir keine Sorgen gemacht!" widersprach sie prompt. „Aber was ist, wenn sich jemand anschleicht, und du hörst ihn nicht?"

„Ich werde ihn hören."

„Nun, wenn du meinst ..." Sie nagte an ihrer Unterlippe. „Du brauchst das wirklich nicht alles für mich zu tun, weißt du."

„Ja, ich weiß", erwiderte er und lächelte leicht. „Ich bleibe trotzdem, wenn es dir nichts ausmacht."

„Es ist nicht so, dass es mir etwas ausmacht, nur ..."

„Ja?"

„Ich sehe immer noch nicht ganz ein, weshalb du dich mit meinen Problemen belasten solltest."

„Würdest du mir glauben, wenn ich dir sagte, dass ich rettungslos und leidenschaftlich in dich verliebt bin?" fragte er und neigte den Kopf zur Seite.

Sie bedachte ihn mit einem belustigten Blick. „Wohl kaum."

Schade. „Und wenn ich dir verriete, dass ich höchst unschickliche Gelüste verspüre, was deinen Körper betrifft?"

„Ebenso unwahrscheinlich." Selbst in dem fahlen Licht sah er, dass sie rot wurde, und in ihrer Stimme schwang Unbehagen mit.

Zeit, einen anderen Tonfall anzuschlagen. „Findest du? Und wie wäre es damit, dass ich ein fast übertriebenes Verantwortungsgefühl älteren Menschen gegenüber habe?"

„Vielen Dank!"

„Das war es also auch nicht", tat er zerknirscht. Es machte solchen Spaß, sie aufzuziehen, weil sie so leicht darauf ansprang. „Dann bleibt mir wohl nur die Wahrheit, und die sieht so aus, dass ich allmählich graue Haare bekomme vor Sorge, weil du hier draußen ganz allein bist. Ich meine, wenn dir etwas zustößt, was wird dann aus meinem Job?"

„Graue Haare, ach ja!"

„Natürlich! Sieh selbst!" Er senkte den Kopf.

Laurel stellte sich auf die Zehenspitzen. „Du hast ja wirklich welche!" rief sie ehrlich überrascht.

„Im Gegensatz zu dir, ja! Ganz zu schweigen von meinen Falten!" Er richtete sich wieder auf.

„Das sind Lachfältchen", verbesserte sie ihn.

„Und wenn schon. Alter gegen Erfahrung, wie ich dir schon einmal sagte." Er sah sie aufmerksam an, um sicherzugehen, ob sie die Anspielung auch verstanden hatte. Zufrieden registrierte er, dass sie verlegen zur Seite blickte. „So, jetzt hast du gemerkt, dass ich nur an mich denke. Ist damit alles in Ordnung?"

Sie schwieg so lange, dass er anfing, argwöhnisch zu werden, doch schließlich schüttelte sie den Kopf. „Was soll ich bloß mit dir machen?"

Einen besseren Ball hätte sie ihm gar nicht zuspielen können. Außerdem war er so erleichtert, dass ihm fast schwindelig wurde. „Was immer Sie wünschen, Ma'am, ohne Einschränkungen!" konterte er kühn und schmunzelte dabei.

„Schön." Sie wandte sich um. „Nach dieser kleinen Plauderei halte ich es auch für am besten, wenn du auf der Veranda schläfst." Damit schloss sie die Tür und löschte das Licht im Haus.

Alec sah ihr nach und atmete dann erschauernd aus. Sie hatte kein einziges Wort von dem geglaubt, was er zu ihr gesagt hatte. Sie hielt das alles wahrscheinlich für einen großen Witz. Er wusste nicht, ob er darüber froh oder enttäuscht sein sollte.

Er ließ den Schlafsack zu Boden fallen und kniete sich daneben, um ihn zu öffnen. Schließlich schlüpfte er hinein, legte sich auf den Rücken und verschränkte die Arme hinter dem Kopf. Trotz der warmen Nacht war es hier kühl. Die hintere Veranda war teilverglast und ursprünglich als Sommerschlafplatz gedacht gewesen, zu Zeiten, als es noch keine Klimaanlagen gegeben hatte; man hatte sie so gebaut, dass sich immer etwas Wind auf ihr fing. Auch jetzt trug die leichte Brise den Duft von Geißblatt zu Alec herüber. In harmonischem Dreiklang ertönte das leise Plätschern der verschiedenen Brunnen, und Alec fand, dass es wunderbar sein müsste, hier einzuschlafen. Doch das war nicht der Grund, warum er da war, und er würde gut beraten sein, es nicht zu vergessen.

Ohne zwischendurch stehen zu bleiben ging Laurel geradewegs in ihr Schlafzimmer. Sie schaltete das Licht nicht an, sondern lehnte sich mit geschlossenen Augen gegen die Wand. *Was immer du willst ...* Nein, daran wollte sie gar nicht denken. Er meinte es ohnehin nicht so, hatte sie nur aufziehen wollen.

Es war eigenartig, aber sie fühlte den Altersunterschied überhaupt nicht mehr. Das hatte viel mit Alecs selbstsicherem Auftreten zu tun, aber auch mit der Erkenntnis, dass er tatsächlich so viel mehr Erfahrung hatte als sie. Und mehr graue Haare ...

Rettungslos und leidenschaftlich verliebt ... Sie musste lächeln. Ob er es nun ernst gemeint hatte oder nicht, er hatte es jedenfalls fertig gebracht, dass sie sich besser fühlte. Charme? Weiß Gott, davon besaß er mehr als genug.

Und doch, nur einmal angenommen, rein theoretisch, dass er es tatsächlich ernst gemeint hatte? Oder dass er sie zumindest in dem Glauben lassen wollte, damit er ein leichteres Spiel mit ihr hatte? Nun, es hatte ja bereits funktioniert, nicht wahr? Immerhin schlief er auf ihrer Veranda. Richtig, aber er hätte genauso gut im Nebenzimmer schlafen können. Warum nutzte er diesen Vorteil nicht aus, wenn er sie doch verführen wollte? Mit ihr ins Bett gehen wollte? Das Wort Verführung gefiel ihr eigentlich besser, denn es beinhaltete auch eine gewisse psychische Überredung, ganz zu schweigen von einer Finesse, was den körperlichen Aspekt betraf. Typisch für sie, sich in solchen Wortklaubereien zu verlieren!

War es jedoch nicht genau das, was Alec tat? Verführte er sie nicht mit seinem Lächeln, seiner Fürsorglichkeit und all den anderen Dingen, die ihr Freude machten? Er mochte nicht der raffinierte Typ Mann sein, der mit Komplimenten, großzügigen Gesten und teuren Geschenken um sich warf, doch dadurch wurden seine Methoden nicht weniger wirksam.

Nein, sie hatte nicht vor, ihm nachzugeben. Das wäre ausgesprochen töricht nach all den Warnungen. Aus welchem Grund sollte er sich ihr nähern? Sie war weder reich noch berühmt. Sie hatte nur ein wenig Geld auf der Bank und ein Haus, das ihre Kinder einmal erben würden. Für einen echten Betrüger war sie also eine reine Zeitverschwendung. Wenn es ihm also nicht um Geld ging, warum hatte er dann Interesse an ihr? Es würde ihm recht geschehen, wenn sie auf ihn einginge, wenn sie ihn so benutzte, wie er sie zu benutzen vorhatte. Wenn sie das flüchtige Vergnügen akzeptierte, das er ihr anbot, und ihm nichts dafür zurückgab, dann konnte er niemandem außer sich selbst einen Vorwurf machen.

Aber – konnte sie das? Hatte sie den Mut dazu? Würde sie es schaffen, mit ihm zu schlafen, ohne gefühlsmäßig beteiligt zu sein? Konnte sie Sex als reines, körperliches Bedürfnis betrachten wie etwa Essen und Trinken? Konnte sie ihre Emotionen außen vor lassen, wenn er sie in die Arme nahm? Warum nicht? Männer schafften das doch auch immer, nicht wahr? Trotzdem, allein der Gedanke kam ihr so kalt, mechanisch und lieblos vor. Körper, die sich gierig im Dunkel umfingen, jeder nur auf seine eigene Lust bedacht, ein einziges Nehmen ohne Geben. Wozu das alles, wenn sie sich beide hinterher wieder genauso einsam fühlten wie vorher? Außerdem, wie sollte sie ihn morgens wohl begrüßen, wenn sie ein Verhältnis hatten? *Arbeite nicht so hart, Schatz, ich brauche deine Kraft heute Nacht*? Großer Gott, nein!

Warum also stöberte sie in ihren Prinzipien und weniger edlen Bedürfnissen nach der Lösung für eine Situation, die sich ohnehin nie ergeben würde? Nichts wies darauf hin, dass Alec sie begehrte. Er hatte nur gescherzt, ganz typisch für einen Mann seines Alters. *Ein Scherz, Ma'am, nichts weiter, haben Sie das nicht begriffen?*

Oh, doch, sie hatte. Sie stieß sich von der Wand ab und legte sich zu Bett, wie immer auf den Rücken, die Decke bis ans Kinn gezogen. Sie schloss fest die Augen, um gegen die aufsteigenden Tränen anzukämpfen. Und als der Morgen kam, erinnerte nichts mehr an die vergangene Nacht außer einer weiteren Rose auf dem Küchentisch.

Am nächsten Abend rechnete Laurel nicht vor zehn mit ihm, und sie behielt Recht. Ihr war klar geworden, dass er auf die Dunkelheit wartete, um nicht gesehen zu werden, wenn er kam. An diesem Abend – Beltane, Mittsommernacht – schien der Vollmond ohnehin so hell, dass Alec wahrscheinlich noch vorsichtiger sein würde als sonst. Diese ganze Geheimnistuerei erinnerte sie irgendwie an einen alten Mantel-und-Degen-Film, aber sie hatte nichts dagegen. Langsam fand sie Gefallen daran, ihn bei Tag wie einen Angestellten zu behandeln und ihn nachts dann heimlich wie einen Liebhaber ins Haus zu lassen.

Sie hatte frische Limonade zubereitet und ein paar Kekse auf einen Teller gelegte, die Maisie am Nachmittag gebacken hatte. Damit setzten sie sich auf die Stufen zur hinteren Veranda und unterhielten sich zwanglos. Alec wollte wissen, ob ihre Haushälterin irgendeine Anspielung auf seine nächtlichen Wachen gemacht hätte. Laurel verneinte. Schließlich verhielt er sich ja auch absolut unauffällig, er hinterließ kein ungemachtes Bett, kein benutztes Geschirr in der Spüle, gar nichts. Auch schien bisher niemand sein am Waldrand abgestelltes Motorrad bemerkt zu haben, kein neuer Klatsch blühte. Berechtigt oder nicht, jedenfalls hatte Laurel das angenehme Gefühl, den Leuten ein Schnippchen geschlagen zu haben.

Trotzdem war ihr klar, dass sie nicht leichtsinnig werden durften, und so hielten sie sich nicht länger als nötig gemeinsam irgendwo auf, wo man sie eventuell hätte sehen können. Nachdem sie sich ins Haus zurückgezogen hatte, las Laurel noch eine Weile in einem Buch, das Maisie ihr empfohlen hatte, doch schon bald löschte sie das Licht. Sie lag eine ganze Zeit lang wach und fragte sich, ob der Boden für Alec vielleicht zu hart war und er deshalb ein Kissen brauchte, oder ob ihm zu heiß war und sie ihm vielleicht einen Ventilator nach draußen bringen sollte. Jede besorgte Gastgeberin hätte sich schließlich noch einmal vergewissert, ob es ihm auch an nichts fehlte.

Vorwände. Sie zwang sich, nicht mehr zu grübeln, machte ein paar Atemübungen und schlief dann tatsächlich ein. Etwa eine Stunde später schrak sie hoch. Sie war zwar verschlafen, aber doch hellhörig genug, um zu wissen, dass irgendetwas nicht stimmte. Da war irgendein Geräusch gewesen. Sie konnte sich nicht erklären, woher es gekommen war, wusste aber ganz genau, dass sie es eigentlich nicht hätte hören dürfen. Sie richtete sich auf, schlug die Decke zurück und stand leise auf. Sie schlüpfte in den langen Morgenrock, der am Fußende des Betts gelegen hatte, und schlich barfuß durch das dunkle Zimmer. Einen Moment lang verharrte sie lauschend an der Tür, dann öffnete sie sie und trat in den Flur hinaus.

In diesem Augenblick rüttelte jemand vorsichtig an der Haustürklinke. Laurel erstarrte und wagte kaum zu atmen. Ja, das war das Geräusch gewesen, durch das sie aufgewacht war. Sie fuhr herum und eilte den Flur in entgegengesetzter Richtung hinunter. Vorsichtig und mit beiden Händen drückte sie die Klinke der Hintertür herunter und schlich sich auf die hintere Veranda. Alecs Schlafsack war leer.

Wo mochte er stecken? War er das vorhin an der Vordertür gewesen? Unwahrscheinlich, schließlich hatte er diese Tür ja mit ihr zusammen abgeschlossen, um ganz sicher zu gehen. Hatte er eine verdächtige Person herumschleichen sehen und war ihr jetzt auf der Spur? Hielt er sich im Vorgarten auf? Oder lag er womöglich irgendwo verletzt, nachdem er mit dem Eindringling gekämpft hatte?

Laurel schlang die Arme um sich und versuchte, gegen ihre aufsteigende Panik anzukämpfen. Nachdenken. Sie musste jetzt ganz ruhig nachdenken. Was sollte sie tun? Ins Haus zurückkehren kam nicht infrage. Wer auch immer an der Vordertür gewesen sein mochte, konnte bereits im Haus sein. Aber tatenlos auf der hinteren Veranda stehen bleiben konnte sie ebenfalls nicht, nicht, wenn Alec womöglich Hilfe brauchte. Begab sie sich jedoch nach draußen in die Dunkelheit, lief sie unter Umständen geradewegs demjenigen in die Arme, vor dem Alec sie beschützen wollte.

Dabei konnte man nicht eigentlich von Dunkelheit sprechen. Hell fiel das silberne Mondlicht über den Garten auf den Rasen, es spiegelte sich glitzernd im Wasser der Schalen und ließ die Blätter der Bäume und Sträucher aussehen, als seien sie aus schwarzem Glas. Dieses Licht ließ nur wenige Möglichkeiten zu, sich zu verstecken.

Wo war Alec?

Laurel konnte nicht einfach abwarten, bis er wiederkam, oder auch, bis der Eindringling sie aufgespürt hatte. Sie musste etwas tun, selbst wenn es das Falsche war. Lautlos öffnete und schloss sie die Fliegengittertür der hinteren Veranda, hastete die Stufen hinunter und schlich sich um die Hausecke. Bei der alten Zisterne blieb sie kurz stehen und lauschte. Nur die schwarzen Äste schwankten ab und zu leise im Wind, sonst bewegte sich nichts. Und die einzigen Laute, die sie vernehmen konnte, waren das Plätschern der Brunnen, das schrille Zirpen der Grillen und Froschquaken. Die beinahe unirdische Schönheit dieser Mondnacht berührte sie, doch zum Schwärmen hatte sie keine Zeit; nicht, wenn in jedem schattigen Winkel Gefahr lauern konnte, wenn sie jeden Moment damit rechnen musste, plötzlich dem Menschen gegenüberzustehen, der Sticks umgebracht hatte. Ihr Puls jagte, und obwohl sie innerlich fröstelte, waren ihre Hände schweißnass. Es kostete Laurel enorme Überwindung, sich zu bewegen, ganz langsam den relativ dunklen Pfad entlangzuschleichen. Zwei Schritte. Stehen bleiben. Lauschen. Dann wieder zwei Schritte.

An der Ecke verharrte sie erneut und blickte suchend über die ganze Länge der Frontveranda. Niemand war zu sehen. Sie unterdrückte einen Laut des Erstaunens. Wenn hier niemand war, wo dann? Spontan fuhr sie herum, plötzlich hatte sie Angst, der Eindringling könnte sich hinter ihr befinden. Nein. Auch hinter ihr regte sich nichts. Erleichtert stieß sie den Atem aus, den sie unwillkürlich angehalten hatte.

Wo, um alles in der Welt, steckte Alec? Was machte er bloß? Und was machte sie hier überhaupt, was fiel ihr ein, Katz und Maus mit irgendeinem Schurken zu spielen? Wenn sie vorhin einigermaßen bei Verstand gewesen wäre, hätte sie ihre Pistole mitgenommen, doch auf die Idee war sie gar nicht gekommen. Sie ballte die Hände zu Fäusten, um gegen ihre Panik anzukämpfen. Gleichzeitig erfüllte sie ein verbitterter Zorn darüber, dass sie sich in ihrem eigenen Haus nicht mehr sicher fühlen und verstecken konnte.

Verstecken. Wie spontan ihr dieses Wort eingefallen war. Konnte es sein, dass Alec doch Recht hatte? Versteckte sie sich wirklich, aus Angst vor dem Leben? Es war durchaus möglich, wenngleich sie sich nicht erinnern konnte, wann sie beschlossen hatte, „Ivywild“ nie mehr zu verlassen. Ihr Widerwillen davor, sich ins Auto zu setzen und unter Menschen zu begeben, war so langsam in die allmähliche, völlige Isolation übergegangen, dass sie es gar nicht bemerkt hatte. Jetzt hatte man sie gezwungen, ihr Haus zu verlassen, doch sie wusste nicht, wohin sie gehen sollte. Ihr blieb nur eins, sie musste Alec finden. Verärgert wischte sie sich ein paar Tränen fort. Nein, sie würde nicht in klägliches Selbstmitleid verfallen. Darüber hinaus würde sie es auch nicht ohne Gegenwehr zulassen, dass man sie jagte und bedrohte. Sie würde sich ihren Frieden zurückerobern und tun und lassen, was sie allein wollte – mit ihrem Haus, ihrem Grundstück, ihrer Zeit, ihrem Geld und ihrem Leben. Und daran sollte sie niemand hindern. Niemand.

Das alles war schön und gut, trotzdem zitterte sie nach wie vor vor Angst. Sie zwang sich, weiter den Pfad entlangzuschleichen. Inmitten der neu gepflanzten Rosen erhob sich die Fontäne des Brunnens sprühend und plätschernd zum Himmel. Der Duft der Nelken vermischte sich mit dem der Rosen zu einem betörenden Potpourri. Laurel lief an dem Brunnen vorbei zum vorderen Gartentor und legte die Hände auf die Holzlatten. Über ihr nickten die Knospen der Bauernrosen sacht in der Brise, ihr kräftiges Rosa verblasste im Mondschein zu einem lilastichigen Grau.

Dann hörte sie es. Knirschende Schritte, irgendwo hinter ihr. Sie schienen den Weg zu nehmen, den sie eben selbst gegangen war. Hatte der Eindringling sie gesehen? Wusste er, wo sie sich befand?

Laurel nahm sich nicht die Zeit, das herauszufinden. Sie stieß das Tor auf, rannte außen am Zaun entlang bis zur Garagenzufahrt und versteckte sich hinter dem Schuppen. Über die Rasenfläche des Gartens spähte sie zur dunklen Silhouette des Hauses. Von hier aus musste sie nur den Rasen überqueren und zum Hintereingang rennen. War sie einmal im Haus, würde sie ihre Pistole holen. Wenn es ihr gelang, den Eindringling damit in die Flucht zu schlagen, konnte sie sich immer noch auf die Suche nach Alec machen. Den Blick fest auf die Verandastufen gerichtet, sprintete sie los.

Plötzlich türmte sich eine hohe, dunkle Gestalt vor ihr auf. Laurel stieß einen Schrei aus und versuchte auszuweichen, doch in dem Moment prallte sie bereits gegen etwas, das sich wie eine warme, unnachgiebige Wand anfühlte. Zwei stählerne Arme umfingen sie, und als sie erneut schreien wollte, legte sich ihr eine kräftige Hand auf den Mund. Warmer Atem streifte ihre Wange, als Alec ihr ins Ohr raunte: „Habe ich dich endlich erwischt!"

Ihre Zähne begannen heftig aufeinander zu schlagen, kraftlos sank sie gegen ihn. Sie zitterte so heftig, dass sie kaum ein Wort hervorbrachte. „Ich dachte ... du wärst ..."

„Um Himmels willen, warum?" Er zog sie fester in seine Arme, um ihr Halt zu geben.

„Ich hörte, wie jemand an der Türklinke vorn rüttelte, und du warst nicht mehr da."

„Ich habe nur nachgesehen, ob alles noch in Ordnung war. Ich wollte dir doch nicht solche Angst einjagen."

Er hatte vorher etwas davon erwähnt, dass er ab und zu eine Runde ums Haus drehen und sich vergewissern wollte, ob alle Türen und Fenster tatsächlich sicher verschlossen waren. Sie hatte überreagiert. Diese Erkenntnis half ein wenig, vermochte aber noch nicht endgültig ihre Panik zu verbannen. Sie schüttelte stumm den Kopf und schmiegte sich in seine Umarmung, denn sie brauchte seinen Halt, um ihr inneres Gleichgewicht wieder zu finden. Ihre Wange streifte seine glatte, warme Haut genau an der Stelle, unter der sein Herz ruhig und gleichmäßig schlug. Alec trug kein Hemd. Und seltsamerweise war es genau das, was Laurel am meisten zu beruhigen vermochte.

„Es tut mir Leid", flüsterte er. Wieder und wieder streichelte er ihr Haar und wiegte sie wie ein verschrecktes Kind in seinen Armen. „Es tut mir so Leid."

„Ich hatte solche Angst", murmelte sie. „Angst, dir könnte etwas zugestoßen sein."

„Nein, mir ist nichts passiert, und mir wird auch nichts passieren", beschwichtigte er sie. Als sie den Arm um seine Taille legte, strich er ihr das Haar aus dem Gesicht und berührte ihre Wange. „Hier, sieh mich an. Mir fehlt gar nichts."

Sie legte den Kopf ein Stück nach hinten, um ihm ins Gesicht sehen zu können. Mitgefühl und Reue spiegelten sich auf seinen Zügen wider. Aber da war noch etwas anderes, und ihr stockte der Atem.

Er begehrte sie. Verlangen lag in seinem Blick, seiner Stimme, seinen Berührungen. Ein noch gezügeltes Verlangen, zwar, aber es war dennoch deutlich zu spüren.

Und sie wollte ihn auch. Sie hatte ihn schon seit jenem ersten Abend gewollt, als er in ihrem verwilderten Garten erschienen war. Und sie wollte ihn jetzt, auf der Stelle, mit einer Kühnheit, die sich völlig darüber hinwegsetzte, wer er war, was er war oder was danach kommen würde.

Das Mondlicht hüllte sie ein, warm und mild, keine Bedrohung lauerte darin. Die Nacht war angefüllt mit Sehnsucht und Verlangen, sie weckte eine Lust, die betörend, natürlich und frei von Schuld war.

Beltane.

„Laurel?" flüsterte Alec, und es klang eher nach einer zärtlichen Bitte als nach einer Frage.

Sie hob die Hand, um die Konturen seiner Lippen nachzuzeichnen, so wie sie sich das schon seit Tagen erträumt hatte. Mit dem Daumen berührte sie die leichte Kerbe an seinem Kinn und wagte sich dann weiter vor über seine Kehle zu dem Drachen, der sich um seine Schulter wand. Mit einem Seufzer des Vergnügens und der Zufriedenheit nahm sie das Gefühl, seine Haut unter ihrer Hand zu spüren, tief in sich auf. „Ja", erwiderte sie leise.

Für den Bruchteil einer Sekunde trafen sich ihre Blicke, dann senkte Alec die Lider und beugte sich über Laurels Mund.

Sein Kuss schmeckte nach Verlangen, Verlockung und Versprechen. Alec bot die Sicherheit, die sie brauchte, und die Gefahr, nach der sie sich sehnte. Zunächst hielt er sie fast andächtig im Arm, noch zweifelnd und fast hilflos. Doch dann ging eine Veränderung mit ihm vor, er stöhnte leise auf, und seine Umarmung wurde kühner. Genauso wie sein Kuss, der sie aufzufordern schien, die Leidenschaft mit ihm zu teilen und seine Stärke zu akzeptieren.

Laurel gab nur zu bereitwillig nach. Ein Schauer der Erwartung überlief sie, heiß strömte das Blut durch ihre Adern. Alecs Nähe verbannte die Kälte aus ihrem Innern, was übrig blieb, war reine Freude, ein grenzenloses Glücksgefühl. Seufzend schmiegte sie sich enger an ihn, sie wollte mehr und war bereit, alles zu geben. Die Tiefe ihrer Hingabe erschreckte sie beinahe selbst. Sie hatte nicht geahnt, wie sehr sie sich danach sehnte, berührt zu werden. Die Erkenntnis entwaffnete sie und ließ sie alle Vernunft und alle Vorsicht vergessen. Sie wollte ihn nur noch an ihrer nackten Haut spüren, sehnte sich nach seinen Händen und seinem Mund auf ihrem Körper, danach, dass er die Leere in ihr endlich ausfüllte.

Alec schwankte leicht, und er zog sie fester an sich. Ihr plötzliches Nachgeben stieg ihm zu Kopf wie alter, schwerer Wein. Benommen nahm er das, was sie ihm anbot, und schon wollte er mehr von ihr. Er war wie besessen vor Verlangen, aber auch vor Angst, sie könnte es vielleicht doch nicht so meinen und einen Rückzieher machen. Mit Lippen und Zunge versuchte er, sie in einen Taumel der Leidenschaft zu versetzen, der seinem eigenen in nichts nachstand.

Er sollte das nicht tun, und er wusste es, so klar konnte er immerhin noch denken. Wenn er auch nur annähernd der Mann gewesen wäre, den sie verdient hatte, dann hätte er sich jetzt zurückgezogen und abgewartet, bis sie gefühlsmäßig weniger aufgewühlt war. Er nutzte ihre Angst und ihre Einsamkeit aus und ließ es zu, dass sein Begehren all das überschattete, was er an sich für richtig hielt. Er erkannte das ganz genau, und er verfluchte sich deswegen.

Aber sie war so schön, so vollkommen ... Sie schien wie für ihn geschaffen. Auf jede noch so leichte Bewegung von ihm reagierte sie, als ob ihre Seelen sich ebenso nahe waren wie ihre Körper. Er versuchte gar nicht mehr, sich dagegen zu wehren. Er würde sich alles nehmen, was sie zu geben bereit war, ihre Sanftheit, ihre Anmut und ihre zärtliche Leidenschaft. Aus diesen Zutaten wollte er eine gemeinsame Erinnerung schaffen. Und wenn er sie damit nicht halten konnte, dann würde er sich eben bis zu seinem letzten Atemzug an dieser Erinnerung wärmen. Er war völlig wehrlos, offen für alles, was sie von ihm verlangte. Sie konnte ihn benutzen, ihn verletzten, ja, ihn sogar vernichten. Dazu brauchte gar nicht viel zu gehören – eine unbewusste Geste, ein Wort, ein Stirnrunzeln. Am leichtesten gelänge es ihr, wenn sie ihn einfach fortschickte. Wahrscheinlich würde sie das tun, es war fast unvermeidlich.

Bis dahin jedoch würde sie ihm gehören, ob ihr das nun bewusst war oder nicht, ob sie es akzeptierte oder nicht. Er würde sie auskosten, sie ganz in sich aufnehmen, so nachhaltig, dass sie sich verzweifelt nach ihm sehnen würde, wenn er fort war, und dass sie nie wieder bei einem anderen Mann Befriedigung finden würde.

Und noch eins konnte er für sie tun. Er hob sie behutsam hoch und trug sie zum italienischen Garten. Neben der *Bocca della Verità* ließ er sie sanft zu Boden. „Ich liebe dich", sagte er und sah sie eindringlich an, während er seine Hand in den Mund der Wahrheit legte. „Du bist mein Leben. Ich werde nie eine andere Frau so lieben wie dich, ich werde nie einen anderen Menschen so brauchen, wie ich dich jetzt brauche. Ich werde dir niemals wehtun und dich nie verlassen, es sei denn, du schickst mich fort. All das schwöre ich dir. Glaubst du mir?"

Glaubte sie ihm? Laurel wusste es nicht, auch fand sie nicht die rechten Worte, um ihm klarzumachen, wie wenig ihr das im Moment bedeutete. Nicht hier, nicht jetzt, wo der Mond sie in sein strahlendes Licht hüllte und die Nachtluft ihre erhitzte Haut streichelte. Dennoch wartete Alec auf eine Antwort, und sie brachte es nicht über sich, ihn in dem Glauben zu lassen, sie hätte keine. Sie streckte die Hand aus und strich ihm zart mit kreisenden Bewegungen über die Brust. „Ich glaube dir, dass du mich jetzt liebst, an diesem Ort, zu diesem Zeitpunkt in unserem Leben. Mehr verlange ich nicht."

Der erstickte Laut, den er ausstieß, klang einerseits erleichtert, aber auch beinahe verzweifelt. Wie ein Ertrinkender zog Alec sie wieder an sich und küsste sie, als könnte er nicht genug von ihr bekommen. Er schlang die Arme um sie und spürte die harten Knospen ihrer Brüste, ihren flachen Bauch und ihre schlanken Schenkel an seinem Körper. Er wollte sie nackt sehen, sehen, wie sie sich unter ihm wand, sich nach ihm verzehrte. Jetzt gleich.

Er strich ihr über den Rücken und legte ihr die Hände auf die Hüften. Dann machte er sich an ihrem Morgenmantel zu schaffen, ohne jedoch dabei ihren Mund freizugeben. Er kam nicht dagegen an, konnte einfach nicht aufhören. Sie so zu küssen machte ihn geradezu schwindelig. Als er ihr endlich den Morgenrock abstreifte, waren seine Bewegungen abrupt, obwohl er eigentlich behutsam hatte sein wollen, überhastet, wo eigentlich Geduld angesagt gewesen wäre. Dann hielt er inne. Die makellose Schönheit ihres Körpers faszinierte ihn ebenso wie die Tatsache, dass Laurel sich dessen gar nicht bewusst zu sein schien. In ihren Augen glomm ein geheimnisvolles Licht.

Er musste von Sinnen sein, es lag bestimmt am Mond und an der langen Phase der Enthaltsamkeit. Es war verrückt, aber er vermochte sich nicht zu bewegen, schaffte es nicht, die Arme auszustrecken und sie an sich zu ziehen. Respekt vor ihr hielt ihn davon ab, denn er wusste tief im Innern, dass er dazu eigentlich kein Recht hatte.

Unter seinem verzehrenden Blick wurde Laurel allmählich befangen zu Mute. Sie senkte den Blick und trat einen Schritt auf ihn zu, um seinen Gürtel und den Reißverschluss seiner Jeans zu öffnen. Genussvoll strich sie über seinen harten, straffen Bauch, dann schob sie die Hände unter den Bund seines Slips und streifte ihn herab. Beim Anblick seiner kraftvollen Männlichkeit erschauerte sie, nicht aus Furcht, sondern eher vor Erwartung. Kühn berührte, liebkoste und erkundete sie ihn, und er ließ es mit sich geschehen; ebenso ließ er es zu, dass sie ihm die Hände auf den Po legte und ihn beinahe drängend an sich drückte. In diesem Moment jedoch erwachte er aus seiner Trance, und er zog sie mit sich hinab auf die von der Tageshitze immer noch warmen Steinplatten.

Mit Händen, Lippen und Zunge begannen sie sich zu erkunden, fanden sie die Stellen, deren Liebkosung dem anderen die höchste Lust bereitete. Sie nahm sein Ohrläppchen in den Mund und sog daran. Er befeuchtete die Knospen ihrer Brüste mit der Zunge, bis sie sich hart und glänzend im Mondlicht aufrichteten. Sie kostete den salzigen Geschmack seiner Haut, und er ließ seine Zungenspitze über ihren Körper streichen, vom Hals bis zu den Knien und wieder zurück, wobei er sich immer wieder Zeit für intensivere Erkundungen nahm. Ihr Seufzen und Stöhnen, die gehauchten Bitten und leisen Schreie erfüllten die Nacht. Ihre Schatten verschmolzen, wurden eins.

Staunend und beinahe triumphierend fanden sie zueinander. Einen Augenblick lang starrte Laurel Alec ins Gesicht, überwältigt von dem wilden, leidenschaftlichen Ausdruck seiner schwarzen Augen. Er spreizte die Finger über einer ihrer Brüste; die Größe und der dunkle Kontrast seiner Hand auf ihrer hellen Haut erregte Laurel zutiefst. Scharf sog sie den Atem ein, als er die Spitze mit der Zunge liebkoste und die Hand dann weiter nach unten gleiten ließ, zwischen ihre Schenkel. Er schürte ihre

Lust und beobachtete, wie sie sich auf ihren Zügen widerspiegelte. Es hätte sie ängstigen oder gar abstoßen können, dass er so vollkommen die Führung übernahm, stattdessen steigerte sich ihre Erregung ins Unermessliche. Sie fasste nach seiner Hand, drängte sich fester dagegen, und in ihrem Blick lag eine unausgesprochene Bitte.

Um seine Zurückhaltung war es geschehen. Er stieß einen heiseren Laut aus und drang tief in sie ein. Sein Verlangen kannte keine Grenzen mehr, er wollte, dass sie ganz sein wurde und die Macht seiner Liebe spürte. Sie reagierte ebenso heftig und umschlang ihn mit Armen und Beinen.

Irrsinn. Beltane. Die Nacht der naturgegebenen Lust, der Fleisch gewordenen Sinnlichkeit. Sie durchströmte ihre Körper, brachte ihr Blut zum Sieden und ließ ihre Herzen im uralten Rhythmus eines heidnischen Rituals immer schneller schlagen. Die Art, wie sie sich liebten, war alt und ganz neu zugleich, war geistiges Einswerden und triumphierende körperliche Lust. Jenseits aller Vernunft und Vorsicht nahmen sie, was der andere zu geben hatte. Sie spürte, wie er bis in die tiefsten Winkel ihres Seins vordrang und ihre Einsamkeit mit Wärme und Leben erfüllte. Und er versank gänzlich in ihr und wusste, dass er nie mehr ein anderes Zuhause finden und brauchen würde als das, das sie ihm bot. Immer fieberhafter strebten sie dem Punkt entgegen, der sie endgültig eins werden lassen würde.

Er nahm ihre Hände, verschränkte seine Finger mit ihren und bog ihre Arme ausgestreckt weit nach hinten. Mit dem ganzen Gewicht drängte er sich an sie, dann ergriff er von ihrem Mund Besitz, wie er von ihrem Körper längst Besitz ergriffen hatte. Schon spürte er das erste Zucken, das ihren nahenden Höhepunkt ankündigte. Mit einem leisen Aufschrei bäumte sie sich auf, und mit einer letzten, kraftvollen Bewegung fand auch er mit ihr zusammen seine Erfüllung.

Die Welt um sie herum rückte in weite Ferne, während sie im Licht des Mondes Entspannung und Frieden fanden. Die warme Sommernacht war voller Leben, sie trotzte dem Verderben, und Alec und Laurel waren ein Teil von ihr.

12. KAPITEL

„Du hast einen atemberaubenden Körper", murmelte Alec. „Ich meine, für eine Frau deines Alters ...!"

Sie standen unter der Dusche, Stirn an Stirn, während er mit seifigen Händen über ihren Rücken strich. Das Wasser prasselte vor allem auf seinen Nacken und seine Schultern. Es spritzte überall hin, so dass Laurel die Augen geschlossen halten musste. Das kostete sie allerdings keine große Überwindung, denn so konnte sie sich wesentlich besser auf die Empfindungen konzentrieren, die seine behutsamen, sinnlichen Berührungen in ihr auslösten.

Ihre Stimme klang nicht ganz gelassen, als sie ihm antwortete. „Was verstehst du schon von solchen Dingen? So viel Erfahrung kannst du junger Spund doch noch gar nicht haben!"

„Ich gebe mein Bestes, um Versäumtes aufzuholen."

„Und das ist also dein Bestes?"

Er legte ihr die Hände auf den Po und zog sie an sich, damit sie seine Erregung besser spüren konnte. „Noch nicht ganz", gab er heiser zurück.

„Das dachte ich mir." Aufreizend begann sie, sich mit dem Becken an ihm zu reiben. „Tust du mir einen Gefallen?" Während sie noch sprach, lehnte sie sich nach hinten gegen die Wand der Duschkabine und zog ihn zwischen ihre Beine.

„Jeden, Hauptsache, wir müssen nicht mit dem aufhören, was wir gerade tun."

„Auf gar keinen Fall." Sie wischte sich Wasser aus dem Gesicht und bedachte ihn mit einem verschmitzten Lächeln, in dem sich ihre ganze Euphorie widerspiegelte. „Würdest du bitte mal deinen Drachen für mich bewegen?"

Er musste ebenfalls lachen. „Welchen?"

„Hast du denn noch einen anderen?" tat sie erstaunt, aber ihre Augen funkelten vor Vergnügen.

Er kam zu ihr und vereinigte ihre beiden Körper mit einem einzigen, kraftvollen Stoß. „Verstehst du, was ich meine?"

„O ja ... durchaus", stammelte sie unzusammenhängend, während sie ihn tief in sich aufnahm. „Dann bewege ... bitte ... beide ..."

„So etwa?"

„Ja, so ungefähr", bestätigte sie mit belegter Stimme, ihr Atem ging stoßweise. Die Tätowierung war vergessen, wie alles um sie herum. Noch nie zuvor hatte Laurel eine so freie, natürliche Sinnlichkeit erlebt, staunend schwelgte sie darin. Alec hatte diese Sinnlichkeit in ihr geweckt, denn er gestattete keine bescheidene Zurückhaltung, ließ nichts im Verborgenen oder unausgesprochen. Prüderie war für ihn ein Fremdwort; er konnte damit nichts anfangen und verlangte das Gleiche von Laurel. Und es war genau das, was sie brauchte – diese leichte, heitere Akzeptanz eines ganz natürlichen Vorgangs zwischen Mann und Frau. Ihr Leben lang hatte sie sich danach gesehnt. Auch Alec selbst war das, was sie gebraucht hatte, und so würde es wohl immer sein.

Trotzdem wollte sie nicht um die Zukunft bitten. Sie wollte dankbar diesen Augenblick genießen und nicht weiter nach vorn schauen. Es war ihr gleichgültig, was Alec nun wirklich von ihr wollte. Was immer es sein mochte, sie würde es ihm geben. Sie war ihm etwas schuldig für all das, was er für sie getan hatte, für die umwälzenden Veränderungen, die er in ihr ausgelöst hatte. Wenn er sie benutzte, durfte sie ihm das nicht zum Vorwurf machen, denn in gewisser Weise benutzte sie ihn ebenfalls. Es war sogar möglich, dass ihr Verlangen nach seiner Jugend, seiner Kraft und seiner Anerkennung größer war als alles, was er je von ihr verlangen konnte.

„Bleib bei mir, Laurel", bat er, und der Ausdruck seiner dunklen Augen verriet, dass ihm ihre momentane Nachdenklichkeit nicht entgangen war.

„Ja." Sie kehrte in die Gegenwart zurück. „Ich bin bei dir." Er lächelte unendlich zärtlich, dann senkte er den Kopf und umspielte eine ihrer Knospen mit seiner Zunge. Laurel reckte sich ihm entgegen und vergrub die Hände in seinem langen schwarzen Haar. „Ich werde immer bei dir sein."

Später lag sie neben ihm im Bett, mit dem Rücken an seinem Bauch, und er hatte eine Hand um ihre Brust gelegt. Während sie ins Dunkel starrte, fragte sie sich, was nun wohl aus ihnen werden würde. Doch darauf gab es natürlich keine Antwort. Schließlich widmete sie sich einem näher liegenden Problem, nämlich, wie sie sich ihm gegenüber am Frühstückstisch verhalten sollte. Was vielleicht albern war, wie sie selbst erkannte, trotzdem handelte es sich dabei um eines jener ganz banalen Probleme, die den Menschen selten durch den Kopf gingen, wenn sie an wilde, leidenschaftliche Liebesnächte dachten.

Sie hätte gar nicht so angestrengt zu grübeln brauchen; Alec blieb nicht so lange. Kaum begann es draußen zu dämmern, richtete er sich auf und streckte sich, ehe er sich über sie beugte und auf die Schläfe küsste. Eine Weile regte er sich nicht, doch schließlich schlug er die Bettdecke zurück.

Laurel wollte kein Feigling sein und sich schlafend stellen. Er hatte etwas Besseres verdient, und sie selbst auch. „Du musst nicht gehen", bot sie ihm ruhig an.

Er hielt inne. „Das würde ich auch nicht, nur ..."

„Nur?"

„Ich sollte vielleicht einmal nach Gregory sehen."

Das war nicht das, was er eigentlich hatte sagen wollen, dessen war sie sich sicher. „Ich nehme an, du machst dir Sorgen um meinen Ruf, nicht wahr?"

„Du bist eine wunderbare und anständige Frau", erwiderte er ernst. „Es ist mir wichtig, dass dein Ruf nicht geschädigt wird."

Laurel stützte sich auf einen Ellbogen. „Die Leute glauben schon seit Wochen, wir hätten ein Verhältnis. Eigentlich spielt es keine Rolle, was wir tun oder auch nicht tun. Ich jedenfalls mache mir nichts daraus, wenn es dir auch nichts ausmacht."

Er streckte sich wieder neben ihr aus und umrahmte ihr Gesicht mit den Händen. „Mein Ruf könnte nur besser werden, wenn man mich dabei erwischte, dass ich die Nacht mit dir verbringe. Aber ich möchte dich nicht verletzen."

Beinahe hätte sie geantwortet, dass es zu spät war, sich darüber Sorgen zu machen, doch sie ließ es lieber. Stattdessen senkte sie den Blick. „Bist du sicher, dass du keine Angst davor hast, was Leute wie zum Beispiel Grannie Callie dazu sagen werden?"

„Meinst du damit, ich hätte Angst, die Leute könnten sich daran stoßen, dass ich mit der aufregendsten Frau von Louisiana geschlafen habe?" zog er sie auf.

„Nein", konterte sie kühn. „Eher, dass ich mit dir geschlafen habe."

„Macht das einen Unterschied?" Er neigte den Kopf zur Seite, und sein Gesichtsausdruck bewies, dass er sehr wohl verstanden hatte, was sie meinte.

Sie nickte. „Es kommt wohl darauf an, wer den ersten Schritt unternommen hat."

Jetzt klang er eindeutig belustigt. „Soweit ich mich erinnern kann, war ich derjenige. Aber du kannst das jederzeit wieder wettmachen, ja?"

Lächelnd strich sie ihm über die Brust. „Du weißt genau, was ich damit sagen wollte."

„Kann schon sein; ich dachte allerdings, dass ich dir solche Gedanken letzte Nacht endgültig ausgetrieben hätte."

„Du hast versucht, dein Bestes zu geben." Sehnsüchtige Erinnerung schwang nun in ihrer Stimme mit.

„Dann muss ich mich wohl stärker bemühen", meinte er bedeutungsvoll. Es hörte sich an wie ein Versprechen.

Er würde wiederkommen. Er hatte das, was geschehen war,

nicht als einmaliges Ereignis geplant. Das hatte sie nicht als selbstverständlich hinnehmen wollen, können. Sie seufzte. Erst jetzt erkannte sie, dass er auf eine Antwort von ihr wartete, weil er offenbar von denselben Zweifeln geplagt wurde wie sie. „Das will ich dir auch geraten haben", empfahl sie ihm.

Seine Züge entspannten sich, und er strich mit dem Daumen zart über ihren Mund. „Ich bleibe, wenn du das gern möchtest. Sag mir einfach, was dir lieber ist."

„Ich möchte, dass du das tust, was du für richtig hältst", teilte sie ihm ruhig mit.

„Weißt du, was ich für richtig hielte?" Seine Stimme bekam einen verführerischen Unterton. „Wenn ich jetzt wieder zu dir käme und dich so lange liebte, bis du nicht mehr im Stande wärst, klar zu denken, geschweige denn, dich zu bewegen!"

„Hört sich gut an", willigte sie schmunzelnd ein.

„Gut, dann merke dir das einmal vor." Er wurde ernst. „Was immer sich jedoch bei Nacht abspielt – ich denke, bei Tageslicht sollte ich mich wieder in deinen Angestellten und Grannie Callies Enkel verwandeln, zumindest bis wir wissen, was hier vor sich geht. Irgendjemand hat ein ernsthaftes Problem, wenngleich ich noch nicht begreife, welcher Art das ist und welche Rolle ich dabei spiele. Zu deinem Wohl müssen wir jedoch auf Nummer sicher gehen, einverstanden?"

Ja, das hörte sich vernünftig an. Und dennoch, als er sie ein letztes Mal küsste und dann aufstand, fing sie bereits an, ihn zu vermissen. Hoffnungslos. Sie war ein absolut hoffnungsloser Fall.

Die Sonne stieg höher am Himmel, und Maisie erschien. Laurel duschte, zog sich an und frühstückte allein. Kurz darauf hörte sie Alec mit seinem Motorrad vorfahren, als seien nicht gerade erst zwei Stunden vergangen, seit er sie verlassen hatte. Sie verschwand im Haus und versuchte, ihrer üblichen Routine nachzugehen, obwohl sie sich danach sehnte, zu ihm zu laufen und sich zu vergewissern, ob er immer noch so zu ihr war wie in der letzten Nacht.

Auch machte sie sich Gedanken, wie sie selbst sich verhalten sollte. Mochte er auch noch so sehr wie ein Angestellter behandelt werden – sie tat sich schwer damit, dem Mann Anweisungen zu erteilen, mit dem sie geschlafen hatte. Sie sorgte sich jedoch umsonst. Ohne weitere Aufforderung fing Alec an, den Gartenzaun zu streichen. Das war eine notwendige Arbeit, über die sie schon vor Tagen gesprochen hatten. Es war fast, als hätte Alec ihre Gedanken gelesen, und allein das steigerte ihr Glücksgefühl.

Den Vormittag über benahmen sie sich eigentlich wie sonst auch immer; allerdings verbrachte Laurel die meiste Zeit im Schuppen und töpferte. Beim Mittagessen kam es dann erstmals zu einer etwas heiklen Situation.

Da es sehr heiß war, hatte Maisie den Tisch in der Küche gedeckt. Es gab Sandwiches mit Hühnersalat und dazu Eistee. Nach dem Essen stand Maisie auf und holte den Nachtisch, frische Heidelbeeren mit Schlagsahne. Sie selbst machte sich nicht viel daraus, und so fing sie schon einmal an, die Teller in die Spüle zu stellen und die Anrichte abzuwischen. Sie hielt den beiden den Rücken zugewandt, und Alec warf ihr einen raschen Blick zu, ehe er Laurel zuflüsterte: „Du hast etwas Sahne am Mund."

Sie rieb mit der Hand über ihre Unterlippe. „Weg?"

„Nein." Er beugte sich über den Tisch , küsste sie und leckte dabei zärtlich die Sahne fort. Genau in diesem Moment drehte sich Maisie mit einem Lappen in der Hand zu ihnen um; sie hatte wohl den Tisch abwischen wollen. Alec ließ sich auf seinen Stuhl zurückfallen, und sie zog die Brauen hoch. „Ich habe nur ein wenig sauber gemacht", behauptete er unschuldsvoll.

„Das sehe ich", meinte Maisie und stemmte die Hände auf die Hüften. „Pass bloß auf!"

„Warum? Hast du etwas dagegen?"

„Ich meine ja nur. Du könntest ganz schön in Schwierigkeiten geraten."

Alec sah sie verstehend an. „Sehr wohl, Ma'am", tat er übertrieben höflich.

Maisie nickte streng, doch als sie sich wieder zur Spüle umdrehte, konnte sie ein Schmunzeln nicht verbergen. Alec tauschte mit Laurel einen Blick und schüttelte belustigt den Kopf.

Am nächsten Tag benahm er sich nicht mehr ganz so zurückhaltend; man musste ihm allerdings zugute halten, dass er auch einigermaßen von Laurel provoziert wurde.

Laurel arbeitete gerade wieder im Schuppen, als sie einen Wagen vorfahren hörte. Er blieb nicht vor dem Haus stehen, sondern fuhr in die Garageneinfahrt und parkte direkt hinter Laurels Auto. Das konnte nur bedeuten, dass es sich um jemanden aus der Familie handelte. Laurel trat aus dem Schuppen und sah, wie ihre Schwägerin aus dem Wagen ausstieg. Howards Schwester Zelda war die einzige seiner Verwandten, die stets freundlich und herzlich zu Laurel gewesen war. Sie waren zusammen zur Schule gegangen, wenngleich Zelda schon ein paar Klassen weiter gewesen war. In den letzten zwei, drei Jahren hatten sie sich kaum gesehen, was aber daran lag, dass sie sich einfach in ganz verschiedene Richtungen weiterentwickelt hatten; ein Zerwürfnis war nicht der Grund dafür.

Zelda hatte sich überhaupt nicht verändert. Ihr Haar war immer noch hellblond, dank diverser Mittelchen aus ihrem Salon; der kurze Bob war nicht unbedingt vorteilhaft bei ihrem eher breiten Gesicht. Ihr Hemdblusenkleid war mindestens eine Nummer zu klein, der Rock von unten zu weit aufgeknöpft. Die Farbkombination aus ihrem dunkelroten Lippenstift und dem leuchtend blauen Lidschatten war mehr als gewagt. Trotzdem strahlte sie Laurel fröhlich entgegen und winkte ihr lebhaft zu. Im nächsten Moment fiel ihr Blick auf Alec, und ihr klappte buchstäblich der Kiefer herunter.

Laurel konnte es Zelda kaum verübeln, denn Alec bot wirklich einen spektakulären Anblick. Sein langes schwarzes Haar glänzte in der Morgensonne wie das Gefieder eines Raben. Er hatte sich das Hemd ausgezogen, so dass man das Spiel seiner Muskeln erkennen konnte, als er sich über den Zaun beugte, den er gerade anstrich. Der weiße Farbklecks auf seinem Bauch betonte seine tiefe Bräune nur noch stärker.

Zelda warf die Autotür zu. „Donnerwetter, Laurel, Schätzchen!“ rief sie wohlwollend aus. „Das nenne ich aber mal ein Prachtexemplar!“

Laurel kannte Zeldas frivole, leicht ordinäre Art und ihren Hang, mit allem zu flirten, was männlich war. Alec hingegen nicht. Laurel sah, wie er erstarrte. „Darf ich dir Alec Stanton vorstellen, Zelda?“ meinte sie leicht ironisch. „Aber sei vorsichtig, mit dem Pinsel in der Hand ist er unberechenbar.“

„Nicht nur dann, möchte ich wetten“, gab Zelda kichernd zurück. „Hallo, Alec! Wenn Sie hier fertig sind, können Sie gleich bei mir weitermachen, ja?“

Er nickte kurz zur Begrüßung, seinem Gesichtsausdruck konnte man jedoch entnehmen, dass er alles andere als begeistert war. Laurel hielt es für besser, Zelda aus seinem Dunstkreis zu entfernen, ehe er ihr eine Kostprobe seiner eigenen Direktheit zuteil werden ließ. „Ich glaube, er ist die nächste Zeit ziemlich ausgebucht“, meinte sie und lächelte ihm verstohlen zu. „Komm ins Haus, Zelda, es müsste noch Kaffee da sein.“

Zelda beobachtete die beiden mit lebhaftem Interesse. „Ich kann mir vorstellen, dass du ihn nicht gern ausleihst. Wenn das meiner wäre, würde ich ihn ans Bett ketten, glaub mir! Danke für die Einladung, aber ich möchte lieber keinen Kaffee. Mom hat erzählt, du hättest den Vorgarten hergerichtet, und ich kann es kaum erwarten, ihn mir anzusehen.“

„Das hat Alec gemacht. Er hat wahre Wunder vollbracht.“

„Das kann ich mir denken!"

Laurel spürte, wie ihre eigene Gereiztheit zunahm, und sie erwiderte den Blick ihrer Schwägerin, ohne zu lächeln. „Komm, ich zeige dir den Tröpfelbrunnen und die Wasserschalen hinter dem Haus."

„Oh, ich will alles sehen, Schätzchen! Wenn schon, dann die große Besichtigungstour." Sie achtete nicht auf Laurel und trat auf das Seitentor im Gartenzaun zu.

Alec hob den Kopf. „Vorsicht, die ..." Weiter kam er nicht. Zelda zog die Hand vom Tor weg, doch sie war bereits voller weißer Farbe.

„Igitt", meinte sie angewidert, aber dann setzte sie unvermittelt ein verführerisches Lächeln auf und warf Alec einen strahlenden Blick zu. „Manche Dinge sind es durchaus wert, wenn man sich daran klebrige Finger holt, nicht wahr? Ob Sie wohl vielleicht ein Taschentuch für mich hätten?" Anerkennend musterte sie seine Kehrseite, wo aus der Tasche seiner Jeans ein mit Terpentin getränkter Lappen hing. Mit unbewegter Miene zog Alec den Lappen heraus und wollte ihn ihr über den Zaun hinweg reichen. Mit einem koketten Augenaufschlag streckte sie ihm die Hand entgegen, damit er sie selbst säuberte. Alec betrachtete sie reglos.

Blinder Zorn stieg in Laurel auf, und sie nahm Alec den Lappen ab. „Ich mache das schon. Danke, Alec." Er registrierte ihre Bemerkung mit einem unergründlichen Blick und wandte sich wieder seiner Tätigkeit zu.

„Spielverderberin", murmelte Zelda belustigt, nahm Laurel den Lappen ab und fing an, ihre plumpen Finger zu reinigen.

Laurel antwortete nicht. Als ihre Schwägerin fertig war, nahm sie ihr den Lappen wieder ab und gab ihn Alec zurück. Dann schob sie sie unerbittlich Richtung Vorgarten, geradewegs auf den Springbrunnen zu.

„Interessant", bemerkte Howards Schwester, obwohl sie kaum

einen Blick dafür übrig hatte. „Hübsch“, fand sie die neu gepflanzten Rosen. „Nett“, lautete ihr Kommentar angesichts des Seerosenteichs und der Blumentöpfe auf dem Deckel der alten Zisterne. Erst als sie den italienischen Garten erreichten, ging ein Leuchten über ihr Gesicht. „Donnerwetter!“ rief sie beinahe ehrfürchtig aus. „Hier feiert ihr also eure Orgien, ja?“

Laurel drehte sich abrupt zu ihr um, sie glaubte, nicht richtig gehört zu haben. „Unsere was?“

„Eure Orgien, Schätzchen! Du weißt schon, Mondschein, Wein, und der hübsche Junge da hinten, nackt und zu allem bereit!“

„Großer Gott, Zelda!“ stieß Laurel empört hervor und versuchte, so zu klingen, als hätte sie eben einen schlechten Scherz vernommen. „Wie kommst du denn auf so etwas?“

„Das bietet sich doch geradezu an, Schätzchen! Darauf wäre ich wahrscheinlich auch gekommen, wenn die Leute nicht allenthalben darüber tuscheln würden. Natürlich sagen die darüber hinaus noch, dass ihr, du und dein Alec, hier irgendwelche heidnischen Götzenbilder anbetet, und was weiß ich noch für andere Geschmacklosigkeiten.“

Laurel verschlug es für ein paar Sekunden die Sprache. „Das ist doch grotesk!“ meinte sie nach einer Weile fassungslos.

„Wirklich?“ Zelda betrachtete die Säulen, die Kräuter um das gepflasterte Rondell herum und ließ den Blick dann auf der *Bocca della Verità* ruhen. „Die meisten Leute haben Vogelbadewannen und Petunien im Garten. Das hier ist schlichtweg dekadent.“

„Du glaubst diesen Schwachsinn doch wohl hoffentlich nicht?“ Laurel konnte ihren Ärger kaum verbergen. Eine Ahnung stieg in ihr auf, die ihr Übelkeit verursachte.

Zelda seufzte und sah sie mitfühlend an. „Es spielt keine Rolle, was ich glaube, Schätzchen. Hier zählt, was die Leute sagen. Ich fand, du solltest es wissen. Ich kann mir nicht vorstellen, dass dir sonst jemand verraten würde, was sich so abspielt.“

„Nun ja, ich ... Ich bin froh, dass du es mir erzählt hast."

„Ich begreife auch nicht, was manchmal in sie fährt. Es scheint sie regelrecht anzutörnen, wenn sie so schmutzige Geschichten erfinden."

Laurel schüttelte bedächtig den Kopf. „Das hier ist etwas anderes, zumindest kommt es mir so vor. Klatsch ist völlig normal, alle Menschen klatschen mehr oder minder. Aber was hier in letzter Zeit gesagt oder getan worden ist, ist schlichtweg bösartig. Hast du von dem anonymen Brief gehört?"

„Gehört, ja, mehr aber auch nicht. Jemand erwähnte ihn bei mir im Laden, obwohl anscheinend noch nie jemand den Brief zu Gesicht bekommen hat."

„Findest du das nicht ein bisschen ..."

„Geisteskrank", vollendete Zelda ihren Satz, als Laurel zögerte.

„Vielleicht. Es sei denn, dahinter verbergen sich persönliche Motive."

Ihre Schwägerin runzelte die Stirn. „Du glaubst, einer hat es auf dich abgesehen?"

„Es sieht fast so aus."

„Ich schwöre dir, ich habe keine Ahnung. Du musst allerdings zugeben, dass dein Verhalten schon sehr geeignet ist, für Aufruhr zu sorgen."

„Was meinst du damit?" fragte sie schroff. Laurel war nicht bereit, auch nur das Geringste zuzugeben.

„Nun ja, Hillsboro ist ziemlich spießig und konservativ, wie du weißt. Es würde bereits reichen, dass du dich mit einem jüngeren Mann einlässt, doch dass er von der Westküste stammt, macht alles noch zehnmal schlimmer. Man weiß doch, wie die da sind, immer offen für irgendwelche verrückten Kults und sexuell völlig hemmungslos."

„Um Himmels willen, Zelda! Das trifft doch nicht auf jeden einzelnen Kalifornier zu!"

„Wohl nicht, doch mach das mal den Leuten von Hillsboro klar. Dazu kommt, dass dein Alec ja auch nicht unbedingt so wirkt wie die hiesigen Männer, stimmt's?"

Natürlich nicht, und dafür war Laurel von Herzen dankbar. Und sie fing gerade erst an zu erkennen, wie anders als andere er im Grunde war. „Was hat das jetzt mit der ganzen Sache zu tun?" fragte sie schneidend.

„Nun werde nicht böse auf mich, Schätzchen! Ich meine, ich sehe durchaus, wie reizvoll er ist. Ehrlich gesagt, er erinnert mich sogar irgendwie an meinen Dad – dieses Dunkle, Geheimnisvolle, diese männliche Ausstrahlung, die auf alle Frauen, junge wie alte, unwiderstehlich wirkt. Wahrscheinlich fahre auch ich deswegen so auf ihn ab. Ich versuche ja nur, dir zu erklären, welchen Anschein das für die anderen haben muss."

„Es ist mir egal, welchen Anschein es hat. Das hier ist mein Leben."

„Ich weiß, ich weiß. Und du hast jedes Recht, es dir nach deinem Belieben zu ruinieren." Als Laurel hart die Lippen aufeinander presste, fügte sie hastig hinzu: „Das war nur ein Scherz, ehrlich!"

Laurel lächelte nicht. „Hat Mutter Bancroft dich gebeten, mich aufzusuchen?"

Ihre Schwägerin stemmte die Hände auf ihre ausladenden Hüften. „Das soll wohl ein Witz sein. Du weißt doch, dass Mom und ich uns nicht mehr allzu gut verstehen, seit sie mich auf dem Rücksitz von Sheriff Tannings Wagen in flagranti erwischt hat. An den Skandal wirst du dich ja noch erinnern!"

Das tat sie tatsächlich. Zwei Wochen lang war das das Hauptgesprächsthema in der Stadt gewesen, damals, etwa sieben Monate nach Howards Tod. „Ich dachte, das sei längst Schnee von gestern."

„Für die meisten Leute schon, aber du kennst ja Mom."

Laurel nickte grimmig. „Sie war neulich hier. Offenbar glaubt sie, ich brauche ihren Rat. Dabei bin ich sehr gut im Stande, meine Angelegenheiten selbst zu regeln.“

„Wirklich, Laurel?“ Zelda wiegte zweifelnd den Kopf. „Ich will mich nicht in etwas einmischen, das mich nichts angeht, aber du gehörst nicht unbedingt zu den gewieftesten Frauen, die ich kenne.“

Laurel wusste, dass sich Zelda für eine Frau von Welt hielt, weil sie seit High-School-Zeiten mit unzähligen Männern geschlafen hatte. Außerdem war sie als Teenager einmal von zu Hause ausgerissen und hatte sich ein paar Jahre lang in New York herumgetrieben, bis ihre Mutter sie ausfindig gemacht und wieder nach Hause geholt hatte. „Ich wüsste nicht, was das mit alldem zu tun hat“, entgegnete sie ungehalten.

„Nein? Als du geheiratet hast, warst du noch fast ein Kind, und nach Howards Tod hast du hier draußen ganz allein gelebt. Für manche Männer wäre es wirklich ein Leichtes, dich zu überrumpeln und dich auszunutzen.“

„Zelda, ich bin nicht dumm!“

„Ich behaupte ja auch nicht, dass dein Alec das tut. Wie könnte ich das? Ich kenne ihn schließlich gar nicht. Der Punkt ist nur der – du kennst ihn ebenfalls nicht.“

Beim Sprechen hatte Zelda Laurel über die Schulter geschaut, und als diese jetzt ihrem Blick folgte, sah sie, dass Alec wohl mit dem abgelegeneren Zaunstück fertig war. Oder aber er wollte in ihrer Nähe sein, für den Fall, dass sie ihn brauchte, denn nun hatte er seine Aufmerksamkeit der Pergola und der Gartenbank ganz in ihrer Nähe zugewandt. Seinem grimmigen Gesichtsausdruck war ganz deutlich zu entnehmen, dass er das Gespräch mit angehört hatte. Sie warf ihm einen Blick zu und meinte: „Ich weiß alles von ihm, was ich wissen muss.“

Die Schwägerin zuckte vielsagend mit den Schultern. „Dann

kann ich wohl nicht mehr viel dazu sagen. Außer – sei vorsichtig.“ Und mit einem koketten Augenaufschlag in Alecs Richtung: „Ach ja, und wenn ihr beiden mal wieder eine Orgie abhaltet, vergesst nicht, mich einzuladen!“

„Gemacht“, erwiderte Laurel sarkastisch.

Alec hatte zeitgleich mit ihr geantwortet, seine Stimme war genauso gehässig wie der Blick, den er Zelda zuwarf. „Dann sorgen Sie aber auch dafür, dass Sie Ihren eigenen Gespielen mitbringen!“

Zelda riss die Augen weit auf, und eine tiefe Röte überzog ihr Gesicht. Laurel tarnte ihr Lachen mit einem Hustenanfall, während Alec ungerührt mit seiner Arbeit fortfuhr. Ihre Schwägerin sog hörbar den Atem ein, dann lachte sie unsicher auf. „Junge, Junge. Falls ich es je vergessen sollte, erinnere mich bitte daran, es mir mit deinem Alec nicht zu verderben, ja?“

Laurel biss sich auf die Lippe, um ihr Lachen zu unterdrücken, und wandte sich der Garage zu. „Du hast den anderen Brunnen noch gar nicht gesehen. Er ist da vorn.“

„Ja, ich sehe ihn mir rasch noch an“, stimmte Zelda mit einem verstohlenen Blick auf Alec zu. „Dann muss ich aber los, in einer halben Stunde habe ich eine Kundin zur Dauerwelle im Laden.“ Zelda tat zwar, als sei sie von dem Bacchusbrunnen zutiefst beeindruckt, blieb jedoch nicht einmal stehen, um ihn zu bewundern. Es war, als hätte sie es plötzlich sehr eilig zu verschwinden. Als sie an ihrem Lincoln ankam, meinte sie: „Besuch mich doch bald mal, Schätzchen. Du bekommst auch einen Gratishaarschnitt. Das heißt, wenn du dich von deinem ... von ‚Ivywild‘ losreißen kannst.“

Laurel dankte ihr für das Angebot und gab noch ein paar der üblichen, freundschaftlichen Abschiedsfloskeln von sich. Sobald Zelda weg war, kehrte sie zu Alec zurück.

Er legte den Pinsel hin und reinigte sich die Hände, während sie auf ihn zu ging. Er machte ein so finsteres Gesicht, dass ihr ganz beklommen zu Mute wurde. „Glaubst du das auch?“ wollte er wissen, als sie in Hörweite war. „Dass ich versuche, dich auszunutzen?“

„Das hat Zelda gesagt, nicht ich.“

Er steckte den Lappen wieder in seine Hosentasche. „Das tue ich auch nicht. Das würde ich nie tun. Niemals.“

„Ich weiß“, versicherte sie ruhig. Und sie wusste es wirklich, zumindest, solange sie ihm in die Augen sehen und die grenzenlose Aufrichtigkeit darin entdecken konnte.

Seine Miene entspannte sich, und er betrachtete sie voller Wärme. Dann stahl sich ein Lächeln um seine Mundwinkel. „Du darfst mich natürlich jederzeit ausnutzen. Ich stehe dir sogar jederzeit zur Verfügung, wenn du in der Stimmung für ... Orgien bist.“

Sie konnte nicht mehr. Sie fing schallend an zu lachen und ließ sich in seine Arme fallen. „Oh, Alec!“ prustete sie und lehnte die Stirn an seine Brust. „Hast du ihr Gesicht gesehen?“

Das hatte er in der Tat, und es wollte ihm absolut nicht gefallen. Er sah über ihren Kopf hinweg ins Nichts. Seine Erheiterung schwand und wich einem geradezu wilden Bedürfnis, Laurel zu beschützen. Was ging hier bloß vor? Er konnte nicht fassen, mit wie viel Unrat diese Frau sie überschüttet hatte. Wenn auch nur die Hälfte davon stimmte, steckten er und Laurel wirklich tief in Schwierigkeiten.

Auch hatte man sie bespitzelt, wenigstens hatte er diesen Eindruck. Jemand hatte sie im italienischen Garten beobachtet. Nur so hatte es zu den Gerüchten über Orgien kommen können. Allein die Vorstellung weckte in ihm den Wunsch, jemanden mit bloßen Händen zu erwürgen. Er konnte nur hoffen, dass Laurel nicht denselben Schluss gezogen hatte, aber er fürchtete, dass er das vergebens hoffte. Sie war viel zu aufmerksam, als dass ihr dieser Ausrutscher hätte entgehen können. Natürlich hieß das nicht, dass sie dann auch darüber reden würde. Sie war nicht der Typ Frau, der jeden Gedanken sofort aussprach, der ihr durch den Kopf ging. Manchmal wünschte er, sie täte es. Er würde sich wohler fühlen, wenn er wüsste, was sie dachte.

Als färbte seine Stimmung auf sie ab, wurde Laurel ganz still in seinen Armen. Schließlich gab sie sich einen Ruck und trat einen Schritt zurück. Ihr Gesichtsausdruck war starr. „Hier draußen war irgendetwas vorletzte Nacht, als wir ... als du auf der Veranda geschlafen hast. Ich hörte ein Geräusch hinter mir, deshalb rannte ich auch so schnell, als ich gegen dich prallte. Damals dachte ich, du seist derjenige gewesen, den ich gehört hatte, und du hättest mich unbemerkt überholt und dich mir in den Weg gestellt."

„Nein", bestritt er grimmig. „Ich war von der vorderen Veranda hergekommen."

Sie nickte unglücklich. „Also hat uns jemand beobachtet."

Alec fand keine Befriedigung darin, dass er mit seiner Vermutung Recht gehabt hatte. Er atmete tief durch. „Es tut mir Leid."

„Was denn? Es ist doch nicht deine Schuld, dass sich hier ein Voyeur herumschleicht!"

„Es war meine Schuld, dass wir nicht im Bett lagen wie andere normale Leute auch. Es war nur so, dass ... Du warst so unglaublich schön im Mondschein, und ich wollte dich, ich wollte das Mondlicht in deinen Augen sehen, während ich dich liebte. Und ich wollte, dass es keinerlei Vergleiche mit dem gab, was du jemals mit deinem Mann erlebt haben mochtest."

„Ich weiß." Sie hielt seinem Blick offen und ohne Scheu stand. „Es war vollkommen. Deshalb ist es auch so schrecklich, dass jemand das Ganze in den Schmutz ziehen will."

„Das schafft niemand, solange wir das nicht zulassen. Wir sind die Einzigen, die bestimmen können, wie wir darüber denken."

„Ja", stimmte sie zu, aber ihre Stimme klang kaum mehr wie ein Flüstern.

„Wie dem auch sei, du befandest dich auf deinem eigenen Grund und Boden, wo du jedes Recht hast, das zu tun, was du willst. Wer auch immer hier war – er ist derjenige, der sich schämen sollte."

Sie schenkte ihm ein Lächeln für seine Bemühungen, auch wenn sie nicht gerade überzeugt aussah. „Warum?" murmelte sie nach einer Weile mehr zu sich selbst. „Warum macht jemand so etwas? Ich habe doch niemandem etwas getan."

Er packte sie fest an den Oberarmen. „Solche Typen brauchen keinen konkreten Grund. Außerdem musst nicht unbedingt du diejenige sein, auf die sie es abgesehen haben."

„Das heißt?"

„Dir ging es doch gut, bis ich hier auftauchte, nicht wahr?"

Sie zögerte keine Sekunde. „Nein. Ganz und gar nicht."

„Das meine ich nicht, und du weißt es", widersprach er rau. „Und sieh mich nicht so an, wenn du den Klatsch nicht weiter schüren willst!"

Ihr flüchtiges Lächeln erlosch sofort wieder. „Ich hasse den Gedanken, dass Marcia und Evan diese Gerüchte zu Ohren bekommen."

„Wenn sie nur einen Funken Verstand haben, von Vertrauen zu ihrer Mutter ganz zu schweigen, werden sie kein Wort davon glauben."

„Auch nicht, was den Teil betrifft, der der Wahrheit entspricht?" Sie wich seinem Blick aus.

Ihm wurde das Herz bleischwer. „Dieser Aspekt macht dir am meisten zu schaffen, nicht wahr? Nämlich das, was die beiden eventuell von dir halten könnten."

„Ich bin ihre Mutter."

Sie war verlegen und unglücklich, und er war schuld daran. Er empfand beinahe körperlichen Schmerz deswegen, trotzdem blieb er unnachgiebig. „Du bist ein Mensch."

„Ich hätte mehr ...“

„Was denn?“ fiel er ihr ins Wort. „Mehr Würde zeigen müssen? Mehr Selbstachtung? Oder einfach nur mehr gesunden Menschenverstand, als dich mit mir einzulassen?“

„Oh, Alec!“ wies sie ihn vorwurfsvoll zurecht.

Ihm war klar, dass er jetzt lieber den Mund halten und es damit bewenden lassen sollte, aber er schaffte es nicht. „Du bereust es, stimmt's? Dir wäre es am liebsten, wenn ich nie hergekommen wäre oder wenn ich jetzt fortginge, damit du zu deinem alten, sicheren Leben zurückkehren kannst.“

„Ich denke nichts von alledem. Ich überlege nur, ob es nicht vielleicht besser wäre, wenn wir etwas diskreter vorgingen, wenigstens, bis die Gerüchte langsam wieder verstummen.“

„Was verstehst du unter diskret?“ konterte er. „Dass ich dich in Ruhe lasse?“

„Das habe ich nicht gesagt!“

„Nur, weil du nicht den Mut dazu hast! Du bist viel zu einfühlsam, um mir wehtun zu wollen, indem du mich unmissverständlich aus deinem Bett verbannst. Also suchst du nach einem Weg, dass ich das von mir aus tue.“ Er hatte bereits viel zu viel gesagt, er stand im Begriff, alles zu zerstören, was er erreicht hatte. Trotzdem kam er nicht dagegen an. Manchmal hatte er solche selbstzerstörerischen Anwandlungen, und dann musste er einfach alles aus sich herauslassen.

Sie war blass, und in ihren Augen standen Tränen. „Ich wollte dir niemals wehtun.“

„Nun, du bist aber gerade dabei.“

„Doch wenn du schon davon sprichst“, fuhr sie fort, als hätte sie seine Bemerkung überhört, „dann könntest du vielleicht wirklich irgendwo anders schlafen.“

„Gut.“

„Damit meine ich jedoch nicht, dass ...“

„Keine Sorge. Ich verziehe mich nicht in einen Schmollwinkel. Kann sein, dass ich mich für ein, zwei Tage in Zurückhaltung übe, weil du das so möchtest. Auf Dauer wirst du mich allerdings nicht loswerden. Es ist mir egal, ob uns die ganze Welt zusieht und sich darüber ereifert. Es ist mir sogar egal, ob deine Kinder den Schock ihres Lebens erleiden. Du hast mich am Haken. Ob du mich nun willst oder nicht – ich bin dein."

Da war etwas, das sie noch nicht so recht verstand, obwohl sich auch das eines Tages ändern würde. Vorläufig galt die Tatsache, dass auch er sie am Haken hatte, wie er das nannte. Sie gehörte ihm, und er würde sie nicht fortgehen lassen.

13. KAPITEL

Laurel arbeitete lange im Schuppen. Maisie kam herein, um sich zu verabschieden und um noch nach einer Besorgung zu fragen, die sie am nächsten Morgen erledigen sollte. Nur kurze Zeit später hörte Laurel, wie Alec mit dem Motorrad wegfuhr. Eine Weile saß sie nur da, lauschte dem Geräusch nach und blickte ins Leere. Als alles wieder still wurde, kämpfte sie flüchtig gegen ihre innere Verzweiflung an und machte sich dann verbissen erneut an ihre Arbeit.

Die neue Skulptur hatte keinerlei Ähnlichkeit mit den vorangegangenen. Zum einen handelte es sich um ein weibliches Gesicht, zum anderen wurde dieses nicht umrankt von Weinlaub, sondern von Blumen. Der größte Unterschied jedoch bestand darin, dass es kein ruhiges Gesicht war.

Die Frau schien sich förmlich aus dem Ton befreien zu wollen. In ihren Augen lag ein verzweifelter Ausdruck, fast als hätte sie Angst zu ersticken. Den Mund zum Schrei geöffnet, kämpfte sie gegen das an, was sie gefangen hielt. Sie kämpfte, doch sie kämpfte vergebens.

Die ersten Skulpturen waren technisch sehr ausgereift gewesen, diese jedoch kam dem emotionalen Ausdruck am nächsten, den Laurel hatte einfangen wollen. Sie war wesentlich beunruhigender als die anderen, und Laurel wusste auch, weshalb. Sie konnte das Gesicht mit so viel Abstand betrachten, um zu erkennen, dass es ihre eigenen Züge trug. Dabei hatte sie das gar nicht einmal bewusst gemacht, sie hatte nicht beabsichtigt, dass das Gesicht irgendetwas Persönliches freigeben sollte. Dass es doch so gekommen war, war wahrscheinlich eine Folge ihres inneren Aufruhrs.

Gleichzeitig spiegelten die Züge der Frau aber auch eine sanfte Verwundbarkeit wider, und diese vermochte Laurel nicht so ganz in Zusammenhang mit sich selbst zu bringen. Diese Verwundbarkeit war es jedoch, die die verzweifelte Lage der Frau noch unerträglicher machte.

Laurel verlor jedes Zeitgefühl. Sie verspürte weder Hunger noch Müdigkeit, während sie versuchte, weitere Emotionen wie Furcht und Liebe auf diesen Zügen zum Ausdruck zu bringen. Es dämmerte allmählich, und sie schaltete die helle Deckenbeleuchtung ein. Die Nacht brach herein, es wurde kühler, durch die offene Tür drang der Duft von Geißblatt und Rosen. Laurel schien es nicht zu bemerken. Erst als sie das Motorengeräusch der Harley vernahm, hob sie den Kopf.

Alec war also doch zurückgekommen. Damit hatte sie nicht gerechnet. Ärger stieg in ihr auf, weil er sich über ihre Bitte hinweggesetzt hatte, gleichzeitig und fast noch stärker verspürte sie allerdings ein Prickeln der Erwartung. Sie hatte jedoch nicht vor, ihm entgegenzulaufen oder gar seinetwegen ihre Pläne zu ändern. Sie beugte sich wieder über ihre Arbeit, aber um ihre Konzentration war es geschehen. Angestrengt lauschte sie nach seinen Schritten. Sie konnte sich nicht vorstellen, dass er nicht zu ihr kommen würde, schließlich tat er das fast immer. Trotzdem – warum brauchte er so lange?

Dann hörte sie ihn, und sein Schatten fiel durch die Tür. Nein, das war nicht Alec. Alec bewegte sich nicht so schleppend. Ihr stockte der Herzschlag. Lautlos erhob sie sich von ihrem Hocker und sah mit schreckgeweiteten Augen zur Tür, das Modelliermesser wie eine Waffe vor sich haltend.

Der Mann trat in den hell erleuchteten Raum und lächelte etwas schief. „Guten Abend."

„Gregory!" Sie schloss die Augen und ließ sich zurück auf den Hocker fallen, ihre Beine wollten ihr plötzlich nicht mehr gehorchen.

„Tut mir Leid, dass ich Sie erschreckt habe."

„Nein, nein, ist schon gut.“ Auch sie brachte ein schwaches Lächeln zu Stande. „Wie geht's?“

Er verzog das Gesicht. „Ich bin immer noch da, und das ist wohl schon etwas. Aber Sie haben vermutlich Alec erwartet, nicht wahr?“

„Eigentlich nicht, obwohl ich glaubte, eben sein Motorrad gehört zu haben.“

„Ach so, ja. Ich habe es mir sozusagen ausgeliehen. Alec ist heute früh zu Bett gegangen, er schien ziemlich erschöpft. Es sah jedenfalls so aus, als brauchte er das Motorrad heute nicht mehr, und da ...“

Sie wusste nicht so recht, worüber sie mit Alecs Bruder reden sollte. Sie kannte ihn kaum, und die Schwere seiner Krankheit machte die Sache nicht einfacher. Ein Gespräch mit ihm kam ihr ein bisschen so vor wie ein Gang über ein Minenfeld, jedes unbedachte Wort konnte eine Explosion auslösen. Darüber hinaus schien er einer jener Menschen zu sein, die sich nicht auf höfliche, unverfängliche Plaudereien verstanden. Solange sie also nicht wusste, was er wollte, war es wohl am sichersten, wenn sie sich erst einmal nach anderen Leuten erkundigte. „Wie geht es denn Miss Callie?“

„Ganz gut, denke ich. Sie arbeitet zu viel, aber ihr scheint das zu gefallen.“

Laurel vermutete, dass in Gregorys Augen sicher die meisten Menschen zu viel arbeiteten. „Kann ich Ihnen etwas zu trinken anbieten? Kaffee vielleicht?“

Interesse glomm in seinen Augen auf. „Sie haben wohl nicht zufällig einen Scotch mit Soda?“

„Bourbon mit Eis“, teilte sie ihm mit und fragte sich gleichzeitig, ob das richtig von ihr war. Er nahm schließlich starke Schmerzmittel, da sollte er eigentlich keinen Alkohol trinken.

„Das geht auch“, willigte er ein.

Sie betrachtete ihn einen Moment lang und kam dann zu dem Schluss, dass er selbst wissen musste, was gut für ihn war. Sie schaltete die Lichter im Schuppen aus, schloss die Tür und ging mit ihm zum Haus hinüber. Im Innern war sie froh, dass er da war. Das Haus sah so dunkel und still aus, jeder konnte sich darin verbergen, vor allem, weil sie vergessen hatte, die hintere Tür abzuschließen.

Gregory war genauso nervös wie sie, wenigstens hatte es den Anschein. Er sah sich um. „Ganz schön gespenstisch hier. Ich weiß nicht, wie Sie das aushalten. Für kein Geld auf der Welt würde ich allein in diesem Haus bleiben wollen."

„Man gewöhnt sich an alles", gab sie leichthin zurück. Sie betrat den Flur und machte Licht.

„Haben Sie nie daran gedacht, wegzuziehen und woanders zu leben?"

„Wo denn, zum Beispiel?" In der Küche nahm sie ein Glas, füllte Eiswürfel hinein und holte die Flasche Bourbon aus dem Schrank. Der Whiskey war schon beim Kauf zwölf Jahre alt gewesen, und das war inzwischen bereits sechs Jahre her.

„Ganz gleich, wo. Florida, Kalifornien, Arizona. Verkaufen Sie doch den alten Schuppen, und gehen Sie fort. Hier hält Sie schließlich nichts."

„Bis auf meine Kinder."

„Die sind ja schon erwachsen und stehen auf eigenen Füßen, nicht wahr?" Dankend nahm er ihr den Drink ab.

„Sicher. Aber was sollte ich in Florida oder Kalifornien denn tun?"

„Das Gleiche wie hier."

Sie musste schmunzeln, während sie sich ein Glas Wasser einschenkte und sich zu ihm an den Tisch setzte. „Wozu dann das Ganze?"

Wenigstens lachte er mit. Er trank einen großen Schluck Whiskey, seufzte und stellte das Glas zurück auf den Tisch. Jetzt wurde er sichtlich entspannter. „Ich mache mir Sorgen um Alec“, meinte er nach einer ganzen Weile.

„Was hat er denn?“

„Sie.“

Laurel lehnte sich zurück und schlang die Arme um sich. „Ich weiß nicht, was Sie damit meinen.“

Er zuckte mit den Schultern. „Sehen Sie, mein Bruder ist ein feiner Kerl, aber manchmal benimmt er sich etwas seltsam. Dann hält er sich für den großen Helden, der sich für alle aufopfern muss.“

„Ich würde das nicht als seltsam bezeichnen.“

„Auch dann nicht, wenn das, was er tut, schlecht für ihn ist?“

„Wie zum Beispiel sich mit einer Frau einzulassen, die einige Jahre älter ist als er?“ konterte sie ruhig.

Er lächelte dünn. „Ich wusste, dass Sie ohne viel Drumherumgerede sofort das Wesentliche erkennen würden.“

„Gut, aber ich verstehe nicht, warum das so schlecht für ihn sein soll.“ Sie wagte es nicht, ihm in die Augen zu sehen.

„Weil er das schon einmal erlebt hat, und es ging böse aus. Ich habe bereits früher versucht, Sie zu warnen, es scheint allerdings nicht viel gebracht zu haben. Er kann nicht ein zweites Mal eine Frau gebrauchen, die sich in ihn verliebt und sich dann aus dem Staub macht, wenn die Lage schwierig wird. Dieses Mal würde es ihm endgültig den Rest geben, das weiß ich.“

„Aus dem Staub machen? Wollen Sie damit sagen, dass sich seine Frau umgebracht hat?“

„So ist es“, schnaubte er.

„Aber ... jemand behauptete, er sei wegen Mordes verhaftet worden!“

„So? Da sieht man mal, wie viel Ahnung die Leute haben. Die Polizei vermutete damals, dass Alec ihr tatsächlich dabei geholfen haben könnte, doch die Staatsanwaltschaft konnte ihm nichts nachweisen. Es wäre überhaupt nie so weit gekommen, wenn ihre erwachsenen Kinder nicht auf eine Anklage gedrängt hätten."

„Ich verstehe. Wie unglaublich rücksichtslos von ihnen", bemerkte sie kopfschüttelnd.

„Das kann man wohl sagen, vor allem, nachdem Alec sich monatelang Tag und Nacht um die alte Lady gekümmert hatte."

Die alte Lady. Ob Gregory sie womöglich auch so sah? Eine weitere alte Lady, um die Alec sich Tag und Nacht kümmerte?

Gregory war noch nicht fertig. „Ich möchte einfach nicht, dass er so etwas noch einmal durchmacht. Er wird es nicht ertragen, dieses ständige Sichfragen, was er falsch gemacht hat, was er hätte tun können, um es zu verhindern. Er wirkt sehr stark, und körperlich ist er es wohl auch, aber er nimmt sich alles immer viel zu sehr zu Herzen. Wenn Ihnen etwas zustieße, würde er daran zerbrechen."

Hatte er Recht? Sie wünschte, sie hätte es gewusst. „Das mag sein", erwiderte sie vorsichtig. „Doch ich verstehe nicht, was Sie jetzt von mir erwarten."

„Geben Sie ihn frei. Tun Sie es bald, solange Sie noch können. Schicken Sie ihn fort, zu seinem eigenen Besten. Nur so kann er irgendwann mit sich ins Reine kommen, denn im Moment fühlt er sich für Sie verantwortlich. Und er wird stets fest zu dem stehen, für den er seiner Meinung nach die Verantwortung übernommen hat."

„Ganz im Gegensatz zu anderen Leuten, meinen Sie wohl?" entfuhr es ihr gequält.

„Richtig." Gregory lachte kurz auf. „Ich weiß, er ist dreimal so viel wert wie ich, er war es immer. Und ich weiß auch, dass er allmählich damit aufhören muss, ständig alle anderen retten zu wollen. Jetzt sollte er endlich einmal an sich denken."

„Sind Sie ganz sicher, dass er derjenige ist, um den Sie sich Gedanken machen?“ wandte sie sanft ein. „Haben Sie nicht vielmehr Angst, dass er sich zu intensiv um andere kümmert, anstatt für Sie da zu sein?“

Er lehnte sich zurück und ließ matt die Hände in den Schoß sinken. „Sie wirken sehr zart, aber Sie kämpfen mit harten Bandagen.“

„Nur, wenn ich angegriffen werde!“ teilte sie ihm grimmig mit.

„Nun ja, mir geht es ähnlich. Glauben Sie, was Sie wollen, es ist mir gleich. Alec ist mein Bruder, und diesmal passe ich auf ihn auf. Wissen Sie, niemand hat ihm je deutlich ins Gewissen geredet, und langsam erwartet er so etwas gar nicht mehr. Er nimmt sich einfach, was er bekommen kann. Er hat etwas Besseres verdient. Ich möchte nicht, dass er sich zu tief in die Beziehung zu Ihnen verstrickt. Nicht, wenn er am Ende der Verlierer ist.“

Nachdem er verstummt war, betrachtete sie ihn lange Zeit. Dann seufzte sie. „Ich bin sicher, dass Sie sich Sorgen um ihn machen, doch mir geht es ebenso. Das Letzte, was ich will, ist Alec verletzen. Wir beide haben über die Situation gesprochen und sind zu dem Schluss gekommen, dass es das Beste wäre, wenn wir nicht mehr ... Ich meine, wenn wir bis auf weiteres bei einem rein geschäftlichen Verhältnis blieben. Abgesehen von der Möglichkeit, ihn zu entlassen – und das funktioniert nicht, ich habe es nämlich schon versucht –, wüsste ich nicht, was ich sonst tun könnte.“

„Sie haben ihn entlassen?“

Sie nickte. „Er ist dennoch wiedergekommen.“

„Und Sie glauben wirklich, dass er jetzt fortbleiben wird, wenn Sie es von ihm verlangen?“ erkundigte er sich ungläubig lachend.

„Heute Abend ist er jedenfalls nicht da“, betonte sie.

„Ja, weil er müde war, und das ist kein Wunder. Außerdem ist er nicht dumm. Er lässt Ihnen Zeit, sich zu beruhigen. Und ... ihn zu vermissen.“

War Alec tatsächlich so berechnend? Der Gedanke gefiel ihr

nicht, aber was sollte sie sagen? Trotz all der Zeit, die sie schon miteinander verbracht hatten, kannte sie ihn im Grunde kaum besser als Gregory. „Dann habe ich keine Ahnung, was Sie von mir erwarten."

„Machen Sie ihm keine Hoffnungen, die Sie nicht erfüllen können, denn das würde ihn umbringen. Schützen Sie ihn vor sich selbst. Schicken Sie ihn weg."

„Und wenn er nicht gehen will?"

„Sie sind eine kluge Frau, Ihnen fällt schon etwas ein."

Vielleicht, aber wollte sie das überhaupt? Das war die große Frage. Zumindest war es eine, auf die sie im Augenblick keine Antwort zu finden brauchte. „Ich werde darüber nachdenken."

„Das ist ein faires Angebot." Gregory leerte sein Glas und stand auf. Laurel gab sich nicht die Mühe, ihn zum Bleiben zu überreden, und begleitete ihn zur vorderen Haustür. Auf den Stufen zur Veranda blieb er noch einmal stehen und drehte sich um. „Sie werden Alec nichts von meinem Besuch erzählen, nicht wahr?"

„Gibt es einen besonderen Grund dafür?" wollte sie wissen, allerdings eher, um Gregory in Verlegenheit zu bringen. Sie hatte ohnehin nicht vor, Alec brühwarm von diesem Gespräch zu berichten.

„Es würde ihm nicht gefallen, wenn er wüsste, dass ich hinter seinem Rücken agiert habe. In der Hinsicht ist er etwas seltsam – er glaubt, das Recht zu haben, sich überall einzumischen, aber wehe, jemand versucht das bei ihm."

„Das geht wohl den meisten von uns so", verteidigte sie ihn.

Gregory zögerte, als erwartete er eine noch deutlichere Aussage von ihr, doch dann presste er die Lippen aufeinander. „Gute Nacht", wünschte er und nickte kurz, ehe er zum Motorrad hinüberging. Kurze Zeit später war er fort.

Laurel starrte noch lange Zeit in die Richtung, in der das rote

Rücklicht verschwunden war. Schließlich drehte sie sich um und kehrte ins Haus zurück.

Stunden später saß sie kerzengerade im Bett und hielt den Atem an. Ihr Puls dröhnte ihr so laut in den Ohren, dass sie vorübergehend nichts anderes hören konnte. Doch dann war es wieder da – das Geräusch, durch das sie aufgewacht war.

Es klang wie splitterndes Glas, nur dumpfer, gefolgt von einem hohlen Klirren, als zerspränge etwas in tausend Scherben. So aus dem Tiefschlaf gerissen, konnte Laurel sich zuerst keinen Reim auf das machen, was sie da vernahm. Doch plötzlich begriff sie. Die Tongefäße und Skulpturen im Garten. Jemand war dabei, sie zu zerstören.

Sie schlug die Decke zurück und stand auf. Zitternd trat sie ans Schlafzimmerfenster und schob den Vorhang sachte einen Fingerbreit zur Seite. Nichts. Der Mond war zwar aufgegangen, dennoch war es im hinteren Teil des Gartens stockfinster. Nichts regte sich. Auch hatte das Geräusch ganz abrupt aufgehört, als hätte der, der sich da draußen befand, ihre Schritte im Haus gehört oder sie selbst am Fenster gesehen. Was tat er jetzt?

Laurel schlich den Flur entlang zur vorderen Haustür und spähte durch das kleine, schmale Fenster daneben. Im Vorgarten war es heller, vielleicht weil dort die Bäume nicht so dicht standen. Doch auch hier war keine Spur von dem Eindringling zu entdecken. Der Blick aus dem Wohnzimmerfenster ergab genauso wenig. Sie ging lautlos zur hinteren Tür und legte die Hand auf die Klinke. Sie hielt inne und zog die Hand wieder zurück.

Ihre Töpferarbeiten konnte sie nicht mehr retten, so viel stand fest. Also sprach alles dagegen, sich jetzt in die Dunkelheit zu wagen, und alles dafür, in der vergleichsweisen Sicherheit des Hauses zu bleiben. Trotzdem erfüllte sie die Vorstellung mit brennendem Zorn, dass dort draußen jemand herumschlich und ihr Eigentum zerstörte. Ihre ganze Arbeit, ihr Stolz – zerschmettert in wenigen Sekunden. Es widerstrebte ihr, tatenlos zuzusehen, wenn sie am liebsten nach draußen gestürmt wäre und den Täter zur Rechenschaft gezogen hätte. Alles in ihr drängte nach Vergeltung, allein ihr gesunder Menschenverstand hielt sie davon ab. Wer auch immer sich im Garten aufhielt, musste etwas bei sich haben, das er als Waffe einsetzen konnte. Mehr noch – es bestand durchaus die Möglichkeit, dass es sich um dieselbe Person handelte, die Sticks umgebracht hatte. Voyeurismus, Vandalismus und Gift sprachen nicht unbedingt für einen geistig gesunden Menschen. Womöglich wartete er nur darauf, dass sie die Tür öffnete. Andererseits hatte sie nicht vor, passiv zu bleiben. Sie war es leid, dass man ständig über sie klatschte, ihr drohte und sie in Angst und Schrecken versetzte.

Als Erstes würde sie Dan Tanning anrufen und den Vorfall melden. Danach konnte sie Gleiches mit Gleichem vergelten und Maisie bitten, bei allen möglichen Leuten anzurufen, zu erzählen, was hier vor sich ging, und den Verdacht zu äußern, wer dahinter stecken könnte. Ja, und am besten war es, wenn sie selbst in den Wagen stieg und zu Zeldas Laden fuhr ...

In den Wagen steigen. „Ivywild" verlassen und in die Stadt fahren. Einfach so. Woher kam dieser Einfall plötzlich? Wie konnte sie das tun, wenn noch vor wenigen Tagen allein der Gedanke an so etwas eine völlige Unmöglichkeit gewesen war? Waren die Gründe dafür jetzt so überwältigend, dass sie stärker waren als jede Furcht? Konnte sie es wirklich schaffen, wenn ihr Herz allein bei der Vorstellung zum Zerspringen klopfte und ihr die Knie weich wurden?

Doch was blieb ihr für eine andere Wahl? Sie konnte sich dieser offenbar geisteskranken Person schließlich nicht einfach ausliefern. Sie konnte sich nicht für alle Zeit hier verstecken und zulassen, dass irgendjemand immer näher und näher kam und sie bedrohte ... Nein, daran wollte sie gar nicht denken. Natürlich konnte sie Alec anrufen. Sie brauchte nur den Hörer abzunehmen und zu wählen, und in wenigen Minuten würde er da sein. Er würde sich der ganzen Sache annehmen, und sie konnte sich zurücklehnen und ihm in Seelenruhe dabei zusehen.

Nein. Auch das wollte sie nicht. Sie wollte ihn nicht noch mehr in die Sache verwickeln als ohnehin schon, genauso wenig wollte sie das Gefühl haben, ihm etwas schuldig zu sein. Es wurde höchste Zeit, dass sie ihr Leben endlich selbst in die Hand nahm.

Während sie so grübelte, hörte sie plötzlich, wie ein Wagen ansprang und dann davonfuhr. Ihr Peiniger war fort. Er hatte blitzschnell zugeschlagen und war verschwunden. Wieder einmal.

Laurel war sich sicher, dass draußen keine Bedrohung mehr lauerte, dennoch wagte sie noch nicht, hinauszugehen. Irgendwann musste sie es allerdings tun, sie wollte unbedingt sehen, wie groß der Schaden war, den der Täter angerichtet hatte. Sie brauchte noch fast eine geschlagene Stunde, bis sie endlich den Mut fasste.

Das Ausmaß der Zerstörung übertraf ihre schlimmsten Erwartungen. Die Scherben der *Bocca della Verità* lagen weit zerstreut, als hätte jemand mit einem Vorschlaghammer darauf eingeschlagen. Der Bacchusbrunnen war ebenfalls völlig ruiniert. Alle Wasserspiegel waren umgekippt und zerschlagen worden; die Blumentöpfe, die auf dem Zisternendeckel gestanden hatten, lagen nun im Seerosenteich. Die Verheerung war so vollständig und so chaotisch, als hätte der Täter ein beinahe wollüstiges Vergnügen daran gehabt.

Sie hätte wirklich die Polizei verständigen sollen. Aber wenn sie es genau bedachte, war der materielle Schaden gar nicht einmal so groß, und der Gedanke an die Erklärungen, die sie Dan Tanning würde geben müssen, erfüllten sie mit Verlegenheit und Unsicherheit. Nein, dazu fühlte sie sich nicht im Stande. Trotzdem, sie musste irgendetwas unternehmen, herausfinden, wer hinter diesem ganzen Terror steckte, und der Sache ein Ende bereiten.

Angenommen, nur einmal angenommen, es war Alec selbst? Er hatte in jener Nacht, als sie sich geliebt hatten, abgestritten, der Eindringling gewesen zu sein. Was aber, wenn er gelogen hatte? Wenn er das als List gebraucht hatte, sie noch abhängiger von ihm zu machen? Was die Zerstörung ihrer Töpferarbeiten betraf, so war er der Einzige, der genau wusste, wo sie sich befunden und was sie ihr bedeutet hatten. Und als er fortging, war er wütend genug gewesen, Dinge zu zerstören, die wesentlich wertvoller gewesen waren ... Sie wollte nicht glauben, dass er zu solch billiger Rache fähig war. Und doch – woher wusste sie eigentlich, wozu er fähig war?

Natürlich konnte es auch Gregory gewesen sein, denn der war ihr gegenüber ebenfalls nicht sonderlich freundschaftlich eingestellt. Oder Schwiegermutter Bancroft. Und wenn sie schon so weit ging – nicht einmal Zelda war bei ihrer letzten Begegnung besonders glücklich gewesen. War denn jeder in Hillsboro verdächtig?

Andererseits gab es nirgendwo einen Beweis, dass der Täter von heute Nacht für sie persönlich feindselige Gefühle hegte. Es konnte genauso gut ein eiskalter, berechnender Zerstörungsakt gewesen sein. Aus Rache? Wofür? An wem? Diese Vorstellung war eindeutig noch schlimmer, und Laurel verbot sich, genauer darüber nachzudenken, weil sie sonst vor Angst umgekommen wäre.

Unmöglich. Sie ging zu Bett, doch sie fand keinen Schlaf. Hellwach starrte sie ins Dunkel, spürte überdeutlich die trostlose Leere des großen Schlafzimmers, und ihre Gedanken hörten nicht auf, sich im Kreis zu drehen. Wieder und wieder ging sie im Geist die Leute durch, die eventuell als Täter infrage kommen konnten. Wieder und wieder dachte sie an Alec, an die Art, wie er sie am Nachmittag angesehen und welche Dinge er zu ihr gesagt hatte.

Und selbst als sie endlich einschlief, konnte sie noch immer das Geräusch von zersplitterndem Ton hören. Irgendeine unsichtbare

Macht zwang sie im Traum, Schritt für Schritt langsam über die Scherben zu laufen. Am Ende des Weges stand ihr Wagen mit offener Fahrertür. Sobald sie drinnen saß, wusste sie, dass sie keine Kontrolle darüber hatte und dass der Wagen sie irgendwo hinbringen würde, wohin sie eigentlich gar nicht fahren wollte. Und genauso klar erkannte sie, dass sie nicht im Stande sein würde, jemals wieder nach „Ivywild" zurückzufinden.

14. KAPITEL

Ihre Hände zitterten, während sie sich schminkte. Laurel versuchte, nicht daran zu denken, was sie an diesem Vormittag vorhatte, aber es half nichts. Als sie sich dann endlich auf den Weg zur Garage machte, drohten ihre Beine unter ihr nachzugeben, und ihr war schwindlig. Sie ließ sich auf den Fahrersitz fallen, schaffte es dann aber nicht mehr, den Motor anzulassen.

Agoraphobie. So lautete der wissenschaftliche Name für ihr Problem. Noch vor gar nicht langer Zeit hätte sie abgestritten, dass sie dieses Problem überhaupt hatte. Sie hätte geschworen, dass sie gar keine Lust hatte, ihr Haus zu verlassen, und dass sie genau deswegen nie ausging. Alec hatte ihr die Augen geöffnet. Jetzt musste sie zugeben, dass sie Angst hatte, „Ivywild“ zu verlassen.

An diesem Morgen würde sie es schaffen, dessen war sie sich sicher. Sie hatte sich bewusst viel Zeit eingeräumt. Bis zu Zeldas Laden brauchte sie höchstens eine Viertelstunde, und sie hatte eine ganze Stunde einkalkuliert. Sie musste nur den Schlüssel umdrehen und rückwärts aus der Garage fahren. Sie hatte das schon einmal in Alecs Beisein getan. Sie würde es wieder tun, ganz bestimmt.

Sie benötigte gute vierzig Minuten und zwei Wege zurück ins Haus, einmal, um zu sehen, ob sie den Herd abgeschaltet hatte, ein zweites Mal, um sich zu vergewissern, dass sie das Bügeleisen nicht angelassen hatte. Ausreden, das wusste sie selbst, trotzdem kam sie nicht dagegen an. Jedes Mal war es Zorn auf sich selbst, der sie dazu bewegte, wieder zum Auto zurückzukehren. Das, und ihre Angst davor, was geschehen konnte, wenn sie nicht endlich etwas unternahm.

Schließlich stand der Buick mit laufendem Motor in der Ausfahrt zur Straße. Noch immer zitterten ihre Hände und Knie, doch sie hatte sich inzwischen so daran gewöhnt, dass sie nicht weiter darauf achtete. Flüchtig überlegte sie mit Schrecken, dass sie womöglich die Straßenverkehrsregeln verlernt haben könnte, aber sie verdrängte auch diesen Gedanken. Sie wischte sich die feuchten Hände am Rock ab, umfasste dann entschlossen das Lenkrad, löste die Bremse und trat aufs Gaspedal.

So weit, so gut. Jetzt befand sie sich auf der Straße. Mit jeder Minute, jeder Meile wurde sie sicherer. Angst und Panik wichen Zufriedenheit und entwickelten sich allmählich zu einer gedämpften Euphorie. Sie hatte es geschafft! Sie fuhr und gewann zusehends das Gefühl für den Wagen zurück. Gott sei Dank, dass sie noch etwas Zeit hatte, ehe sie auf den Highway einbiegen musste. Gott sei Dank, dass sie die Strecke schon einmal mit Alec auf dem Motorrad zurückgelegt hatte. Er hatte ihr wirklich mehr geholfen, als ihr bewusst gewesen war. Wusste er das? Hatte er ihr Problem von Anfang an erkannt? Es konnte nicht anders sein, und dennoch hatte er ihr nie das Gefühl vermittelt, unfähig zu sein, nur ein halber Mensch. Er war ein ungewöhnlicher Mann. Sie fing erst an zu ahnen, wie ungewöhnlich er war.

Als sie endlich vor dem Salon anhielt, lehnte Laurel die Stirn gegen das Lenkrad und schloss die Augen. Sie fühlte sich erschöpft, als hätte sie gerade einen Marathonlauf hinter sich. Dabei war ihre Pein noch lange nicht zu Ende. Sie musste nicht nur den ganzen Weg wieder zurückfahren, sie musste auch die nächste Stunde mit Zelda überstehen.

Ihre Schwägerin begrüßte sie mit einem Freudenschrei, als sie den Salon betrat. Zelda war gerade damit beschäftigt, die dünnen weißen Haare einer Kundin auf Dauerwellenwickler zu drehen. „Laurel, Schätzchen, komm her! Setz dich, wirf die Zeitungen von dem Stuhl dort. Das ist ja wie in alten Zeiten – du kommst zum Haareschneiden!"

Zeldas Salon war nicht sonderlich ausgefallen. Der Raum war eher klein, der Linoleumboden und die Friseurwerkzeuge hatten eindeutig schon bessere Zeiten gesehen. Auf den dunkelroten

Kommoden unter den Spiegeln reihten sich Flaschen und Spraydosen; am Hinterausgang lehnte ein Besen neben verschiedenfarbigen Haarbüscheln, die vorher zusammengefegt worden waren. Trotzdem strahlte der Laden einen gewissen Wohlstand aus wegen der vielen modernen Produkte und Poster. Er war so voll gestellt, dass sich die Frauen von Hillsboro hier unweigerlich zu Hause fühlten.

Laurel grüßte die alte Dame mit den Lockenwicklern, eine seit langem pensionierte Lehrerin. Miss Dacey musste inzwischen an die neunzig sein, denn Laurel wusste, dass bereits ihre Mutter von ihr unterrichtet worden war.

„Ich habe Sie schon lange nicht mehr gesehen, meine Liebe", stellte die alte Dame fest.

Laurel machte den Sessel frei, auf den Zelda gezeigt hatte, und murmelte etwas davon, dass sie jetzt wieder öfter aus dem Haus ginge.

„Das wird aber auch Zeit!" meinte Zelda in ihrer direkten Art. „Ich sagte eben noch zu Miss Dacey, dass es wirklich nicht gut für dich ist, wenn du dich so in ‚Ivywild' vergräbst. Ich mache mir das selbst auch zum Vorwurf, ehrlich. Ich hätte dich öfter besuchen und dich überreden müssen, mit mir mal einen Einkaufsbummel zu machen oder ins Kino zu gehen. Na, keine Sorge, von jetzt an wird das anders."

„Es ist nett von dir, dass du dich so um mich sorgst, aber du hast bestimmt andere Dinge um die Ohren", gab Laurel vorsichtig und höflich zurück.

„Nun, ja, sicher." Zelda nahm sich einen neuen Wickler. „Der ganze Familienkram, und dazu muss ich natürlich arbeiten. Das brauchtest du nie und wirst es wohl auch nie müssen."

„Das Haus hält mich ziemlich auf Trab, und meine Töpferei auch." Laurel lächelte unbeirrt, trotz des herablassenden Tonfalls ihrer Schwägerin. Dann griff sie nach der Chance, das loszuwerden, weswegen sie eigentlich gekommen war. „Vor allem im Töpferschuppen werde ich mich kommende Woche mehr als sonst aufhalten. Kannst du dir vorstellen, dass gestern Nacht jemand all die Arbeiten zerstört hat, die ich mit so viel Zeit und Mühe angefertigt hatte?"

„Das ist nicht dein Ernst!" Zelda hielt mitten in der Bewegung inne. „Um Gottes willen!"

„Man hat auch versucht, die Säulen zu beschädigen, die Alec und ich gemacht hatten, doch das Material war offensichtlich zu hart. Hoffentlich hat sich der Übeltäter gründlich die Schulter ausgerenkt beim Versuch, sie umzustürzen!"

„Au!" machte Zelda und zog eine Braue hoch. „Du bist aber blutrünstig!"

„Ich hätte am liebsten zur Pistole gegriffen und dieser Person endgültig den Garaus gemacht! Nun, wer weiß, vielleicht tue ich das sogar, wenn das nächste Mal wieder mitten in der Nacht einer auf meinem Grundstück auftaucht, der dazu nicht befugt ist."

Howards Schwester neigte den Kopf zur Seite. „Betrifft das auch den Du-weißt-schon-wen?"

„Falls du Alec Stanton meinst, der hat damit nicht das Geringste zu tun", entgegnete Laurel scharf.

„Oh, oh!" meinte Zelda. Sie drehte den letzten Wickler auf und griff nach der Dauerwellenflüssigkeit. „Er scheint ja einen ziemlichen Stein bei dir im Brett zu haben!"

„So könnte man es nennen", murmelte Laurel. Zum einen stimmte das, und zum anderen hatte sie nichts dagegen, wenn das in der Öffentlichkeit bekannt wurde.

Der stechende Geruch der Flüssigkeit hing in der Luft, und Zelda schwieg eine Weile, weil sie sich ganz darauf konzentrierte, jeden einzelnen Wickler sorgfältig damit zu durchtränken. Miss Dacey warf Laurel einen fragenden Blick von der Seite her zu. „Sie sprechen doch nicht zufällig von Callie Stantons Enkel?" erkundigte sie sich.

Zelda verdrehte die Augen, doch Laurel brachte ein Lächeln zu Stande. „Ja. kennen Sie ihn?"

„Ich kenne Callie seit Jahren, Alec selbst allerdings weniger. Er scheint jedoch sehr nett zu sein."

„Aber, Miss Dacey! Sagen Sie bloß nicht, dass Ihnen diese langen Haare gefallen!" zog Zelda sie auf.

„Warum denn nicht?" wunderte sich die alte Dame. „Ich habe nichts gegen lange Haare, Hauptsache, sie sind sauber. Weiß Gott, die Jugend wollte schon immer irgendwie anders sein. Ich erinnere mich noch an die Zeit, als die Frauen sich plötzlich alle das Haar ganz kurz schnitten. Man hielt sie für schrecklich verrucht, was sie natürlich gar nicht waren. Genauso wenig wie dieser junge Mann der Heide ist, zu dem ihn die Leute hier machen wollen. Abgesehen davon, im Fernsehen wimmelt es nur so von Männern, die so aussehen wie er."

„Sehr richtig, Miss Dacey", lobte Laurel lächelnd. „Sie sind eine Frau nach meinem Geschmack."

Die alte Dame errötete vor Freude. „Pah. Das ist nichts weiter als gesunder Menschenverstand."

„Eine ganze Menge Leute sehen das allerdings nicht so", gab Zelda kopfschüttelnd zu bedenken. Sie half Miss Dacey beim Aufstehen und führte sie hinüber zu den Trockenhauben. „Erst gestern hörte ich, wie jemand sagte, er müsste eigentlich aus der Stadt gejagt werden."

„Das ist grausam und bösartig", fand die alte Dame. „Als ich noch ein Kind war, haben sie hier mal einen Fremden geteert und gefedert. Er ist beinahe daran gestorben."

„Das ist schon lange her", wandte Laurel ein. „Heute passiert so etwas nicht mehr."

„Schwer zu sagen, wie die Leute reagieren, wenn sie aufgehetzt werden." Die weißhaarige Frau setzte sich und schwieg, als Zelda die Haube einschaltete, deren Summen ein weiteres Gespräch schwierig machte.

Laurel warf Zelda einen fassungslosen Blick zu. „All dieser Hass, diese Verachtung ... woher kommt das nur? Ich verstehe es einfach nicht!"

„Wer weiß schon, wie so etwas ins Rollen kommt?" meinte Zelda schulterzuckend. „Aber ich schätze mal, wenn sich dein Alec nicht mehr bei dir herumtreibt, wirst du die Verschönerungsarbeiten in ‚Ivywild' auch aufgeben müssen."

„Oh, er arbeitet durchaus noch für mich", erklärte Laurel abwesend.

„Sagtest du nicht, er habe nichts mehr damit zu tun?"

„Damit meinte ich nur, dass zwischen uns nichts ist", verbesserte Laurel und lächelte leicht. „Ich weiß ohnehin nicht, wie jemand auf so etwas kommen kann; schließlich bin ich so viel älter als er!"

„Das habe ich mich auch schon gefragt", platzte Zelda ungeniert heraus, musste dann aber über Laurels Gesichtsausdruck lachen. „Ich mache nur Spaß, ehrlich. So, und nun sag mir mal, wie du dein Haar haben möchtest."

Laurel befolgte ihre Aufforderung, ohne dass es allerdings viel gebracht hätte. Zelda wusch ihr das Haar, schnitt die Spitzen und föhnte es, allerdings nicht in dem schlichten Stil, den Laurel bevorzugte. Sie griff nach Schaumfestiger und Toupierkamm, und als Laurel den Salon verließ, hatte sie das Gefühl, wie ein billiges Callgirl auszusehen. Ihr Bedürfnis nach einer kräftigen Haarbürste und ein paar Minuten vor dem Spiegel, um den Schaden zu beseitigen, war so groß, dass sie schon beinahe zu Hause war, als sie erstmals feststellte, dass ihr das Autofahren gar nichts mehr ausmachte.

Alec stand im Schuppen und starrte auf Laurels neueste Skulptur.

Seine Kehle war wie zugeschnürt, als er das gequälte Frauengesicht berührte, das von den vielen Blumen, die es umgab, ja, bedeckte, förmlich erstickt zu werden schien. Er verspürte das unbändige Bedürfnis, den Ton zu zerschlagen, als ob das darin gefangene Wesen dadurch befreit werden könnte.

Dieses Wesen war Laurel, natürlich. Er hatte nicht geahnt, wie sehr sie unter ihrem Eingesperrtsein litt, er hatte immer geglaubt, es sei von ihr gewünscht. Irrtum. Sie kämpfte mit aller Macht dagegen an, doch die Waffen, die ihr zur Verfügung standen, waren nicht besonders wirksam.

Er hätte ihr gern geholfen, wenn sie es nur zulassen würde. Warum tat sie es nicht? Lag es nur daran, dass sie ihm nicht recht vertraute? Oder war er auf eine gewisse Weise, die er nicht verstand, selbst Teil dessen, das sie gefangen hielt?

Sie war fort gewesen, als er an diesem Morgen gekommen war. Maisie hatte sie eine Nachricht hinterlassen, wo sie hingefahren war, ihm jedoch nicht. Sofort hatte er sich Sorgen gemacht, sie könnte einen Unfall gehabt haben oder unterwegs wieder so in Panik geraten sein, dass sie es nicht mehr schaffte, nach Hause zu fahren.

Doch das war gewesen, ehe er die unzähligen Tonscherben im Garten entdeckt hatte. Sie war allein in „Ivywild" gewesen, als es geschehen war. Sie musste fürchterliche Angst ausgestanden haben, und dennoch hatte sie ihn nicht angerufen, war nicht dageblieben, um ihm davon zu erzählen. Stattdessen war sie zum Salon gefahren, als wäre dieser Termin weitaus wichtiger.

Er wünschte, sie wäre da gewesen, hätte ihn an der Tür empfangen und angeschrien, es sei seine Schuld, dass ihre Arbeiten, auf die sie so stolz gewesen war, zerstört waren, weil er sie im Stich gelassen hatte. Dann hätte er ganz normale Schuldgefühle haben können, über die man irgendwann hinwegkam. Vielleicht wäre er auch so zornig geworden, dass er für eine Weile hätte vergessen können, wie sehr er versagt hatte.

Sie hatte ihn fortgeschickt. Das war der Grund. Ganz gleich jedoch, wie oft er sich das einredete – es half nichts. Er hätte niemals fortgehen dürfen. Von Anfang an hatte er geahnt, dass er einen Fehler beging. Er hatte gewusst, dass er lieber seinem Instinkt gehorchen und in ihrer Nähe bleiben sollte. Doch dann hatte sein dummer Stolz die Oberhand gewonnen, und er war gegangen. Und das war daraufhin geschehen.

Aber er hatte aus der ganzen Sache etwas Wichtiges gelernt. Er hatte gelernt, wie sehr Laurel ihn brauchte und wie wenig sie in der Lage war, das zuzugeben. Alec war in den Schuppen gegangen, um nachzusehen, ob sie inzwischen irgendwelche neuen Stücke fertig hatte, die er an die Stellen der zerstörten Arbeiten hängen oder stellen konnte. Diese neue Skulptur war dazu nicht geeignet, sie wirkte zu intim, zu bedrückend, um sie so offen zur Schau zu stellen. Er legte sie wieder auf den Tisch und sah sich weiter um. Sein Blick fiel auf einen Karton auf dem obersten Regal. Laurel hatte ihn ganz nach hinten geschoben, so als hatte sie ihn verstecken wollen, aber Alec war größer als sie. Mühelos nahm er ihn herunter und öffnete ihn. Er erstarrte, als ihm sein eigenes Gesicht daraus entgegenblickte. Kein Wunder, dass sie diese Skulptur versteckt hatte. Laurel war wirklich gut. Zu gut. All die verträumte Sensibilität, die er so angestrengt zu verbergen suchte, lag in diesem Gesicht. Doch darüber lag noch ein anderer Ausdruck – seine Gier nach ihrem Körper und die dumme, typisch männliche Gewissheit, dass dieser Körper eher ein Preis war, den man unbedingt gewinnen musste, und nicht etwa ein Geschenk, das sie ihm möglicherweise freiwillig überlassen könnte.

„Was machst du da?"

Er fuhr herum. Er war so fasziniert von seinem Fund gewesen, dass er Laurels Wagen gar nicht hatte vorfahren hören. „Ich sehe mich ein wenig um", erklärte er ruhig.

„Wonach?“ Sie trat in den Schuppen. Vorher war sie nur eine Silhouette vor dem hellen Sonnenlicht draußen gewesen, doch jetzt konnte er die Veränderung wahrnehmen, die mit ihr vorgegangen war.

„Was hast du mit deinem Haar gemacht?“

Sie fuhr sich glättend mit den Fingern durch die Löwenmähne, die Zelda ihr verpasst hatte. „Unwichtig. Ich möchte wissen, warum du hier im Schuppen bist.“

Er schwieg, noch immer abgelenkt durch Laurels gleichzeitig engelhaftes und verführerisches Aussehen. Am liebsten hätte er sie ins Bett getragen und dieses veränderte weibliche Wesen näher erkundet. „Ich suchte nach einer anderen Wandskulptur, die man draußen aufhängen könnte, aber es scheint wohl keine da zu sein“, meinte er schließlich.

„Nein. Wenn du jetzt bitte ...“

„Wenn du allerdings die von mir aufhängen möchtest, hätte ich nichts dagegen. Ich würde mich wahrscheinlich sogar geschmeichelt fühlen.“

„Das war nicht meine Absicht, glaub mir.“

„Was dann?“ Als sich ihre Miene verfinsterte, fügte er hastig hinzu: „Ich stelle mich nicht dumm. Ich möchte es wirklich gern wissen.“

„Nichts weiter. Ich habe einfach ein wenig mit dem Ton experimentiert. Eine Art Spielerei, sozusagen.“

„Dann bin ich gespannt, was dabei herauskommt, wenn du ernsthaft arbeitest.“

Ihr Blick streifte die weibliche Skulptur. „Das bezweifle ich. Das Ergebnis könnte zu schimärenhaft werden, ein Antlitz, das Dämonen vertreibt. Oder Menschen.“

Er schüttelte den Kopf. „Stell dein Licht nicht so unter den Scheffel. Du bist wirklich eine Künstlerin.“

„Ich habe ein wenig Talent“, verbesserte sie ihn. „Doch das

macht nichts, Hauptsache, ich habe Spaß daran. So, wenn du nichts zu tun hast, dann finde ich bestimmt etwas für dich."

Schmunzelnd trat er auf sie zu. „Ehrlich gesagt, mir schwebt da schon so einiges vor. Aber ich höre mir gern erst einmal deine Vorschläge an!"

„Halt!" Sie streckte abwehrend die Hand aus und glaubte wohl tatsächlich, ihn dadurch aufhalten zu können. Er ging weiter, bis ihre Fingerspitzen seine Brust berührten.

„Findest du nicht, dass es etwas zu spät ist, auf Distanz zu gehen, nachdem wir uns schon so nahe gekommen sind?" In seiner Stimme schwang Ironie mit.

„Ich dachte, wir hätten vereinbart, dass ..."

„Dass wir uns diskret verhalten wollen. Ja, aber nur in der Öffentlichkeit, nicht, wenn wir allein sind, nicht immer, jedenfalls." Er machte ein nachdenkliches Gesicht. „Zumindest erinnere ich mich nicht an eine solche Abmachung."

„Du weißt sehr wohl, dass ich das so gemeint habe."

Ihre Hand zitterte; er konnte es ganz deutlich spüren, und es berührte ihn tief. „Ich wüsste einen Weg, wie wir alles zum Guten wenden könnten", meinte er lächelnd.

„Oh ja, das kann ich mir denken", konterte sie bissig.

Sein Lächeln vertiefte sich. „Oh, Laurel, du machst mich fertig! Was wollte ich dir denn deiner Meinung nach vorschlagen?"

„Ich habe keine Ahnung." Ihr Blick war etwas unsicher. „Ich vermute, es war ziemlich ..."

„Sexy?" vollendete er den Satz für sie.

„Zumindest lüstern", gab sie mit trotzig erhobenem Kinn zurück.

Er nahm ihre Hand von seiner Brust und küsste leicht die Fingerspitzen. Ohne sie loszulassen, fuhr er fort: „Nun, so würde ich das eigentlich nicht sehen, allerdings kommt es wohl auf die Gründe an, warum du jemanden heiratest."

Sie riss erschrocken die Augen auf. „Heiraten?“

„Das ist eine von Gott gewollte Verbindung zwischen ...“

„Ich weiß, was das ist! Ich bin nur überrascht, dass du so ein Wort benutzt!“ Sie versuchte vergeblich, ihm ihre Hand zu entziehen.“

„Ich benutze es nicht nur“, erklärte er bedächtig. „Ich bitte dich, mich zu heiraten.“

Sie stand völlig reglos da. „Das meinst du nicht im Ernst!“

„Oh, doch, absolut“, versicherte er. „Mir fällt keine bessere Möglichkeit ein, dem Klatsch ein Ende zu bereiten, dir etwa? Und dann denk doch nur einmal an all die Vorteile! Da ich etwa zehn Jahre jünger bin als du, haben wir ungefähr die gleiche Lebenserwartung. Du würdest nicht noch einmal Witwe werden! Außerdem liebe ich reifere Frauen, die wissen, was sie wollen, und die in jeder Hinsicht – sieh dich nur mal an – vollkommen sind.“

„Alec ...“

„Dann ist da noch das von dir angeschnittene Thema des sexuellen Zusammenpassens ...“

„Davon habe ich nie etwas gesagt!“

Er sah sie unter halb gesenkten Lidern her an. „Nein? Seltsam, mir war so. Nun, du bist eine Frau, die viel Liebe braucht, und ich bin zufällig im richtigen Alter, dir diese schenken zu können. Und das nicht zu knapp.“ Sie starrte ihn an, als wollte sie sich vergewissern, dass er fertig war, ehe sie antwortete. Er hatte zwar noch längst nicht alles gesagt, fand es aber höflicher, sie auch einmal zu Wort kommen zu lassen.

„Du hast dir alles schon ganz genau zurechtgelegt, nicht wahr?“ meinte sie schließlich mit angespannter Miene.

„Nun, es war auch nicht weiter schwierig, nachdem ich erkannt hatte, was ich für dich empfinde.“

„Ich glaube, du sagtest, dass du mich liebst.“ Ihre Worte klangen unfroh, offenbar glaubte sie kein einziges davon.

„Ja, das tue ich", bestätigte er grimmig.

„Du hast mich vom ersten Augenblick an geliebt."

Wieder stimmte er zu, wenngleich wachsamer als vorher.

„Du wirst mich immer lieben, selbst wenn ich graue Haare und keinen Zahn mehr im Mund habe."

„Es ist mir auch gleichgültig, ob du kahl bist – oder Haare für drei hast", warf er mit einem bedeutungsvollen Blick auf ihre neue Frisur ein.

„Wie ergreifend. Doch bist du dir sicher, dass es überhaupt so lange dauert?" Plötzlich drohte ihre Stimme umzukippen. „Oder soll ich schon mal vorsorglich einen Selbstmord einkalkulieren, wenn du meiner überdrüssig geworden bist? Und wenn ich mich mit dem Gedanken nicht so recht anfreunden kann, bist du dann da, um mir ein wenig dabei zu helfen?"

Ihm war, als wiche ihm alles Blut aus dem Kopf. Sein Atem stockte, als hätte ihm jemand einen Schlag gegen die Brust versetzt. Übelkeit stieg in ihm auf. „Wer hat dir das gesagt?" erkundigte er sich sanft.

„Was spielt das für eine Rolle? Ich weiß es eben."

„Du weißt gar nichts."

„Sie ist gestorben, nicht wahr?"

„Ja."

„Durch eigene Hand?"

„Sie war schwer krank und lag ohnehin schon im Sterben."

„Und dich hat man wegen Mordes an ihr verhaftet."

Er wandte sich ab und presste die Hände gegen die Schläfen, um den beginnenden Kopfschmerz zu unterdrücken. „Das ist eine lange Geschichte. Aber ich habe meine Frau nicht umgebracht."

„Du meinst, man hat dir nichts nachweisen können."

„Leg mir nicht irgendwelche Dinge in den Mund! Was in Kalifornien geschehen ist, hat nichts mit uns zu tun. Du bist völlig anders als Mrs. Chadwick. Du bist in vieler Hinsicht so jung, dass ich mich tatsächlich um Jahre älter fühle – obwohl das alles nichts mit dem Alter zu tun hat, weder mit deinem noch mit meinem. Hier geht es um zwei Menschen, die miteinander reden, lachen und dieselben Dinge genießen können. Um einen Mann und eine Frau, die sich mögen und die sich verstehen, in jeder Hinsicht!"

„Wirklich?" flüsterte sie. „Oder geht es eher um Geld und Sicherheit?"

„Laurel", fing er an und trat einen Schritt auf sie zu.

„Nein." Sie wich vor ihm zurück. „Schlichtweg – nein. Ich will dich nicht heiraten. Dich nicht und auch keinen anderen Mann. Jetzt nicht, und in Zukunft nicht."

Er folgte ihr. „Liegt es an mir oder an dir? Vielleicht ängstigt dich die Vorstellung einfach nur zu Tode?"

„Vielleicht ist es von allem etwas. Ich weiß es nicht. Trotzdem bleibt es bei meiner Antwort."

Sie drehte sich um und wollte zum Haus hinübergehen. „Was ist geschehen?" rief er ihr nach. „Was hat dein Howard angestellt, dass er dir ein für alle Mal die Freude an der Ehe genommen hat? Und da ist noch eine Frage, wenn wir schon einmal dabei sind – war das, was er getan hat, so schlimm, dass du ihn deswegen umgebracht hast?"

Sie musste ihn gehört haben, dessen war er sich ganz sicher, doch sie erwiderte nichts. Lange Zeit blieb Alec dort stehen, wo sie ihn verlassen hatte, und starrte ins Nichts. Nach einer Weile wandte er sich wieder den beiden Skulpturen zu, die Laurel modelliert hatte, sein Gesicht und ihres; ein lüsternes männliches und ein gequältes weibliches. Er lachte verbittert auf. Dann nahm er die beiden Arbeiten, trug sie zum italienischen Garten und hängte sie nebeneinander an die Stelle, an der sich die *Bocca della Verità* befunden hatte. Es schien der passendste Platz dafür zu sein.

Später holte er sich eine Axt und begann die Bäume und Sträucher zu bearbeiten, die vom Wald her zu nahe an das Grundstück heranwuchsen. Wenn er sie beseitigte, würde es jedem möglichen Eindringling schwerer fallen, sich zu verstecken. Abgesehen davon war das genau die richtige Beschäftigung für ihn, um sich abreagieren zu können.

Dort war er auch, am Waldrand, mit der Axt in der Hand, als der Polizeiwagen vorfuhr. Reglos sah Alec zu, wie der uniformierte Mann ausstieg und durch den Vorgarten auf das Haus zuging.

Laurel sah von ihren Überweisungen auf, als die gleichmäßigen Axthiebe draußen verstummten. Sie erhob sich und hörte, wie Maisie die Tür öffnete. Als sie in den Flur kam, stand Dan Tanning bereits im Haus, die Sheriffsmütze in der Hand, und ließ geduldig Maisies Fragen nach den neuesten Vergehen in Hillsboro über sich ergehen. Mit einem breiten Lächeln drehte er sich um, als Laurel auf ihn zutrat, um ihn zu begrüßen.

„Ich hoffe, es stört dich nicht, dass ich vorbeigekommen bin", meinte er mit seiner tiefen, etwas schleppenden Stimme. „Ich hörte von den Problemen, die du hier in letzter Zeit gehabt hast, und dachte, ich sehe mal nach dem Rechten."

„Du bist mir stets willkommen, das weißt du", versicherte sie ihm freundlich. „Ich nehme an, du hast mit Zelda gesprochen?"

Er senkte den Kopf und errötete ein wenig. „Ich lasse mir ab und zu von ihr die Haare schneiden. Heute Morgen war ich bei ihr, kurz nachdem du gegangen warst. Sie macht sich Sorgen um dich."

„Ich weiß zu schätzen, dass du extra hergekommen bist, aber ich befürchte, du kannst nicht viel ausrichten. Ich habe denjenigen, der sich hier herumgetrieben hat, niemals zu Gesicht bekommen."

„Dann könnte ich mir wenigstens einmal den Schaden ansehen", schlug er vor und machte eine ausladende Handbewegung in Richtung des Gartens.

„Da gibt es nicht mehr viel zu sehen", erklärte Laurel zweifelnd und ging an ihm vorbei nach draußen auf die Veranda.

„Es ist bereits alles beseitigt worden?" Er warf ihr einen abschätzenden Blick zu.

Sie nickte. „Ja, gleich heute Morgen."

„Und wer hat das gemacht?"

„Alec, als er hier ankam."

Er stieß einen Laut aus, der vielerlei besagen konnte. „Nun, ich möchte mich trotzdem einmal umsehen. Vielleicht fällt mir ja irgendetwas auf."

Sie ging ihm voraus und spürte seine prüfenden Blicke in ihrem Rücken. Dan war ein geradliniger Mann, einfach und unkompliziert. Was er sagte, meinte er auch so, nicht mehr und nicht weniger. In gewisser Hinsicht empfand sie das als Erleichterung. Während sie in den hinteren Teil des Gartens schlenderten, tauschten sie nur ein paar unverfängliche Bemerkungen über das Wetter. Dann hatten sie den italienischen Garten erreicht. Laurel spürte, wie sich ihre Nerven zum Zerreißen anspannten, als sie die beiden Skulpturen nebeneinander hängen sah. Alec. Natürlich. Die Anspielung war eindeutig. Im Gegensatz zum Sheriff war er kein schlichter Mensch.

Laurel atmete tief durch und berichtete von den zerstörten Teilen. Der Sheriff nickte verstehend. Sein Blick streifte flüchtig die beiden Skulpturen, doch wenn er irgendeine Ähnlichkeit feststellte, so ließ er sich jedenfalls nichts davon anmerken. Stattdessen fragte er sie: „Hast du irgendetwas herumliegen sehen, einen Gegenstand, den der Täter benutzt haben könnte, um diese Verwüstung anzurichten?"

„Du meinst einen Stock oder dergleichen?"

„Ein Stück Brennholz, ein Baseballschläger, ein Hammer, eine Brechstange – es kann alles Mögliche gewesen sein."

Sie schüttelte den Kopf.

„Zu schade. Daran hätten wir vielleicht erkennen können, ob es sich nur um einen Dummejungenstreich gehandelt hat oder ob jemand wirklich Schlimmes im Schilde führt. Unter Umständen hätten wir sogar ein paar Fingerabdrücke davon nehmen können."

„Ich kann Alec fragen, aber er hätte es mir bestimmt gesagt, wenn er etwas gefunden hätte."

Er warf ihr einen eindringlichen Blick zu, erwiderte jedoch nichts. Laurel ging weiter, hin zur Garagenwand, an der sich der Bacchusbrunnen befunden hatte. Davon war nun kaum mehr etwas zu sehen. Alec hatte das Wasser abgestellt, leer und irgendwie verloren stand das Auffangbecken unter der kahlen Wasserleitung.

Dan pfiff leise durch die Zähne, als er die Einschläge in der mit Holz verkleideten Wand entdeckte, die der Täter beim Zertrümmern der Skulptur hinterlassen hatte. „Das gefällt mir nicht, Laurel, das ist wirklich brutal. Es geht mich zwar nichts an, aber mir wäre es doch lieber, wenn du hier nachts nicht mehr allein wärst."

„Ich lebe allein, seit Evan letztes Jahr aufs College ging."

„Das ist jetzt aber etwas anderes, und ich rede nicht nur Zelda nach dem Mund. Ich habe auch mit Miss Callie gesprochen, und sie ist außer sich, ebenso Howards Mutter. Du solltest dir wirklich jemanden suchen, der die Nacht über hier ist."

„Wen denn? Schwiegermutter Bancroft? Oder Zelda?" Sie bemühte sich um einen unbefangenen Tonfall. „Ich glaube kaum."

„Wie wäre es mit Evan? Während des Sommersemesters könnte er für ein paar Wochen hin und her fahren. Oder deine Tochter und dein Schwiegersohn könnten eine Zeit lang bei dir wohnen."

Das mit Evan war eine Möglichkeit. Auch Marcia wäre ihr willkommen gewesen, auf keinen Fall aber Jimmy. „Ich werde es mir überlegen."

„Gut." Er zögerte. „In der Zwischenzeit werde ich meine Mädchen im Büro an den Computer setzen, mal sehen, was sie über gewisse Leute aus ... Kalifornien herausfinden."

„Du meinst Alec?"

„Und den Bruder."

„Ich glaube nicht, dass das nötig ist."

„Vielleicht, vielleicht auch nicht. Wenn mit den beiden alles in Ordnung ist, umso besser. Und wenn nicht, sollten wir es lieber wissen."

Sie schien ihn nicht davon abhalten zu können. „Das eine oder andere wirst du dabei wahrscheinlich finden, aber es ist nichts, was ich nicht längst schon wüsste."

„Warten wir ab", gab er unbeirrbar zurück. „Mach dir keine allzu großen Sorgen. Ich werde so oft wie möglich hier vorbeifahren oder einen meiner Leute schicken."

„Das brauchst du nicht zu tun."

„Ich weiß", bestätigte er leise. „Doch ich war schon immer verrückt nach dir, Laurel, und das weißt du. Ich dachte einmal, etwa ein Jahr nach Howards Tod, dass aus uns vielleicht etwas werden könnte, aber dann ..." Er verstummte und wandte den Blick ab.

Laurel ahnte, dass er an die Affäre mit Zelda zurückdachte. Wenn ihre Schwägerin nicht zufällig neulich darauf zu sprechen gekommen wäre, hätte sie es vermutlich fast vergessen. Obwohl das keinen wesentlichen Unterschied machte, was sie betraf. Sie mochte Dan wirklich gern und schätzte seine vielen guten Eigenschaften, doch es knisterte nicht zwischen ihnen. Wenigstens nicht, was sie betraf. Stand sie wie jetzt neben ihm, schlug ihr Herz ganz ruhig und gelassen weiter. Ganz anders als in Alecs Nähe ... „Das ist lieb von dir", sagte sie mit fester Stimme. „Manches im Leben verläuft nun mal nicht so, wie man das gern hätte."

Er sah sie kurz an und blickte dann wieder zur Seite. Vom Wald hinter dem Haus her ertönten erneut die Axtschläge. Dan schaute in die Richtung, aus der das Geräusch kam. „Und nun ist also Miss Callies Enkel hier. Nun, wahrscheinlich bist du alt genug, um zu wissen, was du tust."

„Das möchte ich meinen."

„Versprichst du, vorsichtig zu sein?“

„Ja. Ganz bestimmt.“

„Gut.“ Er fuhr sich mit der Hand durchs Haar und setzte die Mütze wieder auf. „Ich gehe jetzt wohl lieber. Und du denkst darüber nach, was ich dir eben vorgeschlagen habe, ja?“

Sie nickte und begleitete ihn durch den ganzen Garten bis zum vorderen Eingang. Dan verabschiedete sich lächelnd, stieg in seinen Wagen und fuhr davon. Es dauerte noch eine ganze Weile, bis Laurel sich umdrehte und ins Haus zurückging.

15. KAPITEL

Als Laurel aus dem Bad kam, lag Alec im nur schwach beleuchteten Schlafzimmer auf dem Bett. Er hatte sich ihr Kopfkissen in den Nacken geschoben und trug nur seine Jeans. Sein Lächeln war warm und vertraut.

Laurel blieb wie angewurzelt stehen, die eine Hand mit der Bürste erhoben, weil sie gerade dabei gewesen war, ihr nasses Haar zu entwirren. Ihr Herzschlag beschleunigte sich, ihr Mund fühlte sich plötzlich wie ausgetrocknet an. Der erste Gedanke, der ihr durch den Kopf zuckte war, ob ihr Nachthemd wirklich so durchsichtig war, wie sie befürchtete. Als ob das von Bedeutung gewesen wäre. „Wie bist du hier hereingekommen?“ fragte sie knapp.

„Alte Türschlösser wie deine hier konnte ich schon knacken, ehe ich Laufen lernte. Ein Wunder, dass sich noch niemand mit deinem ganzen Hab und Gut aus dem Staub gemacht hat. Oder mit dir selbst.“ Sein Blick, mit dem er sie in ihrem dünnen Nachthemd betrachtete, schien zu glühen.

„Ich vermute, du hattest einen Grund?“ Sie fuhr fort, ihr Haar zu bearbeiten, um ihn nicht ansehen zu müssen.

„Eine ganze Reihe sogar. Grund eins – du brauchst jemanden, der hier Wache hält, ob du es glaubst oder nicht, und ich stehe zur Verfügung. Grund zwei ...“ Er zögerte.

Laurel hob den Kopf. „Grund zwei?“

Sein Lächeln wurde kühn, seine Stimme klang heiser. „Ich hoffte, du hättest inzwischen vielleicht deinen Gespielen vermisst, und dachte, du würdest dich eventuell gern ein wenig mit ihm vergnügen wollen!“

Sie spürte, dass sie flammendrot wurde. „Nach allem, was wir uns heute Nachmittag an den Kopf geworfen haben? Das kann doch nicht dein Ernst sein!“

„Nein?“

„Natürlich nicht!"

„Wie schade", stellte er bedauernd fest.

„Ach, komm!" Sie ließ die Hand mit der Bürste sinken und warf die Haare mit einer Kopfbewegung nach hinten. „Du kannst doch unmöglich erwarten, dass man dich so leichtfertig behandelt."

Darüber dachte er eine Weile nach. „Kommt darauf an."

„Worauf?"

„Wer es tut!" betonte er und zog die Brauen hoch.

Sie schloss die Augen. Er zog sie wieder auf. Oder nicht? Es bestand durchaus die Möglichkeit, dass er sich den Weg offen hielt, je nachdem, wie sie reagierte. Sie hätte zornig und misstrauisch sein müssen, stattdessen fühlte sie Erleichterung in sich aufsteigen. Der Name, mit dem sie ihn bedachte, war nicht gerade ein Kosewort, aber sonderlich viel Nachdruck lag auch nicht darin.

„Ich weiß", konterte er. „Doch du müsstest dich selbst einmal sehen!"

„Das alles ist nicht komisch", begehrte sie auf.

Er zuckte mit den Schultern. „Frauen wie deine Schwägerin sind mir schon öfter begegnet. Sie verwechseln Unhöflichkeit und Vulgarität mit Charme. Das Einzige, womit sie mich treffen kann, ist, wenn sie bei dir Stimmung gegen mich macht. Andererseits, wenn ich es genau betrachte, bin ich dazu selbst hervorragend in der Lage, sobald ich meinen großen Mund aufmache."

Diese Form der Selbstkritik war entwaffnend. Zwar bezweifelte Laurel nicht, dass er genau das auch bezweckt hatte, am Resultat änderte es jedoch nichts. „Wir haben beide Dinge gesagt, die wir nicht so gemeint haben", gab sie zu, ohne ihn anzusehen. „Das ist wohl nicht verwunderlich in dieser absolut grotesken Situation."

„Reiner Selbstverteidigungsmechanismus. Von uns beiden."

Das war eine vernünftige Erklärung, wenn sie sie denn akzeptieren wollte. Innerlich aufgewühlt, neigte sie den Kopf und befasste sich erneut energisch mit den wirren, nassen Haarsträhnen, in denen sich die Bürste prompt hoffnungslos verfing. Laurel schimpfte leise vor sich hin.

„Halt, hör auf!“ Mit einer geschmeidigen Bewegung rollte sich Alec vom Bett. „Mach nur so weiter, und du hast bald kein Haar mehr auf dem Kopf.“ Er ging zu ihr und nahm ihr die Bürste weg. „Komm, lass mich das machen.“

Sie wollte sich widersetzen, doch Alec war stärker. Er packte sie am Handgelenk und zog sie mit zum Bett. Dort ließ er sich auf der Kante nieder und zog Laurel zwischen seine Knie, so dass sie mit dem Rücken zu ihm stand. Er machte sich daran, ganz behutsam die Bürste aus dem feuchten Haar zu lösen, dann fing er an, die einzelnen Strähnen auszukämmen.

Er war vollkommen konzentriert. Das, und das Gefühl seiner Hände auf ihrem Haar, verlieh der Situation eine ungeheure Intimität, und Laurel staunte, wie viel Beherrschung es sie kostete, sich nicht einfach an ihn zu lehnen. Sie sollte das nicht zulassen. Sie hätte hart bleiben und ihn aus ihrem Haus schicken müssen, ihm gar nicht mehr so nahe kommen dürfen. Ganz sicher hätte sie ihm nie mehr gestatten dürfen, sie zu berühren, selbst nicht in einer so harmlosen Form wie jetzt. Sie hatte nicht den kleinsten Funken Verstand. Und schon gar nicht auch nur die geringste Willenskraft.

Nach einer Weile räusperte sie sich. „Du kannst das sehr gut.“

„Ist das ein Wunder?“ Viel sagend warf er seinen eigenen langen Pferdeschwanz über die Schulter nach hinten. „Zu üben angefangen habe ich natürlich bei meiner kleinen Schwester; schließlich musste ich sie immer für die Schule fertig machen.“

Sie versuchte sich auszumalen, wie er sich als halbwüchsiger Junge um seine Schwester gekümmert und sich bemüht hatte, ihr Vater und Mutter zu ersetzen, und das Herz wurde ihr schwer. Sie wollte sich davon nicht anrühren lassen, wusste auch, dass er ihr Mitgefühl nicht brauchte, trotzdem kam sie nicht dagegen an. Ehe sie sich wieder einigermaßen fangen konnte, sprach er jedoch bereits weiter.

„Ich habe erfahren, dass du damit drohst, auf Leute zu schießen."

Sie wollte sich zu ihm umdrehen, aber er hielt ihren Kopf fest und bürstete weiter ihr Haar. „Wer sagt das?"

„Eine ältere Frau rief Gran an und meinte, sie hätte das im Salon gehört. Gran fragte mich gleich danach, als ich heute Abend nach Hause kam."

„Ich war einfach außer mir."

„Also wird derjenige, der sich hier herumtreibt, fortan bewaffnet sein."

Sie stieß einen Seufzer aus. „Was hätte ich denn tun sollen? Meine andere Wange auch noch hinhalten? Zulassen, dass man alles zerstört, für das wir beide so hart gearbeitet haben?"

„Du brauchst gar nichts zu tun, solange du mich hast." Mit sanften, steten Strichen glättete er ihr Haar.

„Da ich nicht wusste, ob ich dich oder jemand anderen haben würde, hielt ich es für besser, die Sache selbst in die Hand zu nehmen."

„Du wirst mich immer haben. Ob du mich nun heiratest oder nicht."

Nun fuhr sie doch herum. „Sag so etwas nicht!"

„Warum nicht? Es ist schließlich die Wahrheit. Ich wollte dich nicht drängen und mehr von dir verlangen, als du zu geben bereit bist. Es wird nicht wieder vorkommen."

Sie hasste den resignierten Unterton in seiner Stimme, hasste sich selbst dafür, dass sie dafür verantwortlich war, auch wenn sie sich fragte, worauf er aus war. Sie schüttelte langsam den Kopf. „Alec, ich denke nicht ..."

„Dann versuche es gar nicht erst", unterbrach er sie entschieden. „Ich verspreche dir, das Ganze ist gar keine so große Sache.

Du brauchst mich im Moment, und ich brauche dich. Wir müssen nicht an ein Morgen oder eine Zukunft denken. Nur die Gegenwart zählt, der Augenblick. Fällt dir das denn so schwer?“

Ganz und gar nicht, und genau das war ja das Problem. „Ach, Alec, du hast weitaus Besseres verdient, als nur gebraucht zu werden.“

Ein härterer Zug erschien um seine Lippen. „Das lass nur meine Sorge sein.“ Sein Blick fiel auf die seidigen Haarsträhnen, die er noch immer in der Hand hielt, und in sanfterem Ton fuhr er fort: „Als ich dich am ersten Abend aus dem Haus kommen sah, dachte ich, dein Haar sähe aus wie ein Bündel Mondstrahlen. Es gefällt mir viel besser so seidig glatt als diese aufgebauschte Frisur von heute Morgen.“

„Danke.“ Ihre Stimme klang bedrückt. Er wechselte das Thema, und wer konnte ihm das schon verübeln? Sie wollte ja auch nicht über all das reden, was sie miteinander verband. Sie wollte nicht an all die Zweifel, Ängste und Sorgen denken. Und sie konnte es gar nicht – nicht solange sie seine straffe Brust an ihrem Oberarm und seine harten Schenkel an ihren Hüften spürte. Seine Wärme hüllte sie ein wie eine Liebkosung. Sein Duft stieg ihr zu Kopf wie ein starkes Aphrodisiakum. Sie sehnte sich nach ihm mit einem brennenden Verlangen, das nur durch seine Berührung gestillt werden konnte.

Was war nur an ihm, dass er ihre Gedanken so durcheinander bringen und ihren Willen, ihm zu widerstehen, so untergraben konnte? Sie hatte von Männern und Frauen gehört, die alles riskierten für einen geliebten Menschen, und sie hatte nie ganz nachvollziehen können, was sie dazu trieb. In diesem Moment war es ihr gleichgültig, was als Nächstes geschehen und vor allem, was mit ihr passieren würde. Es zählte allein, dass Alec bei ihr war. Und sie hatte das Gefühl, auf der Stelle sterben zu müssen, wenn er sie jetzt nicht küsste.

Vielleicht spiegelte ihr Gesichtsausdruck etwas von ihrer Sehnsucht wider, denn Alec verharrte plötzlich mitten in der Bewegung. Sein Blick wurde dunkel und angespannt, dann warf er achtlos die Bürste zur Seite und zog Laurel in seine Arme.

Für Alec war es, als hätte er gewonnen. Er würde sich als ein großzügiger Sieger erweisen, vorausgesetzt, er schaffte das ...

Er küsste ihre Mundwinkel, die so zart und feucht waren wie die eines Kindes. Mit der Nase streifte er ihre warme, samtweiche Wange, spürte sie an seiner Wange, seinen Augenlidern. Er liebkoste ihr Ohr mit der Zungenspitze und zog zart ihr Ohrläppchen zwischen seine Zähne. Gleichzeitig strich er ihr über die Rippen, bis er ihre runden Brüste in den Händen hielt und merkte, wie sich die zarten Knospen unter seinen Fingern aufrichteten. Wie vollkommen sie war, wie leicht sie auf die kleinste Berührung von ihm reagierte. Das leise Stöhnen, das sich ihrer Kehle entrang, drang geradewegs bis in sein Herz vor, und er beugte sich über ihren Mund, um es ganz in sich aufzunehmen.

Sein Verlangen nach ihr schmerzte beinahe körperlich. Es war nicht einfach Sex, es erfüllte seinen Verstand, sein Herz, seine Seele. Das Bedürfnis, Laurel nackt an seinem Körper zu spüren, war so überwältigend, dass er ihr Nachthemd anhob und ihren Mund gerade so lange freigab, bis er es ihr über den Kopf gestreift hatte. Dann zog er sie wieder an sich und ließ sich mit ihr rückwärts auf das Bett fallen. Mit gespreizten Fingern umfasste er ihren Po und presste sie an sich, während ihr langes Haar wie ein Fächer über ihn fiel und sein Gesicht, seinen Nacken und seine Schultern bedeckte. Er liebte ihren Körper, liebte es, sie zu küssen, mit der Zunge in das weiche Innere ihres Mundes zu drängen. Er liebte – sie. Und er musste sie haben. Auf der Stelle.

Mit einer einzigen geschickten Bewegung drehte er sich mit ihr um, so dass sie auf dem Rücken lag. Ungeduldig nestelte er am Reißverschluss seiner Jeans und streifte sie ab. Mit einem Knie zwang er Laurels Schenkel auseinander und drang kraftvoll in sie ein. Der Atem stockte ihm vor Lust, als ihn ihre Wärme einhüllte, immer tiefer kam er zu ihr. Sie war sein, und er wollte, dass sie es wusste, dass sie es tief in ihrem Innern spürte. Er wollte, dass sie mit ihm kam, mit ihm diese Lust auslebte und ihn so in Besitz nahm wie er sie. Er setzte all seine Kraft ein, um sie die Stärke seines Verlangens fühlen zu lassen. Als sie sich ihm ganz öffnete, verfiel er schnell in einen harten, leidenschaftlichen Rhythmus.

Ihr Atem ging stoßweise, als sie sich mühelos seinen Bewegungen anpasste. Das steigerte seine Lust ins Grenzenlose; atemlos stieß er unzusammenhängende Laute aus, ein Echo seines alles beherrschenden Wunsches, ein Teil von ihr zu werden. Dieses Bedürfnis durchströmte ihn bis in den letzten Winkel seines Ichs, hüllte ihn ein und verzehrte ihn. Wieder und wieder versenkte er sich tief in ihre pulsierende Wärme. Noch nie zuvor war es so gut, so vollkommen gewesen. Noch nie hatte er sich so danach gesehnt, einen Menschen mit sich in das rotglühende Zentrum seiner intensivsten Lust zu führen.

Gleichermaßen besitzend wie besessen vernahm er ihre leisen Schreie, spürte er das stärker werdende Zucken ihres Körpers. Und dann war es um ihn geschehen; während sich alle Muskeln in ihm anspannten, gab er ihr alles, was er zu geben hatte.

Der Sturm verebbte, unweigerlich löste sich seine Anspannung, und er sank über sie, bis er ihren Herzschlag wahrnehmen konnte. Er stützte sich auf den Ellenbogen ab, um ihr nicht die gesamte Last seines Gewichtes zuzumuten, schmiegte sich aber dennoch so fest an sie, als wollte er seine ganze Liebe in sie strömen lassen.

Lange Zeit blieb es still im Zimmer, bis auf ihren schweren, dann langsam ruhiger gehenden Atem. Schließlich bewegte Laurel sich und strich Alec mit der Hand durch das Haar. Ihre Stimme zitterte leicht. „Erstaunlich!“ meinte sie leise lachend.

Ein berauschendes, schwereloses Glücksgefühl machte sich in ihm breit. Er ließ sich neben sie sinken und liebkoste mit der Zunge die noch immer aufgerichtete Spitze ihrer Brust. „Lady, das war erst der Anfang!“ versprach er ihr und ahmte dabei den schleppenden Südstaatenakzent nach.

Sie erbebte vor unterdrücktem Lachen und erschauerte unmittelbar darauf, als Reaktion auf sein sinnliches Versprechen. Froh registrierte er wieder einmal, welch eine Wirkung er auf sie ausübte. Sie reagierte so sensibel auf ihn, dass es ihn mal verblüffte und mal mit uneingeschränkter Freude erfüllte.

Dabei war er selbst gar nicht einmal so erfahren. Er hatte nicht viel übrig für raschen, beiläufigen Sex. So etwas stillte einfach nicht den Hunger in seinem Innern; genauso wenig wie ein Stück Schokolade, wenn er im Grunde ein richtiges, selbst gemachtes Essen brauchte. Außerdem war so etwas schlichtweg dumm. AIDS war die größte Gefahr, die im Dunkel lauerte, aber es gab auch noch andere Dinge, die sich nicht unbedingt positiv auf ein unbeschwertes Liebesleben auswirkten.

Das brachte ihn auf einen Gedanken. Eine Weile suchte er nach den richtigen Worten. „Laurel?“

„Ja?“ Sie hörte auf, seinen Rücken zu streicheln.

„Du benutzt keinerlei Verhütungsmittel, nicht wahr?“

Sie schwieg lange, und als sie schließlich antwortete, klang ihre Stimme belegt. „Daran habe ich noch nie gedacht.“

„Ich auch nicht, wie ich leider zugeben muss.“ Er atmete tief durch.

„Es könnte problematisch werden. Ich bin noch nicht in dem Alter, in dem ich immun gegen solche ... Folgen wäre.“

„Ich weiß. Würde es dir etwas ausmachen? Ich meine ... Ich bin einfach nur neugierig, aber hättest du etwas dagegen, noch einmal ein Baby zu bekommen, nachdem deine Kinder ja jetzt erwachsen sind?"

Sie starrte ernst in eine dunkle Ecke des Zimmers. „Ich glaube nicht. Nicht, wenn ich sicher sein könnte, dass es gesund ist."

„Ich verstehe, was du meinst." Er lächelte. „Kannst du dir das Gerede vorstellen? Allerdings würde es schon genug Aufsehen erregen, wenn du in die Apotheke gingst und Verhütungsmittel verlangtest. Darum werde ich mich lieber kümmern."

„Das brauchst du nicht. Ich komme damit schon klar."

Einen Augenblick lang dachte er, sie meinte damit, dass sie ein Kind von ihm haben wollte. Diese Möglichkeit, gefolgt von der Erkenntnis, dass sie das niemals in Betracht ziehen würde, wirkte auf ihn wie ein Faustschlag in die Magengrube. „Ich möchte es aber", beharrte er gepresst. „Das obliegt meiner Verantwortung."

„Wie du willst." Sie hielt die Lider gesenkt.

„Was ich will ...", wollte er aufbegehren, doch als er sie jetzt ansah, stockte ihm entsetzt der Atem. Auf ihrem Gesicht lag ein seltsamer, orangeroter zuckender Lichtschein.

Feuer! Er drehte den Kopf zum Fenster, und durch den schmalen Spalt im Vorhang erkannte er tatsächlich hell lodernde Flammen. Er fluchte, schwang sich aus dem Bett und bückte sich nach seiner Hose.

„Bleib hier und ruf' die Feuerwehr", rief er ihr über die Schulter hinweg zu, während er sich schon im Laufen die Jeans hochzog und aus dem Zimmer verschwand.

Laurel rief an, dachte aber gar nicht daran, im Haus zu bleiben. Es war ihr Schuppen, der da in hellen Flammen stand, ihr Schuppen mit ihrem Werkzeug, dem Ofen und all den schönen, noch halb fertigen Arbeiten darin. Sie zog sich ihr Nachthemd über und rannte aus dem Haus. Auf der hinteren Veranda blieb sie stehen, als ihr die Gluthitze in Wellen entgegenschlug und den beißenden, stechenden Gestank nach Zerstörung mit sich brachte. Fassungslos starrte sie auf die zuckenden Flammen hinter den Fenstern, auf die Feuersäule, die sich bereits durch das Dach gefressen hatte und glühende Aschepartikel in den Nachthimmel schleuderte. Dann entdeckte sie Alec, der eben mit kraftvollen Handgriffen einen Gartenschlauch an einen der frei stehenden Hydranten anschloss.

Kurz entschlossen eilte sie zu ihm, das Gras unter ihren bloßen Füßen fühlte sich bereits warm und trocken an. Sie legte Alec die Hand auf die Schulter und drehte ihn zu sich herum. „Lass es sein!“ rief sie laut, um das unheimliche Sausen und Knistern des Feuers zu übertönen. „Es ist zu spät!“

Er sah sie ernst und angespannt an. Grauschwarze Asche bedeckte seine Schultern. „Wir müssen das Wohnhaus nass spritzen und versuchen, es dadurch zu retten.“

Natürlich hatte er Recht, das war ihr klar, auch wenn sie einwandte: „Die Feuerwehr ist in einer Viertelstunde da!“

Er achtete gar nicht auf diese Bemerkung. „Wenn du irgendetwas von dem retten willst, was sich im Haus befindet, solltest du es lieber schleunigst in Sicherheit bringen.“ Er schaltete das Wasser an und richtete den Schlauch auf die Rückwand und das Dach der Garage. Den Wagen hatte er bereits herausgefahren und ein Stück abseits auf dem Rasen geparkt, damit die Feuerwehr nicht dadurch behindert wurde.

Laurel drehte sich um und betrachtete „Ivywild“, dessen weiße Mauern rosa im Flammenschein leuchteten. Dutzende von wertvollen Antiquitäten befanden sich im Haus, vom hundertfünfzig Jahre alten viktorianischen Sofa aus Rosenholz bis hin zum zweihundertfünfzig Teile umfassenden alten Porzellanservice aus Paris einschließlich Sahneschüsseln und Messerbänkchen. Aus derart vielen Schätzen eine Auswahl zu treffen war so schwierig, dass sie gar nicht daran denken wollte.

Dank Alec war es mittlerweile viel leichter, an Wasser heranzukommen, denn als er die Leitungen für die Brunnen gelegt hatte, hatte er gleich mehrere zusätzliche Hydranten installiert. Einer davon befand sich ganz in der Nähe der Stelle, wo einmal der Bacchusbrunnen gestanden hatte. Laurel schloss einen weiteren Schlauch dort an, drehte das Wasser auf und zog den schweren Schlauch hinüber zu Alec. Von dort aus konnte sie am besten den Strahl auf die Hausmauer und das hohe Dach richten.

„Kannst du dir erklären, wie das Feuer ausgebrochen ist?“ rief sie ihm zu, während sie fieberhaft arbeiteten. „Meinst du, es war ein Kurzschluss? Vielleicht im Brennofen?“

„Wohl kaum.“ Er hob den Kopf und sog die Luft ein. „Riechst du das?“

Sie tat es ihm nach und fing an zu husten wegen des beißenden Rauchs und wegen eines anderen Geruchs, den sie sofort einzuordnen wusste. Mit schreckgeweiteten Augen sah sie Alec an. „Benzin!“

„Genau. Jemand hat es verschüttet, wahrscheinlich aus dem Kanister in der Garage, hat es angezündet und ist dann wie der Blitz verschwunden. Und das alles, während ich hier war, im Haus. Ich muss schon sagen, ich bin ein toller Wächter“, stieß er gequält hervor.

„Du konntest doch nicht ahnen, dass so etwas passieren würde!“

„Ich hätte lieber Wache halten sollen, anstatt ...“ Er verstummte.

Ohne den Blick von dem Wasserstrahl zu wenden, den sie auf das Dach gerichtet hielt, sagte sie: „Es ist sehr schwer, sich vor einer solchen Art von Wahnsinn zu schützen.“

„Und wenn die nun das Wohnhaus angezündet hätten? Wenn du allein gewesen wärst? Geschlafen hättest?“ brach es heftig aus ihm hervor.

„Ich war nicht allein, und geschlafen habe ich auch nicht“, gab sie stirnrunzelnd zurück. „Das muss derjenige auch gewusst haben, schließlich brannte ja noch Licht im Haus. Was wiederum bedeutet ..."

„Dass es nichts war, was von langer Hand geplant worden ist, sondern ein schneller, gründlicher Schlag, um deine Aufmerksamkeit zu wecken. Er hatte es nicht darauf angelegt, dich umzubringen. Dieses Mal noch nicht."

Die Luft wurde immer heißer, machte das Atmen zunehmend schwerer, und das Krachen der Flammen nahm deutlich an Lautstärke zu. „Aber warum mich?" rief sie heiser. „Sie hätten ja auch wissen können, dass du da warst."

Er schüttelte den Kopf. „Anfangs dachte ich mal, dass mir jemand aus Kalifornien hierher gefolgt sei. Aber jetzt schließe ich das aus."

„Du meinst die erwachsenen Kinder deiner Frau?"

„Oder jemand, der mit ihnen in Verbindung steht." Präzise und unbeirrbar bespritzte er nun mit ihr gemeinsam die rückwärtige Fassade des Hauses, während der Feuerschein kupferrote Reflexe auf sein Haar und seine schweißglänzende Haut warf. „Doch das ergibt keinen Sinn. Ich bin für keinen von ihnen mehr eine Bedrohung. Außerdem bin ich nicht derjenige, der Tonklumpen Leben einhaucht oder der einen großen, treuen Schäferhund als Beschützer hatte. Irgendjemand kennt deine schwachen Stellen, Laurel, und die nutzt er aus. Irgendjemand kann sich vorstellen, was du am meisten liebst. Denk darüber nach, denn es kann sein, dass das hier nicht der letzte Angriff war. Überlege dir, was du sonst noch liebst, denn das könnte sein nächstes Opfer werden."

Sie wollte sich das nicht überlegen, es war einfach unerträglich, trotzdem kam sie nicht umhin, es zu tun. Wen oder was liebte sie? Ihre Kinder natürlich. Ihr Haus. Ja, und noch jemanden. Einen Menschen. Den Menschen, der jetzt neben ihr kämpfte, um das zu retten, was ihr lieb und teuer war. Sie liebte Alec. Diese Erkenntnis senkte sich in ihr Herz mit der Macht eines Erdbebens. Eine Erkenntnis, die ihr den Boden unter den Füßen wegzog. Wie war das nur passiert? Sie hatte es nicht gewollt, nicht gebraucht, hatte jegliche Illusion längst aufgegeben, je diese Form gefühlsmäßigen, sentimentalen Unsinns kennen zu lernen. Die Vorläufer der Wechseljahre mussten das sein, ein Hormonchaos, nicht unähnlich dem der Pubertät.

Hättest du etwas dagegen, noch einmal ein Baby zu bekommen?

Sie würde diese Liebe nicht akzeptieren. Vielleicht legte sie sich wieder, wenn sie sie ignorierte. Bestimmt ließ dieses Gefühl nach, wenn sie sich zwang, sich nichts mehr von dem Glück anmerken zu lassen, das sie empfand, wenn sie ihn nur ansah, mit ihm redete, ihn berührte. Wenn sie das brennende Verlangen danach unterdrückte, in seinen Armen zu liegen. Wenn sie sich nicht weiter ausmalte, wie ein gemeinsames Kind mit ihm wohl aussehen würde, wie es sein würde, es im Arm zu halten.

Sie hatte sich so bemüht, vernünftig und distanziert zu sein. Es hatte nicht funktioniert. Stattdessen hatte sie sich ihm ohne größeren Widerstand ergeben und würde es wieder tun, wenn er es zuließ. Und doch fragte sie sich verzweifelt, ob ein Mann, der eine Frau aus welchem Grund auch immer für sich gewinnen wollte, so weit gehen würde, ihren Hund zu töten, die Früchte ihrer Kreativität zu zerstören und den einzigen Ort niederzubrennen, an den sie sich vor ihm hatte flüchten können. Ob er alles so arrangieren würde, dass er irgendwann das Einzige war, was ihr noch blieb.

Jetzt war er es. Und sie liebte ihn wirklich. Von Herzen. Ob Mrs. Chadwick Ähnliches empfunden hatte?

16. KAPITEL

An alle, die es interessiert: Laurel Bancroft ist schlecht. Sie ist gesehen worden, wie sie vor Gott und der Welt Unzucht getrieben hat – abscheulich, aber wahr. Sie läuft nackt in ihrem Garten herum, wo sie zahllose Götzenbilder verehrt. Satan ist in diesen Garten eingedrungen wie einst die Schlange in das Paradies. In seinem Namen treiben sie und ihr Liebhaber vulgäre, unaussprechliche Dinge. Sie verstümmeln Tiere und bringen sie dann als Opfer dar. Fragt sie nur, was mit ihrem Hund geschehen ist! Gebietet man ihr nicht Einhalt, kann es beim nächsten Mal einen Mann, eine Frau oder ein Kind das Leben kosten. Ein Teil des Bösen ist durch die reinigende Kraft des Feuers ausgelöscht worden, doch das reicht nicht aus. Sie sollte wie eine Hexe behandelt werden, die des Lebens nicht würdig ist ...

Laurel zerknüllte den Brief in der Hand. Da stand noch mehr, viel mehr, doch sie brachte es nicht über sich weiterzulesen. Er hatte in ihrem Briefkasten gelegen, in einem weißen, ganz normalen Umschlag. Die Adresse war mit der Schreibmaschine geschrieben. Nichts hatte darauf hingewiesen, um was es sich dabei wirklich handelte.

Ihre Hände zitterten. Ihr war übel vor Zorn und Schmerz. Wie konnte es jemand wagen, so schreckliche Dinge über sie zu schreiben? Wie konnte man das, was sie und Alec miteinander verband, nur auf so schmutzige Art verdrehen und entstellen? Wie konnte jemand solche Lügen schreiben?

Wie viele andere Leute mochten diesen Brief heute erhalten haben? Würden sie ihn einfach wegwerfen und das Geschreibsel als das Produkt eines kranken Gehirns abtun, oder würden sie nicken, tuscheln und sagen, das hätten sie ja schon immer geahnt? Würden sie sich selbstzufrieden ansehen und sagen: „Nun, wo Rauch ist, ist auch Feuer. Es ist ja bekannt, dass sie schon seit Jahren wunderlich ist – da verbarrikadiert sie sich wie eine Einsiedlerin, fast als ob sie sich wegen irgendetwas schämt ...“?

Laurel konnte das Geschwätz förmlich hören, es machte sie rasend. Alles in ihr drängte danach, etwas zu unternehmen und dieser Schmutzkampagne ein Ende zu bereiten.

Wer steckte dahinter? Wer? Im Grunde konnte sie sich nur einen Menschen denken, dem sie so etwas zutraute, und das war Schwiegermutter Bancroft. Die ältere Frau schien wie besessen von der Idee, dass Laurel ganz isoliert in „Ivywild“ leben sollte, als Strafe für das, was sie Howard angetan hatte; Sadie Bancroft hatte jedoch nie angedeutet, dass sie in Laurel noch etwas anderes sah als eine potenzielle Gattenmörderin. Eine Anspielung darauf hatte in dem Brief gefehlt. Außerdem hatte sie Laurel nie körperlich bedroht. Das galt natürlich für die Zeit vor Alecs Erscheinen auf der Bildfläche. Andererseits war es wirklich kein großer Sprung von den Rundbriefen, die ihre Schwiegermutter so gern verschickte, bis zum anonymen Brief. Hatte sie ihn tatsächlich geschrieben, dann war es sicher falsch, nicht darauf einzugehen, vor allem angesichts der kaum verhüllten Drohung, die er enthielt.

Alec arbeitete wie in den letzten drei Tagen seit dem Brand wieder im Wald hinter dem Haus. Er schien fest entschlossen, dem Eindringling jede Möglichkeit zu nehmen, sich dort im Unterholz zu verstecken. Eigentlich hätte sie ihm den Brief zeigen sollen, schließlich wurde er darin auch erwähnt. Er hatte ein Recht darauf zu erfahren, was vor sich ging. Trotzdem konnte sie sich nicht dazu aufraffen. Der Brief war nicht nur hässlich und gemein, er war auch irgendwie peinlich. Gerade Alec gegenüber hätte ihr das eigentlich nichts ausmachen dürfen, und doch war es so. Wenn sie ihm hätte vertrauen und seinen Beteuerungen Glauben schenken können, wäre es vielleicht etwas anderes gewesen, aber so ...

Sie würde persönlich mit Sadie sprechen, das war wahrscheinlich sogar noch besser. Bei einem Gespräch nur unter vier Augen würde ihre Schwiegermutter sicher kein Blatt vor den Mund nehmen.

Laurel ging ins Schlafzimmer, legte den Brief auf die Frisierkommode und fing an, sich das Haar zu bürsten. Danach fasste sie es mit einer breiten Spange zu einem Pferdeschwanz zusammen, trug etwas Lipgloss auf und holte die Autoschlüssel. Wenig später war sie unterwegs.

Das Haus, das sich Sadie Bancroft nach Laurels und Howards Hochzeit gebaut hatte, wies bewusst nicht die geringste Ähnlichkeit mit „Ivywild" auf. Es war ein flacher Bungalow aus hellem Klinker, sehr kompakt, ohne Zierrat und ohne jede Ausstrahlung. Es wurde umgeben von einem kleinen Garten, in dem keine Blumen und Sträucher von den kantigen Umrissen des Hauses und der Eintönigkeit des Rasens ablenkten. Laurel fand immer, dass es nicht nur ein Haus ohne jegliche persönliche Note war, sondern darüber hinaus eins, das noch stolz darauf zu sein schien.

In der Einfahrt stand der rote Kleinwagen ihrer Tochter. Als Laurel dahinter parkte, kam Marcia gerade aus dem Haus und suchte irgendetwas in ihrer Umhängetasche. Laurel stieg aus dem Auto, und Marcia hob den Kopf. Verblüfft ging sie auf ihre Mutter zu.

„Liebe Güte, Mutter! Seit wann fährst du denn wieder Auto?" rief sie ohne Einleitung.

„Danke gut, und dir?" gab Laurel mit freundlichem Spott zurück und legte den Arm um die steifen Schultern ihrer Tochter, um sie an sich zu drücken. Der Spott galt allerdings nicht nur Marcia, sondern auch zum Teil ihr selbst. Sie war so aufgeregt gewesen wegen des Briefs und der Aussicht, die Schwiegermutter darüber zur Rede zu stellen, dass sie gar nicht mehr an ihre Angst vor dem Autofahren gedacht hatte.

„Entschuldige, es ist nur so ungewohnt, dir außerhalb deines Hauses zu begegnen." Unbeholfen erwiderte Marcia die Umarmung.

„Ich habe beschlossen, wieder öfter auszugehen. Musst du dringend weg? Soll ich den Wagen woanders hinstellen, damit du herauskannst, oder hast du Zeit, mit ins Haus zu kommen?"

Marcia sah sie voller Unbehagen an. „Ich wollte eigentlich gerade für Grannie in den Supermarkt gehen, ich bin bald wieder zurück."

„Du gehst für deine Großmutter einkaufen? Sie ist doch nicht etwa krank, oder?"

„Nein, nein. Ich ... bin nur vor ein paar Tagen bei ihr eingezogen."

Laurel stellte fest, dass ihre Tochter dunkelrot anlief und ihrem Blick geflissentlich auswich. „Warum das denn? Hat Jimmy seinen Job verloren?"

„Nein, das ist es nicht. Wenn du es unbedingt wissen willst – ich habe ihn verlassen."

„Du hast ihn verlassen", wiederholte Laurel langsam. „Und du bist zu deiner Großmutter gegangen, anstatt zu mir nach Hause zu kommen."

„Reg dich nicht auf, Mutter. Du warst sehr beschäftigt mit dem Garten und diesem Alec. Ich wollte einfach nicht stören."

„Du würdest mich niemals stören!" widersprach Laurel verärgert.

Marcia zuckte unsicher mit den Schultern. „Nun, es würde ohnehin nur Öl in die Flammen gießen. Jimmy war in letzter Zeit wie von Sinnen, er hat nur noch über dich und deinen Typen gewettert und gezetert. Als ich ihm mitteilte, ich ginge, weil ich das nicht mehr aushielte, hat er mich wüst beschimpft und gesagt, ich wäre genau wie du. Ich versuchte ihm klarzumachen, dass ich sicher keinen anderen Mann angeguckt hätte, wenn er etwas weniger fanatisch gewesen wäre, doch daraufhin wurde er natürlich erst recht wütend."

„Einen anderen Mann?" echote Laurel ungläubig, allmählich dämmerten ihr die Zusammenhänge.

Die Augen ihrer Tochter begannen zu funkeln. „Tu nicht so schockiert. Du bist nicht die Einzige mit einem Recht auf Privatleben. Jedenfalls hat Jimmy mich geschlagen, das brauchte ich mir nicht gefallen zu lassen, also bin ich gegangen. Außerdem hätte das meinem Baby schaden können."

„Ich bin nicht schockiert, nur ... Was für ein Baby? Marcia, bist du schwanger?"

Sie nickte trotzig. „Jawohl, so ist es."

„Und du hast mir nichts davon gesagt? Lieber Gott, meinst du nicht, dass mich das vielleicht interessiert?"

„Beruhige dich, ich weiß es selbst erst seit vier, fünf Tagen."

Seit vier, fünf Tagen. Vor dem Brand also, und noch vor der Zerstörung ihrer Skulpturen und Gefäße. Nicht, dass da ein Zusammenhang bestanden hätte. Oder etwa doch? „Ich kann mir nicht vorstellen, dass Jimmy sein eigenes Kind gefährden würde. Wollt ihr euch wirklich ausgerechnet zu diesem Zeitpunkt trennen?"

„Es ist nicht von ihm."

Laurel konnte nicht anders, sie starrte ihre Tochter fassungslos an. „Von wem ist es dann?"

„Einfach von jemandem, den ich mal kennen gelernt habe, okay? Ich meine, du weißt ja, wie Jimmy ist, restlos eingespannt von seinem Job und seinen Aktivitäten in der Kirche. Er war schon immer schrecklich eifersüchtig, warf mir alles Mögliche vor, so dass es sich fast anhörte, als sei ich eine Nymphomanin und nicht eine ganz normale Frau mit normalen Bedürfnissen. Also beschloss ich, die Sünde auch zu begehen, für die ich vorher ohnehin schon dauernd hatte büßen müssen."

Liebe und Schuldbewusstsein, Mitleid und Kummer durchströmten Laurel. Diese beherrschte junge Frau war einmal ihr kleines Mädchen gewesen, das mit allen größeren und kleineren Verletzungen weinend bei ihr Trost gesucht hatte. All das hatte aufgehört, als Howard gestorben war. „Marcia, es tut mir so Leid", sagte sie ruhig. „Es ist schlimm, dass du solche Probleme hattest und ich nichts davon wusste."

„Macht nichts, ich wollte ohnehin nicht, dass jemand davon erfuhr. Das Letzte, was ich gebrauchen konnte, war jemand, der mir sagte, was ich zu tun hätte."

Das brachte Laurel auf einen Gedanken. „Du meinst, so wie du mit mir über Alec geredet hast. Wie konntest du mir das alles sagen, obwohl du das Gleiche getan hattest, sogar noch Schlimmeres, denn du bist schließlich ja noch verheiratet?"

Marcia presste die Lippen aufeinander und suchte wieder in ihrer Tasche, bis sie ihre Hausschlüssel gefunden hatte. „Es ist ganz und gar nicht das Gleiche. Wenigstens habe ich mir jemanden ausgesucht, der in meinem Alter ist. Ich frage mich, was dein Alec wohl denkt, wenn du ihm verkündest, dass du Großmutter wirst."

Das konnte sich Laurel auch noch nicht vorstellen, doch im Moment interessierte sie sich mehr für das Wohlergehen ihrer Tochter. „Ich weiß, dass wir uns nicht mehr besonders nahe stehen, Liebes, aber ich möchte dir gern helfen, wenn du es willst. Du bist jederzeit herzlich willkommen, bei mir zu wohnen, so lange du möchtest. Im Haus ist ausreichend Platz, und ich würde mich freuen, dich bei mir zu haben."

Marcia spielte mit dem Schlüssel und sah sie nicht an. „Vielen Dank, aber da draußen gehen mir zu viele merkwürdige Dinge vor. Ich glaube nicht, dass das eine gute Idee wäre."

„Wegen des Babys, ich verstehe." Laurels Stimme klang unpersönlich, weil sie mit aller Macht versuchte, ihre Enttäuschung zu verbergen.

„Unter anderem deswegen.“ Marcias schmales Gesicht wirkte kummervoll.

„Und wegen deiner Großmutter.“

„Ihr würde das sicher nicht gefallen.“

„Ich verstehe“, wiederholte Laurel resigniert. „Nun, das Angebot bleibt offen.“

„Danke. Ich werde daran denken.“ Marcias Miene wirkte weitaus weniger streitsüchtig, als sie sich jetzt abwandte.

Laurel hätte sie beinahe gehen lassen, doch dann fiel ihr noch etwas ein. „Halt, warte mal. Hast du heute Morgen zufällig einen Brief bekommen?“

„Einen Brief? Nein, ich glaube nicht. Jedenfalls nicht hier.“ Marcia schloss den Wagen auf und öffnete die Tür. „Was für einen Brief denn?“

Sie lügt, und das nicht einmal besonders geschickt, dachte Laurel. Oder aber sie sagte gewissermaßen die Wahrheit, wenn Schwiegermutter Bancroft den Brief erhalten hatte. Ganz offensichtlich wollte Marcia jedoch nicht darüber reden, sonst hätte sie nicht so getan, als wüsste sie von nichts. „Ach, nichts weiter“, meinte Laurel wegwerfend, während sie zu ihrem eigenen Wagen ging, um den Weg für Marcia frei zu machen. „Nur ein Haufen Unflat, verfasst von einem offenbar gestörten Wesen.“ Sie zögerte. „Wenn du schon nicht bei mir wohnst, wirst du mich dann wenigstens öfter besuchen?“

„Sicher“, behauptete Marcia, aber sie lächelte nicht und sah Laurel dabei auch nicht in die Augen. Sie stieg ein und ließ sofort den Motor an.

Das klang nicht sonderlich viel versprechend. Als Laurel ihren Wagen wieder in die Einfahrt zurückfuhr, nachdem sie Marcia vorbeigelassen hatte, sah sie, wie sich die Gardinen im Wohnzimmer des Bungalows leicht bewegten. Laurel lächelte grimmig vor sich hin. Ihre Schwiegermutter hatte sie beobachtet, wahrscheinlich schon die ganze Zeit. Bestimmt starb sie vor Neugier, was sie und Marcia wohl so lange zu bereden gehabt hatten.

Es war daher auch keine Überraschung, als Sadies erste Frage prompt lautete: „Ich nehme an, deine Tochter hat dir gesagt, dass sie schwanger ist?"

„Oh, du hast uns gesehen?" tat Laurel erstaunt und betrat die winzige Diele. „Du hättest dich ruhig zu uns gesellen können."

Die ältere Frau starrte sie an, ihr Mund wirkte verkniffen, und ihre Nasenflügel bebten. Sie war nicht gekämmt, ihr Gesicht war aufgedunsen, und sie hatte tiefe Ringe unter den Augen. Ihr unförmiger Hausmantel war so oft gewaschen worden, dass von dem ursprünglichen Blumenmuster darauf kaum noch etwas zu erkennen war. An den Füßen trug sie an den Rändern ausgefranste Pantoffeln. Sie sah aus, als sei sie krank oder hätte zumindest schon seit Tagen nicht mehr richtig geschlafen. „Ich hatte in der Küche zu tun", erklärte sie schließlich.

„Bestimmt kochst du etwas Gutes, weil doch jetzt Marcia bei dir wohnt. Lass dich bitte nicht stören", plauderte Laurel unbefangen und ging in Richtung Küche. Alles in diesem Haus wirkte so trostlos und nüchtern, vom Linoleumboden bis zu den schmucklosen Lampen an der Decke. Außerdem herrschte hier eine beinahe aggressive Sauberkeit. So war es schon immer gewesen, Laurel hatte es nur vorübergehend vergessen.

„Wir setzen uns ins Wohnzimmer", forderte Sadie sie fast im Befehlston auf.

„Ich habe gar nicht vor, so lange zu bleiben." Laurel drehte sich um, um ihrer Schwiegermutter ins Gesicht zu sehen. „Ich bin gekommen, weil ..."

„Wegen Marcia und Jimmy, ich wusste es doch. Bestimmt spricht schon die ganze Stadt darüber."

„Das kannst du sicher besser beurteilen als ich. Aber nein, es geht nicht um Marcia und Jimmy."

Die Augen der älteren Frau wurden ganz schmal. „Ist es dir denn so gleichgültig, was mit deiner Tochter passiert ist?"

„Natürlich nicht!" brauste Laurel auf, sie verlor allmählich die Geduld. „Sie ist doch mein eigenes Fleisch und Blut!"

„Das macht sich tatsächlich in jeder Hinsicht bemerkbar", zischelte Sadie.

„Willst du mir etwa die Schuld an ihrer Trennung geben?" erwiderte Laurel prompt. „Wenn ja, dann darf ich dich erinnern, dass meine Tochter seit Howards Tod wesentlich mehr mit dir zusammen war als mit mir. Du bist diejenige, die sie zu dieser Heirat überredet hat, die Jimmy für einen so wundervollen jungen Mann hielt – aufrecht, christlich, moralisch einwandfrei! Ich fand ihn immer besserwisserisch, selbstgerecht und autoritär, aber meine Meinung wollte ja niemand wissen. Also versuche nicht, deine gnadenlose Fehleinschätzung auf mich abzuwälzen! Wenn ich in Bezug auf meine Tochter versagt habe, dann allenfalls, weil ich nicht stärker darum gekämpft habe, sie von dir und deinen engstirnigen Vorstellungen fern zu halten!"

„Also, so etwas! Du wagst es, mir das an den Kopf zu werfen, wo doch alle Welt weiß, dass du in Sünde mit einem Mann zusammenlebst, der vom Alter her eher der Freund deiner Tochter sein könnte!"

„Von Sünde kann man hier wohl kaum sprechen, da wir beide das Recht und die Freiheit haben, das zu tun, was uns gefällt. Außerdem ist Alec mindestens zehn Jahre älter als Marcia, was dich allerdings sicher nicht stören würde, wenn er mehr an ihr interessiert wäre als an mir."

„Du bezeichnest Unzucht also nicht als Sünde?" beharrte ihre Schwiegermutter.

Laurel konnte nur tiefste Verachtung für so viel geheuchelte Moral empfinden. „Ehrlich gesagt, ich bezweifle, ob es so etwas überhaupt gibt. Es ist jedoch ein interessantes Wort, findest du nicht? Vielleicht hast du es deshalb so großzügig in den anonymen Briefen verwendet, die du überall hingeschickt hast!"

Sadie Bancroft hob eine Hand an ihr Herz und sah sie entsetzt an. „Traust du mir ernsthaft zu, ich könnte einen solchen Schmutz erfinden?"

Die ältere Frau machte einen aufrichtig betroffenen Eindruck, sie war blass geworden, und in ihren Augen standen Tränen. Laurel ließ sich nicht davon beeindrucken. „Warum nicht? Du bist diejenige, die jahrelang hinter meinem Rücken Unwahrheiten über mich verbreitet hat; du hast alles getan, damit ich mich ja schuldig an Howards Tod fühlte. Jetzt siehst du, dass ich mich langsam dem Schicksal entziehe, das ich deiner Meinung nach verdient habe. Ich gehe wieder aus, unternehme etwas, finde Glück mit einem anderen Mann – und das bringt dich um. Also tust du alles, um mich davon abzuhalten."

„Das stimmt nicht, das würde ich nie tun! Ich habe doch selbst heute Morgen einen dieser scheußlichen Briefe erhalten!"

Laurel verzog spöttisch den Mund. „Wahrscheinlich hast du ihn dir selbst in den Briefkasten gelegt."

Ihre Schwiegermutter starrte sie fassungslos an, doch dann trat ein boshafter Ausdruck in ihren Blick. „Ich habe es wirklich nicht getan, doch das ist für dich unerheblich, nicht wahr? Du willst, dass ich es war. Das wäre dir sehr recht, weil du dann nicht mehr solche Angst zu haben brauchtest."

„Ich bin vor allem wütend!"

„Ja, aber du hast auch Angst. Das solltest du auch, denn da gibt es wohl noch jemanden außer mir, der findet, dass du Strafe verdient hast! Insofern hast du ein noch größeres Problem als Marcia, und an dem bist du selbst schuld!"

„Das ist doch verrückt! Wirklich verrückt!" Laurel überlief eine Gänsehaut.

„Wirklich? Du solltest lieber anfangen, dich richtig zu verhalten, und aufhören, auf so abstoßende Weise mit diesem jungen Mann zu schlafen, sonst ..."

„Abstoßend?" wiederholte Laurel schneidend. „Seltsam, dieses Wort aus dem Mund einer Frau zu hören, die früher einmal mit unzähligen Männern jeden Alters geschlafen hat, und das aus weniger schönen Motiven."

Mrs. Bancroft wurde kreidebleich. Nach Luft ringend, stolperte sie ins Wohnzimmer und ließ sich in einen Sessel fallen. Ein Stöhnen kam tief aus ihrer Kehle, und sie fasste sich ans Herz.

Laurel folgte ihr beunruhigt. „Ist alles in Ordnung? Soll ich einen Arzt rufen?"

„Komm nicht näher!" Sadie streckte abwehrend die Hand aus.

„Wenn du tatsächlich krank bist, muss ich etwas unternehmen."

„Nein! Ich brauche nichts. Schon gar nicht von dir. Nein." Sie holte rasselnd Luft. „Geh, bitte."

„Es tut mir Leid, aber ich bin nicht überzeugt, ob das das Richtige wäre", entgegnete Laurel steif. Sie konnte unmöglich sagen, ob ihre Schwiegermutter wirklich Probleme hatte oder ob sie nur schauspielerte, um einer weiteren Diskussion aus dem Weg zu gehen.

„Ich will dich nicht im Haus haben, ich brauche dich nicht, und mir ist es gleich, ob ich dich je wieder sehe oder nicht!" stieß Mrs. Bancroft mit abgehackter Stimme hervor. „Verschwinde!"

Das klang beinahe wieder normal. Auch kehrte allmählich die Farbe in ihre Wangen zurück. Wenn Laurel blieb, würde sie das wohl nur wieder von neuem aufregen. „Soll ich jemandem Bescheid sagen? Zelda vielleicht?"

„Das kann ich selbst."

Sehr gut möglich. Laurel wandte sich ab und ging zur Tür. Die Hand auf der Klinke, drehte sie sich noch einmal um. Howards Mutter starrte ihr nach; sie hielt die blutleeren Lippen fest aufeinander gepresst, und ihr Blick spiegelte ohnmächtige Boshaftigkeit wider. Laurel verließ das Haus und zog die Tür leise hinter sich ins Schloss.

In ihrem Auto blieb sie erst einmal reglos hinter dem Lenkrad sitzen und betrachtete den schmucklosen Bungalow, der genauso trostlos und verbraucht wirkte wie die Frau, die in ihm lebte. Zwar empfand Laurel Zorn und auch einen gewissen Triumph, doch sie konnte sich nicht darüber freuen. Die alte Frau tat ihr Leid. Auch sie selbst tat sich Leid. Sie war gekommen, um einen Gegner zur Rede zu stellen, und war nur einem Phantom ihrer Fantasie begegnet. Nun, da es bezwungen war – was blieb ihr jetzt noch zu tun?

Sie war sich so sicher gewesen, dass ihre Schwiegermutter hinter den Angriffen gesteckt hatte. Sie konnte sich sehr gut vorstellen, dass sie Sticks vergiftet hatte, nicht nur, weil sie Hunde hasste, sondern auch, weil der arme Sticks ihr Angst gemacht hatte und sie deshalb geglaubt hatte, ihre Würde verloren zu haben. Was die zerstörten Töpferwaren und die anonymen Briefe betraf, das konnte durchaus ein Racheakt gewesen sein, weil Laurel sich ihr widersetzt hatte.

Der Brand im Töpferschuppen war hingegen etwas ganz anderes. Es kostete Laurel schon viel Vorstellungskraft sich auszumalen, dass die ältere Frau ihr Auto ein Stück vom Haus entfernt abgestellt und sich im Dunklen durch den Wald an das Grundstück herangeschlichen haben sollte. Noch schwieriger war es nachzuvollziehen, wie sie den Benzinkanister gefunden, ihn ausgeleert, ein Streichholz in die Lachen geworfen hatte und dann blitzschnell davongerannt war.

Trotzdem ... Wenn sie es nicht gewesen war, wer dann? Es hatte ein gewisser Trost in der Tatsache gelegen, dass sie sich bezüglich der Identität ihres Peinigers so sicher gewesen war. Sie und Schwiegermutter Bancroft waren alte Feindinnen, sie kannten sich und wussten, was sie voneinander zu erwarten hatten. Ihr Kleinkrieg war stets ohne Blutvergießen verlaufen und hatte Grenzen gehabt. Verletzt worden waren nur der Stolz und die Gefühle. Steckte nun noch ein Dritter dahinter, dann sahen die Dinge ganz anders aus.

Wer sonst außer ihrer Schwiegermutter verabscheute sie so sehr? Es musste ein Racheakt sein. Laurel wollte, dass es das war und nicht etwa ein Versuch von Alec, sie noch weiter von der Umwelt zu isolieren und von ihm abhängig zu machen. Obwohl sie diese Möglichkeit in der vergangenen Nacht flüchtig in Erwägung gezogen hatte, glaubte sie nicht ernsthaft daran. So herzlos und teuflisch durchtrieben war er nicht.

Marcia war von ihrem Mann Jimmy geschlagen worden. Vielleicht war er tatsächlich so fanatisch, dass er der Meinung war, Laurels vermeintliche Sünden bedürften einer Bestrafung. Darüber hinaus war er ein solcher Macho, dass er bestimmt annahm, er könnte sich alles erlauben. Laurel hatte ihn nie gemocht, und das wusste er. Dennoch hatte sie sich ihm gegenüber stets höflich verhalten. Zu offenen Feindseligkeiten zwischen ihnen war es nie gekommen, weil sie zu wenig Kontakt gehabt hatten. Er kannte sie im Grunde nicht gut genug, um gezielt die Dinge zu zerstören, die ihr wirklich etwas bedeuteten.

Dann vielleicht Gregory? Er war intelligent und verlor sich gern in komplizierten Gedankengängen. Er liebte und hasste seinen Bruder gleichzeitig und hatte keinen Zweifel daran gelassen, dass er Laurel als große Gefahr für Alec betrachtete. Möglicherweise hielt Gregory es für eine willkommene Ablenkung von seinem Kampf mit dem Tod, wenn er sie entzweite. Aber hatte er die Kraft dazu? Alec hatte erzählt, seinem Bruder ginge es etwas besser. Doch was bedeutete das schon? Bedeutete das überhaupt irgendetwas?

Dann war da noch Zelda. Klatsch und Tratsch waren ihre Leidenschaft. Dadurch, dass sie alles über andere Leute wusste, fiel es ihr leichter, die Leere in ihrem eigenen Leben zu ertragen. Dass sie die Gerüchte dann noch aufbauschte und übertrieb, war wohl einfach ein besonderer Kunstgriff für sie. Sie hatte sich über Alec geärgert und war nicht allzu begeistert von den Veränderungen in „Ivywild" gewesen. Trotzdem hatte sie eigentlich kein Motiv für Rache, auch war sie nicht der Typ, der über den Satan, Unzucht und Sünden wetterte. Darüber hinaus war sie stets freundlich zu Laurel gewesen. Ja, und Sticks war geraume Zeit vor ihrem Besuch neulich umgebracht worden.

Wen gab es sonst noch? Maisie? Absolut lächerlich. Auch Grannie Callie war viel zu liebenswert und noch dazu zu beschäftigt mit ihren eigenen Angelegenheiten und ihrer Sorge um Gregory.

Marcia und Evan? Nein. Laurel weigerte sich kategorisch, ihre eigenen Kinder zu verdächtigen. Das war ausgeschlossen.

Dan Tanning hatte in der letzten Zeit wieder ein ungewöhnliches Interesse an ihr gezeigt, und er mochte glauben, dass er sich dank seiner Position in Hillsboro alles erlauben konnte. Aber was für einen Grund sollte er haben, ihr wehzutun? Das überaus zarte Band, das vor vielen Jahren kurzfristig einmal zwischen ihnen existiert hatte, gab ihm noch lange keinen Anlass zur Eifersucht auf Alec.

Im Grunde war es schwer zu akzeptieren, dass überhaupt jemand versuchen wollte oder konnte, ihr Schaden zuzufügen. Normale Menschen machten so etwas nicht. Ergab sich daraus nicht zwangsläufig der Schluss, dass hinter all diesen Vorfällen nur ein Geisteskranker stecken konnte? Wozu machte sie sich dann die Mühe, nach vernünftigen Motiven zu suchen?

Laurel ließ den Motor an und fuhr rückwärts aus der Einfahrt. Als sie wieder nach vorn blickte, sah sie, dass sich die Gardinen am Wohnzimmerfenster leise bewegten.

17. KAPITEL

Alec beobachtete, wie Laurel in die Garage fuhr. Kurz darauf trat sie ins Freie und schirmte die Augen mit der Hand ab, während sie zum Wald hinüberblickte. Er wusste, dass sie ihn dort, wo er stand, nicht sehen konnte.

Sie wirkte blass und aufgewühlt. Wo immer sie gewesen war, was sie auch getan haben mochte, bestimmt war der Ausflug nicht sehr erfreulich oder gar erfolgreich gewesen. Sie ließ die Schultern sinken, als sie sich abwandte. Nicht vor Müdigkeit oder Resignation, dessen war er sich sicher, sondern weil sie ihn gesucht und nicht gefunden hatte. Unwillkürlich trat er aus dem schattigen Dickicht ins Sonnenlicht. Sie drehte sich abermals um, und jetzt entdeckte sie ihn.

Er hielt kurz inne, wie erstarrt vor Enttäuschung. Sie hatte Angst davor gehabt, ihn zu sehen, war erleichtert gewesen, als sie ihn nirgends erblickt hatte. Das war ganz deutlich ihrem Gesichtsausdruck zu entnehmen. Nun, er beschloss, sich nicht davon beirren zu lassen. Er wusste, dass sie ihn brauchte, ob sie das zugab oder nicht, und das reichte ihm völlig. Zumindest wich sie nicht zurück, als er näher kam. Zunächst machte sie sich ganz steif, als er sie in die Arme nahm, doch dann seufzte sie und schmiegte sich an ihn. Sie schlang die Arme um seine Taille, lehnte den Kopf gegen seine Brust und schloss die Augen.

Die Sonne schien warm auf sie herab, wirkte lindernd, entspannend. Ein sanfter Wind strich raschelnd durch die Bäume, Bienen summten. Alec spürte Laurels Wärme, sog ihren Duft und den Harzgeruch der Baumsprösslinge ein, die er gefällt hatte, und eine tiefe Zufriedenheit breitete sich in ihm aus. Der Wind drehte jedoch und brachte den stechenden Geruch von nassem, verbranntem Holz und kalter Asche mit sich. „Ich habe den Brief gefunden", murmelte Alec, die Wange an ihr weiches Haar geschmiegt.

Sie bewegte sich nicht, aber er merkte, wie angespannt sie wurde. „Den Brief?“ fragte sie unsicher nach.

„Du hast ihn auf der Frisierkommode liegen lassen. Wolltest du mir nichts davon sagen?“

„Ich ... ich weiß nicht“, kam es leise.

Ihm fielen gleich mehrere Gründe ein, warum sie das Ganze vielleicht für sich hatte behalten wollen. Scham. Rücksichtnahme auf seine Gefühle. Angst davor, was er eventuell tun würde. Und noch ein Grund mehr. „Was habe ich getan, dass du mir nicht vertraust?“ fragte er.

„Nichts“, versicherte sie. Sie wich ein Stück zurück, legte die Hände auf seine Brust und sah ihm in die Augen. „Ich glaubte nur, diese Angelegenheit selbst regeln zu können. Schwiegermutter Bancroft kam für mich am ehesten als Verfasserin dieses Briefs infrage. Ich scheine mich geirrt zu haben.“

Das klang einleuchtend, war möglicherweise sogar wahr. Trotzdem ahnte er, dass das noch nicht alles war. „Ich habe dich einmal im Stich gelassen, wahrscheinlich sogar zweimal. Du dachtest, ich würde es wieder tun.“

„Vielleicht dachte ich gerade, dass du es *nicht* tun würdest.“ Ihre Stimme klang weich und melodisch. „Meine Schwiegermutter ist nicht mehr jung, und besonders intelligent ist sie sicher auch nicht.“

„Im Gegensatz zu dir.“

„Bin ich das wirklich? Vor Zorn hätte ich sie beinahe umgebracht, und ich bedachte auch nicht, wie viel es mir ausmachen würde, wenn sie mir keinen Aufschluss geben könnte.“

Er war sich nicht ganz klar, ob sie das meinte, was er dachte. Er musste jedoch nachfragen, auch wenn ihm ihre mögliche Antwort panische Angst einjagte. „Zum Beispiel darüber, wer sich sonst noch so gut hier auskennt, dass er sich hier auch im Dunklen zurechtfindet? Abgesehen von mir, natürlich?“

„Natürlich", bestätigte sie. „Und ich habe noch immer keine Antwort darauf."

Sie hatte keine Sekunde gezögert, hatte sogar gelächelt beim Sprechen, doch die Wahrheit lag in den Tiefen ihrer blauen Augen. Sie zitterte leicht, er konnte das ganz deutlich spüren. Ihre Wärme, ihr enormer Mut und ihre zarte Verletzbarkeit weckten in ihm den Wunsch, sie zu nehmen und ihr beizubringen, dass sie nie wieder Angst vor ihm zu haben brauchte. Oder aber, dass sie ihn fortan restlos fürchten musste. Er wusste nicht, welcher Impuls stärker war.

Seine Stimme ganz leicht und unbeschwert zu halten war das Schwerste, was er bis jetzt hier vollbracht hatte. „Bist du dir dessen sicher? Bestimmt ist dir doch schon mal durch den Kopf gegangen, dass ich die Schlange in deinem Garten Eden sein könnte?"

Er merkte sofort, wie viel Mühe sie hatte, sich ihre Überraschung nicht anmerken zu lassen. Dennoch war sie viel stärker, als er erwartet hatte, denn sie zog nur wachsam eine Augenbraue hoch. „Ich habe noch nie sonderlich an die Geschichte von dieser Schlange geglaubt."

„Du meinst, Adam und Eva hätten selbst nach jenem Apfel gegriffen?"

„Ergibt das nicht viel mehr Sinn? Das Verbotene ist unwiderstehlich genug, da bedarf es keines weiteren Anstoßes von außen."

„Armer Adam", meinte er leise. „Ich glaube, die Versuchung, die Eva für ihn darstellte, hatte wenig mit Äpfeln zu tun!"

Sie warf ihm einen schiefen Blick zu. „Glaubst du das wirklich?"

„Meine Theorie war immer, dass er das Paradies verloren hat, weil er es zuließ, dass Eva die Schuld auf sich nahm. Er wäre viel besser dran gewesen, wenn er sich entschlossen hingestellt und gefragt hätte, wozu bitte sie beide denn geschaffen worden waren, wenn sie nicht lieben und geliebt werden durften."

„Und das vor Gott und der Welt?" hakte sie heiser spottend nach. „Adam hätte vernichtet werden können durch den Zorn seines Schöpfers, und wo wären er und Eva dann gelandet?"

„Zusammen im Paradies", gab er zurück. „Wenn sie zu ihm gehalten hätte." Er beobachtete sie genau und fragte sich, ob sie seine Anspielung wohl verstanden hatte. Und wenn, was sie damit anfangen würde. Er sah die zarte Ader an ihrer Schläfe pochen, der sanfte Wind blies ihr eine silberblonde Haarsträhne ins Gesicht. Es war warm, doch die Schweißtropfen, die ihm jetzt über den Rücken rannen, waren keine Folge der Wärme, sondern seiner nackten Angst. Er kämpfte um etwas sehr Wichtiges – und er verlor.

„Sie waren doch ohnehin zusammen", meinte Laurel schließlich.

„Wirklich?" erkundigte er sich behutsam. „Oder waren sie von Anfang an getrennt, weil Eva keinen Anlass sah, Adam je zu vertrauen?"

Sie sah ihm so eindringlich in die Augen, als suchte sie dort nach etwas, das gar nicht da war. „Ich nehme an, Adams Schuldgefühl stand zwischen ihnen. Es heißt, zurückliegendes Unrecht wirft lange Schatten."

Er sog scharf den Atem ein. Ehe er noch darauf antworten konnte, ging die Verandatür auf, und Maisie trat heraus. „Mittagessen, ihr beiden!"

„Wir kommen!" rief Alec, zutiefst dankbar für diese Ablenkung, und er stieß insgeheim ein Dankgebet aus dafür, dass es noch unkomplizierte Frauen gab. Frauen, die nicht verführerisch schön waren. Und nicht so vernichtend in ihrer endlosen Freundlichkeit.

Später am Nachmittag erschien Laurels Sohn. Evan kam diesmal allein. Etwas anmaßend sah er sich um, als er aus dem Wagen stieg, wahrscheinlich, um seine Nervosität zu tarnen. Alec wusste, dass der Junge ihn drüben am Waldrand entdeckt hatte, schließlich stand er gut sichtbar da, doch Evan tat, als bemerkte er ihn nicht.

So ignoriert zu werden war für Alec beinahe ein Affront, auch wenn er sich sagte, dass Evan einfach noch sehr unbeholfen war. Trotzdem, ein Winken oder auch einfach nur ein Nicken hätte genügt. Alec war bescheiden. Andererseits verspürte er aber auch einen ausgeprägten Beschützerinstinkt, und dermaßen übersehen zu werden machte ihn so gereizt, dass er sich keine Mühe gab, das zu verbergen. Ohne Eile ging er auf das Haus zu.

Er traf Mutter und Sohn an der Brandruine des Schuppens. Als Laurel sie miteinander bekannt machte, streckte Alec die Hand aus. Er vermutete fast, dass der Junge ihm diese Höflichkeitsgeste versagen würde, doch Evan fing den Blick auf, den Laurel ihm zuwarf, und erwiderte den Händedruck. Das tat er sogar erstaunlich fest, so dass Alec flüchtig glaubte, der Junge wolle einen Wettstreit daraus machen. Aber dann nahm er wohl irgendetwas in Alecs Blick wahr, und er gab nach. Er begrüßte ihn höflich und trat dann einen Schritt zurück.

„Evan hat auch einen dieser Briefe erhalten", erklärte Laurel gepresst.

„Kam er mit der Post?" wollte Alec wissen. Laurels Brief war direkt in ihren Kasten eingeworfen worden, was schon dreist genug war. Einer mit einer Briefmarke darauf konnte unter Umständen allerdings zum höchst belastenden Beweisstück werden.

Evan schüttelte den Kopf. „Er lag einfach so in meinem Fach im College. Aber das ist nicht der einzige Grund, warum ich hier bin." Er klang irgendwie angriffslustig, so als hätte er sich bereits mit seiner Mutter gestritten, ehe Alec hinzugekommen war.

Laurel verstärkte diesen Eindruck noch durch ihre Bemerkung: „Ich hätte dich wegen des Brandes angerufen, wenn ich der Meinung gewesen wäre, dass du etwas für mich hättest tun können. Dem war und ist aber nicht so."

„Wahrscheinlich hätte genauso gut das ganze Haus abbrennen können, ohne dass ich etwas davon erfahren hätte."

Laurel bedachte ihn mit einem strengen Blick. „Wenn du gleich mich wegen des Briefs angerufen hättest, anstatt damit zu deiner Tante Zelda zu gehen, hätte ich dir nur zu gern davon erzählt."

Ihr Sohn sah unbehaglich drein. „Ich hatte keine Ahnung, ob du davon wusstest. Ich dachte mir, es wäre besser, wenn du nie davon erfahren würdest."

„Also hast du lieber mit deiner Tante darüber gesprochen, bei der man sich darauf verlassen kann, dass sie solche Geschichten sofort überall verbreitet?"

„So schlimm ist Tante Zelda nun auch nicht. Außerdem wusste sie bereits davon, weil sie selbst so einen Brief erhalten hatte. Aber egal. Hast du nie daran gedacht, wie ich mich fühlen könnte, wenn ich weiß, mit welchen Schwierigkeiten du hier zu kämpfen hast? Du bist schließlich meine Mutter!"

Evan warf Alec bei den letzten Worten einen trotzigen Blick zu, und Alec reagierte mit einem grimmigen Lächeln. Laurel sah zwischen beiden hin und her. „Ich weiß, und ich freue mich wirklich über deine Anteilnahme. Ich bin nur der Auffassung, dass das College im Moment wichtiger für dich ist."

„Ich kann mit mehreren Dingen gleichzeitig fertig werden, Mom."

Die Frustration des Jungen entsprang seinem Bedürfnis, helfen zu dürfen, das verstand Alec nur zu gut, und dadurch stieg Evan in seiner Achtung.

Laurel seufzte. „Da ist nichts, womit du fertig werden müsstest, Evan. Niemand kann etwas tun, solange wir nicht wissen, wer dahinter steckt."

„Ich könnte bei dir bleiben und auf dich aufpassen. Ich weiß nicht genau, was hier vor sich geht, aber du solltest jemanden zur Seite haben, damit die Leute sehen, dass du nicht ganz allein bist."

Alec wartete mit angehaltenem Atem auf ihre Antwort. Würde sie zu ihm und dem stehen, was zwischen ihnen war, oder würde sie Evans Angebot annehmen? Und wenn der Junge hier wieder einzog, was würde dann aus ihm selbst? Der Wind blies den Geruch nach Asche und Rauch zu ihm herüber, und er fühlte sich so, als stünde er am Eingang zur Hölle, darauf wartend, dass man ihm sein weiteres Schicksal mitteilte.

Laurel blickte eine Weile zum Wald hinüber. „Ich brauche niemanden."

„Sei nicht albern, Mom!" protestierte Evan. „Was ist, wenn der, der den Schuppen angezündet hat, als Nächstes das Haus in Brand setzen will? Dieser alte Holzhaufen geht schneller in Flammen auf als eine Silvesterrakete! Und womöglich ist damit noch gar nicht Schluss. Was ist, wenn derjenige ins Haus eindringt? Hier kann man praktisch mühelos durch jedes Fenster einsteigen, und der verdammte Kasten ist so groß, dass du das unter Umständen erst merkst, wenn es längst zu spät ist!"

Sie warf ihm einen harten Blick zu, der in krassem Gegensatz zu ihrem blassen, zarten Gesicht stand. „Was könntest du denn deiner Meinung nach tun? Schläfst du weniger fest als ich? Kannst du besser mit einer Waffe umgehen?"

„Wenigstens wären wir zwei, die die Augen offen halten!" Evan sah flüchtig und herausfordernd zu Alec.

Drei, nicht zwei, dachte Alec, aber schließlich wusste Laurels Sohn das nur zu gut. Wenn Laurel versuchte, die Gefühle ihres Sohns zu schonen, bemühte sie sich wahrscheinlich vergebens. Doch dann sprach sie die Worte aus, auf die er so gewartet hatte.

„Alec ist über Nacht bei mir, Evan. Ich habe bereits jemanden, der auf mich aufpasst und die Augen offen hält."

Der Junge stemmte die Hände in die Hüften. „Ach ja? Soweit ich das beurteilen kann, ist er dir ja wirklich eine phänomenale Hilfe gewesen in letzter Zeit!"

Alec zuckte leicht zusammen, doch dieser Seitenhieb vermochte seine Hochstimmung nicht zu dämpfen. „Du hast Recht, Evan", bestätigte er ruhig. „Jetzt weiß ich allerdings besser, womit wir zu rechnen haben."

Laurel starrte ihn an, und er hielt ihrem Blick stand. Sie hatte ihr Verhältnis zugegeben. Vor ihrem eigenen Sohn hatte sie offen eingestanden, dass er ein Teil ihres Lebens war. Dennoch lächelte sie nicht, sie wirkte auch nicht sonderlich glücklich oder befreit. Angst stieg in ihm auf und lähmte ihn, er erkannte, dass er eigentlich nur vom Regen in die Traufe gekommen war.

„Schick' ihn fort!" forderte Evan seine Mutter auf. „Du brauchst ihn nicht, und er schädigt nur deinen Ruf!"

„Evan! Du hast nicht das Recht, so etwas zu sagen!"

„Wenn es doch die Wahrheit ist?" Der Junge war tiefrot geworden. „Ich kann besser auf dich aufpassen. Und wer weiß, wenn er fort ist, brauchst du vielleicht gar keinen Schutz mehr!"

Alecs Anspannung wuchs. „Wenn ich mir dessen auch nur eine Sekunde sicher sein könnte, wäre ich schon längst nicht mehr hier."

„Darauf können Sie wetten!" schleuderte Evan ihm entgegen.

„Halt!" schaltete Laurel sich energisch ein. „Jetzt ist Schluss. Kein Wort mehr darüber! Es bleibt alles, wie es ist. Abgesehen davon kann es sein, dass mit dem Brand ohnehin alles vorbei ist."

Alec merkte, dass sie Angst hatte, er und Evan könnten tätlich aneinander geraten, und sie hatte Recht. Er beherrschte sich nur, weil er einsah, dass Evan sehr besorgt war, aber seine Geduld war nicht grenzenlos.

„Das glaubst du doch nicht im Ernst!" gab Evan mit kaum verhohlenem Ärger zurück.

Laurel blieb unnachgiebig. „Es ist jedenfalls besser, als überall Gespenster zu sehen."

„Richtig!" konterte ihr Sohn hitzig. „Dann verschließ' ruhig weiter die Augen, damit du auch nicht erkennst, wen du dir da ins Bett geholt hast!"

Alec trat einen Schritt auf ihn zu, doch Laurel hielt ihn zurück. Sie hob das Kinn, und ihre Augen glitzerten kalt wie Eis. „Lass mich noch eins ganz klar stellen, Evan, und danach will ich kein Wort mehr hören. Dein Platz ist im College, wo du dich gefälligst auf dein Studium konzentrierst und das Sommersemester mit bestmöglichen Resultaten abschließt, ja? Ich will dich nicht hier haben, weil ich mir ständig Sorgen machen müsste, dass du das nächste Opfer wirst. Ich habe Alec. Er ist alles, was ich brauche."

Sie benutzt mich als Schutzschild, erkannte Alec plötzlich. Das steckte also hinter ihrem öffentlichen Bekenntnis zu ihm. Ihre Vertrautheit zuzugeben war für sie besser, als sich ständig um das Wohlergehen und das Leben eines Menschen zu sorgen, den sie liebte. Hieß das auch, dass sie ihn für fähiger hielt als Evan, selbst auf sich aufzupassen? Oder war das der Beweis, dass er entbehrlich war?

Er ist alles, was ich brauche. Noch vor wenigen Minuten wären ihm diese Worte wie ein Wunder erschienen. Jetzt konnte er nur noch eins denken – ja, aber wie? Und warum?

Evan verlegte sich auf alle möglichen Argumente, die ihm einfielen, und bewies, dass er die Intelligenz seiner Mutter geerbt hatte und dass er genau wusste, zu welchen Opfern sie bereit war. Trotzdem wich Laurel nicht einen Millimeter von ihrem Entschluss ab.

Als Evan endlich wegfuhr, sah sie ihm noch lange nach. Sie wirkte bedrückt und müde, aber gleichzeitig ging auch eine anrührende Ausstrahlung inneren Friedens von ihr aus.

Sie wandte sich Alec zu, der immer noch neben ihr stand. „Es ist schon spät", bemerkte sie ruhig. „Viel wird sich heute wohl nicht mehr ergeben. Du kannst ruhig nach Hause fahren und dich um Gregory kümmern, wenn du möchtest."

Er nickte steif. „Ich habe ihn in letzter Zeit zu oft Grannies Obhut überlassen."

„Du brauchst heute Abend nicht zurückzukommen", fügte sie hinzu, ohne den Blick von ihm zu wenden. „Es sei denn, du möchtest es."

„Ja, das möchte ich." Er beobachtete sie, beobachtete, wie die späte Nachmittagssonne Schatten auf ihr Gesicht warf. Tief im Innern verspürte er das beinahe masochistische Bedürfnis, von ihr zu hören, dass sie seine Rückkehr nicht wünschte.

Sie tat ihm den Gefallen nicht. Stattdessen fing sie langsam an zu lächeln, und ihre Augen waren geheimnisvoll und dunkel. „Dann beeil' dich", sagte sie mit klarer Stimme.

Laurel blieb stehen und sah Alec nach, wie er auf seinem Motorrad davonfuhr. Ihr fiel auf, dass sie ihm immer nachsah. Eines Tages, das wusste sie, würde er fortfahren und nie mehr zurückkehren. Dann würde sie wieder ganz allein in diesem großen Haus sein. Aber noch nicht. Noch nicht.

Hinter ihr trat Maisie aus der Tür. Sie hatte sich ihre große Tasche umgehängt und hielt ihre zusammengefaltete Schürze in der Hand. Auch für sie war es Zeit, nach Hause zu fahren.

„Werden Sie hier allein zurechtkommen?" fragte sie unvermittelt.

Laurel nickte und lächelte sie zuversichtlich an. Da ihr klar war, dass Maisie von Alecs nächtlichen Besuchen wusste, fügte sie hinzu: „Es ist ja nicht für lange Zeit."

„Ich könnte noch ein wenig bleiben. Mein Mann arbeitet diese Woche länger, und so brauche ich mich noch nicht um das Abendessen zu kümmern."

„Ich schätze mal, wenn hier jemand mit unlauteren Absichten aufkreuzte, würden Sie ihm, ohne zu zögern, Ihre Tasche über den Kopf ziehen!" zog Laurel sie liebevoll auf.

„Das würde ihn mit Sicherheit außer Gefecht setzen, wenn ich bedenke, was da alles drin ist!" Maisie wurde ernst. „Ich mache mir Sorgen um Sie, Liebes. Die Sache hat widerlich und gemein angefangen, doch nun entgleitet sie uns zunehmend."

„Ja, ich weiß." Laurel rieb sich die Stirn. „Es ist so absurd, ich weiß nicht einmal, was sich hinter alldem verbirgt."

„Sind Sie sicher? Fällt Ihnen immer noch nichts ein, was Sie eventuell gesagt oder getan haben könnten, das jemandem jetzt sauer aufstößt?"

Laurel schüttelte bedächtig den Kopf. „Ich habe keine Ahnung, es sei denn, es hat etwas mit Alec zu tun."

Maisie schwieg eine Weile. „Wenn er wirklich der Auslöser ist, ist es vielleicht keine so gute Idee, wenn er Tag und Nacht hier ist."

„Sagen Sie ihm das mal", entgegnete Laurel trocken.

„Ich verstehe, was Sie meinen. Nun, ich könnte ja mal mit Callie reden. Auf sie hört er eigentlich noch am ehesten."

Damit konnte sie Recht haben. „Ich bin mir nicht sicher, ob das momentan etwas bringt. Außerdem ..."

„Außerdem haben Sie ihn gern um sich, nicht wahr?"

Laurel lächelte zaghaft. „Bin ich so leicht zu durchschauen?"

„Ich würde eher sagen, Sie haben sich sehr verändert." Der Blick der alten Frau ruhte voller Wärme und Sympathie auf ihr. „Nun gut, ich gehe jetzt lieber. Aber Sie passen gut auf sich auf, ja? Beide! Schließen Sie die Tür ab, wenn Sie ins Haus gehen."

„Das mache ich."

Maisie nickte und ging zu ihrem Wagen. „Dann bis morgen."

Laurel ging nicht sofort ins Haus zurück. Sie entdeckte ein paar verwelkte Blüten an ihren neuen Rosenstöcken und fing an, sie abzubrechen. Daher hörte sie, wie Maisie ins Auto stieg und versuchte, den Motor anzulassen. Doch erst nach dem dritten vergeblichen Versuch hob sie den Kopf.

Maisie stieg aus dem alten Cadillac und hieb sich mit der Faust auf die andere Handfläche.

„Probleme?" rief Laurel ihr zu.

„Das verdammte Ding hat den Geist aufgegeben. Ich muss wohl meinen Mann anrufen, dass er herkommt, aber der hat erst in Stunden Feierabend!"

„Ich könnte Sie fahren, doch dann haben Sie morgen früh keine Möglichkeit, zu mir zu kommen. Die Werkstatt wird jetzt um die Zeit wohl niemanden mehr schicken."

„Oh, mein Mann repariert das ohnehin viel schneller und billiger."

„Wissen Sie was? Dann nehmen Sie einfach meinen Wagen", schlug Laurel vor. „Und morgen früh kommen Sie damit wieder zurück."

„Sind Sie sicher? Vielleicht brauchen Sie ihn heute noch."

Laurel lachte trocken. „Oh nein, ich gehe nicht mehr aus."

Maisie hatte noch eine ganze Reihe von Einwänden, aber schließlich willigte sie doch ein. Laurel holte den Schlüssel, und die alte Dame fuhr im Buick davon. Laurel war wieder allein.

Allein. Das Zirpen der Grillen klang ohrenbetäubend in der Stille. Die letzten Sonnenstrahlen brachten keinerlei Wärme mehr. Das Plätschern des Springbrunnens klang melancholisch wie Regen an einem Winternachmittag.

Mit raschen Schritten zog Laurel sich ins Haus zurück und schloss sorgfältig die Tür hinter sich ab. Eine Stunde mochte vergangen sein, als das Telefon klingelte. Laurel schnitt gerade Tomaten für den Salat, den es zu dem gebratenen Hühnchen geben sollte. Am liebsten wäre sie nicht an den Apparat gegangen, denn nach den letzten Tagen erwartete sie kaum noch angenehme Neuigkeiten. Andererseits konnten es Alec, Evan, ja, vielleicht sogar Marcia sein, die sich nach ihr erkundigen wollten und beunruhigt waren, wenn sie sich nicht meldete.

„Laurel? Hier ist Dan Tanning."

„Dan, wie geht es dir?" fragte sie höflich, während sie sich den Hörer auf die Schulter klemmte und mit ihrer Arbeit fortfuhr.

„Gut, wenngleich das kein privater Anruf ist. Bitte, reg dich nicht auf, aber es hat einen Unfall gegeben."

Laurel legte das Messer hin und umklammerte den Hörer. „Ist etwas mit Evan oder ..."

„Nein, nein, es geht um Maisie. Ein paar Meilen vor der Stadt ist sie von der Straße abgekommen. Sie ist schwer verletzt, ein gebrochenes Bein, innere Verletzungen. Sie soll mit dem Hubschrauber nach Shreveport geflogen werden."

„Oh Gott, Dan! Wird sie wieder gesund?"

„Schwer zu sagen, aber sie führt sich ziemlich auf. Sie schwört, dass sie nicht sterben wird, ehe sie nicht mit dir gesprochen hat!"

„Ich wäre ja schon längst unterwegs, doch ich habe kein Auto!"

„Ich weiß. Oh, Laurel, ich habe beinahe den Verstand verloren, als ich deinen alten Buick um diesen Baum gewickelt sah! Keine Sorge. Einer meiner Leute ist schon auf dem Weg zu dir. In etwa fünf Minuten müsste er da sein."

18. KAPITEL

Dan traf Laurel vor der Notaufnahme im Krankenhaus. „Du kannst noch nicht hineingehen; der Arzt ist bei Maisie und redet mit ihr und ihrem Mann. Komm mit hier herein, ich hole dir einen Kaffee."

„Wie geht es ihr?" fragte Laurel leise und folgte ihm in ein Wartezimmer.

Dans Blick wirkte bedrückt. „Man hat sie stabilisiert, sie ist bei Bewusstsein, und das ist auch schon mit das Beste, was man über ihren Zustand sagen kann. Sie ist eben keine junge Frau mehr, weißt du."

„Nächstes Jahr wollte sie mit ihrem Mann in den Ruhestand gehen." Laurel presste die Lippen aufeinander und kämpfte gegen ihre aufsteigenden Tränen an. „Ich muss immer daran denken, dass es meine Schuld ist. Ich hätte sie nach Hause fahren müssen."

„Dann lägt ihr jetzt womöglich beide hier."

Er drehte sich abrupt zu dem Kaffeeautomaten in der Ecke um und kehrte kurz darauf mit zwei Styroporbechern wieder. Das Gebräu schmeckte bitter, half aber gegen die eisige Kälte in ihrem Innern. „Wie ist es passiert?" wollte sie wissen. „Dein Officer sagte etwas von einem Problem mit der Lenkung."

„Der Flüssigkeitsschlauch für die Servolenkung ist gerissen, und die Lenkung funktionierte nicht mehr einwandfrei. Vielleicht wäre es glimpflicher ausgegangen, wenn sie noch jünger wäre und bessere Reflexe hätte und wenn sie sich auf gerader Straße befunden hätte. Aber gerade dort ist die Strecke voller Kurven. Maisie geriet in Panik und fuhr den Wagen gegen einen Baum."

Laurel warf dem Sheriff einen angespannten Blick zu. „Der Wagen ist seit langer Zeit kaum gefahren worden."

„Maisie sagte, Alec Stanton hätte ihn letzte Woche gründlich überholt."

„Er kann ja auch etwas übersehen haben“, verteidigte sie Alec, als sie die stumme Andeutung aus seiner Stimme heraushörte.

Er starrte eine Weile in seinen Kaffeebecher. „Ich habe Nachricht aus Kalifornien.“

„Und?“ Mit klopfendem Herzen wartete sie auf seine Antwort.

„Nun ja, er hat sie umgebracht.“

Sie brauchte nicht zu fragen, wen er meinte. Sie fühlte sich Alec gegenüber illoyal, trotzdem, sie musste es wissen. „Wie? Was ist geschehen?“

„Schmerzmittel. Die Autopsie ergab eine gewaltige Überdosis. Sie lag zwar im Sterben, aber es ging wohl nicht schnell genug, also half er nach.“

Laurels Gehirn arbeitete völlig mechanisch. „Warum ist er dann nicht im Gefängnis?“

„Man konnte ihm nichts Ausreichendes nachweisen. Die Mittel waren ihr verschrieben worden. Offensichtlich hatte er sie wochenlang, ja, vielleicht sogar über Monate hinweg gehortet.“ Dan zuckte mit den Schultern. „Stantons Anwalt behauptete, sie selbst hätte die Tabletten gesammelt und dann Selbstmord begangen.“

Laurel ignorierte seinen sarkastischen Unterton. „Kam es zum Prozess?“

„Nicht wegen Mordes, es gab nur ein riesiges zivilrechtliches Theater. Die Erben seiner Frau waren begreiflicherweise nicht begeistert, dass ihnen der große Besitz durch die Lappen ging – erst recht, weil der Gärtnergehilfe alles bekommen sollte, der Junge, den ihre Mutter aus reiner Herzensgüte zu sich genommen hatte. Sie verlangten eine horrende Summe an Schadensersatz, was sich allerdings aber auch nicht durchsetzen ließ, und zum Schluss gewann keiner von ihnen allen. Die Anwaltskosten hatten das meiste Geld verschlungen.“

„Das beweist doch noch lange nicht, dass Alec wirklich schuldig war!"

„Oh, Laurel!" rief Dan frustriert aus. „Überleg doch nur einmal! Ein junger Mann heiratet eine reiche Witwe, die über zwanzig Jahre älter ist als er, und dann stirbt sie unter mysteriösen Umständen. Was ist deiner Meinung da wohl passiert?"

„Wenn sie wirklich so krank war, warum hat er dann nicht einfach abgewartet?"

„Ich vermute, er war zu ungeduldig. Woher soll ich das wissen? Doch wenn ich du wäre, würde ich von ihm keinen Heiratsantrag annehmen."

Heiratsantrag ... Sie erschauerte. „Ich bin nicht reich, ganz und gar nicht."

„Das kommt darauf an, wie man das sehen will. Dein Haus ist einiges wert, und es würde mich wundern, wenn du nur einen Bruchteil des Geldes ausgegeben hast, das Howard auf der Bank hatte, von der hohen Lebensversicherung ganz zu schweigen."

„Ich wusste gar nicht, dass meine finanziellen Verhältnisse so allgemein bekannt sind", stellte sie zynisch fest.

„Jedermanns finanzielle Verhältnisse sind in Hillsboro allgemein bekannt", gab er müde zurück. „Auch du kannst dir sicher bis auf ein paar Hunderter ausrechnen, was ich im Jahr verdiene."

Das konnte sie. Sie wich seinem Blick aus.

„Siehst du. Für einen mittellosen Betrüger bist du also durchaus interessant. Denk' darüber nach, mehr verlange ich gar nicht von dir. Nur, dass du darüber nachdenkst." Dan leerte seinen Becher und warf ihn in den Papierkorb. „Ich sehe einmal nach, ob du jetzt zu Maisie kannst."

Ach, Alec. Das Herz tat Laurel weh bei dem Gedanken, was er in Kalifornien alles durchgemacht haben musste. Andererseits war sie innerlich noch immer nicht gänzlich beruhigt. Was Dan gesagt hatte, war so belastend gewesen, so logisch. Doch wenigstens im

Moment würde sie sich wohl nicht den Kopf darüber zerbrechen müssen. Aus der Ferne vernahm sie bereits das Motorendröhnen, das die baldige Landung des Hubschraubers ankündigte. Wenn sie noch mit Maisie sprechen sollte, dann wohl besser bald.

Sie ließ ihren kalten Kaffee auf dem Tisch stehen und trat in den Gang hinaus. Dan kam ihr entgegen und winkte sie zu sich. „Hier entlang, durch die Doppeltür."

Die Trage, auf der Maisie lag, stand ganz in der Nähe des Ausgangs, der zum Hubschrauberlandeplatz führte. Schläuche, Kabel, Infusionsflaschen und Monitore umgaben die Trage; ein Team, bestehend aus dem Arzt, zwei Schwestern und zwei Sanitätern, überwachte die Instrumente. Maisies Mann stand mit gesenktem Kopf und vor der Brust verschränkten Armen etwas abseits an der Wand.

Der Arzt kam auf Laurel zu. „Fassen Sie sich kurz, Mrs. Bancroft, und machen Sie es ihr so leicht wie möglich. Versuchen Sie, ganz ruhig zu bleiben. Sie darf sich auf gar keinen Fall aufregen."

Laurel nickte, wurde aber abgelenkt, weil Maisie die Augen aufgeschlagen hatte und sie mit schwacher Stimme zu sich rief. Der Arzt trat zur Seite, und Laurel ging mit etwas weichen Knien zur Trage, wo sie Maisies kalte Hand vorsichtig in ihre nahm. Plötzlich stieg eine lähmende Angst in ihr auf. Was würde sie nun wohl zu hören bekommen?

„Oh, Laurel, ich bin so froh, dass Sie da sind!" Maisies Pupillen waren geweitet, ein Zeichen, dass die Betäubungsmittel bereits zu wirken anfingen. „Ich hatte Angst, Sie würden es nicht mehr schaffen, ehe ich ..."

„Ganz ruhig", unterbrach Laurel sie und bemühte sich, sich nichts von ihrem Kummer anmerken zu lassen. „Ich bin ja da. Wollten Sie mir etwas sagen? Haben Sie mich deswegen rufen lassen?"

Maisie nickte leicht. „Das galt Ihnen, nicht mir. Sie hätten in dem Wagen sitzen sollen. Ich habe lange und gründlich nachgedacht, über die Sache mit Sticks, mit Alec, den Briefen ... Sie müssen sehr vorsichtig sein."

„Ich weiß, und das werde ich auch." Die Worte kamen beinahe automatisch, bedeuteten im Grunde nichts. Durch die offene Tür ertönte zunehmend lauter das Motorengeräusch des Hubschraubers. Schon schwebte sein dreieckiger Schatten über dem Landeplatz, der Wind peitschte die hohen Kiefern in der Nähe.

Maisie zog Laurel näher zu sich, sie zitterte am ganzen Leib. „Es hat mit diesem anderen Todesfall zu tun", flüsterte sie ihr hastig zu. „Ich habe da ein paar Gerüchte gehört, ihnen aber zunächst keine Beachtung geschenkt. Das war ein Fehler."

Der Arzt legte Laurel eine Hand auf die Schulter. „Das reicht, Mrs. Bancroft, es wird Zeit zu gehen."

Die Schwestern traten an die Trage, lösten die Radbremsen und griffen nach den Infusionsflaschen. Trotzdem ließ Maisie Laurels Hand noch nicht los. Mit verzweifelter Kraft hielt sie sie fest. „Sprechen Sie mit Callie!" Sie sah Laurel flehend an. „Sie war früher Krankenschwester und weiß mehr über die Geschichte, als sie je zugeben würde. Sie wird sie Ihnen jedoch erzählen, wenn Sie ihr sagen, dass ich darum gebeten habe. Reden Sie jetzt gleich mit ihr, ja?"

Laurel versprach es ihr und drückte ihr ein letztes Mal die Hand, dann trat sie zur Seite. Ihr war, als sähe Maisie gelöster und beruhigter aus, als sie jetzt aus dem Raum gerollt wurde. Das Krankenhauspersonal versperrte Laurel schließlich den Blick auf die blasse Gestalt unter dem grünen Tuch. Mit geübten, geschickten Griffen wurde Maisie in den Hubschrauber gehoben. Die Rotorblätter begannen sich wieder zu drehen, und Sekunden später war sie fort.

Laurel drehte sich langsam um, noch ganz erfüllt von dem schmerzhaften Verdacht, den Maisie geäußert hatte. Geistesabwesend blickte sie den Gang entlang und hielt inne.

Dort stand Alec, groß, aufrecht, mit vom Wind zerzaustem Haar, den Motorradhelm unter den Arm geklemmt. Seine Augen glühten wie im Fieber, alles an seiner Haltung drückte Verachtung und Zorn aus. Er musste gehört haben, was Maisie gesagt hatte. Oder aber Dan, der ganz in der Nähe stand, hatte eine Bemerkung gemacht, durch die Alec alles klar geworden war. Es gehörte nicht viel dazu, nicht bei Alec. Dazu war er viel zu scharfsinnig und feinfühlig.

„Ich war auf dem Weg nach Hause, als ich sah, wie sie gerade deinen Buick wieder auf die Straße hoben." Unergründlich ruhte der Blick seiner dunklen Augen auf ihrem Gesicht. „Die Fahrertür war eingedrückt, der Sitz voller Blut. Ich dachte natürlich, du hättest am Steuer gesessen."

Sie hielt den Atem an. „Oh, Alec, das tut mir so Leid. Weißt du, dass es Maisie war?"

„Jetzt ja."

„Als Dan mich anrief, habe ich nur noch an sie gedacht. Ich wäre nie darauf gekommen, dass du ..."

„Lass nur", fiel er ihr ins Wort, die tiefen Linien um seine Augenwinkel glätteten sich ein wenig. „Wo willst du jetzt hin?"

„Auch darüber habe ich noch nicht nachgedacht." Sie rieb sich die Schläfen; sie merkte, dass sie Kopfschmerzen bekam. „Nach Hause, denke ich."

Dan stellte sich zwischen die beiden. „Ich werde dich fahren", teilte er ihr energisch mit.

„Mein Motorrad steht draußen", erklärte Alec nur.

Er bat sie nicht, er forderte sie nicht auf, er versprach auch keinen Trost oder Sicherheit. Er streckte nicht die Hand aus wie Dan. Er stand einfach nur da. Trotzdem spürte Laurel, wie allein die Kraft seines Willens sie einhüllte.

„Ich würde gern mit dem Motorrad fahren", gestand sie, ohne dabei Dan anzusehen. „Ich könnte etwas frischen Wind um die

Ohren ganz gut gebrauchen, damit mein Kopf wieder klar wird und ich denken kann."

„Bist du sicher, Laurel?" Dan hakte die Daumen hinter seinen breiten Gürtel.

Sie lächelte ihn matt an. „Ganz sicher."

„Dann gib nicht mir die Schuld, wenn etwas passiert."

„Das würde mir nicht im Traum einfallen." Sie ging zu Alec und nahm seinen Arm. Die beiden Männer tauschten einen langen Blick, feindselig der eine, gelassen der andere. Dann nahm Alec ihre Hand von seinem Arm, verflocht seine Finger mit ihren und verließ mit ihr das Krankenhaus.

Die Fahrt nach „Ivywild" dauerte nicht lange. Als sie ankamen, hatte Laurel es gerade einmal geschafft, ihren Schmerz und ihren Kummer einigermaßen in den Griff zu bekommen, doch in ihren Gedanken ging noch immer alles drunter und drüber. Sie stieg vom Motorrad, und Alec folgte ihr zur Veranda. Als sie die Tür aufschloss, hielt er sie am Arm zurück.

„Lass mich bitte vorgehen", meinte er und prüfte vorsichtig alle Zimmer rechts und links des Flurs. Erst dann schaltete er das Licht an. „Es scheint alles in Ordnung zu sein."

Laurel begab sich geradewegs in die Küche. Sie wollte anfangen, Kaffee zu kochen, erinnerte sich aber noch rechtzeitig daran, dass Alec keinen Kaffee mochte. Also griff sie nach der Flasche Bourbon. Sie brauchte jetzt unbedingt etwas, das ihr Mut machte und ihre Nerven beruhigte.

Alec war an der offenen Küchentür stehen geblieben und beobachtete sie. „Nicht", wehrte er gepresst ab. „Nicht für mich, jedenfalls. Ich möchte dir das, was ich zu sagen habe, vollkommen nüchtern und bei klarem Verstand sagen."

Sie stellte die Flasche auf die Anrichte und schlang die Arme um sich. „Ich bin mir noch nicht sicher, ob ich es hören will."

„Ich denke, du wirst es müssen. Dass ich für meine eigenen

Fehler bezahle, ist eine Sache. Zum Sündenbock gemacht zu werden eine ganz andere.“

„Wer tut das deiner Meinung nach?“ Sie drehte sich zu ihm um und lehnte sich gegen die Anrichte.

„Gute Frage. Vielleicht finden wir beide das noch heraus, doch vorher müssen wir etwas anderes aus dem Weg räumen.“

„Das mit deiner Frau“, flüsterte sie halblaut.

„Das mit meiner Frau“, wiederholte er bestätigend. „Es ist eine lange Geschichte. Willst du die vollständige Version oder eher die Zusammenfassung?“ Er sah sie unerschrocken an, und sie war diejenige, die seinem Blick nicht standhalten konnte.

„Was immer du mir erzählen möchtest.“

„Ich weiß nicht, wie viel du bereits von Gregory erfahren hast. Du weißt, dass wir nach Moms Tod zu Mrs. Chadwick zogen, die sich unserer annahm, ja?“ Auf ihr Nicken hin fuhr er fort: „Sie hatte einen besonderen Narren an Mita, meiner kleinen Schwester, gefressen. Es schien ihr Spaß zu machen, ihr Kleider zu kaufen und sie zur Schule zu schicken. Mita war ein intelligentes, liebes Mädchen. Das ist sie heute noch.“

Der Ausdruck von Stolz, der über sein Gesicht huschte, berührte Laurel mehr als jede Liebeserklärung. „Mita ist Ärztin, nicht wahr?“

„Ja, Kinderärztin. Sie erinnerte sich stets zu deutlich an die Zeiten, in denen sie als Kind krank gewesen war und es niemanden gegeben hatte, der ihr geholfen hat. Das heißt, bis Mrs. Chadwick kam.“

„Hast du die Frau, die du geheiratet hast, immer nur Mrs. Chadwick genannt?“ Laurel wusste nicht, ob sie aus Neugier fragte oder ob sie das, was sie nicht hören wollte, nur hinauszuzögern versuchte.

„Sie war viel länger meine Arbeitgeberin und Wohltäterin als meine Ehefrau.“

„Ich verstehe."

„Das bezweifle ich", widersprach er gepresst. „Es war nicht so, wie du glaubst, wie alle zu glauben scheinen. Ich habe mich nicht in ihr Bett gemogelt, ich habe nichts von all den lächerlichen Dingen getan, die die Leute einem unterstellen, wenn man eine ältere Frau heiratet. Wir pflegten uns beim Tee zu unterhalten, den sie übrigens jeden Nachmittag formvollendet servierte, mit feinem Porzellan, Silberlöffeln, Damasttischtüchern. Wir waren Freunde. Eines Tages rief sie mich zu sich. Sie war beim Arzt gewesen, und der hatte ihr eröffnet, dass sie nur noch wenige Monate zu leben hatte, im besten Fall ein Jahr. Sie wollte ihren Besitz nicht ihren Kindern hinterlassen, die sie nie besuchten und denen sie völlig gleichgültig war, Hauptsache, sie störte sie nicht. Sie hatte jedoch Angst, die Kinder würden Schwierigkeiten machen und jahrelang prozessieren, wenn sie alles mir und Mita vermachte. Heiratete ich sie jedoch, würde alles bindender sein, außerdem könnte sie dann sofort anfangen, manches auf mich zu überschreiben. Abgesehen davon brauchte sie jemanden, der sich um den Besitz und sie selbst kümmerte, wenn sie zu schwach werden würde, das selbst zu tun."

„Also willigtest du ein."

Er rieb sich den Nacken. „Es war eine rein juristische Vereinbarung. Wir haben nie im selben Zimmer, geschweige denn miteinander geschlafen. Zum einen war sie viel zu krank dafür. Zum anderen war sie mir stets mehr eine Mutter, als meine eigene es je gewesen war; ich hätte mich wirklich gefühlt, als hätte ich Inzest getrieben." Laurel nickte erneut verstehend, und er musterte sie scharf, ehe er fortfuhr: „Das soll nicht heißen, dass ich mich geweigert hätte, wenn sie darauf bestanden hätte, dazu schuldete ich ihr viel zu viel. Aber sie war nicht der Typ, der sich mit Dankbarkeit zufrieden gegeben hätte, und ich war damals noch zu jung, um mich verstellen zu können."

Laurel fragte sich flüchtig, ob er diese Kunst wohl inzwischen beherrschte, doch das sprach sie natürlich nicht aus. „Und dann?" wollte sie stattdessen wissen.

„Eines Nachts, als wir etwa sechs Monate verheiratet waren und die Schmerzen zu unerträglich für sie wurden, kam der Augenblick, wo ich mich für ihre Großzügigkeit revanchieren sollte. Sie bat mich, ihrem Leben ein Ende zu bereiten."

„Sie umzubringen?" fragte sie ungläubig nach, obwohl die fahle Blässe unter seiner Sonnenbräune ihr bereits verriet, dass sie ihn richtig verstanden hatte. „Was hast du da getan?" erkundigte sie sich flüsternd.

Er seufzte und lehnte den Kopf nach hinten an den Türstock. „Ich wollte es tun, ich wollte es wirklich, kannst du das nachvollziehen? Ich wollte ihren unerträglichen Schmerzen ein Ende bereiten, und auch meiner eigenen, rund um die Uhr andauernden Verpflichtung, sie zu pflegen. Es wäre so einfach gewesen. Jahrelang hatte ich von Mr. Wu alle Tricks gelernt, die er mir beizubringen vermochte. Ein leichter Druck an der richtigen Stelle, und alles wäre vorbei gewesen. Sie hätte gar nichts davon gespürt, es hätte keinerlei Anzeichen gegeben." Er verstummte. „Aber ich konnte es nicht. Ich konnte es einfach nicht."

Laurel war so erleichtert, dass ihr die Knie schwach wurden, und sie froh war, die Anrichte als Halt im Rücken zu haben. „Gott sei Dank", murmelte sie kaum hörbar.

Seine Miene war vollkommen ausdruckslos. „Was für ein Vertrauen", bemerkte er knapp. „Vorsicht, ich könnte ja auch ein begnadeter Schauspieler sein."

„Vielleicht solltest du mir jetzt lieber erzählen, wie deine Frau wirklich gestorben ist." Hatte sie ihn vorher für dazu im Stande gehalten zu töten, vorausgesetzt, er hatte das richtige Motiv dafür, so hielt sie ihn nun gleichermaßen für vollkommen unschuldig. Und das bedeutete, dass sie entweder extrem dickschädelig war oder dass Liebe tatsächlich blind machte.

„Mrs. Chadwick war eine überaus entschlossene Frau.“ Er verzog ironisch einen Mundwinkel. „In der Hinsicht erinnerst du mich manchmal an sie. Als sie begriff, dass ich ihr nicht helfen würde oder konnte, fing sie an, die Schmerztabletten zu sammeln, die ich ihr zuteilte, und sie in ihrer Nachttischschublade zu horten. Schließlich hatte sie eine ausreichende Menge zusammengetragen. An jenem Abend bat sie eine Kosmetikerin in ihr Haus, ließ sich das Haar waschen und legen, die Nägel machen und sich perfekt schminken. Dann nahm sie ein ausgiebiges Duftschaumbad und zog anschließend ihr schönstes Seidennachthemd an. Sie setzte sich an ihren Schreibtisch und schrieb die Abschiedsbriefe, einen an mich, einen an ihre Kinder. Schließlich schluckte sie alle angesammelten Tabletten auf einmal, legte sich in perfekter Pose auf das Bett und faltete die Hände über der Brust. Als ich kam, um nach ihr zu sehen, war sie ...“ Er verstummte und wandte sich ab.

„Du hast sie geliebt“, stellte Laurel sanft fest.

Er schob die Hände in die Hosentaschen und schluckte. „Nicht so, wie du glaubst.“

„Nein, so habe ich das absolut nicht gemeint“, versicherte sie. „Ich denke nur, zwischen euch war mehr, als du immer gesagt hast.“

„Sie war stets sehr freundlich. Sie brachte mir bei, mich richtig auszudrücken, anständig zu essen, schöne Dinge zu schätzen und ihren Wert zu erkennen. Sie ließ mich und Mita bei sich wohnen, als wir nicht wussten, wohin wir gehen sollten. Sie sorgte dafür, dass wir zusammenbleiben konnten, kleidete uns ein, schickte uns zur Schule, lehrte uns Selbstachtung und machte uns zu anständigen Menschen. Ich sah zu ihr auf, wie in alter Zeit vielleicht ein dummer Hütejunge zu einer vornehmen Dame aufgeblickt haben mochte. Ich schäme mich nicht, das zuzugeben, und ich bereue auch nichts. Außer vielleicht, dass ich ihr den einzigen wahren Gefallen nicht tun konnte, den sie je von mir verlangt hatte.“

„Wenn sie so war, wie du sie schilderst, dann war sie wahrscheinlich sogar stolz auf dich, weil du es nicht konntest“, wandte Laurel ein. „Abgesehen davon hat es den Anschein, dass sie sich selbst sehr gut zu helfen wusste.“

„Ich wusste, was sie vorhatte“, gab er mit brüchiger Stimme zu. „Schon Wochen vor ihrem Tod fand ich den Vorrat an Tabletten in ihrer Schublade. Ich fand ihn – und ließ ihn dort. So oft ich es wagte, füllte ich ihre Pillendose nach und gab ihr ein, zwei Tabletten mehr, als sie verordnet bekommen hatte, damit sie nicht unnötig Schmerzen erleiden musste.“

„Du konntest nicht davon ausgehen, dass sie es wirklich tun würde.“

Er warf ihr einen gequälten Blick zu. „Ich wusste es“, wiederholte er betont. „Ich hätte sie davon abhalten können, aber ich tat es nicht. Wenn ich dadurch schuldig bin an ihrem Tod, gut, dann nehme ich die Schuld auf mich. Doch ich bereue es keine Minute lang.“

Nun kannte sie also die ganze Geschichte. Sie wartete darauf, ob sich bei ihr ein Gefühl der Verurteilung einstellte, aber nichts dergleichen geschah. Natürlich befand sie sich nicht in einer Position, aus der heraus sie den ersten Stein hätte werfen können. Schließlich musste sie irgendwie mit ihren eigenen Schuldgefühlen fertig werden. Dennoch empfand sie nicht den geringsten Abscheu. Es war leicht, im Nachhinein die ethischen Werte anderer Leute zu kritisieren, aber niemand konnte mit Sicherheit sagen, ob sie Recht hatten oder nicht, bis er nicht dieselben Erfahrungen gemacht hatte, in einer Welt, deren Wertvorstellungen sich jeden Tag ein wenig änderten. „Erzähl mir von den juristischen Konsequenzen“, forderte sie ihn abrupt auf.

Er fuhr herum. „Du glaubst mir!“ stellte er mit vor Erstaunen heiserer Stimme fest.

„Ja.“

„Einfach so."

„Schließlich ist es die Wahrheit, oder nicht?"

„Ja, natürlich. Ich dachte nur, es würde schwerer werden, dich zu überzeugen."

Sie senkte den Blick, weil sie Angst hatte, er könnte zu viel in ihren Augen lesen. „Trotzdem will ich den Rest auch noch hören."

Er betrachtete ihr blasses Gesicht, ihre Hände, die immer noch leicht zitterten, und schließlich die Anrichte, auf der immer noch die Zutaten für den Salat lagen, den sie gerade hatte zubereiten wollen, als der Anruf wegen Maisie gekommen war. „Du hast noch nicht zu Abend gegessen, nicht wahr?" folgerte er. „Iss etwas, und währenddessen erzähle ich."

„Ich glaube nicht, dass ich einen Bissen herunterbringe, aber ich könnte dir ein Sandwich machen."

„Ich habe bereits gegessen. Komm, zwing dich."

„Ich kann wirklich nicht!" Als seine Miene unbeweglich blieb, drehte sie sich gereizt herum. „Also gut. Aber du erzählst, und zwar in allen Einzelheiten."

Sie hörte aufmerksam zu, während sie den Salat fertig machte und sich dann hinsetzte, um lustlos darin herumzustochern. Es war eine traurige Geschichte von Geldgier und konstruiertem Misstrauen. Als Mrs. Chadwicks erwachsene Kinder es nicht schafften, die Staatsanwaltschaft dazu zu bewegen, Mordanklage gegen Alec zu erheben, sorgten sie mit allen Mitteln dafür, dass Alec keine Freude mehr an dem hatte, was ihre Mutter ihm hinterlassen hatte. Die Gerichtsverhandlungen waren langwierig und erbittert gewesen. Die lokale Presse hatte in immer skandalöseren Einzelheiten der Beziehung zwischen der reichen älteren Frau und ihrem jungen Liebhaber geschwelgt. Schließlich hatte Alec den Prozess gewonnen, das Testament wurde für gültig erklärt. Doch die hauptsächlichen Gewinner waren, wie Dan schon angedeutet hatte, die Anwälte gewesen. Alec hatte den Besitz verkaufen müssen, um die Anwaltsrechnungen bezahlen zu können. Von dem, was übrig blieb, hatte er Mitas und sein eigenes Studium finanziert und später dann auch noch Gregorys Pflege.

Laurel hörte den Schmerz aus seiner Stimme heraus und wusste, dass ihn seine traurige Berühmtheit und der Verlust seiner Ehrbarkeit zutiefst belastete. Ihr kam der Gedanke, dass er sich vielleicht deswegen so unkonventionell gab, äußerlich wie innerlich, sozusagen als Trotzreaktion auf all die Verleumdungen und Verdächtigungen, denen er ausgesetzt gewesen war, getreu dem alten Spruch – einmal verdächtig, immer verdächtig. Es tat ihr in der Seele weh, sich vorzustellen, welche Demütigungen er hatte erdulden müssen, und das ohne einen Menschen, der im zur Seite gestanden hatte.

Wenigstens brauchte sie nun nicht mehr Miss Callie nach den Details zu befragen, wie Maisie es ihr geraten hatte. Jetzt wusste sie alles, was sie wissen musste. „Du deutetest einmal an, dass die Chadwick-Erben etwas mit den Vorgängen hier zu tun haben könnten", fiel ihr ein. „Hattest du einen besonderen Grund zu der Annahme?"

Er verzog verächtlich den Mund. „Sie zogen schon immer Angriffe aus dem Hinterhalt vor. Probleme zu verursachen, die man mir anlasten könnte, oder mich aus dem Job zu verdrängen, der mir viel bedeutet, entspräche ganz und gar ihrer Masche. Sie haben mir so lange das Leben zur Hölle gemacht, dass ich mir wohl inzwischen angewöhnt habe, ihre Machenschaften hinter allem und jedem zu vermuten."

„Das klingt zwar plausibel, aber Hillsboro ist weit entfernt von Kalifornien."

Alec nickte kurz. „Ich war so verstrickt in meine eigenen Probleme aus der Vergangenheit, hatte solche Angst, dir könnte meinetwegen etwas zustoßen, dass es ziemlich lange gedauert hat, bis ich begriff, dass du das eigentliche Ziel dieser Anschläge warst."

Sie ließ die Gabel sinken, die sie gerade zum Mund hatte führen wollen, und ihre Miene war wie versteinert. „Jetzt könntest du meinetwegen in Gefahr geraten."

„Das ist nicht so wichtig", meinte er mit einer wegwerfenden Handbewegung, obwohl sein Blick sehr eindringlich auf ihr ruhte.

„Für dich vielleicht nicht", gab sie langsam zurück. „Doch für mich ändert sich dadurch alles."

19. KAPITEL

Alec saß auf der Hollywoodschaukel auf der dunklen Veranda, schwang leicht auf und ab und ignorierte das Quietschen der rostigen Ketten. Er musste darüber nachdenken, was Laurel gesagt hatte. Es war eine Sache, zu Schaden zu kommen, weil man selbst dazu beigetragen hatte, und es war eine andere, wenn ihm ihretwegen etwas zustieß. Die Andeutung von Sorge um ihn, die sie hatte durchscheinen lassen, weckte ein seltsames, fast vergessenes Gefühl in ihm. Hoffnung?

Sie war noch im Haus. Sie hatte eigentlich ein Bad nehmen wollen, doch noch vor kurzem hatte er sie am Telefon gehört. Er hatte alle Fenster und Türen überprüft und dann seine Runde um das Haus und durch den Garten gemacht. Lange hatte er zwischen den Bäumen gestanden, sich umgesehen und gelauscht, doch ihm war nichts Ungewöhnliches aufgefallen. So weit er es beurteilen konnte, hatten sie heute Nacht keinen unwillkommenen Besucher.

Wieder sah er prüfend in die Dunkelheit hinaus. Er gab sich alle Mühe, wachsam zu sein, doch das war gar nicht so einfach, wenn sich Laurels Bild immer wieder in seine Gedanken schob. Er würde niemals vergessen, wie sie ihm zugehört hatte, ohne jedes Entsetzen, ohne schockierte Bemerkungen, ohne auf Distanz zu gehen. Sie hatte ihn verstanden.

Darauf war er nicht vorbereitet gewesen, und er konnte es immer noch nicht fassen. Er hatte damit gerechnet, jedes erdenkliche Argument vorbringen zu müssen, um sie dazu zu bringen, dass sie die Dinge von seiner Warte her betrachtete. Es hätte ihn nicht einmal überrascht, wenn sie ihn vor die Tür gesetzt hätte. Hätte er nicht vorher schon gewusst, wie einmalig sie war, dann wäre ihm das jetzt klar geworden. Sie hatte ihre eigene Last der Vergangenheit zu tragen und sich dennoch eine erstaunliche Toleranz bewahrt. Er hatte schonungslos über sich gesprochen, und sie hatte dabei mit keiner Wimper gezuckt. Stattdessen hatte sie ihm einfach geglaubt. Das mochte zum Teil daran liegen, dass er ihr etwas bedeutete, obwohl er es nicht wagte, wirklich daran zu glauben; schließlich hatte sie das ihm gegenüber nie ausgesprochen. Trotzdem zeigte ihr Verhalten, dass sie ihm vertraute, und die Dankbarkeit dafür schien ihm fast die Brust zu sprengen. Er hatte das Gefühl, dass sie von ihm verlangen konnte, was sie wollte, dass ihm kein Opfer für sie zu groß sein könnte. Sie verdiente alles, was er zu geben hatte. Und er liebte sie mit jeder Faser seines Ichs. Ohne sie sah er keinen Sinn mehr im Leben. Sie war für ihn Frieden, Licht, das Fundament seines Seins. Sie war Sonne und Mond für ihn, süße Träume, der sanfte Wind in den Zweigen der Bäume, der Duft edler Rosen. Er wollte sie beschützen bis zu seinem letzten Atemzug, notfalls sogar für sie sterben.

Wenn er nicht schon vorher vor Sehnsucht nach ihr starb. Er sehnte sich nach ihr mit einer Heftigkeit, die ihn seiner Kraft beraubte und Bilder in ihm heraufbeschwor, die sich nicht verdrängen lassen wollten. Er wollte sich mit ihr ins Bett legen und erst wieder aufstehen, wenn ihrer beider Verlangen restlos gestillt war. Er wollte sie ansehen, schmecken, liebkosen und im Arm halten; sie so durch und durch kennen, bis er sie aus Tausenden mit verbundenen Augen herausfinden konnte.

Er spielte mit dem Gedanken, ins Haus zu gehen und sie gleich nach ihrem Bad auf dem kühlen Fliesenboden zu lieben. Oder aber ihr beim Abtrocknen zu helfen, indem er die Wassertropfen von ihrer nackten Haut mit der Zungenspitze aufnahm. Oder sie in die Arme zu nehmen, ehe sie ihr Nachthemd überzog, und sie dann ...

Die Tür öffnete sich knarrend. Laurel trat auf die Veranda und kam in ihrem langen Nachthemd und dem weiten Morgenrock darüber auf ihn zu, ihr langes Haar schwang mit jedem ihrer anmutigen Schritte leicht hin und her. Sie sah so unschuldig und gleichzeitig so verführerisch aus, dass sich sein Mund plötzlich ganz trocken anfühlte und ihm siedend heiß wurde.

„Was machst du denn hier draußen?“ erkundigte sich. Sie setzte sich zu ihm auf die Schaukel und zog die Beine an.

„Nachdenken“, war alles, was er herausbringen konnte.

„Worüber?“

„Ach, über dieses und jenes.“ Er konnte ihr unmöglich seine komplizierten Gedankengänge erklären, und er fürchtete, jeder Versuch könnte in einer heftigeren Reaktion enden, als sie zu akzeptieren bereit war.

„Zum Beispiel, aus welchem Grund Menschen zu einem bestimmten Verhalten bewegt werden? Und welche Gefühle und Ereignisse der Vergangenheit sie prägen?“

Seine Stimme klang belustigt. „Ja, so ungefähr. Hast du auch darüber nachgedacht?“

„Das kann man wohl sagen.“ Sie zögerte. „Ich habe eben angerufen, um mich nach Maisie zu erkundigen. Sie hat den Transport gut überstanden und hält sich tapfer.“

„Das ist wunderbar. Gran wird sich freuen, das zu hören.“ Er hatte seine Großmutter bereits verständigt, denn er hatte nicht gewollt, dass sie die Geschichte zuerst durch irgendwelchen üblen Klatsch erfuhr.

Laurels Haar schimmerte im schwachen Licht, das aus der Tür auf die Veranda fiel. „Es ist furchtbar, dass ausgerechnet Maisie in meinem Wagen saß“, murmelte sie bedrückt. „Sie hätte tot sein können.“

„Oder du.“

Sie nickte. „Vielleicht ist das der Grund, warum ich mich so ... lebendig fühle. Hört sich das seltsam an?“

Etwas in ihrer Stimme veranlasste ihn, sie aufmerksam anzusehen. „Mir kommt es eher normal vor. Die Natur sorgt immer wieder dafür, dass wir das zu schätzen wissen, was wir haben;

dass wir das Leben trotz allem ab und zu für ein echtes Geschenk halten.“

„Aber ist das nicht ein wenig herzlos?“

„Warum? Das bedeutet deswegen doch nicht, dass dir gleichgültig ist, was vorgefallen ist. Wie sähe denn die Alternative aus? Dass du dich mit Selbstvorwürfen zerfleischst? Damit ist niemandem geholfen.“

„Schon, aber ich sollte mich nicht so ...“ Sie verstummte.

In der Stille plätscherte der Brunnen im Vorgarten, und der Duft von Geißblatt und Rosen vermischte sich mit dem von Laurels warmer Haut. Alec ließ den Blick über ihr zartes Gesicht, den schlanken Hals bis zu ihren Brüsten gleiten. Trotz der Kleidung konnte er sehen, dass die Knospen verheißungsvoll aufgerichtet waren. „Was fühlst du, Laurel?“ fragte er sanft. „Was möchtest du? Sag es mir. Oder zeige es mir. Ich verspreche, ich werde dich deswegen nicht geringer achten. Und ich werde dich nicht enttäuschen. Was auch immer du von mir verlangst, werde ich dir mit restloser Freude geben.“

Laurel konnte es kaum fassen, wie gut er sie verstanden hatte, und die tiefere Bedeutung dessen ließ sie erschauern vor Verlangen. „Soll ich wirklich?“

„Bitte“, murmelte er rau.

Sie schluckte und streckte die Hand aus, um mit den Fingerspitzen die markanten Konturen seines Gesichts nachzuzeichnen, ehe sie die Hand auf die Stelle legte, wo sein Herz unter dem weichen Stoff seines Hemdes schlug. Dann hielt sie sich an seiner Schulter fest, richtete sich auf die Knie auf und schwang ein Bein über seine Schenkel, um sich auf seinen Schoß zu setzen.

„Was hältst du davon?“ erkundigte sie sich mit verführerischer Stimme.

„Das sage ich dir, wenn ich wieder zu Atem komme“, stieß er hervor und versetzte die Schaukel erneut ins Schwingen.

„Ist alles in Ordnung?“ wollte sie besorgt wissen.

„Nein“, stöhnte er. „Ich würde eher sagen, es ist fantastisch.“

Halb lachend, halb seufzend schob sie ihm die Hand in das Haar, fand das Lederband, das es zusammenhielt, und zog es heraus. Dann wickelte sie sich die seidigen schwarzen Strähnen fest um die Hand.

„Ich lasse es morgen abschneiden, wenn es dir nicht gefällt“, bot er an.

„Das mache ich, aber nur ein ganz kleines Stück. Ich liebe es, wenn ich etwas habe zum ...“

„Festhalten?“ vollendete er ihren Satz und schenkte ihr sein unwiderstehliches Lächeln.

„Richtig.“ Und tatsächlich tat sie genau das, als sie eine bessere Position auf seinem Schoß suchte.

Er sog hörbar den Atem ein. „Ich möchte dich fairerweise darauf aufmerksam machen, dass das hier, so fantastisch es auch ist, zu etwas führen könnte, was unseren Briefschreiber möglicherweise zu neuen Hasstiraden verleiten wird!“

„Das ist mir gleich“, erwiderte sie, fügte aber sofort hinzu: „Glaubst du, dass er irgendwo da draußen ist?“

„Oder sie ... Nein, ich habe wenigstens nichts bemerkt.“

„Schließlich schaukeln wir ja auch nur“, meinte sie und neigte den Kopf zur Seite.

„Ja, und verleihen dem Wort damit eine ganz neue Bedeutung.“

„Und es macht dir nichts aus?“

„Höchstens, wenn wir damit aufhören. Dann könnte es allerdings sein, dass ich wahnsinnig werde!“

„Das dürfen wir auf keinen Fall riskieren.“ Sie beugte sich nach vorn und küsste ihn sanft. Sinnlich fuhr sie mit der Zungenspitze über die Innenseiten seiner Lippen und zog sie rasch zurück, ehe Alec sie festhalten konnte. Ihm blieb nichts anderes übrig, als sich zärtlich dafür zu rächen, indem er leidenschaftlich von ihrem Mund Besitz nahm.

Die nächste Feststellung, die er machte, als er sich mit der Hand unter ihr Nachthemd vortastete, war die, dass sie keinen Slip trug. Bei dieser Erkenntnis verlor er fast den Verstand, doch sofort begann er, diesen unerwarteten Umstand auszunutzen, indem er sich ganz auf die Erkundung ihrer Weiblichkeit konzentrierte. Gleichzeitig hörte er nicht auf, die Schaukel immer wieder neu zum Schwingen zu bringen.

Laurel hob den Kopf und stieß einen Seufzer der Lust aus. Sie legte ihm die Hände auf die Brust und konnte es plötzlich kaum noch erwarten, seine nackte Haut zu spüren. Sie öffnete einen Hemdknopf nach dem anderen, wobei ihre Finger immer ungeschickter wurden, weil er mit seinen intimen Liebkosungen unter ihrem Nachthemd fortfuhr. „Du machst das so gut, bestimmt hast du so etwas schon öfter getan“, stieß sie etwas atemlos hervor.

„Noch nie. Ich lerne allerdings schnell, wenn ich den richtigen Anreiz habe!“

Sie lachte und beugte sich über ihn, um eine seiner Brustwarzen sanft zwischen ihre Zähne zu ziehen.

„Hexe“, murmelte er.

„Teufel“, gab sie zurück und hielt den Atem an, als er mit einem Finger in sie eindrang. „Meinst du, der Briefschreiber hatte vielleicht doch Recht und wir sind wirklich verdorben?“

„Wenn das hier verdorben ist, möchte ich nie wieder anständig sein.“

„Das stimmt.“ Sie öffnete den Knopf seiner Jeans, und er half ihr, indem er den Reißverschluss öffnete. Sie richtete sich ein wenig auf, damit er die Jeans herunterstreifen konnte, dann sank sie seufzend auf ihn und nahm ihn tief in sich auf. Er füllte sie ganz aus und hielt sie fest, während er anfing, aufreizend mit den Hüften zu kreisen. Sie lehnte sich nach vorn, schmiegte ihre Stirn an seine und schloss die Augen. Für eine Weile hielt er in seinen Bewegungen inne, um die Empfindungen auszukosten, die ihn durchströmten. Doch schließlich gab es keine Zurückhaltung mehr. Immer höher schwang die Schaukel, und sie schwangen mit ihr, leicht, schwerelos – und frei. Nichts belastete sie mehr, weder Häme noch Kummer, weder Zweifel noch Angst, ja, nicht einmal mehr die Verantwortung. Sie waren am Leben und empfanden das als einzigartiges Geschenk. Sie erkannten seinen Zauber, erkannten, wie kostbar es war, und nahmen es dankbar an, mit klopfendem Herzen und ganzer Seele.

„Sieh mich an", verlangte Alec heiser.

Laurel hörte ihn, hörte das tiefe Verlangen aus seinen Worten heraus. Es war schwer, das zu tun, worum er sie bat, denn damit lieferte sie sich ihm mehr aus als durch rein körperliche Nacktheit. Dennoch schlug sie langsam die Augen auf. Er bannte sie mit seinem Blick und ließ sie alles sehen, was sich darin verbarg – wer er war, was er war und wie er für sie fühlte. Endlich verstand und akzeptierte sie, was er ihr darbot, und sie gab jeden Vorbehalt auf und gewährte ihm Zugang in die tiefsten Winkel ihres Ichs. Er nahm sie und hielt sie ganz fest, während sie gemeinsam in schwindelnde Höhen der Leidenschaft emporgetragen wurden.

Danach stand er auf, ohne sie loszulassen, immer noch mit ihr vereint, und trug sie ins Haus. Lachend fielen sie auf das Bett, und das Spiel der Liebe begann erneut. Als der magische Augenblick abermals gekommen war, fühlten sie sich fürs Erste fast restlos befriedigt, fast glücklich, fast in Sicherheit.

Fast.

Laurel erwachte aus tiefem Schlaf. Im Zimmer war es dämmerig. Draußen regnete es ziemlich heftig, ab und zu erhellte ein Blitz den Raum, grollte ein Donner. Es war ein gleichzeitig sehr beruhigendes, aber auch sehr erotisierendes Geräusch, das irgendwie zu dieser Stunde zwischen Traum und Tag passte. Ein leises Lächeln umspielte ihre Lippen. Nein, es war kein Traum. Sie drehte den Kopf zur Seite und suchte nach dem Mann, der neben ihr geschlafen hatte. Er lag auf dem Bauch und beobachtete sie, das Kinn auf die Hände gestützt.

„Noch einmal?“ grollte er, sein gespielt ungläubiger Tonfall stand in krassem Kontrast zu dem warmen Leuchten seiner Augen.

„Wie du willst. Du musst mir nur versprechen, dass ich mich keinen Millimeter zu bewegen brauche.“

„Heißt das, ich darf mit dir tun, was ich will?“

„Richtig“, bestätigte sie und machte ein betont demütiges Gesicht.

„Und was passiert, wenn du dich doch bewegst? Brauche ich mich dann nicht mehr zu rühren?“

„Wenn du das schaffst“, antwortete sie mit einem sehr durchtriebenen Lächeln.

„Eine Herausforderung! Das war dein erster Fehler.“ Er ging zum Angriff über. Eine ganze Zeit lang später, als sie ausgestreckt unter ihm lag und von ihm unerbittlich auf das Bett gedrückt wurde, rief er triumphierend aus: „Ich gewinne!“

„Du hast meinen hilflosen Zustand unfair ausgenutzt“, entgegnete sie und versuchte, nicht zu lachen.

„Ja, und das werde ich wieder tun, sobald sich die Gelegenheit bietet. Ich habe mir jedoch eine andere Belohnung als die ursprüngliche ausgedacht.“

„Was immer du willst. Dein Wunsch ist mir Befehl.“

„Schön wär's!“ zog er sie auf. „Was mir da so vorschwebt, ist eine Entführung.“

Sie war sich nicht sicher, ob er immer noch scherzte. Sein Gesichtsausdruck hatte sich verändert, seine Augen waren ernst geworden. „Welcher Art?“ erkundigte sie sich argwöhnisch.

„Leider nur eine vorübergehende. Ich dachte daran, dich mit nach Kalifornien zu nehmen.“ Er bewegte sich sanft in ihr, und sie erschauerte genüsslich.

„Kalifornien“, wiederholte sie schließlich mit belegter Stimme.

„Dort wärst du in Sicherheit.“

Jetzt sah sie, dass er tatsächlich nicht scherzte, es war ihm bitterernst. Sie schloss für einen Moment die Augen, eine Gänsehaut lief ihr über den Rücken. „Soll ich dem nun zustimmen, weil ich zu schwach bin abzulehnen? Oder hast du vor, mich zu zwingen, mit dir zu gehen?“

Seine Züge verhärteten sich. Abrupt gab er sie frei und schwang sich auf die Bettkante, wo er mit gesenktem Kopf sitzen blieb. Ein Schauer schüttelte ihn flüchtig, dann verharrte er völlig reglos.

„Alec?“ Sie ignorierte das Gefühl der Leere in ihrem Innern, setzte sich auf und streckte die Hand nach ihm aus.

„Nicht!“

„Ich habe es nicht so gemeint.“

„Doch, das hast du“, widersprach er sofort.

„Ich dachte nur, du ...“ Sie verstummte, weil sie es nicht schaffte, ihren ersten Verdacht in Worte zu fassen.

„Du dachtest, ich hätte bewusst Sex eingesetzt, um dich dazu zu bringen, meinem Plan zuzustimmen. So etwas würde ich nie tun. Niemals! Wahrscheinlich ist es meine Schuld, weil ich den Dominanten gespielt habe, aber ich war der Meinung, du wüsstest, dass es eben nur ein Spiel war. Ich dachte, du hättest verstanden.“

„Das tue ich jetzt ja auch!“

„Nein, das tust du nicht. Du weißt nicht, wie schmal der Grad ist zwischen einem So-tun-als-ob und der Realität; wie leicht es sein könnte, diese schmale Linie zu überschreiten, wenn es sich entsprechend lohnt. Auch hast du keine Ahnung, wie sehr ich mich davor fürchte, genau das zu tun. Ehe ich diese Furcht aber überwinden kann, musst du mir vertrauen, vielleicht sogar mehr, als ich mir selbst vertraue. Ich dachte, du tätest es, aber du kannst es nicht. Du tust es nicht, und du wirst es auch nie tun."

„Das stimmt nicht!" verteidigte sie sich verzweifelt. „Du kannst doch nicht von mir erwarten, deine Gedanken lesen zu können! Ich bin nur eine Frau."

„Eine Frau, meine Frau, die ich beschützen muss. Hier kann ich das nicht, so wie die Dinge stehen. Ich müsste dich aus der Gefahrenzone herausbringen, irgendwohin, wo ich auf euch beide, auf dich und Gregory, aufpassen kann, ohne ständig zwischen euch hin und her gerissen zu werden. Lass mich dich fortbringen. Bitte."

Das Herz tat ihr weh beim verzweifelten Klang seiner Stimme, doch die Betonung, die er auf den Namen seines Bruders legte, löste in ihr gleichzeitig eine Alarmglocke aus. War es möglich, dass er Gregory für denjenigen hielt, der hinter all den Vorkommnissen steckte? War er deshalb so entschlossen, auf sie aufzupassen? Und lag es ihm unter Umständen mehr am Herzen, seinen Bruder zu schützen als sie? „Du bist frei zu gehen, wohin du willst. Ich halte dich nicht", sagte sie schließlich ruhig.

Er wandte ihr langsam das Gesicht zu. „Oh, doch, das tust du. Ich hatte nur keine Ahnung, wie schmerzhaft du mich hältst."

20. KAPITEL

Laurel briet gerade Speck, als der Wind auffrischte. Bis sie die fertigen knusprigen Streifen aus der Pfanne genommen und auf ein Stück Küchenpapier gelegt hatte, goss es bereits in Strömen, und es war so finster geworden, dass sie das Licht einschalten musste. Unwillkürlich sah sie auf die Uhr und überlegte flüchtig, dass Maisie jeden Moment kommen musste. Nein, sie würde natürlich nicht kommen, vielleicht würde sie nie wieder arbeiten können.

Alec stand unter der Dusche, sie hörte das Wasser rauschen. Sie wusste nicht, ob er überhaupt zum Frühstück bleiben würde; sie selbst hatte im Grunde gar keinen Hunger. Trotzdem hatte sie das Bedürfnis so zu tun, als ob wenigstens etwas ganz normal wäre, und handelte es sich dabei auch um etwas so Banales wie das Zubereiten von Frühstück.

Sie schlug eben die Eier am Pfannenrand auf, als das Telefon klingelte.

„Mutter? Kannst du reden?"

Es war Marcia. Ihre nervöse, unsichere Stimme verursachte Laurel ein flaues Gefühl in der Magengrube. „Ja, was ist denn?"

„Gott sei Dank, ich fürchtete schon, er wäre da, Alec, meine ich."

„Was hätte das für einen Unterschied gemacht?" wollte sie knapp wissen.

„Weil es um ihn geht, natürlich!" gab Marcia genauso gereizt zurück. „Besser gesagt, um euch beide."

„Ich glaube nicht, dass ich mir das noch einmal antun möchte", fing Laurel an.

„Nein, und ich kann es dir nicht verdenken", lautete die überraschende Antwort. „Das jetzt ist aber etwas ganz anderes. Ich finde es furchtbar, dass du es ausgerechnet von mir erfahren sollst, andererseits wollte ich nicht, dass es dir von anderer Seite zugetragen wird. Bruder Stevens hat euch beide gestern Abend während des Gottesdienstes verflucht."

„Er hat – was?" Laurel stellte die Herdplatte ab, das Gespräch würde wohl etwas länger dauern.

„Ich weiß, wie du dich fühlen musst, und es tut mir so Leid, weil ich wahrscheinlich indirekt daran schuld bin. Wegen Jimmy, meine ich. Er wollte, dass ich zu Bruder Stevens zur Eheberatung gehe, doch ich weigerte mich. Warum soll ich da hingehen, wenn ich doch ohnehin weiß, was mir der Mann sagen wird, oder? Dass die Ehe ein heiliger Bund ist und dass ich zu Gott beten muss, damit er mich wieder auf den Pfad der Tugend zurückführt, und schließlich, dass ich zu meinem Mann gehen und ihn bitten soll, mir noch eine Chance zu geben. Aber ich will nicht darum bitten, Mutter, und ich will auch keine zweite Chance! Ich ertrage es nicht mehr, ich ertrage es einfach nicht mehr!"

„Oh, Liebes", meinte Laurel bedrückt. „Ich habe nie geahnt, dass du so unglücklich warst." Dabei hätte ich es wissen müssen, dachte Laurel. Und sie hätte es erfahren, wenn sie aus ihrem selbst auferlegten Exil einmal herausgekommen wäre und die Augen aufgemacht hätte. Ein typischer Fall von mütterlichem schlechten Gewissen, doch sie kam nicht dagegen an.

„Nicht so schlimm, darauf wollte ich auch gar nicht hinaus. Ich war bei der Predigt nicht dabei, aber man sagte mir, Bruder Stevens hätte zuerst für Maisies Genesung gebetet. Danach fing er dann damit an, dass Alec deinen Wagen durchgecheckt hätte und somit schuld an dem Unfall sei. Allerdings deutete Bruder Stevens an, es sei gar kein Unfall gewesen und dass es nur Gottes Gnade zu verdanken sei, dass du nicht am Steuer gesessen hast."

So weit, so gut. Doch was würde noch kommen?

„Mutter, bist du noch da?"

„Ja, ja."

„Also, Bruder Stevens meinte weiter, dass du eigentlich als Opfer ausersehen warst, doch es sei anders gekommen. Er sagte, dass Alec dich verhext hat, dass ihr beide satanische Rituale ausgeführt und Tiere getötet hättet – all dieser Schmutz, der auch in den grässlichen Briefen gestanden hat. Oh, Mutter, und dann sagte er, wenn dir etwas zustieße, dann sei das Gottes Wille, weil du dich nie mit einem so viel jüngeren Mann hättest einlassen dürfen, der noch dazu eine so schändliche Vergangenheit hätte. Das sind seine Worte, nicht meine. Er sagte, der Zorn Gottes würde euch beide wegen eurer Sünden vernichten und dass alles, was dir passieren würde, ein Gottesurteil wäre."

Das hörte sich an wie ein Todesurteil. Die Worte waren in der Öffentlichkeit gefallen und wurden getragen von der Macht der Kirche. Laurel zitterte, und ihr Atem ging schwer. Plötzlich sah sie ganz klar den Sinn hinter den Vorkommnissen der letzten Zeit. Wer immer dahinter steckte, hatte bereits beschlossen, wie alles enden würde. Bruder Stevens' Gemeinde hatte sie und Alec für schuldig befunden.

Alec hatte Recht gehabt. Er sollte zum Sündenbock gemacht werden. Alec war zum wahren Opfer in ihrem gemeinsamen Garten Eden auserkoren worden. Langsam, aber sicher hatten die Ereignisse von Kalifornien ihn hier in Hillsboro eingeholt. Langsam, aber sicher wurde ihm die gesamte Verantwortung für das, was in „Ivywild" geschehen war, zugeschoben. Als Letztes würde man ihm die Schuld und die Strafe für das aufbürden, was ihr unter Umständen zustieße.

„Mutter?" rief Marcia angstvoll. „Hast du mich verstanden?"

„Ja. Ja, ich denke schon."

„Ich glaube diesen ganzen Unsinn nicht, bitte, nimm mir das ab! Schon seit langem weiß ich, dass du Daddy nicht absichtlich umgebracht hast; schließlich bin ich alt genug, um zu erkennen, wie du bist, und um selber denken zu können. Ganz sicher wusste ich es zu der Zeit, als ich ... nun, als ich Jimmy betrog. Oh, und daraufhin wurde er so wütend und sagte solch schreckliche, hässliche Dinge. Er erinnerte mich an Grannie und wie sie stets über dich geredet hat. Ich habe es nicht verdient, dass man mich so behandelt, und ... ach, Mom, ich glaube, du auch nicht!“

„Ich bin froh, dass du mir das sagst.“ Laurel war gleichzeitig erleichtert und traurig. Sie hätte sich schon viel früher wieder mehr um ihre Kinder kümmern sollen. Alec hatte erst kommen müssen, um sie zu lehren, zu sich selbst zu stehen, die Vergangenheit loszulassen und an die Zukunft, an andere Menschen zu denken.

„Und was willst du nun also tun?“ fragte Marcia unsicher.

„Ich weiß es noch nicht, ich muss darüber nachdenken.“

„Du kannst nicht einfach dort bleiben und darauf warten, dass dir etwas passiert. Du musst kämpfen, irgendetwas tun, selbst wenn es das Falsche sein sollte.“

„Da hast du sicher Recht.“ Aber was war, wenn sie tatsächlich das Falsche tat? Wen traf es dann als Nächsten? Marcia? Evan? Alec? Wo würde das alles hinführen?

„Wenn du uns lässt, helfen wir dir gern, Evan und ich.“ Ihre Tochter klang so, als sei sie sich nicht recht darüber im Klaren, ob ihr Angebot auch willkommen war. „Du brauchst uns nur zu sagen, was wir tun sollen.“

Laurel atmete tief durch und suchte nach einem Gedanken, der schon seit Tagen in ihrem Unterbewusstsein vor sich hin brütete. „Es ist sicher das Beste, wenn ich letztlich gar nichts tue. Alles war ruhig und friedlich, solange ich hier allein lebte. Vielleicht wird das wieder so, wenn ...“

„Du willst allein in ‚Ivywild‘ leben? Oh nein, Mutter, nein!“

Das klang ungewohnt, ausgerechnet von Marcia, die nie gewollt hatte, dass sich in Laurels Leben etwas änderte. „Gegen Klatsch und Gerüchte kann man nicht ankämpfen, Liebes, und man kann die Leute nicht davon abhalten zu reden“, wandte sie ruhig ein. „Ich habe keine Ahnung, wer so gegen meine Beziehung zu Alec ist, dass er dafür bis zum Äußersten gehen würde, aber mir bleiben wohl nur zwei Möglichkeiten – entweder ich bleibe, oder ich gehe."

„Gehen? Du meinst, woandershin? Mit Alec?"

„Gehe ich richtig in der Annahme, dass dir diese Idee nicht sonderlich zusagt?" Sie klang bissiger als beabsichtigt. Die letzten Tage hatten wohl ihren Tribut gefordert.

„Nein, das ist es eigentlich nicht."

„Sondern?"

„Bruder Stevens hat angedeutet, dass Alecs Bruder AIDS hat und dass er nur deswegen an Krebs erkrankt ist, weil sein Immunsystem nicht mehr funktioniert. Du weißt, es ist ansteckend, vor allem ... in intimen Situationen. Ich will wirklich keine Pferde scheu machen, aber ..."

„Was willst du mir damit sagen?" unterbrach Laurel sie angespannt.

„Ein Verhältnis ist eine Sache, vor allem, solange du nichts von seinem Bruder wusstest. Aber eine dauerhafte Beziehung ist, nun ja, beinahe Selbstmord!"

Laurel blieb lange Zeit stumm, während sich die Gedanken in ihrem Kopf überschlugen. Doch dann wusste sie mit einem Mal genau, was sie tun musste. Und wie sie es tun musste. Und wann. Und sie wusste, dass das mehr Mut von ihr erfordern würde, als sie je hatte aufbringen müssen, um ihre Furcht zu überwinden, „Ivywild" zu verlassen.

„Mutter?"

„Ja, Liebes, ich bin hier", erwiderte sie sanft. „Ich werde immer ... hier sein."

Laurel warf das halb fertige Frühstück in den Mülleimer und öffnete das Fenster, um den Geruch hinauszulassen. Draußen fiel leise und stetig der Regen. Sie erschauerte. Ihr war übel, und sie fror. Gleichzeitig befiel sie eine düstere, eisige Starre, die sie sehr distanziert und klar denken ließ. Plötzlich erschien ihr das, was sie vorhatte, als das einzige Richtige, als etwas, das sie von Anfang an hätte tun müssen.

Sie wandte sich vom Fenster ab, als Alec die Küche betrat. Sie ballte die Hände so fest zu Fäusten, bis sich ihre Finger taub anfühlten.

Sein Haar war noch feucht und straff aus dem markanten Gesicht nach hinten gekämmt. Eine ruhige Entschlossenheit spiegelte sich in seinen dunklen Augen wider. Er trug kein Hemd, so dass der Drachen, der sich über seine Schulter wand, ganz zu sehen war. Das Ungeheuer wirkte gefährlich, und doch schien in seinen Augen ein verschmitztes Lachen zu funkeln.

Ja, so wollte sie Alec in Erinnerung behalten. Immer. Einen Augenblick lang erlaubte sie sich, in der Erinnerung an die Liebe zu schwelgen, die sie miteinander erlebt hatten. Dann jedoch verschloss sie sich dagegen und verbannte jede Gefühlsregung aus ihrem Gesicht. Sie hob den Kopf und sah ihm in die Augen.

Alec erstarrte. Alles in ihm vibrierte aus einer Vorahnung drohender Gefahr heraus. Prüfend blickte er in Laurels blasses, angespanntes Gesicht. Vorsichtig ging er einen Schritt auf sie zu und bemerkte, dass sie auswich und hinter dem Tisch Stellung bezog.

Entschlossen sagte sie: „Da es regnet, ist hier auf ‚Ivywild' nicht sonderlich viel zu tun, und du wirst dich wahrscheinlich mal wieder etwas um Gregory kümmern wollen. Es ist also sicher das Beste, wenn du für heute nach Hause fährst. Ehrlich gesagt hielte ich es sogar für das Vernünftigste, wenn du gar nicht zurückkämst."

„Du entlässt mich wieder." Seine Stimme klang jetzt genauso hart wie ihre.

„Darauf läuft es wohl hinaus. Sag mir, wie viele Stunden du diese Woche gearbeitet hast, und ich schicke dir einen Scheck für ..."

„Zum Teufel mit dem Scheck! Wenn es deswegen ist, was vorhin im Bett zwischen uns passiert ist, dann ist es genauso, als würdest du mit einem Maschinengewehr auf eine Mücke schießen!"

„Was eben passiert ist, hat mich nur von etwas überzeugt, das ich schon die ganze Zeit über hätte wissen müssen", erwiderte sie gnadenlos vernünftig. „Das mit uns kann nicht gut gehen. Abgesehen vom Altersunterschied sind wir einfach zu verschieden."

Alec sah sein Spiegelbild in der Fensterscheibe, es war grau und fahl. „Der Altersunterschied, wie du sagst, spielt nicht die geringste Rolle. Genauso wenig wie unsere anderen Unterschiede. Die Wahrheit ist, dass ich dir Angst mache."

Sie öffnete den Mund, als wollte sie ihm widersprechen, überlegte es sich dann aber doch anders. „Grund genug, Schluss zu machen, findest du nicht? Liebe und Angst passen nicht zueinander."

„Wer sagt das? Du ängstigst mich zu Tode, und trotzdem kehre ich immer wieder zurück und versuche, dir nahe zu kommen."

„Und was beweist das?" Sie hob abweisend das Kinn. „Mut oder Dummheit? Du hast hier nichts mehr verloren. Wie könnte ich mich noch deutlicher ausdrücken? Ich bin weder reich noch dumm genug, um dir zu mehr von Nutzen sein zu können als zu ein paar netten Stunden im Bett. Die hatten wir. Jetzt ist es vorbei."

„Nicht für mich." Er fühlte sich seltsam benommen.

Sie wandte ihm den Rücken zu und umklammerte die Stuhllehne so fest, dass ihre Fingerknöchel weiß hervortraten. „Du hältst mich vielleicht für undankbar, aber das bin ich nicht. Ich bin mir bewusst, was du für mich getan hast oder tun wolltest. Du hast mich aus meinem Gefängnis befreit und mir mein wahres Ich zurückgegeben. Die Sache ist nur, dass dieses neue Ich Besseres zu tun hat, als an deinen Fersen zu hängen und um deine Aufmerksamkeit zu betteln."

„Richtig", stieß er hervor. „Nur, dass du diejenige bist, die mich nicht länger an deinen Fersen haben will. Du bist es leid, mich ständig um dich herum zu haben, und so werde ich kurzerhand vor die Tür gesetzt. Findest du das nicht etwas grausam?"

„Vielleicht." Sie drehte sich wieder zu ihm um, und ihr Blick war kalt. „Ich muss aber auch an meine Gesundheit denken."

„Falls ich dir zu anstrengend bin ..."

„Ich meine damit, dass dein Bruder AIDS hat, und damit hat der Sex mit dir für mich plötzlich jeden Reiz verloren."

„Mein Gott, Laurel!" Ihm war, als hätte man ihm einen Messerstich direkt ins Herz versetzt.

„Tut mir Leid, du hast es darauf angelegt, die ganze grausame Wahrheit zu erfahren."

Sie sah nicht so aus, als ob es ihr Leid täte oder als sei sie sich dessen bewusst, was sie ihm eben angetan hatte. Alec konnte kaum atmen, kaum denken vor lauter Schmerz. „Sanft, zärtlich, liebevoll, schön, sowohl was den Körper betrifft als auch die Seele – so habe ich dich von Anfang an gesehen. Ich habe mich getäuscht, und das ist mein Fehler. Deiner liegt darin, mir zuzutrauen, ich könnte dich berühren im vollen Bewusstsein, dich dadurch in Gefahr zu bringen."

„Ich kann nicht behaupten, dass mich das überzeugt, aber andererseits habe ich ja bereits zugegeben, dir nicht zu vertrauen."

„Hier geht es um eine ganz andere Form des Vertrauens. Ich bin nicht HIV-positiv. Gregory, ja, er ist es, obwohl seine Krankheit nicht die Pest ist, vor der man sich mit Abscheu und Entsetzen abwenden muss. Es ist eine menschliche Tragödie wie jede andere schwere Krankheit auch, die uns arme Sterbliche heimsucht. Sie besteht aus verratenen Versprechungen und schwindenden Hoffnungen, und sie wird wieder und wieder vorkommen, bis sie besiegt ist. Oder bis wir alle nur noch Geister sind, die sich mit geborgter Zeit durchs Leben bewegen."

„Sehr poetisch", meinte sie herablassend. „Ich sprach jedoch von dir."

„Ich auch. Wenn du dich wegen Gregory von mir abwenden kannst, dann bist du nicht die Frau, die ich zu lieben geglaubt habe. Nun, schließ' dich wieder hier in dein altes Haus ein, zusammen mit deinen Gedanken, wenn du das unbedingt willst. Doch am Ende wirst du genauso arm dran sein wie mein Bruder, gefangen in einem Gefängnis, das du dir selbst gebaut hast, lebendig begraben."

Jetzt leiden wir beide, dachte er, als er den leeren, trostlosen Ausdruck in ihren Augen wahrnahm. Die Erkenntnis befriedigte ihn nicht, machte seinem eigenen Schmerz kein Ende. Das hätte nur Gewalt vermocht – oder der Trost, den allein Laurel ihm spenden konnte. Er hatte Angst davor, beides zu brauchen, drehte sich um und stürmte aus dem Haus.

Er hatte bereits die Hälfte des Weges zurückgelegt, als ihm auffiel, dass er nichts außer seiner Jeans anhatte. Sie war völlig durchnässt, und der Regen prasselte ihm ins Gesicht. Doch das Wasser in seinen Augen hatte nichts mit dem Wetter zu tun. Nicht das Geringste.

Laurel wartete, bis sie das Motorengeräusch nicht mehr hören konnte. Erst dann stieß sie den Schrei aus, der ihr schon so lange schmerzhaft in der Kehle gesteckt hatte. Hoch und klagend hallte er in dem hohen Raum wider. Schließlich gaben ihre Beine nach, sie taumelte mit dem Rücken gegen die Wand und sank zu Boden, wo sie in hemmungsloses Weinen ausbrach. Wäre jemand in der Nähe gewesen, hätte sie sich wahrscheinlich beherrscht, doch es war niemand da, und so ließ sie all ihren Schmerz und ihre Qual ungehindert aus sich heraus. Sie weinte, bis ihre Augen rot und geschwollen waren, bis ihre Kehle rau wurde, bis sie das Gefühl hatte, ein eisernes Band hätte sich um ihre Brust gelegt.

Schließlich stand sie mühsam auf und schwankte ins Bad, wo sie sich das Gesicht mit kaltem Wasser wusch. Als sie sich gerade sagte, dass sie keine Tränen mehr hatte, sah sie ihr Gesicht im Spiegel und musste sofort an die Verzweiflung denken, die sie in Alecs Blick wahrgenommen hatte, und das Wissen, ihn verloren zu haben, brachte sie erneut zum Weinen.

Erst viel später, irgendwann in der Nacht, versiegten ihre Tränen. Sie rollte sich in der Mitte des Betts zusammen, das noch nach Alec duftete, und schlief ein.

Am nächsten Morgen hatte sie Kopfschmerzen und fühlte sich wie erschlagen. Ihr war, als wäre sie zu einem der Geister geworden, die Alec erwähnt hatte – ein blasses, fahles Gespenst, das von Zimmer zu Zimmer schlich, vom Bett zum Badezimmer und zur Küche und wieder zurück.

Sie verlor jedes Zeitgefühl, wusste kaum, ob es Tag oder Nacht war, hell draußen oder dunkel. Manchmal spielte sie mit dem Gedanken, sich nach Maisie zu erkundigen oder mit Marcia, Evan, ja, sogar Zelda zu telefonieren. Doch sie konnte sich nicht aufraffen. Ihr wurde alles zu viel. Innerlich jedoch weinte sie bittere Tränen um all das, was sie verloren hatte. Sticks war nicht mehr da. Ihre Töpferei vernichtet. Maisie war fort.

Und Alec. Alec. Alec.

Genauso schmerzvoll waren die verratenen Versprechen, der Tod der Hoffnung. Wer hatte so etwas Ähnliches schon mal gesagt? Alec, natürlich, in Bezug auf Gregory. Und es traf ebenso gut auf sie zu. Und wie einem Gefangenen, dem beinahe die Flucht gelungen wäre, fiel es auch ihr jetzt doppelt so schwer, sich wieder mit ihrem Gefängnis abzufinden. Sie hatte das Gefühl, als müsste sie ersticken; all die Gerüchte, Lügen, Engstirnigkeiten und Boshaftigkeiten schienen ihr das Licht und die Luft zum Atmen geraubt zu haben.

Sie vergaß, ihre Post hereinzuholen. Vergaß, den Rasen zu mähen, ließ die Blätter, die der Sturm abgerissen hatte, im Brunnen liegen. Sie schnitt nicht mehr die welken Knospen von den Rosenstöcken, kehrte die Veranda nicht mehr und ließ die Milch im Kühlschrank sauer werden. Nichts spielte mehr eine Rolle.

Sie starb langsam vor sich hin, lebendig begraben unter all den Erinnerungen. Alec, wie er meditierend auf dem Deckel der alten Zisterne gesessen hatte. Alec, der Sticks behutsam in sein Grab legte. Alec, der von dem Baum stürzte. Alec auf seinem Motorrad. Alec, der ihr den fertigen Brunnen zeigte; der ihr klar machte, dass sie niemals absichtlich würde töten können. Der sie lehrte zu lieben. Und der sie liebte.

Aber er war nicht mehr in „Ivywild“. Er war fort. Und somit in Sicherheit. Das war ihr einziger Trost. Trotzdem war sie allein. Keiner sah sie, keiner hörte sie, keiner sorgte sich um sie. Ihr war, als sei sie unsichtbar geworden, ein Geist. Ein Geist konnte nicht lieben. Aber er konnte Schmerz empfinden. Er konnte sterben vor Schmerz, bei der Erinnerung an die Liebe. Und bei der Erinnerung daran, wie sie diese Liebe kalt und wissentlich zerstört hatten.

21. KAPITEL

Mit Gregory ging es rasch dahin. Ähnlich wie bei einem Segelflugzeug, das in großer Höhe in Schwierigkeiten geriet, war sein Niedergang zunächst langsam und stetig verlaufen. Jetzt, wo es dem Ende zuging, vollzog er sich immer rascher und steuerte auf eine Bruchlandung zu.

Es tat Alec weh, ihn zu beobachten. Ihm zuzuhören war noch qualvoller, denn Gregory ging nicht im Frieden mit sich selbst. Wer konnte es ihm verdenken?

Er weigerte sich, ins Krankenhaus zu gehen, und zog es vor, das Ende in dem Bett abzuwarten, in dem er schon als Kind während der langen, herrlichen Sommer immer geschlafen hatte.

Alec verständigte Mita, die sofort mit dem nächsten Flugzeug kam. Mit ihrer ruhigen und tüchtigen Art entlastete sie Grannie Callie sehr; sie wechselte Gregorys Bettwäsche und bereitete ihm spezielle Gerichte zu. Auch Mitas Erfahrung als Ärztin erwies sich von unschätzbarem Wert, denn es gelang ihr, den Kranken weitgehend schmerzfrei zu halten.

Trotzdem verbrachte sie immer nur kurze Zeit im Krankenzimmer. Gregory zog es vor, dass Alec sich um seine persönlichen Bedürfnisse kümmerte, und war entspannter, wenn Alec derjenige war, der bei ihm Wache hielt, ihn fluchen hörte und seine Tränen trocknete. Und so saß Alec bei ihm, sprach mit ihm, hörte ihm zu und versuchte, an nichts und niemanden sonst zu denken, nicht einmal an Laurel, sondern nur an den Bruder, der ihn bald verlassen würde.

Die plötzliche Verschlechterung von Gregorys Zustand bot eine gute Ausrede dafür, warum Alec nicht mehr nach „Ivywild“ fuhr. Gran schien das zu akzeptieren, Gregory hingegen nicht. Seine Fragen waren sehr gezielt und direkt. Alec verriet ihm nicht mehr als unbedingt nötig, doch auch dieses wenige interpretierte sein Bruder auf seine Art, und er äußerte sich verbittert über die Unbeständigkeit und Treulosigkeit der Frauen.

Alec ertrug das nur schwer. Er wollte keine negativen Bemerkungen über Laurel hören. Er wusste, Gregorys Zorn entsprang seinem Mitgefühl, trotzdem stand Alec auf und verließ das Zimmer, sobald sein Bruder damit anfing. Mit der Zeit lernte Gregory, seine Zunge zu hüten.

Nachts, wenn sie beide nicht schlafen konnten, hielten sie lange Zwiegespräche. Sie redeten über ihre unglückliche Vergangenheit, über die seltsame Drogen- und Freiheitsbewegung der sechziger und siebziger Jahre, die auch ihre Mutter so fest im Griff gehalten hatte. Wie war sie ziellos von einem Mann zum nächsten gezogen, immer auf der Suche nach der vollkommenen Liebe, die es nun einmal nicht gab. Auch sprachen sie von Gregorys Drogenabhängigkeit, davon, dass er an HIV-infizierte Spritzen geraten war. Und sie sprachen ganz allgemein über AIDS, die Krankheit, der man nach wie vor mit beinahe mittelalterlich anmutendem Aberglauben entgegentrat. Letzteres schien Gregory zu helfen. Alec hingegen nicht. In jenen Nächten, wenn seine innere Abwehr nachließ, drifteten seine Gedanken zu Laurel und zu den Dingen, die sie ihm gesagt hatte. Sosehr er sich auch bemühte, er konnte das Bild, das er von ihr hatte, nicht in Einklang bringen mit der grausamen Art, wie sie ihn fortgeschickt hatte. Er konnte nicht glauben, dass sie so oberflächlich und ihre Zuneigung so flüchtig war. Vielleicht wollte er es aber auch einfach nur nicht glauben.

Eines Nachts Anfang Juli saß er im Sessel neben Gregorys Bett und las in einem Buch, das er sich aus Grans Bücherschrank geholt hatte. Die schmale Gestalt seines Bruders zeichnete sich kaum unter der Bettdecke ab. Sein erschreckend eingefallenes Gesicht lag halb im Schatten, denn im Zimmer brannte nur eine kleine Lampe neben Alecs Sessel. Das leise Summen der Klimaanlage übertönte die Geräusche der Nacht. Es war kühler im Zimmer, als es Alec lieb war, doch er ertrug das, weil Gregory so hoch fieberte und die Kühle als angenehm empfand.

Alec blätterte um. Das Papier raschelte nur ganz leise, dennoch wachte Gregory davon auf. Er drehte den Kopf auf dem Kissen zur Seite und sah Alec lange Zeit an. Seine Augen lagen tief in den Höhlen, seine Lippen waren blutleer, und seine abgemagerten Hände auf der Bettdecke wirkten beinahe durchscheinend zart.

„Brauchst du etwas?“ erkundigte Alec sich ruhig.

Gregory wollte den Kopf schütteln, hielt dann aber inne. „Ja, vielleicht doch. Ich will dir sagen, dass ich mich geirrt habe.“

„In Bezug auf was?“ Alec ließ das Buch sinken.

„Auf deine Laurel. Sie war doch stärker, als ich dachte.“

Alec horchte auf, ließ sich aber nichts anmerken. „Das überrascht mich nicht, doch in welcher Hinsicht meinst du das?“

„Sie hat all das geschluckt, was ich ihr über dich erzählt habe, und sie hat sich dennoch nicht davon beeinflussen lassen. Andere Frauen hätten sicher Hals über Kopf den Rückzug angetreten, sie hingegen fragte nur nach Einzelheiten und Gründen. Der Klatsch berührte sie nicht, sie fällte ihr eigenes Urteil, und zwar ein faires. Ich war beeindruckt. Und neidisch.“

„Neidisch?“

„Niemand hat mich je so angesehen, wie sie dich angesehen hat. Niemand hat mich je so gründlich angesehen. Niemand hat je nur aus dem Gedächtnis heraus eine so treffend ähnliche Skulptur von mir gemacht. Und niemand wird das je tun.“

„Das hatte nichts zu bedeuten“, behauptete Alec schroff.

„Das dachte ich auch zuerst. Ich hielt sie für eine dieser Frauen, die gern einmal etwas Neues ausprobieren, die sich gern ein unbekanntes Gericht von der Speisekarte aussuchen, weil es irgendwie exotisch aussieht. Ich wollte nicht, dass sie sich nur aus dem Grund mit dir einließ, weil sie älter war und weil ein jüngerer Mann für sie eine leichtere Beute sein würde.“

„Na, vielen Dank", kommentierte Alec freudlos.

Gregory strich glättend über die Bettdecke. „Nun ja, die meisten Beziehungen dieser Art halten nicht, weißt du. Ich meine, worüber soll man sich unterhalten, außerhalb des Betts? Auch unterstellen die Leute den Männern oft, dass sie an keiner dauerhaften Bindung interessiert sind, und das wiederum bringt Frauen dazu, sich an ihnen schadlos zu halten. Doch dafür warst du mir zu schade."

„Du bist nie auf die Idee gekommen, ich könnte allein mit dem Problem fertig werden?"

Gregory lachte heiser. „Nein, nicht ernsthaft. Du hast lange Zeit so hart gearbeitet, dass du nie sehr viel Zeit für Frauen hattest. Außerdem nimmst du die Dinge nicht auf die leichte Schulter, das konntest du noch nie. Du bist ein sehr ernster Mensch, du suchst keine flüchtigen Abenteuer. Ich ahnte, dass deine Laurel in der Lage sein könnte, dir wehzutun, vielleicht ganz ohne Absicht und vielleicht sogar, ohne sich dessen bewusst zu sein."

Alec lehnte sich im Sessel zurück und starrte gegen die Wand. „Das wenigstens muss ich dir zugute halten."

„Nun ja, aber wie ich bereits sagte, ich habe mich geirrt. Was immer auch zwischen euch gewesen sein mag, es war etwas ganz Besonderes. Das merkte ich jedes Mal, wenn du ihren Namen aussprachst, ja, nur an sie dachtest. Jetzt muss irgendetwas zwischen euch getreten sein, etwas, das mit den Vorgängen in ‚Ivywild' zu tun hat. Ich weiß nicht genau, was es ist, und du wirst es mir sicher auch nicht verraten, doch ich hoffe inständig, dass es kein Zerwürfnis auf Dauer ist."

„Du hast keine Ahnung", flüsterte Alec erstickt.

Gregory schwieg, er hielt den Blick fest auf Alec gerichtet. Dann schüttelte ein unfrohes Lachen seinen erbarmungswürdig dünnen Körper. „Glaubst du, ich hätte etwas mit den Vorfällen zu tun gehabt? Sehr schmeichelhaft, aber solche Feindseligkeiten erfordern viel Energie, und die besitze ich nicht. Ganz zu schweigen von der Fantasie. Außerdem fiele es mir sehr schwer, meinem rotznäsigen kleinen Bruder ein Image als Verkörperung des Teufels aufzubauen!"

„Wären wir beide je bei den Pfadfindern gewesen, würde ich dich jetzt bitten, das bei deiner Pfadfinderehre zu schwören, aber leider ..."

„So ist es. Welchen Grund hätte ich jedoch, dich anzulügen?" Sein schweißnasses Gesicht schimmerte gelblich im fahlen Lampenlicht.

Alec wollte ihm glauben, und von da wäre es nur noch ein kleiner Schritt bis zum Akzeptieren seiner Worte gewesen. Seufzend und müde strich er sich mit der Hand über die Augen. „Es war nur so eine vage Idee", entschuldigte er sich indirekt. „Ich wünschte bloß, ich hätte eine Ahnung, wer so viel Mühe auf sich genommen hat, Laurel und mich auseinander zu bringen."

„Finde das Warum heraus, dann weißt du auch, wer es ist."

„Das ist ja das Problem – es gibt keinen vernünftigen Grund. Es ist alles reine Boshaftigkeit und Giftspritzerei."

„Keiner, der daraus einen Vorteil zieht?"

„Nicht, dass ich wüsste. Meine Anwesenheit bedroht nicht irgendjemandes Erbe, so wie damals bei Mrs. Chadwick. Laurel ist jung und gesund. Sie kann noch fünfzig Jahre leben, eventuell sogar mich überleben."

„Dann muss jemand etwas zu verlieren haben."

„Was denn? Geld haben wir bereits ausgeschlossen."

„Einfluss. Ansehen. Eine gesellschaftliche Position. Ein Geheimnis, vielleicht. Das sind die Gründe, aus denen Leute aus diesem Teil des Landes morden."

„So hatte ich das noch gar nicht betrachtet", gestand Alec nachdenklich.

„Du warst zu unmittelbar von diesen hässlichen Vorfällen betroffen, um sie mit dem nötigen Abstand betrachten zu können."

Noch immer war mühelos der intelligente Ausdruck dieses schwer gezeichneten Gesichts zu erkennen, umso mehr bedauerte Alec in ohnmächtigem Zorn den sinnlosen Verlust, den er bereits bald erleiden würde. „Ich hätte schon viel eher mit dir sprechen sollen", gab Alec bedrückt zu. „Dir scheint so vieles aufgefallen zu sein, was mir entgangen ist."

„Es war genauso meine Schuld, dass du es nicht tatest", wehrte Gregory ab. „Ich war viel zu sehr mit mir selbst beschäftigt, als dass ich jemandem von Nutzen hätte sein können."

„Während ich in Gedanken ganz woanders war", bemerkte Alec voller Selbstironie.

„Es wurde auch Zeit. Und es waren schöne Dinge, über die du dir Gedanken machtest. Sonst hätte ich ja keinen Grund gehabt, dich zu beneiden."

„Du wolltest Laurel." Die Worte waren eine schlichte Feststellung, ohne jeden Vorwurf.

„Wer würde sie nicht wollen?" Gregory brachte nur ein mattes Lächeln zu Stande.

Alec legte das Buch zur Seite und griff nach der Hand seines Bruders. „Dann sind wir uns wohl doch ähnlicher, als alle je vermutet hätten." Der Kontrast zwischen ihren Händen, einer blassen, ausgezehrten und einer kräftigen, gebräunten, war so stark, dass das Wort Ähnlichkeit absurd wirken musste. Dennoch erwiderte Gregory Alecs sanften Händedruck und lächelte abermals.

„Ja, das könnte durchaus sein."

Die Minuten verstrichen tickend auf der Uhr, die auf dem Nachttisch stand, und Alec glaubte schon, Gregory sei eingeschlafen. Doch nach einer Weile bewegte sich sein Bruder. „Ich hoffe nicht, dass ich schuld bin, oder?" begann er zögernd. „Ich meine, weil ich mit Laurel gesprochen habe. Ich habe doch nichts mit den Problemen zwischen euch zu tun, nicht wahr?"

Alec hielt dem Blick seines Bruders ruhig und zuversichtlich stand, und seine Stimme klang fest, wenn auch ein wenig rau. „Nein, gar nichts. Mach dir deswegen keine Sorgen."

Gregory schloss die Augen, als hätte er plötzlich Mühe, sie offen zu halten. „Das macht mich froh."

Nach einer Weile ging sein Atem gleichmäßiger, er schien zu schlafen. Die von Schmerz und Krankheit in sein Gesicht gegrabenen Linien glätteten sich, und er wirkte viel jünger als in den vergangenen Monaten. Später, in der Stunde vor Morgengrauen, seufzte er mit einem Mal im Schlaf und ließ Alecs Hand los, die er bis dahin immer noch festgehalten hatte. Er hörte auf zu atmen, und im Zimmer wurde es ganz still und viel zu kalt.

Alec erhob sich, legte die Hand auf das Gesicht seines Bruders und blieb lange Zeit so stehen. Dann wandte er sich ab, ging mit ruhigen, festen Schritten durchs Zimmer und stellte die Klimaanlage ab.

Zur Trauerfeier kamen Leute, die sich zu Gregorys Lebzeiten nie in Grannie Callies Haus hatten blicken lassen. Trotzdem war die Zahl der Trauergäste eher klein, die meisten von ihnen waren Freunde von Gran. Je älter sie waren, desto vertrauter schienen sie mit dem Tod – zumindest kam Alec das so vor – und ihr Respekt vor den damit verbundenen Ritualen war umso größer. Ob sie von klein auf dazu erzogen worden waren oder ob es ein altersbedingtes Phänomen war, vermochte Alec nicht zu sagen.

Er und Mita hatten ihre Großmutter auf der ersten Kirchenbank, die für die Angehörigen freigehalten worden war, in die Mitte genommen. Ein oder zwei entfernte Cousins saßen in der Reihe hinter ihnen. Die anderen Trauergäste hatten ein ganzes Stück weiter hinten Platz genommen, um sie nicht in ihrer Trauer zu stören.

Und sie redeten. Das Geflüster und Getuschel erfüllte die Aussegnungskapelle wie leises Meeresrauschen. Alec konnte die Blicke förmlich in seinem Rücken spüren. Eine Atmosphäre morbider

Neugier hing in der Luft, doch Alec ließ sich davon nicht aus der Fassung bringen. Er legte einen Arm um die schmalen Schultern seiner Großmutter und hielt den Blick angestrengt auf den mit roten und weißen Rosen geschmückten Sarg gerichtet. Er wollte nur, dass die Trauerfeier endlich anfing, damit sie das alles bald hinter sich hatten.

Das Anschwellen des Raunens in der Kapelle veranlasste ihn plötzlich, sich umzudrehen. Ihm stockte der Atem. Er schloss die Augen, öffnete sie wieder, doch sie war immer noch da.

Laurel stand in der offenen Eingangstür. Sie wirkte schmal, blass und war in Schwarz gekleidet. Sie war atemberaubend schön mit ihrem hochgesteckten, silberblond schimmernden Haar. Einen Augenblick blieb sie stehen, um die Situation in sich aufzunehmen. Sie schien noch blasser zu werden, falls das überhaupt möglich war. Und dann ging sie, ohne nach rechts und links zu blicken, den schmalen Gang hinunter zu der Bank, auf der er saß. Dort zögerte sie, ihre Augen waren ganz dunkel vor Scheu, und sie zitterte leicht. Es berührte ihn zutiefst, als er erkannte, was es sie gekostet haben musste, hier zu erscheinen und auf ihn zuzugehen. Er streckte die Hand aus.

Sie trat einen Schritt auf ihn zu, und ihre Finger fühlten sich eiskalt an, als sie seinen Händedruck fest erwiderte. Dann setzte sie sich neben ihn und sah starr nach vorn.

Was war er nur für ein Narr gewesen. Er konnte sich nicht mehr daran erinnern, was sie alles zu ihm gesagt hatte und wie ihm zu Mute gewesen war. Er hätte sie am liebsten nur einfach in die Arme genommen und gewärmt, den gequälten Ausdruck aus ihren Augen vertrieben und sie wieder zum Lächeln gebracht.

Was tat sie hier? Warum um alles in der Welt hielt sie sich erst wochenlang versteckt, nur um dann ausgerechnet an dem Tag und dem Ort wieder in der Öffentlichkeit zu erscheinen, der Anlass zu noch heftigerem Klatsch geben würde als alles zuvor? Ihm fiel nur ein einziger Grund ein. Seinetwegen. Sie war gekommen, weil sie nicht gewollt hatte, dass er den Leuten ganz allein gegenübertreten musste. Sie nahm immer noch Anteil an ihm, wenigstens das. Doch das zu vermuten hieß noch nicht, es auch sicher zu wissen, und er wagte es nicht, seinem Instinkt zu vertrauen.

Auch wagte er nicht, sie anzusehen. Zwar hielt er noch immer ihre Hand, aber er wusste, dass er sie, sobald er die Kraft dazu aufbrachte, loslassen musste. Es durfte nicht noch mehr über sie gelästert werden.

Jetzt, wo er gern mehr Zeit gehabt hätte, um Laurels Nähe genießen zu können, begann die Trauerfeier und verging wie im Flug. Schon waren die Gebete und die Predigt zu Ende, und die Trauergäste zogen am geschlossenen Sarg vorbei. Dann standen sie alle draußen und verfolgten den schrecklichen Moment, in dem der Sarg in den Leichenwagen geschoben wurde. Grannie Callie weinte, und Alec tröstete sie eine Weile. Schließlich griff er nach Mitas Arm und drehte sich mit ihr um, um sie Laurel vorzustellen.

Sie war fort. Sie war genauso still und leise gegangen, wie sie gekommen war. Der Schmerz in seinem Innern verriet ihm, wie viel ihm das ausmachte. Und er nahm sich grimmig vor, etwas zu unternehmen, sobald es ihm möglich war.

Bis zum Abend hielten ihn Familienverpflichtungen und auch der Anstand zurück. Selbst dann musste er sich aus dem Haus stehlen, als die anderen noch die Küche aufräumten oder ihr Bad nahmen. Trotzdem fühlte er sich wohler, als er den Anzug ausgezogen hatte, wieder in seine Jeans geschlüpft war und sich nun aufs Motorrad schwang. Die klare Nachtluft machte ihm den Kopf frei, und zum ersten Mal seit Tagen hatte er ein Ziel vor Augen.

Die vielen Gespräche mit Gregory hatten ihm Zeit zum Nachdenken und sich Erinnern gegeben. Noch fehlten ihm einige Antworten, aber er glaubte, zumindest die richtigen Fragen stellen zu können. Es wurde Zeit.

Laurel hörte das Motorrad lange, ehe es vor dem Haus vorfuhr.

Sie war nicht wirklich überrascht, dass Alec kam, aber sie hatte ihn doch nicht so bald erwartet. Sie hatte gedacht, dass er vielleicht am kommenden Nachmittag kommen würde, schließlich wusste sie, wie viele Dinge es noch zu regeln gab nach einem Todesfall in der Familie. Außerdem war seine Schwester hier, die sicherlich etwas Zeit mit ihm verbringen wollte. Nein, an diesem Abend hatte sie noch nicht mit ihm gerechnet. Dennoch war sie vorbereitet auf die Begegnung.

Da sie während des ganzen, langen Nachmittags nichts anderes zu tun gehabt hatte, hatte sie das Haus sauber gemacht, staubgeputzt, staubgesaugt und gewischt. Danach hatte sie lange gebadet und sich einen bequemen zartgelben Overall angezogen. Sogar die Veranda hatte sie gefegt, ehe sie das Licht über der Haustür ausgeschaltet und sich auf die Hollywoodschaukel gesetzt hatte, um die abendlichen Geräusche und Düfte aus dem Vorgarten zu genießen. Sie hatte sich sogar ausgemalt, was sie Alec sagen würde; wie sie ihm ihre Anwesenheit in der Kapelle erklären würde, nachdem sie ihm zuvor mitgeteilt hatte, dass sie ihn niemals wieder sehen wollte.

Sie traf ihn unten im Vorgarten, nicht weit von der Stelle, wo sie ihn zum ersten Mal gesehen hatte. Im Lichtschein, der aus der offenen Tür nach draußen fiel, sah er auch beinahe wieder so aus wie an jenem ersten Abend. Er war genauso groß und stark, genauso attraktiv und genauso wachsam hinter seiner vermeintlichen Lässigkeit. Doch die Linien um seine Augen und seinen Mund waren tiefer geworden, und seine Haltung spiegelte eine grimmige Entschlossenheit wider, die ihr vorher nicht so ausgeprägt an ihm aufgefallen war. Er sah aus wie ein Mann, der herausgefunden hatte, was er wollte, und der fest entschlossen war, es auch zu bekommen. Sie erschauerte.

Alec vergeudete keine Zeit mit unnötigen Floskeln. Er blieb

vor ihr stehen, die Hände in die Hüften gestemmt, und fragte nur: „Warum?"

„Pflichtgefühl", erwiderte sie und unterdrückte mit Mühe ein Lachen. Sie kannte ihn einfach zu gut und hatte genau gewusst, was er sie als Erstes fragen würde. „Warum gehen Leute sonst zu Beerdigungen, wenn nicht aus Pflichtgefühl und Mitleid?"

„Ich dachte, du hättest vielleicht noch einen anderen Grund gehabt."

„Nun ja", stimmte sie zu. „Vermutlich, weil ich dir etwas schuldete für all das, was du für mich getan hast, auch wenn das Experiment leider nicht von Erfolg gekrönt war."

„Oh, es war sehr erfolgreich", widersprach er. „Nur hast du den Erfolg leider mit eigenen Händen zunichte gemacht."

Er trug ein ausgeblichenes schwarzes T-Shirt, auf das in silbernen Lettern der Name einer längst nicht mehr existierenden Rockband aufgedruckt war. Es schmiegte sich so weich an seine breite Brust, dass Laurel schwer gegen die Versuchung ankämpfen musste, ihn zu berühren. „Möchtest du hereinkommen und etwas trinken?" fragte sie gepresst.

Er blieb, wo er war. „Ich möchte vor allem Antworten."

„Damit kann ich dir nicht dienen!" teilte sie ihm aufbrausend mit. „Es tut mir Leid, wenn du annahmst, mein Erscheinen heute sei ein Zeichen gewesen! Das war es ganz und gar nicht. Nenn es eher einen Impuls, eine nette Geste Miss Callie gegenüber, von mir aus auch Mitleid. Aber mach nicht etwas daraus, das es nicht ist."

„Du selbst hast etwas Besonderes daraus gemacht, Laurel."

„Nein."

„Erst schließt du dich hier ein wie eine Nonne, ohne eine Menschenseele zu sehen. Dann verlässt du dein Versteck schließlich, gehst geradewegs in die Aussegnungskapelle von Hillsboro und setzt dich neben mich, als ob du dort hingehörst. Und das alles trotz der Dinge, die du vorher gesagt hast. Du tatest es ungeachtet dessen, was ich vielleicht davon halten würde. Du tatest es sogar, obwohl du von Kopf bis Fuß zittertest, aus Angst vor den Konsequenzen. Daher frage ich dich jetzt noch einmal – warum?“

Sie hob das Kinn. „Ich tat es für mich.“

Er runzelte die Stirn. „Ich fürchte, das musst du mir erklären.“

Unschlüssigkeit und Verzweiflung zeichneten sich flüchtig auf ihren Zügen ab, dann gab sie sich einen Ruck. „Wahrscheinlich hast du doch gute Arbeit geleistet, indem du dafür sorgtest, dass ich wieder zu neuem Leben erwachte, denn ich fand heraus, dass ich es nicht mehr ertragen konnte, dauernd eingesperrt zu sein. Ich hasste es, nichts anderes zu tun zu haben, als Trübsal zu blasen. Es widerstrebte mir, dass all deine Mühe vergebens gewesen sein sollte. Und ich verabscheute das Gefühl, besiegt worden zu sein, ehe ich jemals richtig zu kämpfen angefangen hatte.“

Ein Teil der Anspannung wich aus seinem Gesicht. Als Laurel verstummte und die Lippen hart aufeinander presste, hakte er nach: „Also hast du beschlossen, etwas dagegen zu unternehmen.“

„So könnte man es nennen. Als Zelda mich anrief und mir von Gregory erzählte, hatte ich das Gefühl, als fiele mir die Decke auf den Kopf. Mir war, als stünde derjenige, der mich in diesen früheren Zustand zurückversetzt hatte, irgendwo und lachte sich ins Fäustchen, weil er mir alles fortgenommen hatte. Das machte mich wütend.“

Das Lächeln breitete sich langsam auf seinem ganzen Gesicht aus, bis es seine Augen erreichte. „Und ich fürchtete schon, ich müsste das tun.“

Ihre Verärgerung war noch nicht ganz gewichen. „Was? Mich wütend machen?“

„Rasend wütend sogar! Auf mich oder wen auch immer. Auf die ganze Welt. So lange, bis du endlich wach werden würdest. Wenn das nichts genutzt hätte, wäre ich zu drastischeren Maßnahmen übergegangen.“

„Zum Beispiel?“

Mit flammendem Blick tat er einen zielstrebigen Schritt auf sie zu. Genau in dem Moment huschte ein Schatten den Pfad entlang, der vom hinteren Teil des Gartens um die Verandaecke herum zum Vorgarten führte. Alec sah ihn zuerst und zog Laurel mit einer blitzschnellen Bewegung hinter sich. Zu mehr blieb auch keine Zeit. Der Schatten entpuppte sich als untersetzte Gestalt in einem modischen Kleid – Zelda. Ein verschlagenes Lächeln spielte um ihre dunkelrot angemalten Lippen. Jetzt gab sie sich keine Mühe mehr, leise zu gehen, ihre hohen Absätze klapperten auf den Steinplatten.

„Liebe Güte, was habt ihr beiden denn hier draußen im Dunkeln vor?“ fragte sie heiter. „Hoffentlich etwas Skandalöses!“

„Zelda!“ Laurel stellte sich neben Alec. „Wo kommst du denn her?“

„Von meinem üblichen Parkplatz, ein Stück weiter unten an der Straße. Ich bin ziemlich gut darin geworden, mich hier bei Nacht zurechtzufinden, wenn ich das so sagen darf. Trotzdem bin ich es langsam leid, und deshalb werde ich dem nun auch ein Ende bereiten.“

Laurels Stimme klang unverhohlen angewidert. „Heißt das, du warst diejenige, die uns bespitzelt hat?“

„Das unter anderem auch, ja.“ Zelda lachte leise und hob die rechte Hand, in der tödlich schimmernd eine Pistole erkennbar wurde. „Doch, wie gesagt, ich mag nicht mehr. Deswegen werde ich dich jetzt auch umbringen, Laurel, Schätzchen. Oh ja, deinen Gespielen natürlich auch. Ich schätze, der arme Alec ist so durcheinander wegen des Todes seines Bruders und wegen deines zickigen Benehmens, dass er dich im Affekt erschießt. Danach richtet er die Waffe gegen sich selbst. Eine schreckliche Tragödie, dennoch, ein passendes Ende für eine so verhängnisvolle Romanze. Ich finde es einfach umwerfend. Ihr auch?“

22. KAPITEL

„Das ist doch Wahnsinn." Laurel reagierte äußerlich völlig ruhig.

„So würde ich es nicht nennen", antwortete Zelda belustigt. „Ich würde eher sagen, die Art, wie ich alles eingefädelt habe, war brillant. Du bist vielmehr verrückt, dass du dich bei der Trauerfeier hast blicken lassen, nachdem du so oft gewarnt worden bist. Aber ich wusste, du würdest kommen, ich wusste es einfach. Man kann dir nicht mehr über den Weg trauen, seit dein Alec hier aufgekreuzt ist."

Alec bewegte sich neben Laurel, sein Blick bohrte sich bedrohlich in den der Wahnsinnigen. Laurel hatte panische Angst, er könnte etwas Unüberlegtes tun, und legte ihm die Hand auf den Arm. Wenn Zelda sich selbst für so brillant hielt, konnte man sie vielleicht dazu bringen, sich noch etwas mehr darüber auszulassen. Dadurch gewannen sie Zeit zum Nachdenken und eventuell auch, sie zu entwaffnen. „Und vorher konnte man mir trauen? Ich verstehe nicht recht, was du meinst", tat sie daher naiv.

Zelda lächelte sie mitleidig an. „Ach, Schätzchen! Vorher warst du Howards liebe kleine Frau, die er gut im Griff hatte. Er wachte mit Argusaugen über dich, du konntest nicht einmal niesen, ohne dass er davon erfuhr. Ich gebe zu, du wurdest problematisch, als du davon anfingst, das Haus und den Garten herrichten zu wollen, doch Howard erstickte diesen Wunsch im Keim. Dann hast du ihn umgebracht. Das war aber nicht so schlimm, denn du warst eine so schuldbewusste kleine Märtyrerin, dass es uns leicht fiel, dich unter Kontrolle zu halten. Wir brauchten nur dafür zu sorgen, dass du dich im Haus verkrochst und keine andere Gesellschaft hattest als diesen bösartigen Köter."

„Wir?"

„Nun, anfangs noch Howard, Mama und ich, und nachher dann natürlich nur noch Mama und ich."

„Natürlich.“ Laurel versuchte fieberhaft, sich einen Reim auf das eben Gehörte zu machen. Eine andere Frage kam ihr in den Sinn, doch Zelda plapperte bereits eifrig weiter.

„Mama war ehrlich entsetzt, als Dan Tanning anfing, dir plötzlich schöne Augen zu machen. Ich meine, ausgerechnet der Sheriff! Grauenvoll!“ Sie lächelte selbstzufrieden. „Nun, den habe ich dann ausgeschaltet. Liebe Güte, was für ein Schwachkopf. Der dachte wirklich, ich wollte aus Spaß mit ihm auf den Rücksitz seines Streifenwagens klettern! Doch dann war es ihm so peinlich, in flagranti erwischt worden zu sein, und all die Dinge, die Mama über ihn verbreitete, verstörten ihn derart, dass er sich nicht mehr in ‚Ivywild‘ blicken ließ. Klatsch kann manchmal wirklich sehr hilfreich sein.“

„Ich verstehe.“

Unvermittelt loderte Zorn in Zeldas Augen auf und sie funkelte Laurel böse an. „Und dann musstest du wieder mit diesem verdammten Garten anfangen!“

Laurel spürte, wie sich Alecs Armmuskeln bei Zeldas plötzlich verändertem Tonfall anspannten. „Ich weiß nicht recht, was daran so schlimm sein soll“, warf sie hastig ein.

„Nein, selbstverständlich nicht, und das ist ja das große Problem, du dumme kleine Närrin. Warum, zum Teufel, sollte ich mir wohl so viele Umstände machen? Himmel, ich bekam beinahe einen Herzinfarkt, als ich neulich herkam und sah, was du schon alles angerichtet hattest, ehe ich überhaupt Gelegenheit gehabt hatte, hier noch mal einiges nachzuchecken. Du hättest schon längst fündig ...“ Sie verstummte abrupt.

„Sticks“, meldete Alec sich voller Verachtung zu Wort. „Sie haben Sticks umgebracht, weil er Sie daran hinderte, hier herumzuschnüffeln.“

„Ja, das war wirklich ein gutes Werk. Das Biest hasste mich und Mama.“

Alec lachte kurz auf. „Ich wusste immer schon, dass er ein kluger Hund war."

„Nicht so klug wie Sie." Jetzt wandte Zelda sich ihm ganz zu. „Ein paar Mal hätten Sie mich beinahe erwischt. Zum Glück habe ich als Kind sehr oft Verstecken gespielt in den Wäldern rund um ‚Ivywild'. Ich bin schneller, als ich aussehe."

„Und Gott sei Dank auch intelligenter", bemerkte Alec trocken.

Laurel begriff, dass er versuchte, Zelda in Wut zu bringen, um sie von ihr abzulenken. Er hatte Erfolg damit, ihre Schwägerin richtete die Waffe nämlich jetzt auf ihn, und ihre Augen wurden schmal. Rasch schaltete Laurel sich ein. „Was war denn das nun, was ich nicht finden sollte? Ich denke, ich habe ein Recht darauf zu erfahren, was hier so wichtig ist, dass ich deswegen sterben soll."

„Du hast gar keine Rechte", widersprach Zelda gehässig und fuhr wieder zu ihr herum. „Du hattest nie welche. Ich sagte zu Mama, dass es ein Fehler wäre, das Haus an dich und Howard zu verkaufen. Ich sagte ihr, du würdest ihn überleben, oder deine dummen Kinder könnten ihre Nase in Angelegenheiten stecken, die sie nichts angingen – aber nein, sie wollte nicht auf mich hören. Sie konnte es nicht mehr ertragen. Sie musste die Verantwortung dafür loswerden, ehe ihr die Nerven unter der dauernden Belastung ganz versagten. So etwas Dämliches! Dabei war das Ganze doch in erster Linie die Schuld dieser dummen Kuh!"

„Die Gesetze der Genetik sind doch ziemlich verlässlich", ließ Alec sich vernehmen. „Eine dumme Kuh wirft meist auch ein dummes ..."

„Die Zisterne!" fiel Laurel ihm ins Wort und verhinderte dadurch gerade noch die Beleidigung, die er Zelda hatte entgegenschleudern wollen, damit sie die Waffe wieder auf ihn richtete. „Das ist der Ort, über den Howard sich immer am meisten aufregte, wenn die Kinder dort spielten oder ich etwas anpflanzen wollte. Zu gefährlich, behauptete er immer. Dass die Zisternenmauern einstürzen könnten. Und dich, Zelda, störte es ebenfalls, dass ich das Gestrüpp drum herum entfernen wollte."

„Ja, vielleicht liegt da die Leiche begraben", schlug Alec provozierend vor.

Zelda stieß einen leisen Pfiff aus. „Wie sind Sie darauf ..." Sie verstummte, und ihr Gesicht verzerrte sich. „Klugscheißer. Sie haben es nicht einmal geahnt, nicht wahr? Es war einfach ein Schuss ins Blaue. Nun, ich werde euch die Geschichte erzählen, ihr könnt sie ja ohnehin nicht mehr ausplaudern. Es stimmt, dort befindet sich die Leiche. Die Leiche meines geliebten, früh verstorbenen Daddys."

Zeldas Vater. Sadie Bancrofts Mann, der sie angeblich über Nacht verlassen hatte. Während Laurel versuchte, das eben Gehörte zu verarbeiten, hakte Alec die Daumen in die Taschen seiner Jeans und schüttelte den Kopf. „Unglaublich", stellte er sarkastisch fest. „Wer hat ihn dort hingeschafft? Sie?"

„Wir alle. Mama, Howard und ich." Ein Schatten huschte über ihr Gesicht.

„Aber – warum? Was war denn passiert?" fragte Laurel.

„Er wollte sie verlassen, weil sie wohl einmal zu oft in Leesville gewesen war. Sie hingegen antwortete, sie würde ganz sicher nie von einem Mann verlassen werden, und um es zu beweisen, nahm sie die Pistole und ..." Zelda erschauerte und schwieg. „Es war grauenvoll."

„Das glaube ich dir, schließlich hast du ihn sehr geliebt, nicht wahr?" forschte Laurel ruhig und vorsichtig nach.

Zeldas Lippen bebten, und in ihren Augen standen Tränen. „Ich war sein kleines Mädchen, seine Prinzessin. Er nahm mich überall mit hin, zum Angeln, auf die Jagd, überallhin. Er brachte mir bei zu schießen, ein Boot zu fahren, ein Auto zu reparieren. Er tat alles für mich." Ihre Stimme senkte sich zu einem Flüstern. „Er war mein Daddy."

„Waren Sie dabei, als Ihre Mutter ihn erschoss?" wollte Alec wissen.

„Ich sah, wie sie die Pistole auf seinen Rücken richtete und ihn anschrie, doch er ging einfach weiter. Ich fiel ihr in den Arm, wollte ihr die Waffe wegnehmen, dabei löste sich ein Schuss, und er stürzte zu Boden. Mama sagte, sie hätte ihn nicht wirklich erschießen wollen, sie hätte gar nicht den Abzug gedrückt, sie hätte ihm nur Angst einjagen wollen, und wenn ich ihr nicht in den Arm gefallen wäre ..."

„Sie gab dir die Schuld!" erkannte Laurel fassungslos und voller Mitgefühl.

„Ja. Und ich habe es ja auch getan. Ich glaube es wenigstens, ich glaube mich erinnern zu können, dass ... Aber ich wollte es nicht! Niemals! Ich wollte nicht, dass Daddy starb!" rief sie beschwörend.

„Es war ein Unfall. Die Polizei hätte das bestimmt auch so gesehen. Es bestand kein Grund, ihn in die ..."

„Nein!" Panik flackerte in Zeldas farblosen Augen auf. „Mama sagte, die Polizei würde uns das nie glauben. Überhaupt hätten alle davon erfahren, und dann hätte man hässliche, gemeine Dinge hinter unserem Rücken über uns verbreitet."

„Und dann wäre auch alles andere herausgekommen, nicht wahr?" meinte Laurel. „Wie sich deine Mutter mit den Soldaten eingelassen und für Geld mit ihnen geschlafen hatte. Wie schlecht ihre Ehe schon seit Jahren gewesen war. Vielleicht auch, wie sie ihm einmal heißes Öl ins Ohr gegossen hatte."

„Sei still, sei still!" schrie Zelda und wollte sich auf Laurel stürzen. Alec stellte sich schützend vor sie, doch Laurel kam wieder hinter seinem Rücken hervor.

„Die Leute wissen es ohnehin", sagte sie. „Vor allem die alten

Frauen. Maisie deutete etwas an und bat mich, zu Grannie Callie zu gehen, um die ganze Geschichte von ihr zu erfahren. Ich habe sie leider nur missverstanden."

Zelda stieß ein hässliches Lachen aus. „Oh, ich weiß, dass die Leute immer über uns getuschelt haben. Sie klatschten immer darüber, dass ich vor meinem sechzehnten Lebensjahr mit dem halben Footballteam geschlafen hätte und nach meiner Ehe dann mit dem Rest. Nicht die Hälfte davon war wahr. Aber Maisie war die übelste Klatschtante. Sie hat mich und meine Familie nie gemocht und immer versucht, dich gegen uns aufzubringen. Ich bin froh, dass die alte Hexe in deinem Auto saß, als der Unfall passierte, auch wenn du eigentlich am Steuer hättest sitzen sollen."

„Maisie meinte das alles gar nicht so. Was sie mir erzählte, hatte nichts mit dir zu tun, auch nicht mit irgendwelchen Sympathien oder Antipathien gegen dich", widersprach Laurel. „Menschen interessieren sich einfach für andere Menschen, was mit ihnen geschieht und warum. Sie hatte ganz sicher keine Ahnung, was du mit deinem Vater gemacht hast."

„Ich habe gar nichts gemacht. Ich liebte ihn wirklich, doch ich wollte nicht im Gefängnis landen. Mama meinte aber, genau das würde ich, und sie auch, weil ich noch minderjährig wäre. Das Einzige, was wir tun konnten, war also, ihn ..." Sie verstummte kurz, und ihre Augen weiteten sich vor Entsetzen bei der Erinnerung an damals. „Oh Gott, er schlug mit dem Kopf auf, als er in die Zisterne fiel, ich hörte es ganz deutlich. Immer wieder träumte ich hinterher, er sei gar nicht tot und läge dort unten hilflos in seinem Blut; oder aber er versuchte verzweifelt, sich zu befreien, wie irgend so ein Monster aus einem Horrorfilm."

„Was Sie mit uns vorhaben, wird Sie ebenso wenig in Ruhe lassen", warnte Alec. „Auch wenn Sie ungeschoren davonkommen, wird es Sie immer wieder einholen. Außerdem kommen Sie nicht sehr weit, wenn Leute wie Grannie Callie anfangen, zwei und zwei zusammenzuzählen." Er tat einen großen Schritt auf sie zu. „Warum geben Sie mir nicht einfach Ihre Waffe?"

Er hatte schon vorher dafür gesorgt, dass Laurel nicht mehr direkt in Zeldas Schussrichtung stand, jetzt machte er es Zelda noch schwieriger. Vielleicht konnte er sie ja dazu überreden, ihr Vorhaben aufzugeben, vielleicht aber auch nicht, Laurel wusste das nicht einzuschätzen. Wenn er aber scheiterte, dann musste die Kugel unweigerlich ihn treffen.

Laurel wollte leben, das begriff sie mittlerweile. Sie wollte sich von der Vergangenheit losreißen, die sie an „Ivywild" gefesselt hatte; sie wollte die große weite Welt kennen lernen und alles, was das Leben zu bieten hatte. Aber nicht ohne Alec. Niemals ohne ihn.

Sie musste etwas tun, und das sofort, sonst war er verloren. Das durfte sie nicht zulassen. Denn wenn sie schon nicht am Leben bleiben konnte, dann sollte er unbedingt für sie mit weiterleben. Langsam und entschlossen ging sie vorwärts. Wenn sie den Schuss auf sich zog, hatte Alec eine winzige Chance, Zelda zu überwältigen und sich zu retten.

Sie verließ sich jetzt ganz auf den ruhigen, mitfühlenden Klang ihrer Stimme. „Du kannst dich nicht wirklich daran erinnern, deinen Dad umgebracht zu haben, nicht wahr, Zelda? Mir geht es ebenso, was Howards Tod betrifft. Auch das war ein Unfall. Das Ganze wäre nie passiert, wenn er nicht so in Panik geraten wäre wegen meines Plans, Rosen kaufen zu fahren, die ich um die Zisterne herum pflanzen wollte. Er wollte mich mit aller Macht aufhalten. Noch immer verfolgt mich das Geräusch des Aufpralls, als ich ihn umfuhr. Sein Tod wird stets mein Gewissen belasten, wenn auch nicht mehr mein Herz. Und dir wird es ebenso gehen."

„Das ist etwas anderes", schnaubte Zelda verächtlich. „Ich selbst habe mich verändert."

„Wirklich? Aber dich verfolgt der Tod deines Dads immer noch, nicht wahr? Und das nicht nur, weil du vielleicht aus Versehen den tödlichen Schuss abgegeben hast. Warum? Hattest du in jener Nacht doch eine Chance, ihm zu helfen? Hättest du etwas tun können, um ihm das Leben zu retten?“ Die letzten Worte waren ihr ganz spontan eingefallen, und als Alec sie jetzt ansah, betete sie insgeheim darum, er möge sie verstanden haben.

Zeldas Lachen klang jetzt beinahe hysterisch. „Sei nicht albern. Er war tot, als er in die Zisterne fiel, verstehst du? Tot! Und glaub’ ja nicht, ich bin so dumm, auf eure Taktik hereinzufallen. Großer Gott, was für Idioten ihr seid – einer fester entschlossen als der andere, die entscheidende Kugel auf sich zu ziehen. Ich habe genug für euch beide, glaubt mir!“

Alec sprach Zelda an, obwohl er dabei Laurel in die Augen sah. „Was Sie nicht haben, ist das Verständnis für jemanden, der versucht, den Menschen zu retten, den er liebt. Sie haben weder Herz noch Fantasie, noch genügend Intelligenz. Ihnen hat noch nie jemand gesagt, dass sie sein Ein und Alles sind, die Luft, die er zum Atmen braucht, die größte Freude in seinem Leben. Niemand hat Ihnen je gesagt, dass die langen Jahre ohne Sie für ihn bedeutungslos geworden sind, dass die Zeit für ihn zu existieren aufhört, solange Sie nur bei ihm sind. Niemand hat Ihnen je gesagt, dass er Sie mehr liebt als sein Leben und sogar noch über dieses Leben hinaus.“

„Sind Sie fertig?“ spottete sie verächtlich.

Er war fertig, Laurel sah es seinen Augen an. Verzweifelt suchte sie nach einem Weg, das zu verhindern, was nun geschehen würde. Sie fand keinen. Und so blieb ihr nur noch eins. „Ich liebe dich“, flüsterte sie. „Ja, ich liebe dich auch.“

Er hatte es gehört, denn seine Augen leuchteten auf vor Glück. Doch im selben Moment wirbelte er herum, mit einer einzigen kraftvollen, aber beherrschten Bewegung. Seine Muskeln spannten sich an bei dieser Form des Angriffs, die er einst von einem alten Chinesen gelernt hatte, zu schnell, um darauf reagieren zu können, zu gewaltig, um ihn abwehren zu können. Er duckte sich zur Seite und holte zum vernichtenden Schlag mit dem Bein aus.

Um eine Sekunde zu spät. Zelda drückte ab, das Mündungsfeuer flammte auf. Fast gleichzeitig traf Alec mit dem Fuß in ihre Magengrube. Die Pistole flog durch die Luft und schlug auf den Steinplatten auf. Mit einem Schrei fiel Zelda rückwärts in das Dornendickicht eines alten Rosenbusches. Der schrille Laut übertönte fast Alecs Schmerzenslaut.

Auch Laurel schrie entsetzt auf. Sie stürzte zu Alec, um ihn zu halten, als er zu schwanken anfing und dann zusammenbrach. Ihre Knie gaben nach unter seinem Gewicht, sie ließ sich mit ihm zu Boden fallen und fing ihn dabei mit den Oberschenkeln ab, damit er nicht zu hart aufschlug.

Er presste sich die Hand gegen die Brust, unterhalb der Schulter, und seine Finger färbten sich rot. „Die Pistole", warnte er keuchend. „Hol sie, schnell!"

Laurel ließ ihn behutsam zu Boden sinken und sah sich fieberhaft um. Da lag sie. Sie erwischte sie, als Zelda gerade versuchte, sich aus den Dornen zu befreien. Als Laurel die Waffe auf sie richtete, stieß die Schwägerin einen erstickten Laut aus, der sich gleich darauf in ein verzweifeltes Schluchzen verwandelte. Dann ließ sie sich nach hinten zurückfallen.

Laurel schenkte ihr keine weitere Beachtung mehr. Sie stolperte zurück zu Alec, legte die Pistole neben ihn und zog seine Hand von der Wunde. Sie konnte das Ausmaß der Verletzung nicht abschätzen, aber Alecs Miene wirkte ganz entspannt, und seine Augen blickten klar zu ihr auf. In ihren dunklen Tiefen spiegelte sich die Freude wider, endlich gefunden zu haben, was er gesucht hatte, und die Erleichterung darüber, nicht mehr kämpfen zu müssen.

Als Laurel vorsichtig sein T-Shirt hochzog, sah sie das große, klaffende Loch unterhalb seiner Schulter, genau in der Mitte des

Drachens. Alec befeuchtete seine Lippen. „Ich ... habe dich nicht enttäuscht?“

Tränen strömten ihr über die Wangen. „Nein. Niemals.“

„Dann ist es gut.“ Er seufzte zufrieden auf. Eine einzelne Träne fiel ihm auf die Brust, er merkte und sah es nicht. Seine Augen waren geschlossen, das Lächeln war von seinem Gesicht verschwunden.

Die Krankenschwester war jung, sehr hübsch und eindeutig sehr von sich überzeugt. Als sie in das Wartezimmer trat, blickte sie sich kühl um und fragte leicht ungeduldig: „ Die Familie von Alec Stanton?“

Miss Callie erhob sich schwerfällig von ihrem Stuhl. „Ich bin seine Großmutter.“

„Sie können jetzt hineingehen.“

„Ist er ...?“ Die Stimme versagte der alten Frau.

„Der behandelnde Arzt wird mit Ihnen sprechen, sobald er Zeit hat.“

Mita stand ebenfalls auf, um ihre Großmutter zu stützen, und Laurel eilte an Miss Callies andere Seite.

An der Tür baute sich die Schwester vor Laurel auf. „Sind Sie eine Angehörige?“

„Nein“, stieß Laurel zwischen den Zähnen hervor.

„Dann müssen Sie leider hier bleiben.“

Grannie Callie blieb stehen. Laurel atmete einmal tief durch. „Ich glaube kaum.“

„Ich muss aber darauf bestehen!“

In den letzten Wochen hatte Laurel eine wahre Hölle durchlebt. Man hatte sie verleumdet und bedroht, man hatte ihren Hund getötet, ihr Hab und Gut zerstört. An diesem Abend hatte sie einer Mörderin gegenübergestanden und zugesehen, wie diese auf den Mann geschossen hatte, den sie liebte. Es reichte ihr. Ihre Wangen glühten, aber ihre Augen strahlten eine eisige Kälte aus. „Bestehen Sie weiter darauf, und Sie können etwas erleben!"

Marcia sprang auf und zog ihren Bruder mit sich, der neben ihr gesessen hatte. Beide legten der Schwester beschwichtigend eine Hand auf den Arm. „Alec Stanton hat unserer Mutter heute Abend das Leben gerettet, und sie hat ihr Bestes getan, um auch seins zu retten", beschwor Marcia sie eindringlich. „Ich würde mich ihr nicht in den Weg stellen, wenn ich Sie wäre!"

Laurel warf ihrer Tochter einen dankbaren Blick zu, den diese mit einem Lächeln erwiderte. Dann legte Laurel wieder den Arm um Miss Callie und nickte Mita zu. Zu dritt gingen sie an der Schwester vorbei.

Alec wirkte sehr dunkel in dem weißen Krankenhausbett, trotz der Blässe unter seiner Sonnenbräune. Er lebte, das verrieten die piependen, summenden Geräte um ihn herum, doch seine Augen waren geschlossen, und sein Atem ging so flach, dass sich das Laken, mit dem er zugedeckt war, kaum hob und senkte. Seine Schulter war dick bandagiert, zwei Schläuche ragten aus dem Verband, schmiegten sich an seinen Arm und mündeten in eine Maschine am Fußende des Bettes.

Miss Callie atmete hörbar und zitternd auf. „Gott sei Dank. Ich hätte es nicht ertragen, wenn nach Gregory auch er ..."

„Nein", murmelte Laurel und sah kurz in Mitas dunkle Augen, die denen ihres Bruders so ähnlich waren. Lange Zeit betrachteten sie ihn alle drei schweigend. Alec schlief fest, wohl noch unter der Wirkung der Narkose. Nach einer Weile trat Miss Callie näher und strich liebevoll über seine Hand. Dann drehte sie sich um und ging mit gesenkten Schultern zur Tür. Als Laurel ihr folgen wollte, wehrte sie ab.

„Nein, nein, ich möchte mich nur einen Augenblick hinsetzen, Mita kann mich begleiten. Sie bleiben hier, damit jemand da ist, falls ... nein, wenn er aufwacht." Die Tür schloss sich geräuschlos hinter den beiden Frauen. Sofort wandte sich Laurel wieder dem Bett zu. Dieses Mal trat sie ganz nahe heran und nahm Alecs Hand, die sich selbst in ihrer Schlaffheit stark und gesund anfühlte. Ja, seine Stärke war noch da, trotz seiner tiefen Bewusstlosigkeit, und auf seltsame Weise schien er selbst in diesem Zustand das Zimmer zu beherrschen und mit seiner Präsenz auszufüllen.

Sie wusste nicht, wie lange sie so dastand. Von draußen drangen Geräusche zu ihr herein, Stimmen von Besuchern, die gingen, das leise Quietschen eines Rollstuhls, Lautsprecherdurchsagen. Einmal hörte sie einen Krankenwagen, später vernahm sie das rege Treiben beim Schichtwechsel der Krankenschwestern. Sie bewegte sich nicht, strich nur liebevoll über Alecs Hand.

Eben hatte er noch in tiefster Bewusstlosigkeit gelegen, doch von einem Moment zum anderen sah er sie plötzlich stirnrunzelnd aus dunklen Augen eindringlich an. Sie hatte Zeit genug gehabt, um sich auszudenken, was sie sagen wollte, wenn dieser Moment eintrat. Sie begann zu lächeln. „Hallo. Willst du mich heiraten?"

Seine Augen wurden womöglich noch dunkler. Er nickte vorsichtig in Richtung seiner verbundenen Schulter. „Steht es so schlimm?"

Sie hätte sich ja denken können, dass es nicht so einfach werden würde. „Es gibt noch andere Gründe für eine Heirat, außer der am Sterbebett, abgesehen davon, dass du die nicht nötig hast. Ebenso wenig wie Mitleid."

Er zog eine Braue hoch. „Dankbarkeit?"

„Wie Marcia vorhin so treffend formulierte, haben wir uns wahrscheinlich gegenseitig das Leben gerettet. Wer sollte da also wem dankbar sein?"

„Deine Kinder sind hier?" erkundigte er sich ruhig.

„Ja, um ihrer Mutter Beistand zu gewähren, wie gute Kinder das ja auch tun sollten."

„Und sie haben ... nichts dagegen?“

„Wenn, dann sagen sie es zumindest nicht, weil sie genau wissen, dass ihnen das nichts bringen würde.“ Sie lachte leise auf. „Sie würden es nicht wagen. Es scheint, als seien wir plötzlich ein ziemlich berühmtes Paar in Hillsboro. Unser Ruf wird sich ab morgen schlagartig bessern!“

Ein flüchtiger, belustigter Ausdruck huschte über sein noch immer blasses Gesicht. „Das hast du geschafft.“

„Nicht allein. Und so soll es von nun an immer sein“, widersprach Laurel.

„Du brauchst mich nicht.“

„Da irrst du dich“, widersprach sie betont. Dann sprach sie rasch weiter, teils, um ihm die Mühe einer Antwort zu ersparen, aber auch, weil sie Angst hatte, sonst den Mut zu verlieren. „Du hast mich gebeten, dich zu heiraten, und ich lehnte ab. Es tut mir Leid, dass ich dir damit wehgetan habe, aber ich hatte zu dem Zeitpunkt triftige Gründe. Die gibt es jetzt nicht mehr. Wenn dein Stolz es jedoch verlangt, dass ich bettele – gut. Sag mir, wie ich anfangen soll.“

„Nein, das verlangt mein Stolz weiß Gott nicht!“ gab er empört zurück.

„Dann hast du deine Meinung geändert.“

„Nein, aber ...“

„Aber ich komme dir auf einmal älter und gebrechlicher vor, als du mich in Erinnerung hattest, und du bist zu dem Schluss gekommen, dich lieber mit einem jungen Ding auf der Schaukel zu amüsieren?“

„Großer Gott, nein! Du kämpfst wirklich mit unfairen Mitteln!“

„Wer sagt, dass es sich hierbei um einen fairen Kampf handelt?“ wandte sie heiter ein. „Doch wie bist du da jetzt überhaupt drauf gekommen? War es die Anspielung mit der Schaukel? Ich hätte natürlich auch die Dusche nennen können, oder den Garten bei Mondschein."

„Laurel!"

Die Art, wie er ihren Namen aussprach, und sein Augenausdruck genügten, um sie erstarren zu lassen. Eisige Kälte kroch ihr ins Herz. „Was verlangst du denn noch?" rief sie schmerzerfüllt. „Ich sagte dir doch, dass ich dich liebe!"

„Das geschah aus einer Notsituation heraus, wie ein letzter Gefallen für einen zum Tod Verurteilten." Er wartete ab.

„Ach, so siehst du das?" Sie runzelte die Stirn. „Dann könnte ich natürlich annehmen, dass alles, was du gesagt hast, auch nur der Notsituation entsprang."

Er fing an zu schmunzeln und wiegte vorsichtig den Kopf hin und her. „Du gönnst mir wohl nicht die Befriedigung, es noch einmal zu hören, jetzt, wo alles gut ist?"

„Noch einmal? Nun ja, vielleicht zwischendurch."

Er seufzte. „Zwischen was?"

„Zwischen Schaukeln und Duschen, vielleicht. Aber ich bin wirklich nicht fair. Habe ich dir schon gesagt, dass eine Hochzeit mit mir bedeutet, dass du sozusagen über Nacht Großvater wirst?"

„Wie bitte? Ach so, Marcia, nehme ich an. Du kannst mich nicht abschrecken."

„Das stört dich wirklich nicht?" forschte sie etwas unsicher nach.

„Ich mag kleine Kinder, doch ich war noch nie Großvater, und ich hatte auch keinen, den ich mir zum Vorbild nehmen könnte. Du wirst mir also zeigen müssen, wie ich mich zu verhalten habe."

„Ich war auch noch nie Großmutter", teilte sie ihm mit gespielter Empörung mit.

„Dann lernen wir zusammen."

„Ich habe noch mehr Abschreckendes auf Lager." Ihre Augen leuchteten.

„So?" Er schwieg eine Weile. „Nun, verrätst du es mir oder nicht?"

Sie schluckte und nickte. „Ich brauche einen Gärtner. Es wird lange dauern, bis Maisie wieder zur Arbeit kommt, wenn überhaupt. Das heißt, ich werde im Haus zu beschäftigt sein, um mich um den Garten kümmern zu können."

„Für wie lange?"

„Ich dachte an eine Dauerstellung. Des Weiteren brauche ich ein Modell, denn ich werde wieder mit den Tonarbeiten anfangen, sobald ich einen neuen Schuppen bauen lassen kann. Das bringt mich auf ..."

„Du brauchst einen Schreiner."

„Verstehst du etwas davon?" Ihr Blick war hoffnungsvoll, wenn auch leicht verklärt.

„Ich bin ein Meister auf dem Gebiet, und nicht nur auf dem!"

„Sehr schön. Da ich nachts nicht gern allein im Haus bin, brauche ich wohl auch noch eine Art Nachtwächter. Ja, und wenn du dann schon mal dabei bist, kannst du dich gleich noch weiter nützlich machen und mir die Füße wärmen. Unter anderem."

„Du machst mich noch wahnsinnig."

Sie war sich nicht ganz sicher, ob er scherzte oder nicht. „Warum sagst du das?"

„Weil ich gerade jetzt am liebsten so viele Dinge mit dir tun möchte und mich nicht bewegen kann!"

„Oh!" Sie lächelte unter Tränen. „Das bringt mich auf noch etwas. Ich kann es kaum erwarten herauszufinden, wie dein armer Drachen aussieht, wenn erst einmal der Verband weg ist!"

„Komm her!" forderte er sie mit funkelnden Augen auf. „Vielleicht lasse ich dich schon einmal einen Blick drauf werfen!"

Sie blickte über ihre Schulter. „Ich weiß nicht, die Schwester eben wollte mir nicht einmal erlauben, in dein Zimmer zu gehen, was meinst du, was sie mir erzählen würde, wenn sie mich in deinem Bett erwischt!“

Er griff fester nach ihrer Hand. „Um die kümmere ich mich schon. Komm her.“

„Du hast mir aber noch nicht gesagt, ob du mich heiraten willst.“

„Das sage ich auch nicht, erst will ich hören, was du sonst noch so alles für mich auf Lager hast.“

Sie hatte sich mit einem Knie auf das Bett gestützt, jetzt nahm sie es wieder herunter. „Du hast noch nicht einmal eingewilligt, mein Gärtner zu werden.“

„Nein? Auch darüber können wir reden. So wie über die verschiedenen Jobvergütungen. Und die Arbeitszeit, die ich für dich erübrigen kann, wenn ich einen halbwegs ordentlichen Ingenieursposten in der Nähe gefunden habe.“

„Du bist hart, Alec Stanton“, gab sie seufzend nach und kletterte zu ihm aufs Bett.

Er streckte seinen gesunden Arm aus und zog sie an sich. „Das ist allerdings richtig“, murmelte er. „Was gedenkst du dagegen zu tun?“

„Im Moment nicht viel, aber ich schätze, darüber können wir ebenfalls reden.“

„Reden hat mich überhaupt erst in diese Zwangslage gebracht!“ konterte er.

„Ich dachte, es wäre die Gartenarbeit gewesen.“ Sie schloss die Augen und genoss die Geborgenheit versprechende Nähe zu ihm.

„Das ist doch alles das Gleiche“, meinte er etwas abgelenkt, weil er gerade versuchte herauszufinden, wie er sie berühren konnte, ohne allzu große Schmerzen dabei zu haben. „Beides sind Dinge, die nie enden.“

„Wie die Liebe“, ergänzte sie und löste sein Problem, indem sie sich näher an ihn schmiegte.

Er seufzte zufrieden und streifte zart ihre Lippen. „Genau wie die Liebe“, flüsterte er, ehe er sich daranmachte, sie ausgiebiger zu küssen.

- ENDE -

Erica Spindler

Im Schatten des Mörders

Eifersucht, Rivalität, tödliche Leidenschaft und eine Frau zwischen Vertrauen und Haltlosigkeit.

Band-Nr. 25129
7,95 € (D)
ISBN 3-89941-168-4

MIRA®

Sharon Sala

Das Tattoo

Francescas Leben ist zu einem Albtraum geworden: Zwei Jahre war sie in der Gewalt eines Entführers. Sie weiß nicht, wer er ist, und auch nicht, wie sie ihm entkommen konnte. Doch sie ahnt, dass er sie ein zweites Mal entführen will ...

Band-Nr. 25122
7,95 € (D)
ISBN 3-89941-161-7

Anne Stuart

Das Haus der toten Mädchen

Die Sehnsucht treibt Sophie eines Abends zu John. Doch er ist nicht da. Dafür findet sie Aufzeichnungen, die ihr Grauenhaftes über ihren Geliebten verraten ...

Band-Nr. 25123
7,95 € (D)
ISBN 3-89941-162-5

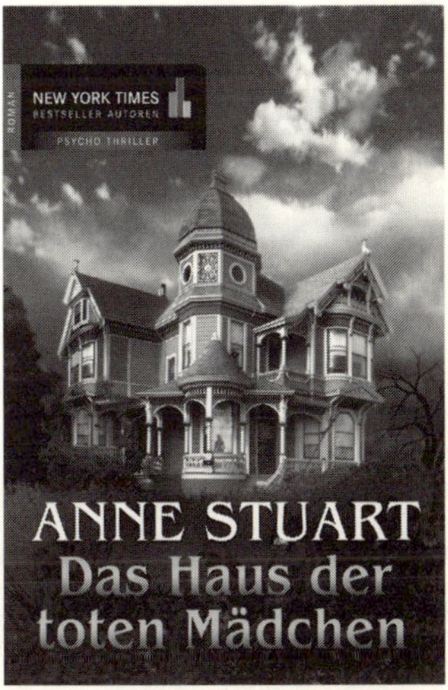

Vorschau
Dieser Roman erscheint im Juli 2005

Christiane Heggan
der Duft des Mörders

Band-Nr. 25140
7,95 € (D)
ISBN 3-89941-179-X

Vorschau
Dieser Roman erscheint im Juli 2005

Emilie Richards
Das Geheimnis des Priesters

Band-Nr. 25141
7,95 € (D)
ISBN 3-89941-180-3

Vorschau
Dieser Roman erscheint im Juli 2005

Sharon Sala
Eiskalte Versuche

Band-Nr. 25142
7,95 € (D)
ISBN 3-89941-181-1